AF286677

Jenny Fischer

Reprisal

Band 1

Reprisal

Jenny Fischer

Romance Suspense

Impressum

ISBN: 978-3-7693-0953-9

Texte: © 2024 Copyright by Jenny Fischer

Verlag: BoD · Books on Demand GmbH,

In de Tarpen 42, 22848 Norderstedt, bod@bod.de

Druck: Libri Plureos GmbH, Friedensallee 273,

22763 Hamburg

Umschlag- und Farbschnittgestaltung:

Antje Weise Art & Weise Coverdesign

(www.artundweise-coverdesign.de)

Lektorat & Korrektorat: Lissy Höhne / Lektorat Meerblick

(www.lektorat-meerblick.de)

*Für all jene, die in der Dunkelheit wandeln und sich nach
Licht sehnen.*

*Für all die Kämpfer, die den Mut finden, sich gegen das
scheinbar Unvermeidliche aufzulehnen.*

Möge jede Seite ein Schritt aus der Finsternis sein.

Reprisal

Repressalie, Vergeltungsmaßnahme

Das Wort *Reprisal* wird im Englischen verwendet, um eine Handlung zu beschreiben, die als Reaktion auf einen Angriff oder eine feindliche Handlung erfolgt. Eine *Reprisal* ist also eine Form der Rache oder der Bestrafung, die oft mit der Absicht durchgeführt wird, eine frühere Aggression zu vergelten oder abzuschrecken.

Content Note

Dieser Titel behandelt sensible Themen, die für manche Leser:innen belastend sein können. Dazu gehören Darstellung von Gewalt, Mord, Folter, physischem und psychischem Missbrauch, Tod, Blut, Trauma und Panikstörungen.

Bitte sei dir dieser Inhalte bewusst und achte auf deine emotionale Sicherheit, bevor du weiterliest.

Teil Eins

Kapitel 1

London – Guy's Campus, medizinische Fakultät
Montag, 13. September – Mayren

Er? Wirklich er ist meine Zielperson?

Nachdenklich neigte ich meinen Kopf zur Seite und beobachtete den jungen Mann, der über den Campus der medizinischen Fakultät Londons schritt. Seine braunen Haare schimmerten im Sonnenlicht und ein freundliches Lächeln saß auf seinen Lippen.

Was ist der Grund, dass ein Auftragsmord für ihn ausgeschrieben wurde?

Ich warf mir eine meiner blonden Haarsträhnen über die Schulter und straffte meinen Rücken. Ein Wirbel knackte leise, aber meine Aufmerksamkeit war auf den Studenten vor mir gerichtet, der bei einem Freund mit blonden Locken stehen geblieben war und mit ihm zur Begrüßung einschlug.

Neugierig beobachtete ich die Szene, meine Zielperson und seinen Freund. Schätzungsweise überragte er mich um einen halben Kopf, hatte einen athletischen Körperbau und helle Augen.

Ein unschuldiges Blau ... So unschuldig wie er selbst.

Meine ersten Nachforschungen über ihn erweckten bereits den Verdacht, dass er nichts mit meiner kriminellen Welt zu tun hatte und sein unbekümmertes Verhalten bestätigte meine Befürchtung endgültig.

Mein Auftraggeber hat jemanden, der keiner Fliege etwas zuleide getan hat, als Opfer für sein makaberes Spiel gewählt? Das ist unüblich.

Stimmengewirr, Gelächter und Rufe hallten über den Hof und erfüllten ihn mit fröhlichem Leben von Studenten, die dem Studium ihrer Träume nachgingen. Das Leben, welches hier herrschte, war völlig konträr zu dem, was ich gewohnt war. Meine Vergangenheit war geprägt von Gewalt, Blut und dem ewigen Streben nach Rache. Einer Rache, der ich jetzt ein Stück näherkommen könnte.

Joshua Winter ... meine Zielperson ... ob du es weißt oder nicht, aber du hast eine Verbindung zu meinem Auftraggeber und die will ich erfahren.

Der Gong einer Glocke klang über den Innenhof und ich erhob mich mit einer flüssigen Bewegung von der Wiese, auf der ich gesessen und gewartet hatte. Regung kam in den Hof, als weitere Studenten aufstanden oder ihre Gespräche unterbrachen, um sich auf den Weg zur Vorlesung zu machen. Joshua und sein Freund schlossen sich den Übrigen an und ich folgte ihnen mit ausreichend Abstand in ihren Alltag. Der Baustil der Universität erinnerte mich an ein anderes Gebäude, das mir meine Kindheit und mein unschuldiges Leben nahm, aber zwischenzeitlich zu einer Heimat geworden war. Seitdem war mehr als ein Jahrzehnt vergangen und ich hatte mich in den Kreisen schon länger als Killerin etabliert.

Mit lautlosen Schritten folgte ich meinem Opfer, das ungeahnt seinen Weg nahm, ohne mich zu beachten.

In einer der vielen, großen Fensterscheiben warf ich kurz einen Blick auf mein Spiegelbild. Die hellblonden Haare fielen mir glatt über den Rücken und rahmten mein braun gebranntes Gesicht ein. Meine Lippen verzogen sich zu einem spöttischen Lächeln und meine grünen Augen funkelten gefährlich.

Kein Mensch wird von meiner unschuldigen Optik auf meine Fähigkeiten schließen können. Hinter einem schönen Gesicht vermutete niemand eine Auftragskillerin, ein entscheidender Vorteil in meiner Welt.

Der Gedanke gefiel mir schon immer und da mein Alter mit 23 gut mit dem der Studenten übereinstimmte, würde ich keine Aufmerksamkeit erregen, wenn ich mich einfach unter sie mischte. Nur kleine, unauffällige Narben an meinen Händen und Armen verrieten einen Bruchteil meiner Vergangenheit. Das spöttische Grinsen auf meinem Gesicht verstärkte sich. Die restlichen verräterischen Narben waren unter meinen Kleidern verborgen, keiner von den Leuten hier wird sie zu Gesicht bekommen.

Interessiert starrte ich auf Joshuas Hinterkopf und dachte über ihn nach.

Was ist deine *Vergangenheit? Warum haben sich unsere Wege gekreuzt und viel wichtiger, warum haben sie sich mit meinem Auftraggeber gekreuzt?*

Seit ich von seiner Existenz erfahren habe, sind keine 24 Stunden vergangen. Ich ließ den französischen Sommer hinter mir und machte mich auf den Weg nach London. Ein Freund von mir, Ian, hat direkt, nachdem ich den *Joshua-*

Winter-Auftrag erhalten hatte, Nachforschungen betrieben und mir nach wenigen Stunden eine Akte zugeschickt, die ich digital in meiner Tasche trug.

Ein ganzes Leben, reduziert auf wenige Seiten ...

Joshua und sein Freund lösten sich von einem Teil der anderen Studenten und gingen eine Treppe hinauf. Unauffällig folgte ich ihnen und wir kamen in stillere Teile der Universität. Über die wenigen Meter, die uns trennten, konnte ich Fetzen des Gesprächs hören, das die beiden miteinander führten. Es drehte sich um Belanglosigkeiten und nichts, was für mich sonderlich relevant war. Wenige Minuten später erreichten wir einen Vorlesungssaal und ich ließ mich in der letzten Reihe weit außen nieder. Meine Zielperson und sein Freund hatten sich mittig im Saal platziert und begannen ihre Bücher auf dem Tisch vor sich auszubreiten.

Stirnrunzelnd packte ich mein Tablet aus und sah mir die Akte an, die nach dem Entsperren auf dem Bildschirm erschien. Am oberen Bereich des Steckbriefes war das Fahndungsfoto angebracht, das Joshuas Gesicht zeigte und mit einem roten Kreis markiert war. Im Arm hatte er ein Mädchen, deren Gesicht unkenntlich gemacht wurde. Ich sah auf und glich das Foto mit der Person einige Reihen vor mir ab.

Keine Frage, das ist eindeutig er.

Er nahm mich nicht wahr und war weiterhin ins Gespräch vertieft, weswegen ich meinen Kopf senkte und mir den Inhalt des Steckbriefs zum wiederholten Male durchlas:

```
Joshua Winter
*03. Juli - Potsdam
```

Wohnort: London (Auslandssemester)
Mutter: Hazel Winter - Verstorben (Hirntumor)
Vater: Unbekannt
Onkel: Tom Winter - Cop (Forensik)
Tante: Judith Winter - Buchhalterin
Größe: 1,85m
Augenfarbe: grau-blau
Haarfarbe: braun
Blutgruppe: B+
kriminelle Aktivitäten: Unbekannt
Studium: Medizin (innere Medizin angestrebt)

Ich übersprang die weiteren Fakten und überflog die Gedanken, die Ian während der Nachforschungen für mich notiert hatte:

- Klassischer Social Butterfly, viel unter Freunden, führt ein aktives Leben neben dem Studium.
- Frau im Arm, vermutlich die Ex-Freundin, womöglich war sie der Auslöser für das Auslandssemester?
- kriminelle Aktivitäten: nichts gefunden. June und ich sind der Meinung, dass er keine Verbindungen zu unserer Welt hat. Ist er unsere Chance eine verdeckte Verbindung zu Zero zu finden?
- Leichtathletikass in der Schule, 400 m in 1,09 Minuten.
- Mutter verstarb an Hirntumor, zu spät diagnostiziert, Grund für Motivation zum Studium?
- Vater: Unbekannt (wir bleiben dran)
- Onkel ist Cop, Verbindung zu Zero?

Zähneknirschend las ich zum zweiten Mal den Decknamen *Zero*, der Name des Menschen der gleichzeitig mein Auftraggeber und das Ziel meiner Rache war.

Unserer Rache ... Nicht nur ich habe eine Rechnung mit ihm offen!

Er wusste nicht, wer ich war und wer alles hinter mir stand. Genauso wenig wussten wir über ihn.

Zeros Leben ging weiter, nachdem er unseres zerstört hatte! Er hat uns einfach vergessen.

```
- Schulabschluss in Bestnoten (Streber)
- Schulsprecher im Abschlussjahr
```

Wieder sah ich auf das Profil von Joshua Winter.

Sollte ich jemanden töten, der laut den Akten so offensichtlich unschuldig war?

Normalerweise plagte mich mein moralisches Gewissen nicht, aber bisher sollte ich auch keinen Unschuldigen umbringen.

Die Tür wurde geräuschvoll geschlossen und ich hob meinen Blick, als der Dozent den Vorlesungssaal betrat. Er begrüßte seine Studenten und mich, murmelnd echote der Gruß der Studenten durch den Raum. Ich unterdrückte einen Seufzer und lehnte mich im Stuhl zurück. Mit meinen Fingerspitzen kämmte ich meine Haare und flocht sie zu einem Zopf.

Das Kopfgeld ist mir egal, ich brauche die Informationen.

Aber wie kann ich sein Vertrauen gewinnen, damit er mir seine Verbindung zu Zero offenbart?

Ich löste den Stift von meinem Tablet und ließ ihn zwischen meinen Fingern rotieren.

Die Zeit eilt ... Immerhin ist sein Auftrag gestern noch an neun andere Killer ausgegeben worden, auf die ich keinen Einfluss habe. Und die wollen keine Informationen von Joshua, sondern nur sein Kopfgeld. Und damit seinen Tod.

Der Freund mit den lockigen Haaren drehte sich um und ließ seinen Blick durch den halbleeren Vorlesungssaal wandern, als würde er ein bekanntes Gesicht suchen. Fast zuletzt blieben seine Augen an mir kleben, er drehte sich wieder um und sagte etwas zu meiner Zielperson Joshua. An der Art, wie seine Nackenmuskulatur sich bewegte, wusste ich, dass er mich gleich zum ersten Mal ansehen würde.

Mach dich auf was gefasst, May.

Kapitel 2

London – Guy's Campus, medizinische Fakultät
Montag, 13. September – Joshua

Noahs gute Laune wirkte am frühen Montagmorgen wie ein ansteckendes Virus. Ich war kein Morgenmuffel, aber meine Nacht war unruhig. Oft dachte ich zurück an meine Heimat und alles, was ich für mein Auslandssemester dort zurückgelassen hatte. Dank Noah war London nicht lange fremd für mich gewesen, sondern nach wenigen Tagen wie Heimat. Vom ersten Tag an, war ich Teil seiner Freundesgruppe und wurde herzlich aufgenommen.

Seine Freunde wurden zu meinen und machten mir meinen Start einfacher als erwartet.

Der Vorlesungssaal war mäßig gefüllt und unser Dozent hatte gerade erst angefangen, seinen Computer hochzufahren, weswegen die Stimmen meiner Kommilitonen noch durch den Raum summten. Ich genoss das lockere Durcheinander, was den Morgen direkt entspannter machte.

»Wo ist Livi nur schon wieder?«, murmelte Noah und tippte auf das Display seines Smartphones. Er hatte unserer Freundin bereits mehrfach geschrieben, dass sie die anstehende Vorlesung verpassen würde, aber keine Antwort erhalten.

»Sie kommt noch, keine Sorge.« Ich kannte Livi zwar erst wenige Wochen, aber wusste bereits, dass sie es mit der Pünktlichkeit nicht ganz genau nahm.

20

Ungeduldig ließ Noah seinen Blick durch den Raum schweifen und drehte sich wieder zu mir um.

»Einige Reihen hinter uns sitzt eine verdammt hübsche Blondine«, meinte er plötzlich und stieß mich sanft mit seinem Ellenbogen in die Rippen. Ein kleines Grinsen war auf seinen Lippen erschienen und ich erwiderte es belustigt.

»Ach ja?«

Er nickte. »Definitiv, aber schau nicht so auffällig.« Mit einer kleinen Bewegung deutete er mit seinem Daumen hinter uns. Langsam und gespielt gelangweilt, sah ich mich im Vorlesungssaal um und erkannte schließlich die Studentin, die das Ziel von Noahs Daumen wurde.

Sie hatte den Kopf leicht schräg gelegt und schaute konzentriert zu unserem Dozenten. In ihrer rechten Hand wirbelte sie einen Tabletstift gedankenverloren hin und her. Ihre hellblonden Haare waren in einem Zopf geflochten und ihre Gesichtszüge wirkten elegant und unnahbar. Sie besaß eine natürliche und geheimnisvolle Ausstrahlung, die mich anzog und etwas Fremdes versprach, etwas Abenteuerliches.

Eine ruckartige Bewegung ging im nächsten Moment durch ihren Hals und dann sah sie mich an.

Als wir einander begegneten, jagte der Blick ihrer grünen Augen einen Stromstoß durch meinen Körper und ich warf ihr in einem Flirtversuch ein kleines Lächeln zu.

Wow!

Ihre Miene blieb nachdenklich und durchbohrend, während die Bewegung ihres Stiftes langsamer wurde und sich eine Augenbraue skeptisch verzog.

Nach wenigen Sekunden wandte sie sich ab, ohne meinen Flirt zu erwidern.

Perplex drehte ich mich zu Noah um, verwundert über ihre unübliche Reaktion. Dieser unterdrückte ein verstohlenes Kichern.

»Das war kein Nein«, sagte ich schnell.

»Aber auch kein Ja. Ich glaube sie weiß nicht, was sie von dir halten soll.«

Ich verzog verlegen den Mund, aber musste zugeben, dass ich neugierig auf unsere Kommilitonin war. »Kennst du sie?«, fragte ich Noah interessiert und überging sein spöttisches Grinsen.

Zwar besuchte ich die Uni in London noch nicht lange, aber ich besaß ein gutes Gedächtnis und diese Frau hätte ich mit Sicherheit nicht vergessen.

Diese Ausstrahlung und Spannung, die von ihr ausgehen ... das habe ich noch nie erlebt.

Noah schüttelte leicht den Kopf. »Noch nie gesehen«, gab er zu. »Vielleicht hat sie den Kurs gewechselt?«

»Hm ...«, machte ich und ließ es darauf beruhen, aber ich spürte förmlich, wie sich diese grünen Augen in meinen Rücken bohrten und sich meine Nackenhaare aufstellten.

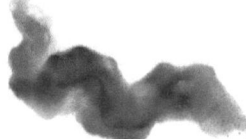

Mit einem Knall schloss unser Dozent seinen Laptop und beendete damit die Vorlesung.

Noah und ich packten unsere Sachen, als wir uns umdrehten, schaute ich wieder zu der Blondine. Sie schulterte ihren Rucksack, warf mir einen letzten durchdringenden Blick zu und verschwand Richtung Ausgang.

Diese Ausstrahlung ...

Mit einer Mischung aus Belustigung und Verwunderung sah ich ihr nach.

Wieso macht sie mich so neugierig?

Noah grinste mich breit an. »Starr ihr doch nicht so hinterher. Sonst denkt sie, du frisst sie gleich auf.«

Ich stimmte in sein Gelächter ein und fuhr mir durch meine Haare.

Wir machten uns auf den Weg zum nächsten Kurs und auf dem Flur eröffnete Noah das Gespräch erneut, nachdem er sein Handy in die Tasche gesteckt und nach seiner Wasserflasche gekramt hatte. »Was hältst du davon, wenn wir heute Abend ins Pub gehen?«, fragte er und trank einen Schluck.

Seit ich Teil von Noahs Freundesgruppe war, nahm ich an ihrer Tradition teil, der Bar in der Nähe regelmäßig einen Besuch abzustatten. Es gehörte zu unserem Alltag wie das Lernen oder Schlafen. In London begriff ich schnell, dass ich meine Komfortzone verlassen musste und ich tat dies gerne, um einen alten Schmerz aus meinem Herzen zu verdrängen, der mich aus Deutschland begleitet hatte.

»Ich schreibe in die Gruppe und frage, wie es bei den anderen aussieht«, gab ich nickend zurück und zückte mein Handy. »Aber wie ich die anderen kenne, sind sie dabei.«

Ich musste grinsen, als ich an den vergangenen Samstagabend zurückdachte, der in einem gemeinsamen Karaoke-Wettbewerb ausgeartet war.

»Noah! Joshua!«, rief plötzlich eine Stimme hinter uns, wir blieben stehen und drehten uns um. Am Ende des Ganges kam ein dunkelhaariges Mädchen in großen Schritten näher.

Da ist die verlorene Kommilitonin.

Sie hatte ein breites Lachen im Gesicht und ihre schulterlangen Haare wippten fröhlich bei jedem Schritt.

»Hey Livi!«, antwortete ich ihr. »Noah wollte schon eine Vermisstenmeldung aufgeben, wo warst du?«

Livi hieß mit vollem Namen Liana-Vivienne, aber jeder rief sie bei ihrem Spitznamen. Sie gehörte zu Noahs und somit auch zu meinen Freunden.

»Etwa keine Lust auf einen *spannenden* Vortrag über Anatomie?«, fragte Noah, als sie uns einholte, aber als Antwort streckte sie ihm die Zunge raus.

Sie umarmte uns beide zur Begrüßung. »Doch *klar*, aber ich war heute Morgen in der Bibliothek, um einige Themen aus der Physiologievorlesung nachzuarbeiten.« Sie schob sich eine Haarsträhne hinter ihr Ohr und sah uns fragend an. »Ich hoffe, dass ihr mir eure Notizen zur Verfügung stellt.« Sie zwinkerte kokett. »Oder habe ich etwas Wichtiges verpasst?«

Noah warf mir einen eindeutigen Blick zu und feixte in sich hinein. Die Reaktion von unserer fremden Mitstudentin schien ihn immer noch zu belustigen.

Ja, die Blonde hast du verpasst ...

Ich ignorierte ihn und schüttelte den Kopf, aber Livi blieb Noahs Reaktion nicht verborgen und sie zog ihre Augenbraue hoch.

»Was ist passiert?«, fragte sie neugierig, aber ich schüttelte lachend den Kopf und machte eine abwinkende Geste.

»Ach, nichts Wichtiges.«

Livis Neugier konnte ich so zwar nicht befriedigen, denn jetzt nahm sie Noah ins Visier. »Sag schon«, forderte sie, aber Noah deutete auf seine Uhr.

»Wir sollten uns langsam beeilen, sonst verpasst du deine zweite Vorlesung heute.«

Erschrocken fuhr Livi zusammen und vergas ihre Neugier sofort. »Oh, *shit!*«, fluchte sie. »Wir müssen uns wirklich beeilen!« Um ihre Dringlichkeit zu verdeutlichen, packte sie mich am Handgelenk und wir rannten in Richtung des Hörsaals, den wir rechtzeitig erreichten, bevor unsere Dozentin die Tür schließen konnte.

Sie verdrehte missgelaunt ihre Augen und murmelte etwas von »Unpünktlichkeit bei der heutigen Jugend«, bevor sie an ihr Vorlesungspult ging. Meine flüchtig gesprochene Entschuldigung überhörte sie geflissentlich.

Ein Kribbeln in meinem Nacken lenkte meine Aufmerksamkeit auf jemand anderen. Die Blondine von der vorigen Vorlesung sah mich mit ihren durchdringenden grünen Augen an.

Für einen kurzen Moment hatte ich sie aus meinen Gedanken gestrichen, zwischenzeitlich hatte ihr Blick jedoch nichts an Intensität eingebüßt.

Meine Armhaare stellten sich auf, als wir einander begegneten und schnell wand ich mein Handgelenk aus Livis Griff. Kurz zuckten meine Mundwinkel, aber ich unterdrückte ein an sie gewandtes Lächeln, weil ich von vorher wusste, dass sie es nicht erwidern würde.

Ihr Blick ging gelangweilt zu Livi über, die mich gerade noch am Handgelenk hielt, bevor sie sich fast beiläufig der beginnenden Vorlesung zuwandte.

Ihre Ausstrahlung ist unglaublich.

Wir setzten uns in die dritte Reihe und eine weitere Freundin von uns, Allison, in der zweiten Reihe drehte sich zu uns um. Sie zeigte den Daumen nach oben und flüsterte: »Pub heute Abend.«

Noah reckte triumphierend einen Arm in die Höhe und jubelte leise, worauf er sich erneut einen Tadel der Dozentin einfing.

Ich packte mein Tablet aus, aber eine Bewegung der Blondine aus der ersten Reihe erregte wieder meine Aufmerksamkeit und fasziniert sah ich ihr zu, wie sie geschickt den Stift zwischen ihren Fingern rotieren ließ.

Sie scheint zu trainieren ... Ihre Schultern sind für eine schlanke Frau ungewöhnlich drahtig.

Bei einer Bewegung fiel mir ein schlichtes Tattoo an ihrem linken Unterarm auf. Es bestand aus mehreren geometrischen Formen und ich versuchte den Sinn zu entschlüsseln, aber besann mich eines Besseren und fokussierte mich auf den Inhalt der Vorlesung.

Die Trennung von einer Frau hat mich nach London gebracht, ich sollte keine Gedanken an eine andere verschwenden.

Den meisten Inhalten konnte ich gut folgen, machte mir bei wichtigen Punkten Notizen und rückte gelegentlich meinen Arm zurecht, als ich bemerkte, wie Livi versuchte, einen Blick darauf zu erhaschen, um ihre Aufschriebe zu ergänzen. Als Dank knuffte sie mich freundschaftlich in den Arm.

Sie kam aus einer reinen Ärztefamilie, machte das Studium nicht wie ich aus Leidenschaft, sondern weil es aus dem Druck ihrer Eltern geschah. Dementsprechend war ihr Ansporn zu den Jahrgangsbesten zu gehören gering.

Nach einer Weile stupste Livi mich erneut an. »Weißt du, wer die Blonde in der ersten Reihe ist?«, fragte sie flüsternd und deutete mit dem Stift auf die Neue.

Ich sah nicht hin, sondern schüttelte stumm den Kopf.

»Bisher habe ich sie noch nicht gesehen«, murmelte Livi eher zu sich selbst als an mich gewandt.

Wenn Livi sie auch nicht kennt, dann wird sie sicherlich eine Quereinsteigerin sein.

»Wir machen fünf Minuten Pause«, verkündete unsere Professorin mit erhobener Stimme und wie auf Kommando drehte Allison sich mit leuchtenden Augen zu uns um. »Wann wollen wir uns treffen?«

Livi sprang direkt auf das Gespräch an. »Sieben Uhr?«

»Auf jeden Fall!«, sagte Noah und trommelte mit den Handflächen auf dem Tisch.

»Ihr wisst, dass ich immer dabei bin.«

Die Gruppe lachte über Noahs Enthusiasmus.

»Sag mal, Alli ... Kennst du die Blonde da vorne? Im letzten Semester war sie definitiv nicht bei uns an der Uni, oder?«, hakte Livi nach und deutete auf sie.

Allison drehte sich langsam, um die Neue in Augenschein zu nehmen. Unwillkürlich musste ich grinsen, weil ich mir vorstellte, dass meine Anwesenheit an den ersten Tagen ebenfalls ausgespäht wurde.

Wahrscheinlich wurde so auch hinter meinem Rücken über mich gesprochen.

Nach einer kurzen Musterung lehnte sich Alli zu uns zurück und schüttelte den Kopf. »Nein«, gab sie zu. »Die habe ich bisher noch nicht gesehen.«

Kapitel 3

London – Guy's Campus, medizinische Fakultät
Montag, 13. September – Mayren

Die Vorlesung endete und ich schob mein Tablet zurück in den Rucksack. Mein Fokus lag nicht auf dem Inhalt der Vorlesung, sondern auf den geflüsterten Gesprächen zwei Reihen hinter mir.

Denken die ernsthaft ich kann sie nicht hören?

Die Blicke aus den hinteren Reihen, spürte ich förmlich in meinem Nacken.

Was soll ich tun?

Als ich aufstand und mich zum Gehen wandte, warf ich Joshua einen schnellen Blick zu. Er und seine Freunde packten ihre Sachen zusammen und seine Augen leuchteten fröhlich, als er mit ihnen den gemeinsamen Abend plante.

Du bist keine Herausforderungen für einen Killer wie mich. Du würdest mich nicht kommen sehen.

Meine Gedanken waren so finster, als ich diesen unschuldigen Mann ansah.

Ihn zu töten, ist der falsche Weg ...

Ich schulterte meine Tasche und steuerte auf die geöffnete Tür des Hörsaals zu. Obwohl ich es mir erst nicht eingestehen wollte, glaube ich an seine Unschuld.

Er hat nichts mit unserer Welt zu tun, das erkenne ich sofort.

Aktuell bin ich nicht bereit ihn zu töten, sollte ich ihn dann gegenüber den anderen schützen?

Für einen Moment blieb ich unschlüssig stehen und schickte eine knappe Nachricht an Ian, den ich nur unter einem *I* eingespeichert hatte:

`Du hattest recht.`

Ian gehörte zu meinen engsten Freunden und ich vertraute ihm mit meinem Leben. Er war sehr bewandert in allen Nachforschungsaufgaben und hatte mir gegenüber zuerst den Gedanken geäußert, dass Joshua unschuldig in unsere Welt geraten war.

Scheint so, als hätte Ian recht gehabt ...

Danach öffnete ich einen weiteren Chat mit meinem eingespeicherten Kontakt namens *B* und schrieb ihm:

`Wir müssen telefonieren, heute Nachmittag. Dringend!`

Ian muss seine Nachforschungen auf die Verbindungen von Joshua zu unserer Welt gezielter ausbringen. Ich denke nicht, dass Joshua sich irgendwelchen bewusst ist ... und Bastian ... Ich bin gespannt, was er von der Situation hält.

Energisch warf ich meinen Zopf über die Schulter, ließ das Handy in meine Tasche fallen und wollte den Raum verlassen, als ich mit einem entgegenkommenden Studenten zusammenstieß. Durch den Zusammenstoß stolperte ich einen Schritt zurück und stieß unsanft an die Kante des Türrahmens.

Zähneknirschend starrte ich mein Gegenüber an und versuchte meine angestaute Frustration zu verbergen.

Pass doch auf!

Der Student war einen halben Kopf größer als ich und hatte schwarze Haare, die ihm zerzaust in die Stirn hingen. Seine Brille war verrutscht und mit einem Finger rückte er sie zurecht. Fasziniert musterte er mich und errötete leicht.

»Sorry.« Hastig hob er eine Hand. »Ich habe dich übersehen. Ist alles okay?« Er deutete auf meine Schulter, mit der ich an die Kante geprallt war. »Hast du dir wehgetan?«

Idiot.

»Nein, alles gut«, sagte ich schnell und versuchte, mir meine schlechte Laune nicht anmerken zu lassen. »Es geht schon.« Ich rückte meinen Rucksack zurecht und wollte bereits weiter, aber der Student streckte mir seine Hand zur Begrüßung entgegen und lächelte mich breit an.

»Mein Name ist Lucas Taylor, wie heißt du?«

Bitte kein Smalltalk ...

Ich ergriff seine ausgestreckte Hand, um sie zu schütteln. »Mayren. Ich bin den ersten Tag hier.« Es fühlte sich komisch an jemandem aktiv vorzuspielen, dass ich hierher gehörte. In ein Leben, das konträr zu allem war, was mein wahres Wesen verkörperte.

Sollte ich mich jetzt mit leerem, inhaltslosem Smalltalk rumschlagen, wenn ich mir stattdessen einen Plan überlegen könnte?

Lucas zog bei der Nennung meines Namens erstaunt seine Augenbrauen hoch.

»Mayren? Von der Aussprache wie der englische Monat May?«, fragte er nach und ich nickte. »Das ist ein schöner Name. Woher kommt er?« Er ließ mir keine Zeit zum Antworten. »Ich studiere an der Nachbar-Uni Jura, aber meine Freunde studieren hier und wir gehen mittags meistens zusammen essen. Hast du Lust uns zu begleiten?«

Ich unterdrückte ein Seufzen.

Was hatte ich zu verlieren? Solange ich keine Entscheidung gefällt habe, konnte ich mich genauso gut integrieren.

»Warum nicht«, stimmte ich zu und zuckte mit den Schultern.

Er lächelte breit und trat einen Schritt zur Seite, um mich vorbeizulassen, erst dann ließ er seinen Blick durch den Vorlesungssaal schweifen und hob seine Hand, als er Joshua und seine Freunde sah. »Hi«, begrüßte er sie, als sie näherkamen und ein Unwohlsein stellte sich bei mir ein.

O nein ... Ich werde gleich mit meiner Zielperson konfrontiert und bin völlig unentschlossen, wie ich mit ihr umgehen soll.

»Hallo Lucas!«, begrüßte das schwarzhaarige Mädchen ihn und ich drehte mich zu der Gruppe um und bemühte mich um eine neutrale Miene.

Ich musterte sie gründlich, beobachtete ihre Körperhaltung und versuchte abzuschätzen, warum sie vorhin sein Handgelenk gehalten hatte.

Ob sie seine Freundin war? Sie schmachtet ihn an, aber er scheint es nicht zu erwidern.

Auch Joshua sah mich an, instinktiv spürte ich seine hypnotischen Blicke und verfluchte ihn dafür, dass so viel Unschuld in seinen Augen schimmerte. Wie bei unserem ersten Blickkontakt regte sich ein merkwürdiges Gefühl in mir, das den Wunsch verstärkte ihn zu beschützen.

Er hat in seinem Leben noch nie einen Schritt in meine Welt gemacht! Wir Mörder erkennen einander.

»Das sind meine Freunde«, erklärte Lucas mir überflüssigerweise hinter meinen Rücken und ich drehe mich zu ihm um. »Die Kantine an meiner Uni ist leider nicht so gut wie eure.«

Was für ein willkommener Zufall ...

Dank Lucas bot sich mir eine sehr gute Chance, meine Zielperson besser kennenzulernen und ich beschloss den Wink des Schicksals zu akzeptieren.

So finde ich schneller den Anschluss.

Die Gruppe trat zu uns und ich scannte die restlichen Gesichter schnell ab. Der blonde Lockenkopf mit dem Kaffeebecher und ein weiteres Mädchen mit hellbraunen Haaren und einem interessierten Lächeln.

»Hallo zusammen«, sagte Lucas in die Runde und machte einen Schritt rückwärts auf den Gang, um nicht im Weg zu stehen. »Darf ich euch Mayren vorstellen?« Freundschaftlich legte er beim Gehen seinen Arm um meine Schulter und grinste in die Runde.

Meine Hand zuckte für einen kurzen Moment und ich musste den Impuls unterdrücken, seinen Arm abzuschütteln, aber niemandem schien das aufzufallen.

Ich mag Körperkontakt zu Fremden nicht.

Es hatte nichts mit Lucas zu tun, aber Nähe bedeutete in meiner Welt Angreifbarkeit und diese galt es, um jeden Preis zu vermeiden.

»Hi Mayren!«, sagte die Schwarzhaarige. »Ich bin Livi und das sind Noah, Allison und Joshua.« Jeden der Genannten begrüßte ich mit einem kleinen Lächeln und hoffte, dass es ehrlich wirkte. Für einen Sekundenbruchteil ruhte mein Blick etwas länger auf Joshua.

Du hast nichts mit meiner Welt zu tun ... und dir ist deine Verbindung zu Zero sicherlich nicht bewusst ... und trotzdem kann ich deinen Tod nicht einfach in Kauf nehmen ... oder?

»Allison und ich haben vorhin darüber gesprochen, dass wir dich noch nie gesehen haben«, plapperte Livi drauf los und unterbrach somit meine Gedanken über Joshua.

Ich weiß, hab ich gehört.

Die Gruppe steuerte die Gänge an und Lucas nahm endlich seinen Arm von meiner Schulter. Ich ließ mich in einen höflichen Smalltalk verwickeln.

»Ja, ich bin erst gestern Abend angekommen, eigentlich wollte ich zu Beginn des Semesters hier sein, aber es gab einen familiären Notfall.«

Hoffentlich fragt sie nicht nach. Die Wahrheit ist immerhin schwierig.

»Oh«, machte Livi, während sie im Gleichschritt neben mir ging, sie schien zu verstehen, dass Nachfragen unerwünscht waren. Allison ging auf meiner anderen Seite und wechselte geschickt das Thema. »Woher kommst du?«

Ihre hellbraunen Haare hingen glatt über ihren Rücken und wippten leicht bei jedem Schritt, ihre braunen Augen funkelten freundlich. Instinktiv wusste ich, dass sie eine ehrliche und loyale Person war.

»Meine Familie kommt aus Schweden, dort habe ich die ersten Semester studiert und mache nun ein Auslandssemester«, log ich schnell, ohne mir etwas anmerken zu lassen.

Meine Geschichten sollten möglichst vage sein, damit ich mich aus allem rausreden kann. Meine Herkunft stimmte als einziges.

»Schön, dass du nach London gekommen bist«, sagte Livi, lachte mich an und deutete mit dem Daumen über die Schulter zu meiner Zielperson. »Joshua ist auch für ein Auslandssemester hier.«

Erzähl mir was Neues.

Mit ehrlichem Interesse warf ich einen Blick zu Joshua und er erwiderte ihn mit einem kurzen, verlegenen Lächeln. Meine distanzierte Art in der ersten Vorlesung schien ihn eingeschüchtert zu haben. Wir erreichten die Mensa, ohne dass ich weitere Lügenkonstrukte spinnen musste, jeder holte sich etwas zu Essen und ich setzte mich mit der Gruppe an einen der freien Tische. Kaum hatten wir Platz genommen, begannen die Gespräche erneut. Mir war es unangenehm im Mittelpunkt zu stehen, als mich alle anstarrten und mit Fragen löcherten.

»Wie gefällt es dir in London? Und wann bist du gestern angekommen?«, fragte Lucas gerade.

Ist das ein Verhör?

Um Zeit zu gewinnen, nahm ich eine Gabel voll Kartoffelbrei und aß diesen, bevor ich antwortete. »Was ich gesehen habe, gefällt mir gut«, gab ich zu. »Meine Zeit für Sightseeing war bisher allerdings eher rar.«

Können wir endlich aufhören, über mich zu reden? Mit der Wahrheit kann ich ohnehin nicht rausrücken.

»Wir könnten zusammen eine Sightseeingtour machen?«, schlug Lucas freundlich vor und schob sich seine Brille die Nase hoch. Regungslos hing seine Gabel über dem Teller und Soße tropfte darauf.

Fragt er mich nach einem Date?

Seinem Blick nach zu urteilen, war das sein Plan.

Da ist der Grund, warum ich gedanklich zu alt für sowas wie Universitäten bin.

»Ich bin hier aufgewachsen, ich kenne alle schönen Plätze, die den Touristen normalerweise verborgen bleiben.« Er lächelte mich charmant an.

O man ...

Ich bemerkte, dass Joshua mich mit einer Mischung aus Neugier und Zurückhaltung beobachtete und meine Reaktion abwartete. Kurz musterten wir einander.

Versucht er mich einzuschätzen?

Es schien fast so und auch ich versuchte hinter seine Fassade zu schauen.

So werde ich nicht schlauer aus ihm. Ich muss in die Offensive gehen.

Ich beschloss ihn in das Gespräch mit hineinzuziehen.

»Du bist auch neu in London, oder? Willst du dich unserer Tour anschließen?« Ich war neugierig auf Joshua.

Wie konnte jemand, der nicht aus meiner Welt war, mit jemand Einflussreichem wie Zero in Konflikt stehen? Was soll ich tun, wenn es zum Ernstfall kommt?

Eine lose Haarsträhne fiel mir in die Stirn und ich schob sie achtlos hinter mein Ohr.

Fuck. Noch nie war ich in so einer Zwickmühle.

»Oder wir machen am Wochenende einen Gruppenausflug daraus!«, schaltete sich die braunhaarige Allison ein und ließ ihre Gabel auf den Teller sinken. »Kultur neben dem Bier täte uns allen gut.« Sie warf Noah einen belustigten Blick zu.

»Zu Kultur gehören auch die Pubs in der Nähe«, konterte er zwinkernd und die Spitzen seiner blonden Locken wippten, als er ruckartig zwischen uns umher sah. »Wenn eine London-Tour, dann nicht ohne Pubs.«

»Warum nicht?«, stimmte ich zu und nickte. Alles war mir lieber, als allein mit Lucas meine Zeit zu verschwenden. Seine Enttäuschung entging mir nicht, aber ich ignorierte ihn.

Noah brachte ein Gespräch in Gange und plante gemeinsam mit Allison, Lucas und Livi die Tour für das anstehende Wochenende. Ich war froh über den Themenwechsel und nutzte die Pause zum Essen.

Endlich ist der Hauptfokus nicht mehr auf mir.

Mit einem halben Ohr hörte ich bei ihrer Planung zu, bis Joshua mich direkt ansprach.

»Hast du schnell eine Wohnung gefunden?«

Erstaunt sah ich von meinem Teller auf und blickte in seine Augen.

Vielleicht nimmt er mir meine abweisende Art doch nicht übel?

Kurz überlegte ich, wie ich den nächsten Faden in mein Lügennetz webte.

»Ich war wirklich lange auf der Suche, bis ich endlich eine WG gefunden habe, die mich aufnahm«, erklärte Joshua mir in seinem perfekten Englisch. »Die Wohnungssuche muss dich auch beschäftigt haben, oder?«

Langsam schüttelte ich den Kopf. »Ein guter Freund von mir hat Kontakte in London«, flunkerte ich und musste an die zweite Nachricht denken, die ich vorhin an ihn gesendet hatte. »Dank ihm konnte ich schnell etwas finden.«

»Das macht es einfacher.« Ein leichtes Lächeln huschte über Joshuas Gesicht.

»Ja«, entgegnete ich und zum ersten Mal erwiderte ich es. Im Vergleich zu meinem Lächeln bei der Vorstellungsrunde ging es mir leichter von den Lippen und ich spürte, dass es nicht gekünstelt wirkte.

Alle meiner Ziele waren bisher meine Feinde ...

»Wo hast du die ersten Semester studiert?«, hielt ich unser Gespräch am Laufen. Zwar wusste ich es von den Akten, aber in einem normalen Gespräch wäre es eine naheliegende Frage.

Joshua legte sein Besteck auf den leeren Teller und seine grau-blauen Augen schienen direkt in meine Seele zu blicken.

Ich fühlte mich, als würde er mich röntgen und erkennen, was mein wahrer Aufenthaltsgrund war.

Shit ... Ich hatte selten das Gefühl, von jemanden durchschaut zu werden.

»Ich komme aus Deutschland, dort hab ich die ersten Semester studiert und wollte das dritte Semester im Ausland machen.« Er zuckte mit den Schultern. »Und so bin ich hier gelandet.«

Für den Moment sah ich ihn an und dachte fieberhaft nach, dann legte ich mein Besteck ebenfalls beiseite.

Warum hast du so eine freundliche Ausstrahlung? Es wäre einfacher, wenn du ein Idiot wärst und ich dich hassen könnte. Ich kann dich doch nicht zum Sterben zurücklassen, aber wenn ich meine Chancen falsch einschätze, verliere ich die Möglichkeit an Zero ranzukommen.

Meine nächsten Worte wägte ich genau ab.

Ich muss sicher gehen, dass er wirklich *keine Ahnung hat, wer Zero ist.*

»Wie ich sehe, hattest du *zero* Probleme, hier Anschuss zu finden«, kommentierte ich seine Erzählung und versuchte zu erkennen, ob er meine Anspielung verstand, aber es folgte wieder ein Lächeln und er schüttelte den Kopf.

»Nein, ich wurde von Noah und den anderen sofort herzlich aufgenommen.«

»Hm«, machte ich nur, ohne seine Gesichtsregungen aus den Augen zu lassen.

Er versteht keine Anspielung auf Zero, er hat keine Anzeichen von jemanden aus meiner Welt ...

Es ist völlig ausgeschlossen, dass er eine kriminelle Verbindung hat.

Wieder entstand der innere Konflikt in mir.

Was soll ich tun?

»Wollen wir langsam zum nächsten Kursraum gehen?«, warf Livi aus dem Nichts in unsere Unterhaltung ein und ich schlug die Augen nieder. Aus dem Augenwinkel fiel mir auf, dass sie mich genau musterte.

Keine Sorge, Kleine. Ich will dir nicht deinen Schwarm wegnehmen, aber meine Pläne mit ihm sind ... ja ... das wüsste ich auch gerne.

Lucas sah auf seine Uhr und stimmte Livi zu. »Ja, ich sollte auch los.« Er lächelte mich an. »Sehen wir uns heute Abend?«

Ich zog eine Augenbraue hoch. »Was?«, fragte ich unschuldig und stand ebenfalls auf. Ich hatte in der kurzen Pause der zweiten Vorlesung mitbekommen, dass sie heute Abend Bier trinken wollten, zugeben, dass ich gelauscht hatte, wollte ich jedoch nicht.

»Wir gehen heute Abend ins Pub um die Ecke«, erklärte Allison. »Komm mit, das wird lustig.« Sie lächelte mich aufmunternd an, aber ich zögerte. Durch meine überstürzte Abreise aus Frankreich war ich ausgelaugt und musste dringend Schlaf nachholen.

Kann ich Joshua unbeobachtet lassen? Für diesen Abend sollte er sicher sein, aber ich muss mich dringend mit Bastian kurzschließen, was mein weiteres Vorgehen betrifft.

Ich schätzte seine Meinung sehr und vertraute ihm mit meinem Leben. Wir kannten uns seit unserer Kindheit und sind gemeinsam durch Blut und Gewalt gegangen. Seine Einschätzung zur aktuellen Lage brauchte ich dringend.

»Nein, ich denke, ich passe«, sagte ich nach einen paar Sekunden und lächelte entschuldigend. »Ich hatte wenig Schlaf und werde heute lieber früh ins Bett gehen.«

»Wirklich schade«, meinte Lucas und es klang aufrichtig bedauernd. »Aber das Semester ist lang und du wirst dich nicht auf Dauer drücken können.« Wieder zwinkerte er mir zu.

Wie erteile ich ihm eine Abfuhr, ohne zu unfreundlich zu werden?

Die Sonne stand knapp über dem Horizont und die sommerliche Hitze verzog sich langsam aus den Straßen. Matt und kraftlos leuchtete der Mond am hellen Firmament und vereinzelt sah man die ersten Sterne. Der Himmel war völlig klar und ließ den Ausblick auf einen wunderschönen Sonnenuntergang, der die Stadt in ein goldenes Licht tauchte.

Meine Schulter knackte leise, als ich mich streckte und mir schläfrig die Augen rieb. Ein kurzer Mittagsschlaf auf dem Sofa im Wohnzimmer hatte die schlimmste Müdigkeit vertrieben. Ich suchte mein Handy, fand es in meinem Rucksack und sah, dass ich eine Benachrichtigung von *B*, Bastian, erhalten hatte:

Gedankenverloren drehte ich mich um und ging zur Theke am Fenster. Von hieraus bot sich eine wunderschöne Sicht direkt auf den Hyde Park und für einen kurzen Moment genoss ich sie. Meine Gedanken schweiften über die aktuelle Situation und mir war unklar, was meine möglichen Entscheidungen für Konsequenzen hervorrufen könnten. Die Schönheit des schwindenden Tages nahm ich nur beiläufig wahr.

Wenn ich den Jungen verschone, ... dann wird jemand anderes kommen und ihn töten. Sein mögliches Wissen wäre verloren. Aber was passiert, wenn ich ihn verschone und vor den anderen Jägern schütze?

Mit einem Seufzen sah ich auf mein Handy und rief Bastian an. Es dauerte kurz, bis er abnahm.

»Hallo May«, hörte ich seine Begrüßung und das Lächeln in seiner Stimme. »Wie war dein Tag?«

»Hi Basti«, grüßte ich ihn. »Super, ich war eine *vorbildliche* Studentin.« Es gelang mir nicht, den Spott aus meinem Tonfall zurückzuhalten.

Mein bester Freund am anderen Ende lachte leise vor sich hin. »Ian hat mir erzählt, dass du dich umorientieren willst. Woher kommt der plötzliche Sinneswandel?« Seine Ironie brachte mich zum Lachen. Obwohl ich ihn nicht sehen konnte, wusste ich, dass er eine gezwungen ernste Miene zog. »Nicht, dass du in unserem Clan zurücktrittst und künftig nicht mehr deine Aufgaben übernehmen willst«, fügte er an.

»Keine Sorge, ich bleib bei meinen Aufgaben«, nahm ich ihm die gespielte Angst ab.

»Dann bin ich beruhigt«, beendete er unsere Albernheiten und wir brachten unser Gespräch zum wesentlichen Punkt.

»Was hat Ian dir alles erzählt?« Ich wandte mich vom Fenster ab und schlenderte durch die Wohnung.

»Er sagte, dass Zeros Spiel gestartet ist und die Zielperson unterscheide sich fundamental von den Vorherigen. Was meinte unser IT-Genie damit?«

Bei seinen Worten nickte ich zustimmend. »Ian hat recht. Ich habe die Zielperson heute gefunden.«

Bastian schwieg und wartete auf meine weiteren Ausführungen.

Kurz suchte ich nach den richtigen Worten und fuhr fort: »Es ist für mich völlig ausgeschlossen, dass er etwas mit *unserer* Welt zu tun hat. Er ist ein durchschnittlicher Mann mit einem gewöhnlichen Studium und normalen Freunden.« Schulterzuckend argumentierte ich in mein Smartphone und blieb kurz an der Fensterfront stehen, um einen Blick in den Park zu werfen. »Selbst Andeutungen auf Zero verstand er nicht und seine Ausstrahlung …« Ich lehnte mich mit der Handfläche an den Fensterrahmen und atmete kräftig aus. »Mein Instinkt lässt mich *nie* im Stich, Basti. Ich bin mir sicher, dass er keine Verbindung zu unserer Welt hat.« Schweigend starrte ich in das Grün des Parks und wandte mich ab, um unruhig durch das Wohnzimmer zu tigern.

Die Situation ist eine Zwickmühle! Ich werde ihn nicht töten, aber kann ich zulassen, dass es jemand anderes tut?

»Also wie Ian es sich gedacht hatte«, sagte Bastian leise, und ich wusste, dass er sich ebenfalls im Gewissenskampf befand.

Es ist ein ungesagter Schwur, dass wir unsere Finger von Unschuldigen ließen, dieser galt aber nicht für Zero.

Aus eigener Erfahrung wussten wir, dass er sich nicht daranhielt. »Ja«, bestätigte ich ruhig. »Die Verbindung besteht irgendwo, woher sollte Zero Joshua sonst kennen?«

Am anderen Ende atmete Bastian lautstark aus. »Da hast du recht«, gab er zu.

»Sein Vater ist unbekannt, vielleicht hat er etwas damit zu tun, oder sein Onkel könnte bei der Polizei in Verbindung zu Zero gekommen sein«, warf ich in die Stille zwischen uns ein.

Aus jetziger Sicht macht etwas anderes keinen Sinn.

»Shit«, fluchte ich leise, sodass Bastian es nicht hören konnte.

In was für einen Fall bin ich da hineingeraten?

Erneut drehte ich mich zu den Fenstern um und die Aussicht in den Hyde Park war fast malerisch, als die Sonne alles in feuerrotes Abendlicht tauchte. Genießen konnte ich sie nicht und seufzte.

Widerstrebend sprach ich meine Gedanken aus: »Bei allen Aufträgen von Zero waren die Verbindungen der Zielperson in unsere Welt immer nachvollziehbar. In diesem Fall nicht und ich denke, dass Joshua Winters Verbindung eine zu Zero sein könnte.« Kurz zögerte ich. »Was ist, wenn es genau das ist, was wir immer gesucht haben?«

Bastian überlegte kurz. »Willst du damit andeuten, dass der Junge der Weg zu unserer Rache sein könnte?«

Für einige Sekunden ließ ich die Worte auf mich wirken und war froh, dass sie jemand anderes aussprach. Mein Blick glitt aus dem Fenster und ich beobachtete die Passanten desinteressiert.

Genau das ist die Frage. Meine Leute und ich suchen schon lange einem Weg, um uns an Zero zu rächen. Könnte Joshua dieser sein?

Scharf sog ich die Luft ein. »Ja …«, gab ich zögerlich zu. »Tatsächlich könnte er uns zu ihm führen, aber nicht, wenn ein anderer Jäger ihn zuerst findet.« Unwillkürlich empfand ich Mitleid für Joshua.

Erst eine Kindheit ohne Eltern und nun auf der Abschussliste von Zero.

Bastian schwieg und schien ebenfalls über die entstandene Möglichkeit nachzudenken, dann seufzte er. »Wir dürfen nicht unüberlegt vorgehen. Bedenke, dass wir seit Jahren auf eine Chance wie diese warten. Zero hat unsere Leben *zerstört* und uns das Recht auf eine glückliche Kindheit genommen. Wir können weder seine genaue Macht, seinen Einfluss oder seinen Clan einschätzen. Wir wissen nur, dass sie immens sind.« Nun zögerte er einen Moment mit seinen Worten, aber ich spürte seine Entschlossenheit. »Zero ist mächtig … keiner außerhalb seines Clans weiß etwas Entscheidendes über ihn und es könnten Monate, wenn nicht sogar *Jahre* vergehen, bis wir die Verbindung der Zielperson und Zero finden.«

»Es ist ein Risiko … Ich weiß«, gab ich zu und lehnte mich näher an die Glasscheibe. Sie beschlug bei einem tiefen Seufzer und kurz wirkte es, als wäre der Hyde Park in Nebel getaucht.

Da erzählst du mir leider nichts Neues.

Viele Gedanken und Gefühle zogen mir durch den Kopf, aber am präsentesten war das Gefühl von Hass auf diesen Auftraggeber und ich zeichnete einen grimmigen Smiley auf die beschlagene Scheibe.

Wenn wir beschließen, dass es das Risiko wert ist, muss ich alles daranlegen, dass Joshua am Leben bleibt. Er würde das Kernstück unseres Versuchs werden.

Es vergingen ein paar Momente Schweigen am Telefon.

Hoffentlich irren wir uns nicht in seiner Verbindung zu Zero.

»Wir …« Ich unterbrach mich selbst und schüttelte den Kopf. »*Unser* Clan arbeitet seit Jahren daraufhin, dass wir einen Weg finden. Die letzten Aufträge von Zero waren unsere ersten Hinweise, ihm näher zu kommen, aber jetzt?« Wieder machte ich eine kurze Pause und ordnete meine Gedanken. »Jetzt hat er uns mit dem Auftrag an Joshua eine Chance gegeben, die wir endlich nutzen können.«

»Wie sieht der Plan aus, May?«, fragte er und ich ließ mir Zeit mit meiner Antwort.

»Du weißt, wie sehr ich Zero hasse«, sagte ich.

»*Wir* hassen ihn alle, vergiss das nicht«, verbesserte Bastian mich und ich nickte zustimmend. »Unser Clan wird bei einer Entscheidung, die zu einer Chance auf Rache führt, geschlossen hinter dir stehen.«

»Dann steht die Entscheidung?«, vergewisserte ich mich und Bastian ließ ein zustimmendes Brummen hören.

»Wenn wir weiter darauf warten, dass das Schicksal uns noch klarer ins Gesicht springt, werden wir das ewig tun. Wir sollten die Nachforschungen auf die anderen Jäger fokussieren, damit wir wissen gegen wen wir den Jungen verteidigen müssen.«

Seine Worte ließen mich stutzen. »*Wir?*«

»Natürlich *wir*«, spottete Bastian und ich konnte deutlich das Lächeln aus seiner Stimme hören. »Wir leiten einen entscheidenden Schritt ein, denkst du ich lasse dich dabei allein?«

Langsam wandte ich mich von der anbrechenden Nacht über den Hyde Park ab. »Danke, Basti.« Seine Unterstützung wusste ich zu schätzen. »Wir müssen jedoch aus taktischer Sicht vorerst in London bleiben.« Ich schlenderte zum Sofa hinüber und ließ mich darauf fallen. »Ich kann so das Vertrauen von Joshua gewinnen und wir haben die Situation besser im Griff als an einem anderen Ort.«

»Gut, ich werde nachher mit Ian sprechen und ihm Bescheid geben, dass er sich auf andere Auftragnehmer fokussiert. Sobald ich weiß, wann ich in London sein kann, melde ich mich.«

»Alles klar. Danke.«

Am anderen Ende der Leitung lachte Bastian. »Wir steuern auf sehr spannende Zeiten zu, May.«

»Da hast du recht.«

Sieht so aus, als wäre die Zeit unserer Rache gekommen.

Kapitel 4

Noah jubelte laut, als ich das Pub betrat und sprang euphorisch auf. Als Lucas und Livi mich sahen, stimmten sie in Noahs Jubelschreie ein und Lucas trommelte wild mit seinen Handflächen auf der Tischplatte.

»Da bist du ja *endlich*«, rief Livi erfreut über den Lärm hinweg.

Entschuldigend hob ich die Hände und setzte mich an den Tisch. »Sorry.«

Noah lachte. »Hauptsache, du bist endlich da.« Seine Wangen waren gerötet und ich war mich sicher, das Bier vor ihm war nicht sein erstes.

»Du hast Noah verpasst, der das erste Bier auf Ex runtergezogen hatte«, teilte Livi mir mit. »Und er hat es mit Bravour gemacht.«

Lucas lachte über das ganze Gesicht und klopfte Noah anerkennend auf die Schulter.

Das erklärt, warum er so gut gelaunt wirkt.

Schnell bestellte ich bei der vorbeieilenden Kellnerin ein Bier und Noah nahm einen weiteren Schluck aus seinem Glas. Wenig später stellte die Kellnerin das Bier mit einem freundlichen Lächeln auf den Tisch und ich gab ihr das Geld und bedankte mich.

»Wo ist Alli?«, gab ich die Frage in die Runde und nahm einen Schluck, die Schaumkrone kitzelte mich an der Lippe.

Noah zuckte mit den Schultern. »Sie hat Livi geschrieben, dass sie zu ihren Eltern gefahren ist. Die wollten sie spontan sehen, aber morgen wäre sie dabei.«

»Ach so …« Ich nahm einen weiteren Schluck.

»Schade, dass sie nicht dabei ist.« Livi zog einen gekünstelten Schmollmund. »Ich könnte bei dem ganzen Testosteron etwas weibliche Unterstützung gebrauchen.«

»Du hättest Mayren überreden sollen, dass sie mitkommt. Dann wärst du unter uns nicht allein«, warf Lucas eigennützig ein.

»Sie hat es dir echt angetan, oder?« Ich sah ihn an und musste breit grinsen.

Noah stimmte in meine Belustigung mit ein, während Lucas mich mit einem schiefen Lächeln ansah und beschloss die Frage zu übergehen.

Nicht weiter verwunderlich, dass sie nicht nur mir aufgefallen war.

»Sie ist *merkwürdig*, findet ihr nicht?« Livi blickte mit nachdenklicher Miene über unser Lachen hinweg und verzog das Gesicht.

Merkwürdig? Unsere erste Begegnung war ungewöhnlich, aber auf den zweiten Moment haben wir uns gut verstanden.

»Wie kommst du darauf?«, fragte ich interessiert nach.

Nachdenklich biss Livi sich auf die Unterlippe. »Genau kann ich es dir nicht sagen, aber es ist ihre Art, die irgendwie …« Sie zögerte und suchte nach den richtigen Worten.

»… *komisch* ist.« Fragend schaute sie zwischen uns umher, als könnten wir ihren Gedankengang verstehen.

»Ne, Livi«, sagte Noah schließlich. »Keine Ahnung, was du meinst.« Er lachte und ich schloss mich an.

»Sie ist den ersten Tag hier und kennt niemanden«, ergänzte ich und nahm einen Schluck vom kalten Bier. »Und außerdem … hat sie nicht etwas von einem familiären Notfall erzählt?«

Unsere Argumente stimmten Livi nachdenklich und sie lenkte wenig überzeugt ein. »Vielleicht habt ihr recht«, gab sie zu und schloss sich unserem Lächeln an.

»Ich mag Mayren«, meinte Noah und strich über einen Tropfen Kondenswasser an seinem Glasrand. Kurz warf er mir einen Blick zu und an seinem Ausdruck sah ich, dass er an unsere erste Begegnung in der Vorlesung dachte.

Hoffentlich sagt er nichts.

»Wer weiß?«, warf Lucas ein und prostete Livi zu. »Vielleicht wird sie auch später deine beste Freundin wie Alli?«

Ich schloss mich Lucas' erhobenem Glas an. »Das klingt nach einem Toast.«

Noah erhob ebenfalls sein Glas.

»Auf alte und neue Freunde«, sagte Lucas und wir stießen klirrend unsere Gläser aneinander und tranken auf unsere Freundschaft.

An meinem ersten Tag wurde bestimmt auch über mich gesprochen. Ob ich ebenfalls als merkwürdig abgestempelt wurde? Es ist schön, dass ich schnell den Anschluss hier gefunden hatte.

London gab mir eine Unbeschwertheit zurück, die ich in meiner Heimat verloren hatte.

Die Stimmung wurde mit jedem Bier ausgelassener und wenig später trafen zwei Studienkollegen von Lucas zu uns.

Lucas studierte nicht mit uns Medizin, sondern an einer anderen Universität in London Jura, lediglich seine lange Mittagspause an einigen Tagen vereinte unsere Studienalltage. Er und Allison kannten sich seit sie Kinder waren und so entstand die Verbindung zwischen den Freundeskreisen.

Die ersten Tage in London waren für mich deprimierend, fremde Stadt, fremde Sprache und niemand, den ich kannte.

Zunächst bereute ich meine übereilte Entscheidung, hierher gezogen zu sein, aber als ich, dank Noah, endlich Anschluss fand, wurde mir bewusst, dass es die richtige Entscheidung gewesen war.

Das Auslandssemester zu machen, war ein Wagnis, aber es ist besser, als ich es mir vorgestellt hatte. Es tat gut meine Komfortzone zu verlassen.

Zum Zeitpunkt meiner Abreise litt mein Inneres unter einem Emotionschaos und ich hatte das Gefühl, dass mir die Luft zum Atmen fehlte. Ungern dachte ich zurück an meine letzten Wochen in der Heimat, aber stellte fest, dass es in meinem Herzen nicht mehr so schmerzte, wie zu der Zeit vor meiner Abreise. Das erfüllte mich mit einer gewissen Zufriedenheit.

Ein Pappuntersetzer traf mich am Schlüsselbein und ich schrak aus meinen Gedanken auf. Lucas, Noah und die anderen sahen mich erwartungsvoll an.

Ich bin mit meinen Gedanken völlig abgedriftet.

»Wie bitte?«, fragte ich, weil ich vermutete, dass alle auf eine Antwort von mir warteten.

»Wie gerne ich wüsste, woran du gedacht hast«, lachte Chris und klopfte mir auf die Schulter. Er saß neben mir und seinem Studienkollegen Simon, ich kannte die beiden ebenso lang wie Noah und wir saßen oft abends zusammen im Pub.

Simon war schmächtig, blass und klein, das komplette Gegenteil von Chris, der regelmäßig trainierte und gebräunt war. Sport war seine Leidenschaft und es wunderte mich wenig, als er seinen Vorschlag wiederholte: »Ich habe gefragt, ob ihr morgen nach der Uni Lust habt, in den Park zu gehen und Volleyball zu spielen? Solange das Wetter gut ist, kann man die letzte Vorlesung sausen lassen.«

»Klar, warum nicht?« Ich machte eine vage Geste und nickte zustimmend. »Wir haben morgen nicht so lange Uni, das klingt nach einem Plan.«

»Genial!«, rief Chris begeistert. »Wir Juristen zeigen euch Medizinern morgen, wo der Hammer hängt!« Simon und Lucas stimmten in seine Siegesrufe ein.

»Das wollen wir sehen!«, versuchte Noah sie mit erhobener Stimme zu übertönen. »Wir werden euch in Grund und Boden stampfen.«

Der ganze Tisch lachte und wir stießen erneut mit klirrenden Gläsern an und tranken. Ich war froh, dass ich in kurzer Zeit so gute Freunde gefunden hatte. Die Stimmung wurde ausgelassener und ich fühlte mich schnell angeheitert, was jedes weitere Bier verstärkte.

Kurz vor Mitternacht wandten sich Lucas und Simon zum Gehen und ich beschloss, mich ihnen anzuschließen.

»Wartet«, meinte ich und rutschte mit dem Stuhl zurück. »Ich komme mit.« Leicht schwankend stand ich auf und wünschte mir, auf das letzte Bier verzichtet zu haben. »Bis morgen«, sagte ich zum Abschied in die kleiner werdende Runde.

Noah und Livi saßen nebeneinander und sangen leidenschaftlich einen Robbie-Williams-Song mit, der im Hintergrund der Bar lief. Chris saß ihnen gegenüber und feuerte sie in wildem Eifer als Dirigent an. Als ich aufstand, winkte Livi mir zum Abschied zu, ohne ihre Performance zu unterbrechen. Ihr Blick war vom Alkohol verschwommen, ebenso wie der von Noah, während sie den Songtext grölten.

Lachend folgte ich Lucas und Simon aus der Bar und die Stille der Straße legte sich mit einem Piepen auf meine Ohren. Die abgekühlte Nachtluft erfrischte mich und fegte einige benebelte Gedanken beiseite.

»Fährst du mit uns in der U-Bahn?«, fragte Simon, aber ich schüttelte den Kopf.

Ich glaube, wenn ich heimlaufe, täte mir das gut.

»Nein, ich laufe«, teilte ich den beiden meinen Gedanken mit. »Dann bekomme ich den Kopf frei.«

Simon nickte und legte beunruhigt seine Stirn in Falten. »Pass auf dich auf, okay?«

»Ja, mach ich«, versprach ich und hob zum Abschied die Hand.

Was sollte auf dem Heimweg schon passieren?

»Kommt gut heim!«, rief ich ihnen zu, als sie in die entgegengesetzte Richtung davongingen, aber sie schienen es nicht mehr zu hören.

Gierig sog ich die angenehm kühle Abendluft ein und genoss die Frische, die meinen Kopf nach kürzester Zeit klärte.

Die Vorlesung morgen wird nicht ohne werden.

In meiner Heimat war ich selten unter der Woche ausgegangen. Mein Studium war die erste Priorität, gefolgt von meiner damaligen Freundin. Bei den Gedanken an sie machten sich alte Gefühle irgendwo tief in mir bemerkbar.

Warum muss ich jetzt wieder an Celia denken?

Es war ein Fluch, dass ich sie nicht aus dem Kopf bekam, aber als ich nach unserer Trennung nach London zog, schwand der Herzschmerz langsam und mit ihm mein Liebeskummer.

London bewirkt Wunder, was diese Trennung angeht. Es war die richtige Entscheidung, das Auslandssemester einzulegen.

Ich straffte meine Schultern und atmete tief ein.

Mein Ehrgeiz im Studium hat mich vergessen lassen, dass es noch andere Dinge als das Lernen gibt.

Es war mir sehr wichtig, einen guten Abschluss zu machen und mein Bestes zu geben, aber ich hatte mir vorgenommen, nicht mehr so verbissen zu lernen, sondern die Studienzeit zu genießen. Trotz des verbleibenden Herzschmerzes war ich aktuell unglaublich glücklich.

Kapitel 5

London – Stadtteil Kensington – Mayrens Wohnung
Montag, 13. September – Mayren

Es war längst dunkel auf den Straßen geworden, als ich endlich vom Barhocker an der Küchentheke rutschte und meine Gedanken vor Entschlossenheit nur so betäubt wirkten. Nach meinem Telefonat mit Bastian hatte ich mit Ian gesprochen, der stets im Hintergrund meines Clans die Fäden zog und ihm mitgeteilt, dass wir versuchen werden Joshua zu schützen.

Ich strich mir durch die Haare und streckte mich, die Gelenke in meiner Schulter knackten, als ich die Arme über meinen Kopf dehnte.

Ist das wirklich die richtige Entscheidung? Moralisch bestimmt, aber konnte ich ihn gegen neun andere Killer verteidigen?

Mit einem unterdrückten Gähnen streifte ich durch das schlicht eingerichtete Wohnzimmer. Ich konnte die Wohnung, die meinem Clan gehörte und als sicherer Rückzugsort fungierte, glücklicherweise kurzfristig nutzen und musste mich nicht nach einer Übergangslösung umsehen. Die Wohnung war möbliert und verfügte über zwei Schlafzimmer, einem Bad, dem Wohnzimmer mit angrenzender Küche und einer kleinen Abstellkammer.

Zeros Auftrag geht nie an zwei Leute aus demselben Clan.

Ich werde mich also gegen die anderen durchsetzen müssen.

Blindlings ließ ich mich auf das Sofa im Raum fallen und massierte meine Schläfen.

Ian hat versprochen, dass er sich weiterhin im Hintergrund hält, aber versucht mir mehr Informationen zu beschaffen ... Bastian erledigt seinen aktuellen Auftrag und unterstützt mich dann in London bei Joshua.

Durch Ians Fähigkeiten und Verbindungen in allen möglichen Netzwerken standen die Chancen gut, dass er mir ein grobes Zeitfenster des Eintreffens der anderen Killer kalkulieren konnte.

Leiser und gedämpfter Autolärm drang durch die Fenster und ich sah auf die Wanduhr. Es war kurz vor zwölf und unmittelbar musste ich an Joshua denken.

Ob er bereits zu Hause angekommen ist? Vielleicht ist das eine gute Gelegenheit die Umgebung seiner Wohnung auszukundschaften.

Für einige Sekunden blieb ich träge auf dem Sofa liegen, bevor ich aufstand, um meinen Plan in die Tat umzusetzen. Aus meinem Rucksack holte ich meine geladene Glock 17 und steckte sie mir in den Hosenbund, bevor ich die Wohnung verließ. Die Autoschlüssel klimperten leise in meiner Hand, als ich im Treppenhaus die Stufen hinabging.

Die Nachtruhe hielt das Haus in einem ruhigen Zustand und ich schlich zur Tiefgarage, wo mir abgestandene Abgasluft entgegenschlug. Die meisten meiner Nachbarn fuhren hochwertige Sportwägen und mein schwarzer Audi stach nicht aus der Masse hervor, sondern fügte sich angenehm in das Bild ein.

Ich kannte keinen der anderen Hausbewohner persönlich und schätzte die Anonymität sehr.

Egal was passiert, aber irgendwann werde ich verschwinden und dann ist es besser, wenn meine Abwesenheit nicht auffällt.

Der schwarze Lack meines Wagens glänzte im grellen Licht der Neonscheinwerfer, und als ich mich auf den Fahrersitz fallen ließ, sog ich den angenehmen Geruch des Wageninneren ein.

Ich zog mir die Kapuze meines schwarzen Pullovers ins Gesicht und startete den Motor, der mit einem dumpfen Grollen erwachte. Als ich mich in meinem Sitz zurücklehnte, drückte mir meine Waffe unangenehm in den Rücken, aber ich widerstand dem Drang, sie aus meinem Hosenbund zu nehmen. Auch wenn ich nicht glaubte, dass jemand anderes Joshua gefunden hatte, sollte ich für jeden Fall gewappnet sein. Insgeheim machte ich mir Sorgen um ihn. Er war grundsätzlich für mich ein Fremder, aber ich konnte einfach nicht in Ruhe in meiner Wohnung bleiben, ohne die Gewissheit zu haben, dass er von seinem Besäufnis mit den anderen sicher nach Hause gekommen war.

Niemand anderes wird ihn gefunden haben ...

Der Motor schnurrte wie eine Raubkatze, während ich aus der Parkbucht manövrierte und Richtung Ausfahrt der Tiefgarage rollte. Das grelle Licht der Garage verblasste hinter mir, als ich auf die Straße einbog, wo mich die Dunkelheit bereits erwartete. Ich steuerte zielstrebig auf die Adresse von Joshuas Wohngemeinschaft zu.

Zum Glück hat Ian den Durchblick beim Aufspüren von Daten ... ohne ihn wäre ich verloren.

Ich bog in den Stadtteil Chelsea ein und beobachtete jeden Fußgänger, der mir entgegenkam. Es vergingen einige Versuche, bis ich Joshua tatsächlich fand und mein Herz setzte einen Schlag aus.

Da ist er!

Seine sonst so aufmerksamen Augen starrten stumpfsinnig gerade aus und er schien über etwas nachzugrübeln. An seinem Gang erahnte ich, dass er nicht mehr vollständig Herr seiner Sinne war.

Da hat wohl jemand zu tief ins Glas geschaut.

Ein Grinsen schlich sich auf meine Lippen, als ich an ihm vorbeifuhr und direkt die nächste Straße links abbog. Nervös trommelte ich mit den Fingern auf das Lenkrad und mein Blick glitt suchend über die parkenden Autos am Fahrbahnrand.

Irgendwo muss eine Parklücke sein.

Nach dreihundert Metern gelangte ich an ein Gästehaus mit freien Parkplätzen. Hinter den Fenstern des Hauses herrschte Dunkelheit und ich beschloss meinen Wagen hier zu parken.

Es schlafen alle und niemanden sollte es stören, wenn ich mein Auto für eine Weile stehen ließ. Bis die morgen früh aufstehen, bin ich lange weg.

Das Schnurren des Audis erstarb, als ich den Motor ausschaltete und allein in der Stille der Nacht zurückblieb.

Leise schloss ich die Autotür und zog sorgfältig meinen Pullover über den Griff meiner Glock. Es war eine milde Nacht, der Himmel war klar und wurde vereinzelt von Sternen erhellt. Dafür hatte ich allerdings keine Augen, sondern eilte mit schnellem Schritt zurück zur Straße, wo von Joshua nichts mehr zu sehen war. Kurz sah ich auf mein Handy, was mir bestätigte, dass sein Wohnhaus in der entgegengesetzten Richtung lag.

Wohin geht er bitte um diese Zeit?

Ich runzelte die Stirn und eilte die Straße hinab, um ihn zu suchen.

Weit kann er nicht gekommen sein.

Der Drang, die Straße hinunterzurennen, wurde stärker, aber ich zwang meine Unruhe nieder und trabte locker los. Meine Anspannung wuchs und ein schmerzhafter Kloß schien sich in meinem Hals zu bilden, als ich die zweite Kreuzung passierte.

Wo ist er nur abgeblieben? Hat er hier Freunde, bei denen er übernachtet?

Mit großen Schritten ging ich an einem hell erleuchteten Schnellimbiss vorbei, durch dessen verglaste Frontseite eine Lichtflut auf den Gehweg fiel. Ich warf einen beiläufigen Blick in das Innere und stoppte ruckartig, als ich an der Theke einen jungen Mann mit breiten Schultern sah. Erleichterung machte sich in mir breit, als ich sah, wie Joshua seinen Burger in einer braunen Papiertüte entgegennahm.

Verdammt! Ich dachte schon, du liegst irgendwo verblutet in einer Ecke, aber nein du isst einfach einen Burger.

Schnell tauchte ich im Schatten des Nachbarhauses unter, als er aus dem Laden kam und sich auf den Heimweg machte. Ich wechselte die Straßenseite und folgte ihm mit einigem Abstand. Diesmal begab er sich auf den direkten Weg nach Hause, den mein Handy mir empfahl. Er schien nicht zu erahnen, dass ich ihn verfolgte, sondern es eilig zu haben, ins Bett zu kommen.

Kein Wunder, dass er müde ist. Es ist Viertel vor eins.

Als hätte ich ihm ein Stichwort gegeben, gähnte er, als er in den Vorgarten seines Wohnhauses abbog. Vor der Haustür kramte er in der Tasche seinen Schlüssel hervor und das Licht im Hausflur flammte hell auf. Ich kniete mich auf der anderen Straßenseite hin und gab vor, meinen Schuh zu binden, aber er sah sich beim Betreten des Hauses nicht um. Durch die Fenster im Treppenhaus konnte ich beobachten, wie er im zweiten Stock eine Tür aufschloss und dahinter verschwand.

Welches Zimmerfenster ist seins?

Mein Knie knackte beim Aufstehen und ich musterte aufmerksam das Haus. Ein Fenster zur Straße leuchtete auf und ich sah, wie Joshua herantrat und die Vorhänge zuzog. Unauffällig schien ich zwar gerade nicht zu sein, aber er bemerkte mich dennoch nicht.

Der Alkohol hat seine Sinne mehr getrübt, als ihm lieb sein sollte.

Kapitel 6

London – Guy's Campus, medizinische Fakultät
Dienstag, 14. September – Joshua

Gähnend hielt ich mir die Hand vor den Mund und rieb mir anschließend die Augen.

Die Nacht war zu kurz, aber immerhin halten sich meine Kopfschmerzen in Grenzen.

Der Duft des Kaffees vom Uni-Automat stieg mir in die Nase und ich nahm einen vorsichtigen Schluck des heißen Getränks. »Ahh«, fluchte ich leise, als ich mir die Zunge verbrannte.

Für den Beginn der Vorlesung war ich früh dran und saß im fast leeren Vorlesungssaal. Außer mir waren vereinzelt andere Studenten anwesend und lasen in ihren Notizen oder sprachen über die gestrige Vorlesung.

Warum bin ich gestern nicht früher gegangen? Fünf Stunden Schlaf reichen nicht aus.

»Guten Morgen«, grüßte Mayren mich plötzlich von der Seite. Sie hatte Noah im Schlepptau und beide zogen sich an den Tischen links von mir die Stühle zurück und setzten sich.

Noah murmelte etwas Unverständliches und rückte die Sonnenbrille mit schwarzen Gläsern zurecht. Er schien nicht allzu gut gelaunt zu sein und einen Kater zu haben.

Mit einem belustigten Lachen musterte Mayren uns. »Habt ihr zu tief ins Glas geschaut? Ihr gebt ein echtes Trauerbild ab.«

Sie öffnete ihre Tasche und holte sichtlich amüsiert ihr Tablet heraus.

Noah verschränkte die Arme auf dem Tisch und legte seinen Kopf schwer seufzend darauf ab. Seine blonden Locken standen ungebändigt von seinem Kopf ab und er seufzte bemitleidenswert.

»Es wurde später als geplant ...« Mit einem vielsagenden Kopfnicken deutete ich auf Noah.

Mayren schmunzelte und ich unterdrückte ein Gähnen. Vorsichtig pustete ich in meinem Kaffee und nahm erneut einen Schluck, diesmal ohne mich zu verbrennen. »Unter der Woche sollte man vielleicht nicht ausgehen«, neckte Mayren uns und wühlte erneut in ihrer Tasche, um zwei kleine Trinkflaschen hervorzuzaubern. Mit einem Zwinkern stellte sie eine auf dem Tisch vor mir ab und reichte die andere Noah. »Elektrolyte«, kommentierte sie meinen fragenden Blick.

»Du bist meine *Heldin*«, entgegnete Noah bewundernd und nahm die Flasche in seine Hand, nachdem er zwischen seinen Armen aufgetaucht war.

»Ich kann mich Noahs Worten nur anschließen«, bedankte ich mich und öffnete die Flasche, ohne Mayren aus den Augen zu lassen. Ihre reservierte Miene von gestern war verschwunden und ihre Augen funkelten freundlich.

Sie wirkt offener im Vergleich zu gestern, das war bestimmt nur die Aufregung vor ihrem ersten Tag.

»Was hast du gestern gemacht?«, fragte ich sie, als ich die Flasche geleert hatte, und wollte ein Gespräch in Gang bringen, um mich von meinen Kopfschmerzen abzulenken.

Noah hatte sein Getränk auf Ex getrunken und war erneut zwischen seinen Ellenbogen verschwunden.

Mayren strich sich eine Strähne aus der Stirn und klemmte sie sich hinters Ohr. »Nicht viel. Ich habe meine restlichen Sachen ausgepackt und etwas geschlafen.« Ihre grünen Augen fesselten mich auf eine hypnotische Art.

»Morgen«, murrte eine bekannte Stimme und Livi zog sich den freien Stuhl zu meiner Rechten heran und nahm Platz.

Mayren kramte erneut in ihrem Rucksack und beförderte eine weitere Flasche zu Tage, die sie Livi, mit einer kurzen Erklärung, reichte.

Perplex nahm sie sie entgegen und betrachtete das trübe Getränk. Verlegenheit trat auf ihr Gesicht und sie lächelte Mayren aufrichtig an. »Ähm … Danke dir.«

»Gerne doch.«

Da hat die merkwürdige *Mayren wohl doch Livis Freundschaft erobert.*

»Ex und hopp«, meinte Livi und stürzte ihre Flasche in einem Zug hinunter. Sie stellte sie neben meine und widmete sich ihrem mitgebrachten Kaffee.

Das Koffein ist heute der Grundbaustein, der unser aller Augen offenhält …

Laut schlürfend nahm Livi einen Schluck von ihrem dampfenden Getränk, sie war ebenfalls blass und trug dunkle Ringe unter den Augen.

»Livi …«, beschwerte sich Noah, ohne den Kopf zu heben. »Manche Leute wollen hier in Ruhe schlafen.«

Ein Hauch von Belustigung schwang in seinen Worten mit, aber Livi schien das zu überhören.

Sie warf Noah einen schlecht gelaunten Blick zu, aber folgte seinem Wunsch und unterließ das Schlürfen. »Warum mussten wir unter der Woche so lange ausgehen?«, murmelte sie vor sich hin und ich nickte zustimmend.

»Gute Frage …«

»Weil wir dumm sind«, gab Noah missmutig seinen Kommentar dazu ab, ohne seinen Kopf zu heben. Mayren neben uns kicherte leise.

»Ich trinke *nie* wieder Alkohol«, fügte Noah hinzu, aber ich wusste, dass diese Einstellung nur so lange anhalten würde, bis es ihm wieder besser ging.

Livi nahm sich an Noahs Sitzposition ein Beispiel und stützte ihr Kinn auf dem Tisch auf. »Verdammt«, fluchte sie. »Ich glaub, ich hatte lange nicht mehr so einen Kater.«

Mayren musterte sie mit einem Blick, den ich nicht genau deuten konnte, aber es lag ein kleines Lächeln auf ihrem Gesicht.

Sie beherrscht ein perfektes Pokerface, ich wüsste gerne, was sie denkt.

Der Dozent trat vorne ans Pult und begrüßte den mittlerweile vollen Vorlesungssaal und Noah bewegte seinen Kopf so weit, dass er die Augen öffnen konnte und den Dozenten im Blick hatte. Theatralisch seufzend tat Livi es ihm nach und trank ihren Kaffee leer.

Mayren ließ den Stift des Tablets wieder zwischen ihren Fingern wirbeln.

Es fiel mir schwer, mich zu konzentrieren und die Vorlesung zog sich endlos. Ich war froh, als unser Professor eine kurze Pause machte und Noah, Livi und ich zu dem Kaffeeautomaten auf dem Gang pilgern konnten und kurz darauf mit gefüllten Bechern zurückkehrten. Mayren war im Saal zurückgeblieben und als ich mich wieder neben sie setzte, erhaschte ich einen kurzen Blick auf ihr Display. Den Kontakt hatte sie lediglich unter *B* eingespeichert und für den Bruchteil einer Sekunde las ich die Nachrichten, allerdings waren sie auf einer anderen Sprache.

Ist das Spanisch?

Wäre es nicht unhöflich gewesen, auf ihr Display zu schauen, hätte ich gefragt, aber so schwieg ich und trank meinen Kaffee.

Livi, Noah und ich quälten uns weiter durch die trockene Vorlesung Neuroanatomie, während Mayren konzentriert unseren Dozenten beobachtete und sich Notizen machte.

Erleichtert atmete ich auf, als das Ende der Vorlesung verkündet wurde und rieb meine kribbelnden Augen, bevor ich aufstand.

Noah sah mich an und formte lautlos mit den Lippen das Wort »Kaffee.« Verständnisvoll nickte ich und zu viert wanderten wir erneut Richtung Kaffeeautomat, vor dem sich eine Schlange müder Gesichter gebildet hatte, in die wir uns einreihten. Unsere nächste Vorlesung Physiologie begann in einer halben Stunde und wir hatten genug Zeit, um pünktlich in der Vorlesung zu erscheinen. Die Gespräche von anderen Studenten um uns herum erfüllten die Luft mit einem

Summen wie in einem Bienenstock und ebenso geschäftig ging es auf den Gängen zu.

Noah warf zuerst seine Münzen in den Automaten und beobachtete gierig, wie der Kaffee in seinen Becher lief. Ungeduldig nahm er ihn und schwenkte die dunkle Flüssigkeit im Becher wie ein Weinkenner.

»Möchtest du auch etwas?«, fragte ich Mayren, als ich meinem Becher unter die Ausgabe stellte und auf den Knopf für schwarzen Kaffee drückte.

»Nein, danke«, sagte sie mit einem höflichen Lächeln. »Ich trinke selten Kaffee.«

Die Maschine piepste und verkündete, dass mein Getränk fertig war. Ich nahm den Becher und machte für Livi Platz. »Es ist wie eine Sucht …«, gab ich zu. »Seitdem ich mit meinem Studium angefangen habe, trinke ich Kaffee und ohne werde ich fast nicht mehr fit.«

Als Livi mit einem Getränk versorgt war, machten wir uns auf den Weg zum nächsten Kursraum.

»Hast du heute Nachmittag eigentlich schon etwas vor?«, fragte Noah Mayren.

Sie schüttelte den Kopf als Antwort und richtete sich den Träger ihres Rucksacks, wobei mir wieder das Tattoo an der Außenseite ihres linken Unterarms auffiel. Es war filigran gestochen und bestand aus zwei unterschiedlich langen Linien, die von einem großen Kreis und einem kleinen, unvollständigen Kreis durchbrochen wurden.

Wofür das Tattoo wohl steht?

»Wir gehen mit einer Gruppe der Jurastudenten in den Hyde Park und spielen Volleyball, hast du Lust mitzukommen?«, fragte Noah und neugierig wartete ich ihre Reaktion ab.

Mayren machte mir einen sportlichen Eindruck, sie wird einem Spiel sicher nicht abgeneigt sein.

Gemäß meinen Erwartungen nickte sie begeistert.

»Ich habe zwar schon ewig kein Volleyball mehr gespielt, aber da sage ich nicht nein. Danke für die Einladung.«

Gemeinsam erklommen wir die Stufen in das nächste Obergeschoss.

»Gerne. Immerhin wollen wir die Juristen fertigmachen. Die Einladung war völlig eigennützig.« Noah zwinkerte ihr freundschaftlich zu und Mayren grinste breit.

Dank Noah finden neue Studenten schnell Anschluss. Bei mir war das auch so, dass er mich direkt eingespannt hat.

»Wenn du mir deine Handynummer gibst, kann ich dich zu unserer Gruppe hinzufügen«, schlug ich vor und zog mein Smartphone aus der Hosentasche. »Wir verabreden uns oft spontan, wenn du möchtest.«

Mayren streckte ihre Hand aus, nahm mein Telefon und lächelte mich frech an. »Wenn du meine Nummer willst, hättest du auch ohne Vorwand fragen können.«

Kapitel 7

London – Hyde Park

Dienstag, 14. September – Joshua

Die Sonne schien mir ins Gesicht und ich genoss die Wärme auf meiner Haut, als ich aus dem Bus stieg und mich auf dem Weg zum Hyde Park machte. Touristen kreuzten meinen Weg und wiesen sich entsprechend mit Spiegelreflexkamera oder Stadtplan in der Hand aus. Sie eilten von einer zur nächsten Sehenswürdigkeit oder blieben sporadisch mitten im Weg stehen, sodass man gezwungen war, ihnen auszuweichen.

War ich auch so, als ich meine ersten Tage in der Stadt verbrachte?

Erneut umrundete ich eine kleine Gruppe von Touristen, die orientierungslos im Weg standen und steuerte auf den Parkeingang zu, der unserem Treffpunkt am nächsten war. Meine Müdigkeit und die Kopfschmerzen waren verflogen und die Vorfreude auf das Spiel überwog. Nach ein paar Minuten Fußweg bog ich in den Park ein und eine grüne Idylle umgab mich. Der Großstadtlärm verstummte mit jedem Schritt und das Vogelgezwitscher wurde lauter. Kies knirschte unter meinen Turnschuhen, als ich einem der Wege zum vereinbarten Treffpunkt folgte, und ich kickte einen größeren Stein vor mir her, der irgendwann zwischen den Grashalmen am Rand verschwand. Erschrocken flohen zwei Grauhörnchen, laut quiekend auf den nächsten Baum und ich sah ihnen nach, wie sie flink über die Äste turnten und in den Baumkronen verschwanden.

Ein leichtes Lächeln schlich sich auf meine Lippen. Ich freute mich, mit den anderen zusammen Zeit zu verbringen. Ein bisschen bedrückte mich der Gedanke, dass alles ein Ablaufdatum hatte.

Ich habe dieses Semester mit den anderen in London, danach werde ich nach Hause gehen und dort mein Leben weiterführen.

Grübelnd ging ich den Weg entlang, aber als die anderen in Sichtweite kamen, vergaß ich meine trüben Gedanken sofort. Mayren, Livi und Allison saßen auf einer Picknickdecke am Boden und plauderten, während Lucas, Simon und Chris sich einen Football auf der Wiese hin- und herspielten. Alli hob von weitem die Hand zum Gruß.

Ich entgegnete ihrem Gruß und die Jungs drehten sich zu mir um.

Chris hatte gerade den Football in der Hand und rief: »Joshua, *fang!*«, dann warf er den Ball mit aller Kraft in meine Richtung.

O nein ...

Der Pass würde mich an meinem jetzigen Standort nicht erreichen, deswegen zog ich den zweiten Gurt meines Rucksackes über die Schulter und legte einen kurzen Sprint ein, um den Ball zu erwischen. Hinter mir flogen die Kieselsteine auf und meine Schritte hinterließen kleine Staubwölkchen am Boden. Ich streckte meine rechte Hand aus und meine Fingernägel krallten sich in die Gummioberfläche des Balls, mit meiner linken Hand packte ich ihn fester und kam schlitternd zum Stehen.

In einer triumphierenden Geste hielt ich den Ball in die Höhe und erntete das Grölen von Chris.

Das erinnert mich an früher, als ich noch aktiv in der Leichtathletik war.

Simon streckte anerkennend den Daumen nach oben, während Lucas, Alli und Mayren lachten.

»Chris?«, rief ich laut den anderen zu.

Der Angesprochene zog eine Augenbraue hoch und lachte. »Ja?«, fragte er, obwohl er wusste, was kommen würde.

»Fang!« Mit aller Kraft schleuderte ich den Football in seine Richtung, bevor ich ihm in gemütlichen Schritten folgte. Der Ball rotierte um seine Längsachse und flog in einem perfekten Bogen auf Chris zu, der ihn mit beiden Händen aus der Luft fing und direkt an Simon weiterspielte.

»Hallo zusammen«, sagte ich, als ich bei den anderen ankam, und ließ meinen Rucksack neben die anderen Taschen auf den Rand der Decke fallen.

»Guter Sprint«, lobte Simon und reckte seinen Daumen in die Höhe.

»Dann fehlen nicht mehr viele«, bemerkte Chris zufrieden und warf den Ball in die Höhe, nur um ihn wieder aufzufangen. »Von uns fehlen Archie und Chloe. Bei euch fehlen auch noch Leute, oder?«

Allison nickte und stand auf. »Wir wissen noch nicht, ob Noah seinen Kater losgeworden ist.«

Livi und Lucas lachten.

»Er hat vorhin in der Uni keinen motivierten Eindruck gemacht«, fügte ich an.

»Wenn Noah nicht kommt, setzt jemand von uns aus«, überlegte Chris und spielte den Ball von der einen Hand in die andere. »Zum Glück habt ihr einen Ersatzspieler.« Er grinste Mayren an.

Sie lächelte höflich und stand ebenfalls auf, aber ihr Lächeln erreichte die Augen nicht und es wirkte, wie das, was sie immer Lucas schenkte.

Unsere Blicke begegneten einander und ich fühlte mich von ihren grünen Augen wie gefesselt. Mir war klar, warum die anderen Jungs Interesse an ihr zeigten.

Ihre Ausstrahlung strotzt vor Selbstbewusstsein und rein objektiv ... sie sieht heiß aus.

Ich fuhr mir verlegen durch die Haare und hielt die Hände hoch, um Chris aufzufordern, mir den Football zuzuspielen. Dieser ließ sich nicht lange bitten, sondern warf ihn auf der kurzen Distanz so fest er konnte.

»Lasst uns noch auf die anderen warten«, meinte Simon, als er auf seine Uhr sah. »Archie und Chloe kommen bestimmt gleich.«

Lucas setzte seine Brille auf die Nase. »Die beiden stecken wahrscheinlich im Touristenstau fest.«

Mayrens Augen ruhten auf mir, ich spürte das Kribbeln im Nacken, weswegen ich ihr den Ball zuwarf. Mit einer dynamischen Bewegung schlossen sich ihre Hände um den Ball. Für einen winzigen Moment war ihr Blick durchdringend, als hätte sie eine Frage gestellt und wartete auf eine Antwort, aber schnell war der Ausdruck von ihrem Gesicht verschwunden.

»Lucas?«, rief sie, um seine Aufmerksamkeit zu bekommen und spielte ihm einen Pass zu. Der Wurf schien ihn zu überraschen, er vergriff sich, der Ball fiel ihm aus der Hand und sprang über den Boden. Schnell bückte er sich und hob ihn auf, um ihn direkt zu Simon zu werfen.

Dieser spielte ihn an Chris und weiter an Allison. Ihre braunen Haare flatterten im Wind, als sie den Ball mit aller Kraft in meine Richtung warf.

Ich musste ein paar Meter zur Seite gehen, um ihn sicher zu fangen und warf ihn zu Mayren, die mich anlächelte.

Bilde ich mir das ein oder ist dieses Lächeln diesmal nicht nur höflich wie bei Chris?

Katzenartig fing sie den Ball aus der Luft und schleuderte ihn, ohne Zeit zu verschwenden, in Simons Richtung.

Es vergingen einige Minuten, in denen wir die Pässe umherspielten, bis wir unterbrochen wurden.

Ein Paar kam auf uns zu und Chris rief erfreut: »Ihr kommt genau rechtzeitig! Wir wollten den Medizinern gerade zeigen, wie man Volleyball spielt.«

Wer's glaubt.

»Hallo!«, sagte der Mann in die Runde und hob seine Hand. »Ich bin Archie.« Freundliche Züge prägten sein Gesicht und zeigte auf die Frau neben ihm. »Und das ist Chloe.«

Chloe lachte fröhlich. Sie war einen Kopf kleiner als ich und trug ihre Haare in einem kurzen Schnitt. Mehrere silberne Ohrringe glänzten im Sonnenlicht und ein dunkles Augen-Make-up verlieh ihr ein verruchtes Äußeres. Das gutmütige Glitzern in ihren Augen machte sie mir sofort sympathisch.

Ebenso empfand ich es bei Archie. Er hatte Mayrens Größe, trug seine rotbraunen Haare zu einem Zopf gebunden und sein Gesicht war von Sommersprossen gesprenkelt. Meine anderen Kommilitonen stellten sich ebenfalls vor und beide nickten jedem zur Begrüßung zu.

»Schön euch kennenzulernen«, rief Chloe erfreut und klatschte begeistert in die Hände. »Sind wir komplett? Dann können wir anfangen.«

Simon ließ den Ball vor sich auf den Boden fallen und er sprang mit Schwung zurück in seine Hände. »Wir warten noch auf Noah, aber das kann sich etwas ziehen.« Er prellte den Ball erneut auf den Boden.

»Er geht nicht ans Handy«, warf Livi ein und nahm sich ihr Smartphone vom Ohr. »Er schläft bestimmt, aber ich schicke ihm eine Nachricht.«

»Sollen wir die erste Runde ohne ihn spielen?«, schlug Chris vor. »Einer könnte aussetzen oder wir tauschen durch.«

Archie hob den Arm. »Ich setze die erste Runde aus.«

»Okay, dann haben wir das geklärt.« Chris kramte ein Seil aus seinem Rucksack und gemeinsam spannten wir es zwischen zwei Bäume, begrenzten das Spielfeld mit Steinen an den Ecken und stellten uns für die erste Runde auf.

Die Juristen begannen und Lucas schlug den Aufschlag knapp über das Seil, ich erwischte den Ball und spielte ihn gerade nach oben, sodass die Mädels ihn zurück in die gegnerische Hälfte spielen konnten. Livi reagierte schnell, machte einen Schritt auf mich zu und mit einem Schlag von ihr flog der Ball zu unseren Gegnern.

»Sehr gut«, murmelte ich halblaut zu Livi und sie lächelte zufrieden. Der Ball kam genau auf Chris, er nahm ihn an und spielte ihn nach oben.

Simon sprang ihm zur Seite und wollte ihn zu uns zurückschlagen, aber verfehlte den Ball und er flog erneut hoch.

Chloe rettete die Situation und leitete den Ball zurück auf unsere Seite, während Livi schnell reagierte und ihn nach hinten in das Feld spielte.

Allison nahm ihn mit Leichtigkeit an und beförderte ihn zurück auf das gegnerische Spielfeld. Kurz vor Ende des Satzes stieß Noah endlich zu uns.

»Sorry, dass ich so spät dran bin …«, entschuldigte er sich.

Genau in dem Moment sah ich zu ihm und achtete kurz nicht mehr auf das Spiel, der Ball fiel mir vor die Füße und brachte den Juristen den entscheidenden Punkt. Wir verloren mit vier Punkten Rückstand.

Verdammt.

Sie jubelten, Chris rannte zu Noah und schlug ihm dankend auf die Schulter.

»Danke für deine Hilfe«, rief er erfreut aus. Noah machte ein zerknirschtes Gesicht.

»Die nächste Runde geht an uns«, antwortete ich Chris und hob den Volleyball vom Boden auf. »Wir haben Aufschlag.« Ich warf den Ball zu Mayren, die an der entsprechenden Position im Feld stand. Sie fing ihn ohne Probleme und wartete erwartungsvoll, dass alle anderen ihre Plätz einnahmen.

»Komm, Archie«, forderte Chloe ihn auf, reichte ihm die Hand und zog ihn auf die Füße.

Während des ersten Satzes saß er am Spielfeldrand, zählte die Punkte und achtete darauf, dass die Regeln eingehalten wurden.

Wir stellten uns in unserem improvisierten Feld auf und Mayren beförderte den Ball in einem vorbildlichen Aufschlag auf die andere Seite, wo Chloe ihn annahm und zum Weiterspielen senkrecht nach oben brachte.

Die Ballwechsel gingen schneller voran und in diesem Satz waren wir den Juristen nicht nur ebenbürtig, sondern führten ganz klar. Den zweiten Satz gewannen wir mit 25 zu 16 Punkten und brachen unsererseits in Jubel aus.

Chris sah enttäuscht aus, als wir den entscheidenden Punkt machten, aber versuchte es zu überspielen. »Keine Sorge, im finalen Satz verliert ihr«, sagte er lachend, als wir eine Pause auf der Picknickdecke machten.

»Niemals«, antwortete Allison und funkelte ihn belustig an. Sie trank einen Schluck Wasser aus ihrer Flasche und deutete mit dem Finger auf Lucas. »Du hast dir eindeutig den falschen Studiengang zum Volleyball spielen ausgesucht.« Dieser lachte und putzte seine Brille am Rand seines T-Shirts.

Mayren setzte sich neben mich auf die Decke und griff nach ihrer Tasche, um eine Trinkflasche hervorzuziehen. »Ich hätte nicht gedacht, dass du so gut im Volleyball bist«, verwickelte sie mich in ein Gespräch und schraubte den Verschluss ihrer Flasche auf. »Hast du früher auch Volleyball gespielt?«

Ich griff ebenfalls nach meiner Wasserflasche.

»Nicht regelmäßig, nein. Deswegen bin ich aus der Übung. Früher war ich besser.«

»Wir sind alles nur Amateure in der Sportart …«, meinte sie und nahm einen Schluck Wasser. »Was war deine Sportart zu Hause? Fußball?«

»Nein, ich war in der Leichtathletik aktiv. Fußball schaue ich nur gerne.« Ich ließ meinen Blick über meine Freunde gleiten. »Was hast du gemacht?«

»Ja … Leichtathletik steht dir …« Sie nickte und schraubte ihre Flasche wieder zu. »Ich habe in meiner Kindheit früh mit Kampfsport angefangen.«

»Kampfsport?« Überrascht zog ich eine Augenbraue hoch und scannte unbewusst Mayrens Körper.

Sie war nicht auffallend muskulös, aber die Sportart erklärte ihren drahtigen Körperbau.

»Wie kamst du dazu?«

Mayren legte ihren Kopf schief und für einen winzigen Moment sah ich einen Schatten über ihr Gesicht flackern, aber er verschwand so schnell, wie er erschienen war. »Über meinen besten Freund, Bastian. Wir haben fast zeitgleich damit begonnen.«

Bastian … Könnte das ihr Kontakt B sein?

»Cool! Vielleicht kannst du mir mal etwas beibringen?«

Ihr Lächeln wurde verhaltener und sie strich sich eine Haarsträhne hinter ihr Ohr. »Ich habe nie Turniere gekämpft, wenn du das meinst … hast du an Leichtathletik-Wettbewerben teilgenommen?«

Ich schraubte meine Flasche nach einem weiteren Schluck Wasser wieder zu. »Ja, aber auch das ist schon lange her und als ich mit dem Studium begonnen hatte, habe ich mich nur noch aus Gewohnheit im Training blicken lassen. Durch meinen Umzug nach London ist es damit aber auch erst mal vorbei.« Ich wollte gerade etwas anfügen, als Chris den Volleyball in unsere Richtung warf.

»Hört auf zu flirten ihr zwei!«, rief er uns lachend zu.

Mit einer schnellen Bewegung fing ich den Ball auf und starrte Chris verdutzt an.

Flirten? War das ein Flirt?

Vielleicht war es nicht meine Absicht, Mayren anzuflirten, aber unser Gespräch hatte sich so ungezwungen und angenehm angefühlt. Langsam stand Mayren auf, klopfte den Staub von ihrer Hose und warf Chris einen genervten Blick zu.

Die restliche Freundesgruppe beobachtete uns teils amüsiert, neugierig oder fragend. Verlegen fuhr ich mir durch die Haare und stand ebenfalls auf. Mit aller Kraft warf ich Chris den Ball zurück und hoffte, dass er ihn am Kopf treffen würde.

Arsch.

Er grinste frech, als er die Arme hob und sich die Finger um den Volleyball schlossen.

Erneut fuhr ich mir verlegen durch die Haare und drehte mich von ihm weg. Seine Worte ärgerten mich, weil es meine geringste Intention war zu flirten oder jemanden kennenzulernen.

Eine Fernbeziehung könnte ich niemals führen und außer-
dem ...

Die düsteren Gedanken an Celia waren wieder da und fegten die gute Stimmung weg. Griesgrämig starrte ich auf meinen Rucksack und hing den schlechten Emotionen nach.

»Sollen wir weiterspielen?«, fragte Simon hinter meinen Rücken und ich hörte, wie der Ball geworfen wurde.

Die anderen stimmten zu und ich drehte mich zum Spielfeld. Mayren stand noch neben mir und machte einen kleinen Schritt auf mich zu. »Mach dir nichts aus seinen Worten ... «, murmelte sie mir so leise zu, sodass nur ich sie hören konnte. »Ich kann dir gerne beibringen, wie du Chris eine verpassen kannst.« Sie zwinkerte mir zu und grinste, was mir ebenfalls ein ungezwungenes Lächeln entlockte.

»Danke«, flüsterte ich und ihr Angebot vertrieb meine schlechte Laune mit einem Schlag. Ich stellte mich auf die freie, mittlere Position im Feld und Mayren nahm die letzte Stelle vorne links im Feld ein. Archie startete mit seinem Anspiel, aber er traf den Ball zu schwach und er segelte unter dem Seil durch.

»Falscher Aufschlag«, rief Noah und fing den Ball ein. »Noch ein Versuch, dann geht der erste Punkt an uns.«

Er warf den Ball zu Archie zurück und er fing ihn mit einem zerknirschten Ausdruck auf.

Warum haben mich Chris' Worte so getriggert?

Was mich noch mehr wunderte war, dass Mayren meine schlechte Stimmung mit einem kurzen Satz einfach wegwischen konnte.

Bei seinem zweiten Versuch beförderte Archie den Ball auf unsere Seite.

Noah spielte ihn nach oben und ohne Schwierigkeiten konnte ich ihn auf die andere Seite baggern. Die Stelle an meinen Handgelenken schmerzte vom Aufprall des Balles, aber der Schmerz übertönte meine Gedanken und ich konzentrierte mich aufs Spiel.

Wir hatten Aufschlag und ich sah nach rechts. Durch die Rotation im Volleyball stand ich hinten links, Noah in der Mitte, Livi vorne rechts und Allison vor mir.

Mayren ließ den Ball zweimal auf den Boden springen und warf ihn mit der linken Hand nach oben.

Ihre rechte folgte hinterher und sie traf im perfekten Moment. In einem Bogen flog der Ball über das Seil und Chloe schaffte es, ihn nach oben zu baggern, allerdings flog er schräg und wäre im Aus aufgekommen.

Chris setzte dem Ball hinterher und schaffte es mit seiner Faust ins Feld zurückzuspielen, wo Lucas ihn unkontrolliert über das Seil spielte. Der Ball flog auf die rechte Seite des Feldes zu und Noah wollte den Ball annehmen, obwohl er eher auf Mayrens Position flog. Beide sahen konzentriert auf den Ball, sodass sie den Zusammenstoß nicht kommen sahen.

Shit!

Noah stieß rückwärts gegen Mayren und ungeschickt stolperte sie über einen der großen Randsteine, der als Begrenzung für das Feld diente. Beide verloren ihr Gleichgewicht und stürzten.

Mayren landete auf dem Rücken und ihr Kopf schlug auf dem Asphalt des dahinterliegenden Weges auf. Sie unterdrückte einen Schrei und sog stattdessen die Luft zischend ein, ihr Gesicht verzerrte sich vor Schmerzen.

Nein!

Noah landete auf ihr und presste ihr die Luft aus den Lungen. Schock lähmte mich und für den Bruchteil einer Sekunde war ich erstarrt.

Ich muss helfen, schnell!

Noah stöhnte am Boden, aber rollte sich von Mayren herunter. Dann kam Bewegung in unsere Gruppe und alle stürmten auf die beiden zu.

Hoffentlich haben sie sich nicht verletzt.

Noah rappelte sich bereits auf, sah zu Mayren und war schnell an ihrer Seite. Vorsichtig legte er seine Hände an ihre Schultern, obwohl Blut von einem Kratzer auf seinem Arm floss. »Mayren?« Die Panik war deutlich in sein Gesicht geschrieben und in seiner Stimme zu hören.

Mayrens Atem ging stoßweise, ihre Augen waren zugekniffen und sie hatte mit ihren Händen den Hinterkopf umschlossen.

Livi und ich erreichten die beiden zuerst und wir knieten neben Mayren nieder.

»Mayren, hörst du mich?«, fragte ich besorgt und berührte sie leicht an der anderen Schulter. Sie reagierte mit einem Brummen, was ich als *Ja* auffasste. Sanft griff ich unter ihren Kopf und stützte ihn mit meiner rechten Hand, meine Finger strichen dabei über ihre.

Allison und Livi zogen Noah weg und besahen sich seine Wunde, während die anderen in einem Kreis um uns standen und uns unruhig musterten.

Ich sah zu Chris, der an ihrem Fußende stand und blass und hilflos die Situation beobachtete.

Immer hat er eine große Klappe, aber in Ernstfällen ...

»Hol ihre Wasserflasche und etwas, wo sie ihren Kopf drauflegen kann.« Als ich die Anweisung gab, fiel mein Blick auf Mayrens Unterkörper, der durch das Verrutschen ihres Shirts entblößt war. Unter ihrem Bauchnabel verlief eine 15 Zentimeter lange Narbe, die schon einige Jahre alt zu sein schien. Offenbar wurde sie chirurgisch versorgt, aber sie konnte aufgrund ihrer Größe und Lage nicht von einem Eingriff stammen.

Wo zur Hölle hat sie sich so eine Verletzung zugezogen?

Mit meiner freien Hand zog ich ihr Shirt zurecht, aber den anderen war die Narbe nicht aufgefallen.

Darüber denke ich nachher nach.

»Kannst du kurz deine Hände wegnehmen, damit ich mir das anschauen kann?«, fragte ich mit einer ruhigen Stimme und stützte den Kopf mit der zweiten Hand.

Stirnrunzelnd öffnete sie die Augen, rappelte sich ins Sitzen auf und ließ ihre Hände sinken. »Es geht mir gut«, knurrte sie zwischen zusammengebissenen Zähnen hervor und zeigte ihre Hand.

Kein Blut! Immerhin keine Platzwunde.

Erleichtert atmete ich auf.

Chris kam mit einem zusammengeknüllten Pullover wieder, reichte ihn mir zusammen mit der Flasche Wasser. Er hatte seine Stirn in Falten gelegt und ich sah ihm an, dass er gerne mehr tun wollte als das.

Ich reichte Mayren den Pullover. »Du solltest kurz liegen bleiben«, wollte ich sie belehren, aber sie ließ sich nicht beirren.

»Es *geht* schon«, sagte sie stur.

»Mayren, es tut mir leid.« Noah setzte sich neben sie auf den Boden. Livi und Alli hatten den blutenden Kratzer gereinigt und provisorisch mit einem Pflaster verarztet.

»Schon okay. Ist nur eine Beule.«

Sie strich sich die losen Haarsträhnen aus dem Gesicht und ich sah sie verdutzt an.

Wie kann man nach so einem Sturz so leichtsinnig sein?

»Ist dir schwindelig oder übel? Hast du Kopfschmerzen?«, fragte ich, um eine Gehirnerschütterung ausschließen zu können. Ich machte mir ernsthafte Sorgen um meine neu gewonnene Freundin.

Mayren kniff die Augen zusammen, bevor sie den Kopf schüttelte. »Nein, mein Dickschädel hat den Sturz gut abgefangen.« Ihr Witz löste die Anspannung aus unserer Gruppe.

»Ich glaube, wir spielen die Runde lieber nicht mehr fertig«, sagte Simon lachend. »Und das, obwohl wir gerade am Gewinnen waren.«

Noah sah ihn entrüstet an. »Von was träumst du nachts, Simon?«, fragte er. »Wir haben geführt und hätten den Satz sicher gewonnen.«

Er strich sich über die Kanten des Pflasters, welches Allison und Livi ihm verpasst hatten.

Simon verdrehte belustigt die Augen.

»Ihr könnt ruhig fertig spielen«, mischte sich Mayren ein und stand langsam auf. »Ich setzte mich an den Rand und schau zu, dass Simon nicht schummelt.«

Simon riss gespielt schockiert die Augen auf und streckte ihr die Zunge raus.

Besorgt beobachtete ich, wie Mayren aufstand, aber abgesehen von der Beule und den ersten Schmerzen schien sie alles gut weggesteckt zu haben. Ich stand ebenfalls auf und reichte ihr die Wasserflasche. »Hier.« Ich streckte ihr die Flasche hin. »Dann trink wenigstens was, du *Dickkopf.*«

Die anderen zerstreuten sich und mir fiel auf, dass die spazierenden Passanten in der Nähe weitergingen, als sie merkten, dass es nichts mehr zu sehen gab.

»Danke dir«, sagte Mayren und nahm mir die Flasche aus der Hand. Ihr war mein besorgter Blick aufgefallen, denn sie erwiderte ihn eindringlich. »Mir geht es *wirklich* gut, das war nur der erste Schmerz.«

Ein Sonnenstrahl fiel durch das dichte Blätterdach und das Licht brach sich in der Wasserflasche.

Lügt sie, nur um keine Schwäche zu zeigen?

»Danke für deine Hilfe.« Mir fiel wieder auf, dass ihr Lächeln mir gegenüber echt war.

»Kein Problem.«

Mayren drehte sich um und ging vom Spielfeld.

Ihr heller Zopf wippte im Takt ihrer Schritte und mit einem letzten Hauch von Besorgung sah ich ihr nach.

Hoffentlich mimt sie nicht nur die Starke.

Sie setzte sich an einen der Bäume, die das Spielseil hielten und nahm einen Schluck Wasser.

Lucas nutzte seine Chance und setzte freiwillig die Runde aus, um sich neben sie zu setzen und in ein Gespräch zu verwickeln. Nervös schob er seine verrutschte Brille zurecht und lächelte sie schüchtern an.

Widerwillig wandte ich meinen Blick von den beiden ab und konzentrierte mich auf den Aufschlag von Chloe. Sie warf den bunten Volleyball in die Höhe und erwischte ihn mit dem Handgelenk, woraufhin er im hohen Bogen über das Seil flog.

Kapitel 8

London, Hyde Park
Dienstag, 14. September – Mayren

Mein Kopf brummte, als ich mich zwischen die Wurzeln des Baumes fallen ließ.

Was für eine Scheiße!

Um mich von dem Schmerz abzulenken, schraubte ich die Plastikflasche auf und nahm einen Schluck Wasser. Das dumpfe Dröhnen pulsierte in meinem Kopf und wurde stärker und schwächer, aber ich versuchte, es so gut es ging zu ignorieren.

Das ist nicht der schlimmste Schmerz, den ich je empfunden habe. Eine Gehirnerschütterung kann ich ausschließen, bei der letzten war mir kotzübel.

Ich schraubte die Flasche zu und legte sie neben mich ins Gras. Joshua und seine Kommilitonen bereiteten sich auf das Ende des Satzes vor und Lucas setzte freiwillig aus.

Na super.

Er schien ein netter Typ zu sein, aber würde mich bestimmt in ein Gespräch verwickeln und ich war nicht in Plauderlaune. Wie erwartet setzte er sich neben mich, schob seine Brille den Nasenrücken hoch und lächelte mich an.

Mit einem kurzen Zucken meiner Mundwinkel erwiderte ich es, hoffte, der Höflichkeit genüge getan zu haben und beobachtete das Spielfeld.

Joshua sah stirnrunzelnd auf die andere Seite des Feldes, wo Chloe ihren Aufschlag machte. In einem hohen Bogen flog der Ball auf die andere Seite, Noah nahm ihn an und spielte ihn zu Allison.

»Wie geht es deinem Kopf?«, fragte Lucas und unterbrach mich in meinen Beobachtungen.

»Es ist wirklich alles gut«, versicherte ich ihm. »Das war der erste Schock.«

Sein Ausdruck nahm Erleichterung an. »Ein Glück. Ich hatte mir schon Sorgen gemacht.«

Innerlich unterdrückte ich ein spöttisches Lachen.

Ich bin der letzte Mensch, um den du dir Sorgen machen musst.

Wieder zwang ich mich zu einem Lächeln und hoffte, dass es echt wirkte. Dieses automatisierte Lächeln brauchte ich seit gestern häufig, normalerweise verstellte ich mich nicht.

Lucas schien es nicht aufzufallen und er sprach weiter. »Noah und ich haben den Ausflug am Wochenende geplant.«

»Ach ja?«

»Ja«, bestätigte er und fuhr sich durch seine schwarzen Haare. »Wir starten gegen Mittag bei der Uni und schauen uns die typischen Sehenswürdigkeiten in der Nähe an, den Big Ben, Westminster Abbey, das London Eye.«

Er zählte die Sehenswürdigkeiten an seinen Fingern ab. »Dann essen wir ganz klassisch Fish and Chips und nehmen die U-Bahn zum Tower of London und schauen uns die Kronjuwelen an. Danach …«

Vereinzelt gab ich einen kurzen Kommentar dazu ab oder nickte zustimmend, wenn ich es für erforderlich hielt. Währenddessen hing ich meinen düsteren Gedanken nach.

Es kann nicht mehr lange dauern, bis der erste Mörder auf Joshuas Spur kommt. Ich kann jederzeit zum Handeln gezwungen werden.

Die Situation versetzte mich unter Anspannung, ich war ein normales Leben, wie es andere in meinem Alter führten, nicht gewohnt. Diese Normalität machte mich unruhig.

Vorsichtig strich ich mir über den Kopf und fand schnell die Stelle, an der er auf den Weg geprallt war. Innerhalb kürzester Zeit hatte sich eine beachtliche Beule gebildet, die auch in den nächsten Tagen noch nicht abgeheilt sein würde. Ich fischte ein Stück Moos und verfangende Grashalme aus meinem Zopf, bevor ich wieder das Spiel der anderen beobachtete.

Lucas neben mir erzählte immer noch von seinem Plan für den kommenden Samstag, aber ich hörte nur mit einem Ohr zu, um bei Fragen seinerseits reagieren zu können. Er erzählte gerade vom Fußballstadion seines Lieblingsvereins und fragte mich, ob ich auch Fußballfan war, was ich verneinte.

»Sorry, dafür kann ich mich nicht begeistern.«

»Schade«, meinte er und zuckte mit den Schultern. »Sonst hätten wir zusammen ins Stadion gehen können.«

Um eine Reaktion kam ich herum, da meine Kommilitonen in Siegesgeheul ausbrachen, als sie den entscheidenden Punkt holten und den finalen Satz gewannen.

Noah und Joshua gaben sich gegenseitig einen triumphierenden Highfive und Livi und Allison umarmten sich freudig.

»Ach, Mist …«, sagte Lucas und schlug sich eine Hand an die Stirn. »Ich hätte schwören können, dass wir gewinnen.«

»Vielleicht im nächsten Spiel«, antwortete ich knapp und beobachtete, wie Livi Joshua lachend um den Hals fiel.

Merkt sie nicht, wie lächerlich sie sich macht?

Verärgert massierte ich mir meine Schläfen.

Warum interessierte es mich überhaupt?

Livis Augen verengten sich kaum merklich, ganz als wollte sie mir sagen: »Finger weg!«

Herausfordernd hob ich eine Augenbraue und zog meine Schultern zurück.

Denk bloß nicht, dass du mich einschüchterst.

Livi wollte die Umarmung rauszögern, vielleicht nur, um mir etwas zu beweisen, aber nach wenigen Sekunden löste Joshua sich sanft, aber bestimmt aus ihren Armen. Er schlug sich mit Allison ab, bevor die ganze Gruppe zu uns kam.

Sein Blick suchte sofort meinen und er legte den Kopf schief »Wie geht es dir, *Dickkopf?*«, fragte er mich und blieb vor mir und Lucas stehen.

Ist das sein Spitzname für mich?

»Alles okay«, sagte ich und fuhr mir vorsichtig über den Hinterkopf. »Wird 'ne dicke Beule geben.«

Joshua streckte mir die Hand entgegen, um mir aufzuhelfen und ich ergriff sie. Mit einem kräftigen Ruck zog er mich auf die Beine und berührte mich mit seiner freien Hand leicht an der Hüfte.

Ein kleiner Schauder breitete sich von der Stelle über meinen Körper aus.

»Darf ich sehen?«, fragte er mich stirnrunzelnd, aber ich schüttelte den Kopf.

»Es geht mir *gut*«, beharrte ich und strich nochmals vorsichtig über meinen Hinterkopf.

Seine Augen verengten sich minimal, mein Widerspruch schien ihm nicht zu gefallen. »Warum lässt du dir nicht helfen?« Überrascht zog ich eine Augenbraue hoch, da seine Antwort mich belustigte.

Interessant, da scheint ja doch Feuer zu sein.

Ich senkte meine Stimme etwas. »Das ist *keine* meiner Stärken.«

»Das ist eine schlechte Eigenschaft, *Dickkopf*.« Er drehte sich zu den anderen um und in der Drehung berührte seine Hand fast beiläufig meine. Der kurze Hautkontakt hinterließ ein leichtes Kribbeln auf meiner Haut.

Was zum …?

Mit einer Mischung aus Verwirrung und Faszination sah ich ihn an und versuchte seine Wirkung auf mich zu verstehen.

Er hat eine unglaubliche Ausstrahlung.

Joshua schlug wortlos die Augen nieder und machte einen Schritt neben mich, um nicht mitten im Kreis der Gruppe zu stehen.

Lucas wirkte geknickt, aber ich wusste nicht, ob es dem verlorenen Spiel geschuldet war oder, dass ich mich mit Joshua besser unterhielt als mit ihm. Es war mir egal.

Chris warf ihm lachend den Ball zu und er fing ihn auf.

»Sei nicht traurig«, lachte er. »Das nächste Mal gewinnen wir.« Lucas ging auf Chris' Worte nicht ein, sondern ließ den Ball zwischen seiner Hand und dem Boden springen.

»Ich denke nicht«, meinte er, warf den Ball Allison zu, aber mied stur den Blick in meine und Joshuas Richtung. Für eine Sekunde spürte ich meinen Herzschlag intensiver und wurde mir Joshuas Anwesenheit und unseren kurzen Wortwechsel bewusster.

Das ist ein Flirt gewesen, oder?

Hitze stieg mir in die Wangen und ich spürte, dass ich rot wurde.

Verdammt, ich bin eine Killerin *und keine Studentin. Ich weiß selbst, dass es für mich nicht gut endet, wenn ich Gefühle entwickle…*

Unmittelbar biss ich mir auf die Unterlippe und unterdrückte den Gedanken, denn Gefühle hatten mich schon einmal an den Rand des Todes gebracht.

Kapitel 9

London – Stadtteil Kensington – Mayrens Wohnung
Mittwoch, 15. September – Mayren

Meine innere Uhr weckte mich früh. Es hatte sich nur ein leichtes, silbernes Morgengrauen über den Himmel gelegt, aber noch so schwach, dass es die Dunkelheit aus den Straßen nicht vertreiben konnte. Die Luft hatte sich über Nacht angenehm abgekühlt, barfuß ging ich durch die Wohnung und riss überall die großen Fenster auf. Die weißen Vorhänge wiegten leicht in einem Windhauch und der Duft von gemähtem Gras wehte aus dem Hyde Park herein. Im dunklen Schutz meiner Wohnung lehnte ich mich an die Theke, die das Wohnzimmer von der offenen Küche abgrenzte und genoss den frischen Windzug. Mit einem Blick auf die Uhr meines Smartphones stellte ich fest, dass es nun kurz nach fünf war.

Genug Zeit, bis ich in die Uni musste.

Der Gedanke brachte ein spöttisches Lachen auf die Lippen.

In die Uni ... als wäre mein Leben normal.

Ein Hund bellte in der Ferne und ein paar Vögel flogen erschrocken aus einem Baum im Park auf, aber sonst hielt die morgendliche Ruhe London gefangen. Ich setzte mich auf die Kante eines der Barhocker, die an der Theke standen, und ließ entspannt die Füße baumeln, während ich die Nachrichten auf meinem Smartphone las. In der Unigruppe wurde über den Ausgang unseres Volleyballspiels gesprochen und Chris forderte eine Revanche.

Ich überflog die Nachrichten und als ich am Ende ankam, sah ich keine Notwendigkeit, selbst eine Nachricht in die Gruppe zu schreiben. Bastian hatte mir ebenfalls geschrieben:

Ian und ich konnten noch nichts Neues rausfinden, wir melden uns, sobald wir etwas wissen. Wie läuft es bei dir?

»Shit ...«, fluchte ich leise in die Dunkelheit. Es machte mich nervös, nicht zu wissen, mit wem und vor allem *wann* ich mit den anderen Killern zu rechnen hatte.

Solange ich Joshua nicht nah genug war, konnte ich mich nicht dauerhaft in seiner Nähe aufhalten, ohne dass es merkwürdig wirkte.

Unruhig zupfte ich mir an der Unterlippe.

Wie konnte ich ihn am besten schützen?

Mit schnellen Fingern tippte ich meine Antwort an Bastian:

Okay, gebt mir Bescheid, wenn ihr etwas rausfindet.

Früher oder später konnte ich es ihm nicht mehr verschweigen. Spätestens wenn ich das erste Mal gezwungen bin, vor seinen Augen zu handeln.

Mit einem kleinen Satz hopste ich vom Hocker und schlenderte gemütlich in die Küche, um mir Teewasser aufzusetzen.

Ich hoffe, dass ich nicht vor den anderen Studenten agieren muss ... und wenn doch?

Seufzend dehnte ich meinen Nacken und die Halswirbel knackten.

Dann muss ich ihn wohl aus der Stadt entführen.

Nachdenklich beobachtete ich das Wasser im gläsernen Gehäuse des Wasserkochers.

Wie sieht seine Reaktion aus, wenn er die Wahrheit herausfindet? Wird er mich hassen oder dankbar sein? Wirklich schwierig einzuschätzen ...

Warum auch immer versetzte der Gedanke mir einen Stich.

Könnte ich damit leben, dass er mich für das, was ich war, verachtete?

Ich band meine langen Haare zu einem unordentlichen Knoten im Nacken zusammen und suchte im Oberschrank der Küche nach Tee. Ich fand eine Blechdose, in der schwarzer Tee verpackt war, warf einen der Beutel in die Tasse und goss mir das heiße Wasser darüber.

Lieber hasste er mich, als zu sterben ...

Mit einem kleinen Löffel rührte ich noch Honig ein und ließ den Teebeutel ziehen, während ich eine weitere Nachricht an Bastian schickte:

Weißt du schon, wann du in London ankommst?
Wie läuft dein Auftrag in Oslo?

Hoffentlich kann er sich zeitnah losreißen. Ich brauche ihn spätestens, wenn ich die Wahrheit nicht länger vor Joshua verbergen kann ...

Gedankenverloren ging ich von Raum zu Raum und schloss die Fenster leise.

Es konnte nicht mehr lange dauern, bis der Berufsverkehr losging und die angenehme Nachtluft den staubigen Abgasen wich.

Im Schlafzimmer zog ich mir eine blau-weiß gestreifte Sommerhose an und wählte dazu ein lockeres Shirt, dann setzte ich mich im Wohnzimmer an die Theke und öffnete meinen Laptop.

Bevor ich mich in die Rolle der Studentin begab, muss ich mich um einige Sachen aus meinem richtigen Leben kümmern.

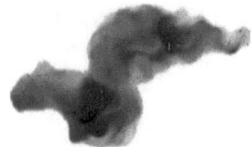

Mit großen Schritten sprang ich die Stufen zum Vorlesungssaal hinauf.

Scheiße, scheiße, scheiße ...

Durch einen Unfall hatte mein Bus Verspätung und ich kam erst zehn Minuten nach Vorlesungsbeginn auf dem Gelände der Universität an.

Ich hasse Unpünktlichkeit.

Schnell bog ich in einen Gang ab und überholte eine Gruppe jüngerer Studenten, die ihren Morgen weniger gehetzt verbrachten als ich. In meiner Tasche spürte ich, wie mein Handy vibrierte.

Basti?

Schlitternd kam ich vor der richtigen Tür zum Stehen und atmete ein paar Mal kurz durch, bevor ich sie leise öffnete. Mit einem entschuldigenden Gesichtsausdruck schlüpfte ich in den Saal und suchte die anderen. Livi, Allison, Noah und Joshua saßen in der Mitte des Vorlesungssaales und sahen auf, als ich den Raum betrat. Allison hob freundlich die Hand zur Begrüßung und Livi warf mir ein genervtes Lächeln zu. Joshua hatte sich zu Noah gebeugt, um etwas zu sagen, aber er klappte seinen Mund zu und sah mich grinsend an.

»Bitte entschuldigen Sie«, sagte ich zu unserer Professorin und schlich auf einen der letzten freien Plätze im hinteren Teil des vollen Saals. Sie quittierte meine Entschuldigung mit einem knappen Nicken und fuhr unbeirrt mit ihrem Unterricht fort. Schnell packte ich mein Tablet aus und griff gleichzeitig nach meinem Handy. Die Nachricht, die ich vorhin erhalten hatte, war von Joshua:

> Guten Morgen, Dickkopf.
> Alles okay bei dir? Hast du die Vorlesung ver-
> gessen?

Dickkopf? Ich glaube, mit dem Spitznamen muss ich jetzt wohl leben ...
Ich schrieb ihm schnell:

> Guten Morgen,
> nein habe ich nicht, aber mein Bus hatte Ver-
> spätung ... habe ich etwas Wichtiges verpasst?

Gespannt beobachtete ich seine Reaktion ein paar Reihen vor mir. Meine Nachricht war gerade erst angekommen, als er sofort sein Handy entsperrte, sie kurz las und dann auf seinem Display tippte, um sie zu beantworten.

Joshua: Achso, ich hatte mir schon Sorgen gemacht. Wie geht es deinem Kopf? Bisher hast du nichts Wichtiges verpasst, wenn du möchtest, kannst du nachher meine Notizen abschreiben.

Ich: Ganz gut so weit. Die Beule ist nicht viel größer geworden und tut nicht mehr weh. Danke, das wäre lieb von dir.

Nach Erhalt meiner Nachricht lehnte sich Joshua zu Noah rüber und flüsterte ihm etwas ins Ohr. Dieser nickte und drehte sich mit einem leichten Lächeln zu mir und zeigte mir den Daumen nach oben. Scheinbar hatte er wegen des Sturzes gestern Schuldgefühle.

Ich antwortete ihm mit einem Zwinkern und sah auf mein Handy, weil Joshuas Nachricht zugestellt wurde.

Ein Glück. Noah hat sich echt Sorgen gemacht, als du nicht zur Vorlesung kamst.

Noch nie haben sich so viele Leute Sorgen um mich gemacht.

Ich beschloss es als Kompliment in dieser Welt zu sehen und überlegte, wie ich es anstellte, den Nachmittag mit den anderen zu verbringen.

Ich wollte Joshua nicht allein lassen und ich wollte ungern wie ein Stalker den restlichen Tag vor seiner Haustür verbringen. Nachdenklich knackte ich mit meinen Fingerknöcheln und tippte eine Nachricht:

Nein, alles in Ordnung. Andere Frage: Wo kann man hier gut essen gehen?

Joshua schrieb eine Notiz auf seinem Tablet, aber unterbrach dies sofort, um mir zu antworten. Nachdem er seine Nachricht geschrieben hatte, schaute er mich über seine Schulter an. Ein freches Grinsen hatte sich auf sein Gesicht geschlichen. Verdutzt entgegnete ich seinem Blick und nahm mein Handy in die Hand.

Wieso grinst er so?

Mit einem Klick öffnete ich unseren Chat.

Warum? Willst du mich nach einem Date fragen? ;)

Hitze schoss mir in die Wangen und ich spürte, wie mein Gesicht rot anlief.

Wie kommt er darauf, dass ich ein Date mit ihm will? Mein einziger Hintergedanke ist, sein Leben zu schützen.

Perplex sah ich auf und begegnete seinem Grinsen.

Was passiert, wenn ich mit Ja antworte?

Ich fuhr mir durch meine Haare und versuchte, in wenigen Sekunden die Konsequenzen abzuschätzen.

Ich würde mit seinen Gefühlen spielen und das ist eigentlich nicht fair.

Schnell tippte ich:

So war das nicht gemeint ...

Auffordernd legte ich meinen Kopf schief, woraufhin er sich umdrehte und meine Nachricht las. Mein Gesicht prickelte vor Verlegenheit. Joshua wollte gerade zurückschreiben, als Livi ihn in die Seite stieß und nach vorne deutete. Unsere Dozentin sah ihn rügend an und er legte sein Handy zurück auf den Tisch.

Na, super. Genau jetzt bekomme ich keine Antwort.

Alibimäßig machte ich eine Notiz zu dem Gesagten der Professorin.

Wenn ich ihn nach einem Date fragen würde, wäre es die ideale Tarnung, um in seiner Nähe zu bleiben ...

Kurz warf er mir einen Blick über seine Schulter zu und formte mit seinen Lippen lautlos das Wort *Nachher*. Als Antwort neigte ich meinen Kopf und tat so, als würde ich der Vorlesung folgen.

Egal was passiert, es ist keine gute Idee, mit Gefühlen zu spielen.

Das wusste ich gut genug aus meiner eigenen Vergangenheit.

»Vielen Dank für eure Aufmerksamkeit und bis zum nächsten Mal.« Mit diesen Worten beendete die Dozentin die Vorlesung und fuhr ihren Computer herunter, ohne auf Fragen der Studenten zu reagieren.

In Ruhe packte ich meine Sachen zusammen und beobachtete, wie Joshua und die anderen es ebenfalls taten. Allison sah auf ihre Armbanduhr und sagte zu Livi etwas, was ich nicht verstehen konnte. Sie nickte und Allison hob ihre Hand zum Gruß in meine Richtung, bevor sie und Livi den Vorlesungssaal verließen.

Noah und Joshua warteten darauf, dass der größte Ansturm vorüberging. Der erste Schwung an Studenten war bereits an mir vorbeigeeilt und ich schloss mich ihnen an, um zu den Jungs zu gelangen.

»Guten Morgen«, grüßte ich die beiden und zog meine Haare unter den Trägern meines Rucksacks hervor.

»Guten Morgen.« Joshua lächelte mich an und Noah grinste. »Ich bin froh, dass es dir gut geht.« Er steckte sein Handy in die Hosentasche.

»Und ich wollte mich nochmals entschuldigen, dass ich dich gestern über den Haufen gerannt habe.« Noah bemühte sich um eine zerknirschte Miene, aber sein Lächeln überwog.

Spielerisch knuffte ich seine Schulter. »Wenn du dich noch einmal entschuldigst oder sagst, dass es dir leidtut, musst du den ganzen Abend unserer Bar-Tour zahlen, okay?«

Übertrieben entsetzt riss er die Augen auf und stemmte seine Hände in die Hüften. »Für diese gemeine Erpressung fehlen selbst mir die Worte.«

Joshua und ich lachten und gemeinsam machten wir uns auf den Weg in den neuen Kursraum.

»Machen wir heute Abend was?«, fragte Noah. Er lief in unserer Mitte und hinter seinem Rücken sahen Joshua und ich uns kurz an. Der Inhalt von Joshuas vorheriger Nachricht echote in meinem Unterbewusstsein und verlegen schlug ich die Augen nieder.

Bringt dieses Scheinleben mich dazu, mich wie eine normale Studentin in dem Alter aufzuführen? Es kann nicht sein, dass ein Kerl mir unterstellt, dass ich ihn daten will und ich laufe rot an.

Ich sah nach vorne und beobachtete die anderen Studenten.

Und trotzdem wäre es die beste Tarnung ...

»Man kann bestimmt irgendwo gut essen gehen, oder?«, fragte ich nach, da ich mich nicht bereit fühlte, Joshua direkt zu fragen.

»Klar!«, meinte Noah erstaunt und ich spürte, wie Joshuas Kopf sich in meine Richtung wandte.

Ich kann nicht mit ihm essen gehen, obwohl mein Auftrag lautet, ihn zu töten.

»Bei mir in der Nähe ist ein richtig gutes vietnamesisches Restaurant«, fuhr Noah fort. »Das Essen ist göttlich und ich habe heute Abend sturmfrei. Wenn ihr wollt, können wir heute Abend zu mir?« Er machte eine vage Geste.

»Klingt super«, stimmte ich zu und lächelte zaghaft in Joshuas Richtung. »Kommst du auch?«

Wenn du jetzt ‚Nein' sagst, geht mein Plan nach hinten los.

Zum Glück nickte er. »Schreib in die Gruppe«, schlug er Noah vor. »Die anderen haben bestimmt auch Lust auf einen gemütlichen Abend.« Begeistert zückte Noah sein Handy und schrieb eine Nachricht in unsere Chatgruppe. Mein Handy in der Hosentasche vibrierte, als die Nachricht auf meinem Telefon zugestellt wurde.

»Wo sind Livi und Allison eigentlich so schnell hin?«, fragte ich, um das Thema zu wechseln.

»Allison wollte vor der nächsten Vorlesung was zu essen in der Kantine holen«, erzählte Noah schnell. »Und Livi begleitet sie. Wir sehen sie in der nächsten Vorlesung.«

»Achso ...« Ich vergrub meine Hände in den Hosentaschen.

Livi hat bestimmt Joshuas Nachricht an mich gesehen. Das könnte zu Spannungen zwischen uns führen. Sie steht auf ihn und könnte mich als Konkurrenz auffassen.

Wir wichen einer Gruppe entgegenkommender Studenten aus.

Ich schob mir eine wirre Haarsträhne aus der Stirn und wieder vibrierte das Telefon in meiner Tasche.

»Lucas ist dabei«, verkündete Joshua mit einem Blick auf sein Display.

»Sehr cool! Wollt ihr etwas Bestimmtes trinken? Bier hab ich da«, fragte Noah und sah mich an.

Abwehrend hob ich die Hände. »Ich bin nicht anspruchsvoll«, gestand ich. »Aber ich bringe einen Gin mit.« Da ich nie Alkohol trank, beschloss ich eine normale Flasche Gin zu kaufen und deren Inhalt mit alkoholfreiem Gin auszutauschen.

Meine Sinne müssen immer zu 100 % einsatzbereit sein.
Der Trick mit den ausgetauschten Flaschen erspart mir jedoch nervige Fragen.

»Du trinkst Gin?«, fragte Noah verwundert. »Endlich eine Frau mit Geschmack.« Sehnsüchtig wanderte sein Blick zu der Kaffeemaschine, die wir gerade passierten. »Würde es euch stören, kurz auf mich zu warten?« Mit einem Kopfnicken deutete er auf die Schlange der wartenden Studenten.

»Nein, alles gut«, antwortete Joshua. »Wir warten hier.«

Zufrieden stellte Noah sich an, während Joshua und ich am Fenster stehenblieben.

»Heute kein Kaffee für dich?«, fragte ich neckend und wir sahen uns an. »Ich dachte, du bist seit dem Studium abhängig?«

Er grinste breit. »Heute geht es ohne Uni-Kaffee. Ich habe zu Hause einen getrunken.«

Ich stellte mir vor, wie er in einer zusammengewürfelten WG-Küche stand und umringt von seinen Mitbewohnern Kaffee aus einer bunten Tasse trank. Das Leben in einer Wohngemeinschaft ergab für mich einfach ein chaotisches und unstrukturiertes Bild.

Joshua wirkt so organisiert auf mich, kaum vorstellbar, dass er so lebt.

»Wie ist das Leben in einer WG?«, fragte ich neugierig.

Nachdenklich verzog er das Gesicht. »Ganz in Ordnung. Meine Mitbewohner sind eigentlich ganz nett.«

Skeptisch über sein Zögern zog ich eine Augenbraue hoch. *»Eigentlich?«*

»Na ja …«, begann er und unterdrückte ein belustigtes Schnauben. »Mit manchen Leuten versteht man sich besser als mit anderen.«

»Da hast du recht.« Verlegen kratzte ich mich an der Schläfe.

»Darf ich dich was fragen?«, sagte er nach ein paar Sekunden und wich mir aus.

Wenn eine Unterhaltung so startet, ist das nie gut.

»Kommt drauf an was …«

Joshua spielte an dem Verschluss seiner Uhr und sammelte seine Gedanken, bevor er weitersprach. »Als du gestern im Park auf dem Boden gelegen bist …«, begann er und sah mich direkt an. Sein Blick fesselte mich und meine Nackenhaare stellten sich auf.

Hat er meine Waffe im Rucksack gesehen? Unmöglich! Während ich auf dem Boden lag, war er die ganze Zeit neben mir. Keiner der anderen war an meiner Tasche.

»Ich habe diese riesige Narbe auf deinem Bauch gesehen«, fuhr er fort. »Darf ich fragen, wo du sie her hast?«

Kälte schien von mir Besitz zu ergreifen, trotz dass die Sommerwärme im ganzen Gebäude Einzug genommen hatte. Für einen Moment fühlte ich mich in meine Vergangenheit zurückversetzt. Fast spürte ich den Schmerz und den Verrat, der mit meinem eigenen Blut begossen wurde. Meine Hände ballten sich zu Fäusten und ich verdrängte die schreckliche Erinnerung, die an dieser Narbe hing.

Fuck … er ist verdammt aufmerksam. Mir ist nicht aufgefallen, dass mein Shirt beim Sturz verrutscht ist.

Joshua schien zu merken, dass mir seine Frage unangenehm war und ruderte zurück. »Du musst nicht antworten. Ich war nur neugierig.«

»Kein Problem ...«, sagte ich langsam und schaute zu Noah, der gerade eine Münze in die Kaffeemaschine einwarf. »Vielleicht erzähle ich es dir mal ... Aber nicht hier und jetzt.« Ich ließ meinen Satz so stehen und versuchte meine Fäuste zu entspannen.

»Entschuldige, ich wollte dich nicht ... ähm ...« Joshua versuchte, die richtigen Worte zu finden. »Du weißt, was ich meine ...« Ein zerknirschtes Lächeln fand den Weg auf seine Lippen.

»Alles okay.« Ich versuchte es zu erwidern, was mir vermutlich mit wenig Überzeugung gelang.

Noah trat zu uns. »Ich hab meinen Kaffee, sollen wir?«, fragte er.

Wir nickten und gingen schweigend weiter. Die gute Stimmung hatte sich merklich abgekühlt.

Kapitel 10

London – Guy's Campus, medizinische Fakultät
Mittwoch, 15. September – Joshua

Müde sah ich auf meine Armbanduhr.

Noch fünf Minuten, dann haben wir endlich Feierabend.

Mittwoch war der längste Vorlesungstag und die Vorlesungen endeten nie vor 17 Uhr. Die unerbittliche Nachmittagssonne strahlte durch die Fensterfront und heizte den Raum seit eineinhalb Stunden auf. Trotz der geöffneten Fenster blieb die Luft unangenehm stickig und kaum ein Windhauch fand den Weg in das Innere des Raumes.

Ich legte meinen Kopf schief und versuchte, meine letzte Konzentration zusammen zu nehmen und fokussierte mich auf den Inhalt der Vorlesung.

Livi und Alli hatten bereits aufgegeben und lagen mit dem Kopf auf den Tischen und spielten auf Livis Tablet eine Runde Tic-Tac-Toe. Beide hatten für heute Abend bei Noah zugesagt, aber Livi wirkte dabei zurückhaltender als sonst.

Noah starrte müde gerade aus, sein Mund stand ein Stück offen, als wollte er das vermittelte Wissen direkt in sich aufsaugen. Ein leerer Kaffeebecher stand an seiner Tischkante, es war der dritte heute, zwischendurch hatte er einen Koffeinkick, aber nun folgte das Down und er wartete auf die Erlösung, die das Vorlesungsende bringen würde.

Ich ließ einen kurzen Blick über Mayrens Profil gleiten, die auf Noahs anderer Seite saß. Wie in allen Vorlesungen starrte sie konzentriert nach vorne und machte sich vorbildlich Notizen. Seitdem ich sie vorhin auf ihre Narbe angesprochen habe, wirkte sie nachdenklich und in sich gekehrt.

Hätte ich nur meine Klappe gehalten. Es gibt Dinge, über die man nicht gerne mit anderen redet. Mayren kennt mich seit drei Tagen, warum sollte sie mir etwas erzählen, was ihr unangenehm ist?

Ungeduldig blickte ich auf meine Uhr und wartete, bis der Zeiger weiter vorrückte, aber die letzten finalen Minuten verstrichen in einer endlosen Zeit.

Abermals warf ich Mayren einen Blick zu.

Ich muss sie nachher kurz abpassen, unsere letzte Unterhaltung kann ich so nicht stehen lassen.

In der Mittagspause hat sie sich in den Unterhaltungen zurückgehalten, um mit gerunzelter Stirn ihren Gedanken nachzugehen. Wieder sah ich auf meine Uhr und schließlich gab der Dozent endlich das Signal, was uns alle aufatmen ließ.

»Schönen Feierabend zusammen und bitte lesen Sie die folgenden Kapitel aufmerksam durch!« Seine letzten Worte verstand man fast nicht mehr, weil sie in den Geräuschen der anderen Studenten untergingen.

Livi und Allison erwachten aus ihrem Spiel und gähnten, bevor sie ihre Taschen packten. Ohne nachzudenken, nahm ich meine Bücher vom Tisch und stopfte sie in meinen Rucksack. Mayren sprach gerade mit Noah.

Ein schlechtes Gewissen bedrückte mich, obwohl ich nichts Falsches gemacht hatte, aber es ließ mir keine Ruhe.

Noah und Mayren verließen den Hörsaal und Allison und Livi folgten ihnen. Ich bildete das Schlusslicht und schulterte meinen Rucksack. Als wir auf dem Gang als Gruppe zusammenstanden, verabschiedete sich Mayren. »Ich gehe noch schnell in die Bibliothek«, sagte sie und verzog das Gesicht zu einem schiefen Grinsen. »Eins der Lehrbücher fehlt mir. Bis nachher, ich freue mich auf heute Abend.«

Noah und Allison verabschiedeten sich mit einem ehrlichen Lächeln und Livi zwang sich eines auf die Lippen.

»Ich begleite dich«, warf ich schnell ein, da ich die Gelegenheit nutzen wollte, um die komische Stimmung zwischen uns zu beseitigen.

Sie lächelte reserviert und wir trennten uns von der Gruppe und nahmen den Weg zu der beeindruckenden Bibliothek des Campus'.

Meine unüberlegte Frage hat irgendeine schlechte Erinnerung in ihr wachgerüttelt ...

»Ich wollte mich wegen meiner Frage heute Mittag entschuldigen«, begann ich und merkte sofort, wie sie mich von der Seite musterte.

»Was meinst du?« Mit einer hochgezogenen Augenbraue sah sie mich an, was mich überraschte, da ich mit einem Vorwurf gerechnet hatte.

»Naja, dass mit deiner Narbe hätte ich nicht ansprechen sollen, es war ziemlich indiskret ...«

Bevor ich meinen Satz beenden konnte, fiel sie mir ins Wort und ihre fragende Miene wurde belustigt.

»Du brauchst dich nicht entschuldigen!«, beteuerte sie. »Es hat ein paar unschöne Erinnerungen wachgerüttelt, aber das ist nicht deine Schuld.« Kurz spiegelte sich Trauer auf ihrem Gesicht, aber schnell überlächelte sie es.

»Trotzdem … ich hatte das Gefühl, dass es dich runtergezogen hat und wollte es ansprechen.«

»Danke … ich weiß das zu schätzen.«

Kapitel 11

London – Guy's Campus, medizinische Fakultät

Donnerstag, 16. September – Joshua

Unsere Dozentin schloss die Tür und sah sich zufrieden im vollen Vorlesungssaal um. »Guten Morgen zusammen, wir werden heute mit der Anatomie der menschlichen Niere fortfahren.«

Die Absätze ihrer Schuhe erzeugten einen rhythmischen Takt beim Gehen, als sie nicht gerade elegant zu ihrem Pult stapfte. »Haben Sie Fragen zum Stoff von letzter Vorlesung?« Ihr Blick wanderte aufmerksam über die Gesichter der Studenten.

Vereinzelt hörte man das Rascheln von Papier oder das Klicken von Kugelschreibern und schließlich wurde eine Meldung in der ersten Reihe aufgerufen.

Neben mir öffnete Mayren die Notizapp ihres Tablets und ließ den Stift zwischen ihren Fingern wirbeln. Aufmerksam beobachtete sie die sprechende Kommilitonin. Die gestellte Frage war in meinen Augen völlig banal und hätte sich durch unser Buch beantworten lassen können, aber unsere Dozentin erklärte sie ausführlich.

Mayren verdrehte die Augen und stützte ihren Kopf auf der freien Hand auf.

Ich musste mir ein Grinsen verkneifen, was ihr auffiel, und sie stieß mich belustigt unter dem Tisch mit dem Fuß an.

Der vergangene Abend bei Noah war schön gewesen und ich hatte viel mit Mayren über unsere sportliche Vergangenheit gesprochen, weil es mich interessierte, was sie mit dem Kampfsport verband.

Neben uns tuschelten Livi und Allison in schnellem Englisch, aber ich verstand nicht, was sie erörterten. Beide haben gestern schon vermehrt die Köpfe zusammengesteckt und getuschelt.

Die Frage unserer Kommilitonin schien gelöst zu sein, die Dozentin schlug das Buch auf und sagte laut in die Runde: »Das heutige Thema finden Sie auf Seite 85.«

Allgemeine Unruhe kam auf, als jeder die richtige Seite suchte. Die Professorin ließ sich von der Geräuschkulisse nicht beirren und begann über das heutige Thema zu unterrichten. Das Gemurmel von Alli und Livi verstummte und sie konzentrierten sich auf den Inhalt der Vorlesung. Ich war müde und musste mehrmals ein Gähnen unterdrücken.

Der Vorlesungsstoff war trocken und reine Theorie, was ich nicht gerne im Frontalunterricht lernte, sondern lieber durch eigene Erarbeitung. Die Vorlesung ging voran und ich blendete alles um mich herum aus, um dem Informationsfluss so gut wie möglich folgen zu können.

Ein plötzliches schrilles Klingeln riss mich aus meinem Tunnel und ich sah mich erschrocken um.

Mayren neben mir wirkte unruhig, als sie ihr klingelndes Handy aus der Tasche zog. »Sorry«, flüsterte sie mir zu und schaute auf das Display.

Kurz erhaschte ich einen Blick darauf, aber der Anrufer war unter einem *I* eingespeichert. Ich wurde neugierig, schließlich hatte ich bereits gesehen, dass sie mit *B* geschrieben hatte.

Ob das einer ihrer Freunde aus Schweden ist? Speichert sie ihre Freunde immer unter dem ersten Buchstaben ein?

Für einen kurzen Moment wich ihr entschuldigender Gesichtsausdruck einem angespannten, aber sie fing sich schnell und setzte eine neutrale Miene auf. »Ich muss rangehen ...« Sie sagte es zu niemand bestimmtem und nahm den Anruf entgegen, ohne sich das Handy ans Ohr zu halten. »Entschuldigen Sie die Störung«, rief sie halblaut in den Raum, weil die Dozentin und einige Kommilitonen sie zum Teil aus belustigten oder genervten Gesichtern anstarrten. Sie griff sich ihren Rucksack und eilte schnell, aber beherrscht Richtung Tür. Ihr Tablet und ihr Buch blieben auf dem Tisch zurück.

Alle Augenpaare folgten ihr, bis sie die Tür hinter sich schloss.

Was hatte Mayren in Aufruhr versetzt?

Kapitel 12

London – Guy's Campus, medizinische Fakultät
Donnerstag, 16. September – Mayren

Kaum hatte ich die Tür hinter mir geschlossen, hielt ich das Handy an mein Ohr. In meinem Inneren legte sich ein Schalter um und meine Stimme wurde sofort kälter.

»Ja, Ian?«, fragte ich fordernd. »Was ist passiert?«

Wenn Ian mich anruft, heißt das nichts Gutes.

»Hallo Mayren«, hörte ich seine ruhige Stimme an meinem Ohr.

Was war passiert?

Mein Herz schlug schneller und es war, als würde ich aus einem Traum zurück in meinem richtigen Leben erwachen.

Ist Bastian etwas passiert?

Ich atmete tief durch und ging mit schnellen Schritten auf den Ausgang der Uni zu.

Bastian wird es gut gehen, aber hatte er etwas über Joshua herausgefunden?

Flink überholte ich eine Gruppe von Studenten und rannte eine Treppe nach unten, als Ian sich räusperte.

»Irina ist in der Stadt.«

Mein Puls beschleunigte sich bei seinen Worten und mein Jagdinstinkt wurde geweckt. Seit meiner Ankunft in London waren zu viele Tage vergangen und es war nur eine Frage der Zeit, bis jemand auftauchte und den Druck erhöhte.

Irina und ich hatten bisher keinen persönlichen Kontakt miteinander, aber ihr Ruf als hervorragende Scharfschützin eilte ihr voraus. Dank unseres gemeinsamen Auftraggebers Zero würden sich unsere Wege also das erste Mal kreuzen.

»Scheiße«, kommentierte ich Ians Feststellung und erhöhte mein Tempo, während das Blut in meinen Ohren rauschte. »Wo hast du sie entdeckt?«

Ian schwieg erst, aber ich hörte, wie er auf seiner Tastatur tippte.

Ich muss sie so schnell wie möglich finden!

Eine unbekannte Angst krallte sich um mein Herz und ich dachte an Joshua.

»Ihr letzter Aufenthaltsort war Victoria Station, vor einer halben Stunde.«

Das ist fünfzehn Minuten von hier!

»Was hatte sie bei sich?«, fragte ich schnell und stürmte nach draußen ins Sonnenlicht.

»Nur einen Rucksack«, kam die Antwort sofort. »Irina ist kein Mensch, der das große Publikum sucht. Sie wird versuchen, Joshua schnell und unauffällig zu töten.«

Ein abwertendes Schnauben entfuhr mir, während ich ungeduldig über die Wege des Campus schritt. »Nach welchem Muster geht sie vor?«, fragte ich knapp und ließ meine Unzufriedenheit in meiner Stimme mitklingen.

Wieder hörte ich, wie Ian die Tasten seiner Tastatur bemühte. »Meistens tötet sie ihre Opfer in ihren eigenen Wohnungen oder Häusern, nie an öffentlichen Orten.«

Wenn sie ihn plant, zu Hause per Fernschuss zu töten, sollte ich dort anfangen.

»Wie hat sie ihre Opfer umgebracht? Per Snipe?«, fragte ich Ian, um meine Annahme zu festigen.

»Genau«, bestätigte er meine Vermutung. »Ihre klassische Waffe ist die OSW-96.«

»Wenn ich mich richtig erinnere, ist sie Russin, oder?«

Ian bestätigte mir das knapp. »Ja, sie bevorzugt russische Waffen, egal ob Handfeuerwaffe oder Snipe-Gewehr.«

Irina kann zwar gut mit Waffen umgehen, aber in einer körperlichen Konfrontation kann sie mir nichts entgegensetzen. Das ist mein klarer Vorteil.

Der Lärm der Hauptstraße umfing mich und ich steuerte auf eine der Busstationen zu. Im Gehen zog ich den einen Gurt meines Rucksacks auf die Schulter und wühlte mit meiner freien Hand darin.

Außerdem wird sie nicht mit Widerstand eines anderen Killers rechnen.

Erst als ich den kühlen Lauf meiner Waffe spürte, beruhigte sich mein Puls und ich atmete tief durch. »Ian?«

»Ja, May?« Seine Stimme war ruhig und gefasst, wie ich es von ihm gewohnt war.

»Kannst du dir bitte die Umgebung von Joshuas Wohnung anschauen und mir sagen, ob und wo Irina da gesichtet wurde?« Ich räusperte mich und machte eine kurze Pause, als andere Passanten sich neben mir an den Fußgängerübergang stellten. Als die Ampel grün wurde, schritt ich auf die Straße und fuhr mit gedämpfter Stimme fort.

»Bitte sieh dir die umliegenden Gebäude und Straßen an und sage mir, von welchem Gebäude sie den Schuss erwägen könnte, okay?«

Ian blieb kurz ruhig und ich fürchtete für einen Moment, dass er aufgelegt hatte, aber nach ein paar Sekunden antwortete er. »Eine Zielperson sollte man eigentlich töten.« Er zögerte, als er weitersprach. »Bastian hat mir von eurem Gespräch erzählt … aber wir konnten immer noch nichts finden, was Joshua mit unserer Welt in Verbindung bringt und langsam glaube ich an eine Unschuldsvermutung.« Er räusperte sich kurz. »Ich hoffe, dass wir diese Entscheidung als Clan bewältigen können.«

Dann ist die Entscheidung unseres Clans getroffen ... es gibt keinen Weg zurück.

»Wir werden als Clan kämpfen, May. Mach dir keine Sorgen«, fuhr er fort, bevor ich etwas entgegnen konnte. »Ruf mich an, wenn du vor Ort bist, ich erstelle zwischenzeitlich die Daten.« Ohne ein weiteres Wort legte er auf.

Also wird Joshua wirklich der Schlüssel zu unserer Rache an Zero.

Mit quietschenden Reifen hielt der rote Doppeldeckerbus mit dem Ziel Chelsea vor mir. In diesem Moment bereute ich es, dass ich das Auto zu Hause stehen gelassen hatte und abhängig von den öffentlichen Verkehrsmitteln war, aber einen Parkplatz in der Nähe des Campus gab es nicht und so blieb mir nichts anderes übrig. Ich ließ mich auf einen Sitz der hinteren Reihe am Fenster fallen und legte den Rucksack auf den freien Platz neben mich.

Der Bus war mäßig gefüllt und die meisten Leute waren Touristen, denn ich konnte Unterhaltungen in verschiedenen Sprachen belauschen. Die Belanglosigkeit der anderen Fahrtgäste ließ mich schmunzeln.

Die Probleme mancher Leute hätte ich gerne.

Ich ließ meinen Blick aus dem Fenster wandern und über die vorbeiziehenden Häuser und Leute schweifen. Nach zwei Stationen fiel mir ein, dass mein Abgang in der Uni merkwürdig ausgesehen haben musste und ich mein Buch und Tablet auf dem Tisch vergessen hatte.

Mein Verhalten wird nicht einfach zu erklären sein.

Ohne meine Tasche richtig zu öffnen, wühlte ich darin und zog mein Handy heraus. Joshua hatte mir bereits eine Nachricht geschickt.

> *Alles okay, Dickkopf?*

Seine Nachricht war von einem erschrockenen Smiley flankiert.

Über diesen Spitznamen müssen wir wirklich sprechen.

Ich kratzte mich an der Schläfe und überlegte mir eine Ausrede, die Wahrheit konnte ich ihm schlecht sagen. Nach einigen Momenten Bedenkzeit tippte ich meine Nachricht:

> *Ja, mach dir keine Sorgen. In unserem Haus gab es einen Wasserrohrbruch … ich habe mein Buch und mein Tablet liegen gelassen … würdest du sie für mich mitnehmen?*

Leise seufzend lehnte ich mich im unbequemen Sitz zurück und schickte die Nachricht ab.

Hoffentlich ist meine Ausrede glaubhaft.

Auch Bastian schickte ich eine kurze Mitteilung. Ich fasste mich knapp und ließ die Nachricht banal klingen:

```
Irina ist in der Stadt und ich treffe mich mit
            ihr. Ich melde mich.
```

Die Nachricht wurde gesendet und ich wartete kurz, ob Bastian antwortete, aber stattdessen bekam ich eine Nachricht von Joshua:

```
Ich drücke die Daumen! Klar, deine Sachen neh-
me ich mit. Willst du sie nachher bei mir abho-
len? Dann kannst du dir meine Notizen kopieren,
              wenn du magst.
```

Das Angebot sollte ich annehmen, es werden immer mehr Jäger in der Stadt ankommen und ich sollte mich so oft wie möglich in Joshuas Nähe aufhalten.

Unwillkürlich musste ich grinsen.

Livi wird das nicht gefallen. Sie scheint verstimmt, weil ich viel mit ihm spreche. Ich manövriere direkt in einen Zickenkrieg ...

Mein Blick glitt aus dem Busfenster, als wir über eine Brücke fuhren und die Themse überquerten, wo das Sonnenlicht auf dem ruhigen Wasser glitzerte und der Londoner Skyline ein goldenes, sommerliches Aussehen verlieh.

Das berühmte London Eye drehte sich langsam um seine eigene Achse und in den einzelnen Gondeln brachen sich die Sonnenstrahlen.

Diese Stadt hat etwas Magisches.

Der Bus fuhr über eine Bodenwelle und ich kehrte zu Joshuas Nachricht zurück. Nachdem ich sie erneut gelesen hatte, antwortete ich:

> *Ja, das wäre nett von dir. Ich komme heute Nachmittag bei dir vorbei. Schickst du mir deine Adresse?*

Scheinheilig fragte ich danach, offiziell wusste ich nicht, wo er wohnte. Langsam ließ ich mein Handy in meine Tasche gleiten und atmete tief durch.

Konzentrier dich! Ich muss darauf gefasst sein, dass Irina und ich keine Übereinkunft finden werden.

Mein Herz schlug schmerzhaft vor Anspannung, als ich aufstand und an der Busstation ausstieg, die Joshuas Haus am nächsten war. Die warme Sommerluft schlug mir wie eine warme Wand ins Gesicht, als ich die Stufe aus dem Bus schritt und auf den Gehweg sprang. Vor einigen kleinen Läden an der Straße waren die Auslagen von dem Schaufenster aufgebaut und die Straße rechts von mir war stark befahren.

Kein Vergleich zur Ruhe von Montagnacht ...

Möglichst unauffällig sah ich mich um, als ich die Straße zu Joshuas Haus hinab ging.

Verdammt Irina! Wo versteckst du dich?

Als ich nur noch eine Kreuzung entfernt war, zückte ich mein Smartphone, wählte Ians Nummer und er nahm nach zwei Freizeichen ab.

»Ist dein Auto liegen geblieben oder warum hast du so lange gebraucht?«, spottete er ohne Begrüßung.

»Haha.« Ich lachte trocken. »Versuch du mal in der Londoner Innenstadt einen Parkplatz zu finden. Ich bin mit dem Bus gefahren.«

»Das erklärt einiges.«

»Hast du etwas über Irina für mich?«, murrte ich ungeduldig.

Muss ich dir alles aus der Nase ziehen?

»Ich habe alle Kameras in der Gegend gehackt und hatte sie im Blick. Es hat eine Weile gedauert, aber London ist gut vernetzt und keiner kann den Kameras entkommen.«

Stumm nickend stimmte ich ihm zu, da ich wusste, dass kaum eine Stadt so gut verdrahtet war, wie diese. Meistens versuchte ich mein Gesicht aus dem Aufnahmefeld der Kameras zu halten, aber wusste, dass es auf Dauer zwecklos war.

»Die meisten Gebäude in der Nähe sind nicht freizugänglich«, erklärte Ian. »Es sind alles Wohnobjekte und es würde auffallen, wenn Irina da einsteigt. Nachdem ich mir einige ältere Aufnahmen angesehen habe, ist mir aufgefallen, dass ein Gebäude in der Parallelstraße saniert wird, und Joshuas Fenster ist in diese Richtung ausgerichtet.«

Mein Kopf wirbelte herum und ich versuchte das Gebäude ausfindig zu machen. »Die Parallelstraße, sagst du?«

Ich ging den Bürgersteig entlang auf die nächste Kreuzung zu.

Wenn jenes Gebäude über das andere an der Straße ragte, könnte Irina einen Abschuss auf Joshuas Zimmerfenster tätigen.

»Ja, genau«, wiederholte Ian seine Entdeckung. »Mir ist aufgefallen, dass regelmäßig Handwerker ein und ausgegangen sind, Material hineingebracht haben oder Bauschutt nach draußen.« Seine Stimme klang triumphierend, während ich die Straßenseite wechselte und die Kreuzung hinabging.

»Welche Hausnummer?«, fragte ich und Ian nannte mir die Straße und die dazugehörige Nummer.

»Außerdem sind vor einer halben Stunde alle Handwerker abgezogen worden. Es gab einen Anruf beim Bauleiter, dass die erteilte Baugenehmigung *nicht gültig* sei.«

Ich verstand seine Anspielung sofort und bog in die genannte Straße ab. »Hast du Irina in der Gegend gesehen?«

»Es gab einige Personen mit Kapuze ...«, murmelte er.

Das Haus mit der richtigen Nummer hatte einen unglaublichen Altbaucharme mit hohen dunklen Fenstern und einer weißen Fassade. Im Vorgarten stand ein großer Container, der mit Bauschutt gefüllt war.

Die Häuser, die sich zwischen dem sanierten Haus und Joshuas WG befanden, waren niedriger, sodass man aus dem Dachgeschoss vermutlich freie Sicht haben könnte.

Ian stieß an meinem Ohr einen triumphierenden Schrei aus. »Ich hab sie!«, rief er und schlug mit der Faust auf seinen Tisch.

»Sie wurde vor fünfzehn Minuten von einer Überwachungskamera erfasst. Warte … vielleicht sehe ich sie auf einer anderen Kamera …«

Wenige Meter trennten mich vom richtigen Haus. »Ian, ich bin gleich da«, sagte ich angespannt. Ich konnte nicht vor dem Haus stehen bleiben, wenn Ian nicht weiß, ob sie drin ist oder nicht.

Wenn sie nicht drin ist und mich beobachtet, dann wird sie kehrt machen und ein anderes Mal zuschlagen, es wird schwieriger werden, sie aufzuspüren.

»Dann laufe langsamer und verschaff mir diese Zeit«, knurrte Ian unruhig. »Die paar Sekunden sollten wir noch haben.«

Widerwillig stimmte ich ihm zu, klemmte mein Handy zwischen Ohr und Schulter ein und band meine Haare zu einem unordentlichen Zopf. »Hast ja recht … «, murmelte ich leise. Um weitere Zeit zu gewinnen, kniete ich mich hin und band meine Schnürsenkel neu.

Ians Bestätigung kam, als ich gerade dabei war die Schleife auf meinem zweiten Schuh zu verknoten. »Sie ist in dem Haus. Los, Mayren.«

»Danke«, meinte ich schnell. »Ich melde mich bei dir,« Ohne auf eine Antwort zu warten, legte ich auf und ging den Weg zur Haustür hinauf. Das Schloss wies am Schlüsselloch feine Kratzer auf, die von einer nicht sachgemäßen Öffnung stammten.

Ian hatte recht!

Wie selbstverständlich griff ich in meinen Rucksack und holte meinen Dietrich hervor, der mir nach wenigen geübten Handgriffen ebenfalls Zugang ins Haus verschaffte. Vorsichtig trat ich ein und warf vor dem Schließen der Tür einen unauffälligen Blick auf die Straße. Passanten eilten vorbei, aber niemand schenkte mir Aufmerksamkeit.

Auffällig unauffällig war schon immer der beste Weg ...

Die Tür fiel mit einem leisen Klicken ins Schloss und ich zog ebenso lautlos meine Glock hervor. Im Haus war es still und kein anderes Geräusch war zu hören. Ich stand in der Diele, die links in ein kleines Bad führte und rechts in eine leere Küche. Der dominante Geruch von frischer Farbe lag in der Luft. Langsam ließ ich mir den Rucksack von den Schultern rutschen und versteckte ihn ihm Gästebad.

Meine Turnschuhe machten auf dem grauen Holzboden keinen Laut und ich ging die ersten Schritte in Richtung des Wohnzimmers, das ich hinter der angelehnten Tür vermutete. Eine riesige Glasfront grenzte an die dahinterliegende Terrasse und den kleinen Garten dahinter. Der gepflegte Rasen war perfekt gestutzt und strahlte in einem saftigen Grün. Einige große Kartons waren mit einer dünnen Plastikfolie abgedeckt worden, die sich leicht im Windhauch bewegte, den die Tür zum Flur ausgelöst hatte.

Ich hielt meine Waffe hoch und sah mich aufmerksam im Raum um, aber außer mir schien sich niemand auf dem Stockwerk aufzuhalten.

Irina muss bereits oben sein. Zum Glück sitzt Joshua in seinen Vorlesungen.

Ich schlich zurück in den Flur, in dem sich eine Holztreppe befand, die halbkreisförmig ins nächste Stockwerk führte. Die Stufen waren im Zuge der Renovierungsarbeiten nicht erneuert worden, sondern hatten nur einen neuen Anstrich erhalten. Behutsam setzte ich die Fußspitze auf die erste Stufe und ein leichtes Knarzen ertönte.

Wahrscheinlich knarrt die ganze Treppe so.

Ich verdrehte die Augen und musterte den Handlauf an der Wand. Er war aus silbernem Edelstahl und strahlte wie neu.

Dann eben so ...

Mit dem Rücken zur Wand setzte ich mich darauf und schob mich vorsichtig mit den Füßen die Treppe hoch. Da das meiste meines Gewichts auf den Handlauf verlagert war und ich so minimal die Stufen berührte, knarrte die Treppe nur leicht.

Falls sich jemand im Obergeschoss aufhalten sollte, könnte das Geräusch leicht überhört werden oder sogar in der Geräuschkulisse der Straße gänzlich untergehen.

Mit der Glock im Anschlag rutschte ich in den ersten Stock, der Flur war klein und leer. Ich schlug zuerst den Weg in das Zimmer ein, das zur Straße lag, aber es war bis auf mehrere Farbeimer und dazugehörige Rollen leer. Vom Fenster aus konnte ich nur das Dach des Nachbarhauses und das von Joshuas Wohnhaus erkennen, sein Zimmerfenster war nicht sichtbar.

Irina muss den Schuss von einem oberen Stockwerk versuchen!

Der leere Türrahmen gegenüber der Treppe führte in ein kleines, unverfugtes Badezimmer, dessen Sanitär noch vollständig fehlte. Auch hier hatte niemand seine Spuren hinterlassen, weshalb ich in das letzte, zum Garten liegende Zimmer ging. In einer Ecke war der Boden mit Kartons ausgelegt worden, die neue Badewanne lag darauf und wartete auf ihren Einbau im benachbarten Raum. Eine murmelnde Stimme aus dem Stockwerk über mir ließ meine Bewegungen erstarren und dann hörte ich Schritte.

Instinktiv presste ich mich mit dem Rücken an eine Wand, die vom Flur nicht einsichtbar war, aber niemand kam die Treppen herunter, sondern schien nur im Raum zur Straße einige Schritte zu gehen.

Gut! Ich bin nicht umsonst hier, aber hatte Glück, dass sie mich nicht gesehen hat, als ich eingebrochen bin.

Nachdem ich sicher war, dass ich auf dem Flur niemandem begegnen würde, schlich ich zurück und musterte den Zustand der Treppe, die ebenfalls nicht erneuert wurde, sondern nur der Handlauf. Wieder hörte ich Irinas leise Schritte und kurz darauf ein metallenes Reiben von zwei verschieden Oberflächen.

Sie baut ihre Waffe zusammen!

Anspannung machte sich in mir breit, aber gleichzeitig waren meine Sinne geweckt, die in den letzten Tagen in den Hintergrund getreten waren. Durch die Normalität musste ich mich so sehr verstellen, dass es mich unter Strom setzte, endlich mein wahres Gesicht zeigen zu können.

Meine Hände ruhten frei von Unsicherheiten an meiner Waffe, bereit abzudrücken und zu töten.

Fast schon etwas erschreckend.

Wie gerade eben setzte ich mich auf den Handlauf und schob mich die Treppe nach oben. Die Räume waren gleich aufgeteilt wie im ersten Stock und hatten ein Bad und die zwei Zimmer zum Garten und der Straße. Im Gegensatz zum Stockwerk darunter war das Bad bereits fertiggestellt und ein dominanter Farbgeruch lag wieder in der Luft.

Durch die geöffnete Zimmertür sah ich, wie eine rothaarige Frau mit einem Scharfschützengewehr am Fenster lauerte und konzentriert durch das Zielrohr sah. Wieder murmelte sie leise, aber ich war zu weit entfernt, um sie zu verstehen. Mit einem schnellen Blick in den Raum zu meiner Rechten vergewisserte ich mich, dass wir allein waren, bevor ich mich ihr näherte.

Irina hatte sich einen Tisch genommen und ihn ans Fenster geschoben, um ihr Gewehr darauf zu positionieren. Sie selbst saß auf einem einfachen Holzstuhl daneben und drehte mit ihren Fingern an der Waffe, um sie einzustellen. Zu ihren Füßen und in Griffnähe lag der Rucksack, den ich aus Ians Beschreibung kannte, ein Pistolengriff lugt aus der Öffnung hervor.

Vermutlich eine russische Arsenal Firearms.

»Hallo Irina«, sagte ich mit ruhiger Stimme auf Russisch, nachdem ich mich in dem Raum umgesehen hatte und keine weitere Gefahrenquelle ausmachen konnte.

Falls die Rothaarige sich erschrak, was meine ursprüngliche Absicht war, ließ sie es sich nicht anmerken, sondern drehte sich betont langsam auf ihrem Stuhl um. Irina war älter als ich, schätzungsweise Ende 30, hatte ihre Lippen knallrot geschminkt und einen dramatischen schwarzen Lidstrich um ihre Augen gezogen.

»Mayren *Grey*«, sagte sie mit einem starken russischen Akzent und sah mich unerfreut an. Langsam stand sie auf, aber blieb an Ort und Stelle stehen. »*Schön* dich zu sehen.« Ihr spöttischer Tonfall strafte sie das Lügen und sie zog eine dünn geschminkte Augenbraue hoch, als ich meine Waffe nicht runternahm, sondern weiter auf sie zielte. »Was willst du von mir? Wenn du hier bist, dann weißt du offenbar ebenfalls, wo sich unsere Zielperson befindet.«

Kurz wägte ich meine Worte ab. »Ich bin seit ein paar Tagen in London«, teilte ich ihr trocken mit. Meine Stimme war kalt und schneidend und Irinas Blick verfinsterte sich.

Boshaft verzog sie ihre roten Lippen. »Wenn du schon länger hier bist, dann erkläre mir, warum der Junge noch lebt?« Sie schien zu merken, dass ich sie nicht in freundlicher Mission hier besuchte, sondern mein Besuch feindlich gesinnt war. »Hast du deinen Schneid verloren?«

Ich spürte, wie ihr Verhalten feindselig wurde und sie versuchte mich zu provozieren.

Irina, ich bin diejenige, die gerade eine Waffe in der Hand hat. Du solltest dich etwas zurückhalten.

Plötzlich huschte ein böses Lächeln über ihr Gesicht.

»Oder bist du eine dieser widerlichen *Sadisten* geworden, die darauf stehen, das Vertrauen des Opfers zu gewinnen, bevor sie es umbringen?«

Das ist ekelhaft!

Eine Wutader muss auf meiner Stirn entstanden sein, denn Irina schien zu merken, dass sie mich an einem wunden Punkt getroffen hatte.

»Ach, stimmt. Da war was, Mayren.« Ein diabolisches Grinsen breitete sich auf ihrem Gesicht aus. Ihre Worte kratzten an alten Wunden, die ich seit Jahren verdrängte, aber an ihrem Ausdruck konnte ich sehen, dass sie das beabsichtig hatte.

Keiner weiß besser als ich, dass diese Art von Verrat grausam ist.

»Ich werde jeden Menschen bluten lassen, der mir oder meinem Clan Schaden zufügt«, sagte ich ruhig und ließ meine Stimme gleichgültig klingen, was mir erstaunlich gut gelang. »Das auf was du anspielst, ist jedoch eine Sache, die dich nichts angeht, sondern nur mich und Paul.«

An ihrer Körperhaltung konnte ich ablesen, dass sie nicht freiwillig auf den Auftrag verzichten würde. Meine Vorahnung bestätigte sich also.

Einer von uns beiden wird heute hier sterben!

»Ich habe ein berechtigtes Interesse daran, dass er weiterlebt.«

Sie reagierte nicht auf meine Worte, sondern reckte arrogant das Kinn nach vorne und starrte mich an. An der Art wie sie ihre Lippen zu einer engen Linie aufeinanderpresste wusste ich, dass sie fieberhaft nachdachte und nach einem Ausweg suchte.

Sie wird nicht von Joshua ablassen. Selbst wenn sie mir das verspricht ... ich kann ihr nicht trauen.

»Was für ein Interesse kannst du an einem *normalen* Menschen haben?«, fragte Irina in einem interessierten Tonfall. »Welchen Vorteil erhoffst du dir daraus?« Sie versuchte Zeit zu gewinnen.

Warum töte ich sie nicht einfach? Keine unnötigen Gespräche und ein risikoloser Weg.

»Du weißt, welche Verbindung er zu Zero hat«, bluffte ich.

Wenn ich Glück habe, weiß sie etwas.

Ein Hauch von Erstaunen erschien auf ihrem Gesicht, aber sie verbarg ihn sofort.

Damit habe ich meine Antwort. Sie hat keine Ahnung, aber es wird nicht ihre Intention sein, an Zero heranzukommen.

»Es interessiert mich nicht«, gab sie kalt zurück und zuckte mit den Schultern. »Das Geld auf seinen Kopf sagt genug aus und mehr muss ich nicht wissen.«

Sie und ich ... Wir sind beide nur Schachfiguren von Zero und wissen über seine und Joshuas Verbindung gleich wenig.

Irina machte einen kleinen Schritt auf mich zu und ich hob den Lauf meiner Waffe als Drohung an. »Aber sag mir ruhig, warum Zero ihn töten lässt«, forderte sie.

Mach deine Hausaufgaben gefälligst selbst.

Ihre Augen verengten sich, als ich meine Waffe hob. Sie schien zu ahnen, dass unsere Konfrontation keine andere Möglichkeit bot als die Eskalation.

Es war nicht in meinem Interesse, aber es ließ sich nun nicht mehr vermeiden.

»Du beschützt ihn«, sagte sie und ihr Gesicht wurde ausdruckslos. »Was ist mit euch dummen *Rookies* los? Denkt ihr euch gehört die Welt und ihr seid unsterblich?« Ihre Wangen wurden rot vor Wut und sie funkelte mich an, was mir wiederum ein Lächeln entlockte.

Ja, verdammt. Ich bin arrogant, unsterblich nicht, aber ja! Ich bin bereit für alles, was kommt. Bereit mein Leben für meinen Clan, meine Rache und Joshua zu riskieren.

»Wir Rookies sind nicht unsterblich«, gab ich kühl zurück. »Aber wir werden eurer Generation *ordentlich* in den Arsch treten. Ihr habt ausgesorgt und es wird Zeit, dass ihr unserer Generation Platz macht.«

Ihre Gesichtszüge entglitten ihr für einen kurzen Moment, bevor sie ihr Gesicht vor Hass verzerrte, und mir vor die Füße spuckte. »Du kleine *Bitch*«, beleidigte sie mich mit einer ruhigen und eiskalten Stimmlage. Langsam drehte sie sich um und wollte zu ihrem Rucksack gehen. Vermutlich dachte sie, ich hätte ihre Arsenal Firearms nicht gesehen und plante mich anzugreifen. Doch mit einem schnellen Schritt war ich bei ihr und trat den Rucksack aus ihrer Reichweite. Schwungvoll segelte er einen Meter nach vorne und knallte gegen den Heizkörper. Die Rohre klangen mit einem Dröhnen durch den Aufprall nach.

Wenn ich hier schieße, hört das trotz Schalldämpfer jeder und die Polizei ist schneller auf der Matte, als ich verschwinden kann!

Wieder trat ich mit dem rechten Fuß zu, diesmal in Irinas Kniekehle, gleichzeitig packte ich sie mit der freien Hand am Hosenbund und machte einen Schritt zurück. Sie verlor das Gleichgewicht und landete auf dem Rücken.

Mit wutverzerrtem Gesicht rappelte sie sich auf und sprang auf mich zu. Aus Reflex machte ich einen Schritt zurück, um aus ihrer Reichweite zu verschwinden, aber Irina setzte mir hinterher. Sie bekam mich am Shirt zu packen und wollte mir mit der geballten Faust ins Gesicht schlagen, aber ich war schneller. Die Muskeln in meiner Schulter spannten sich an, als ich ihr mit meiner Glock auf die Schläfe schlug. Die Haut an ihrer Stirn platzte auf und sofort strömte Blut aus dem entstandenen Cut.

Es spritzte auf meine Hand, floss über mein Handgelenk und tropfte zu Boden. Einzelne Tropfen flogen bei ihren Bewegungen auf die frischgestrichenen Wände. Ich reagierte schnell und ließ meine Waffe fallen, um mit meiner linken Hand ihre linke an meinem Shirt zu fixieren.

Mit einem Ruck zog ich sie zu mir und landete einen Fausttreffer an der linken Seite ihres Unterkiefers. Schmerz durchzuckte meine Fingerknöchel und Irina stöhnte bei meinem Treffer auf. Ihre Beine gaben nach und sie stürzte auf die Knie. Mein Schlag hatte einen Nervenpunkt getroffen und für wenige Sekunden schien sie ihre Sinne zu verlieren.

Volltreffer.

Das Blut rauschte in meinen Ohren und intuitiv versetzte ich Irina einen Kniestoß auf die Nase. Ein unangenehmes Knacken ertönte und Blut quoll aus ihren Nasenlöchern, rann ihr über die Lippen und das Kinn, um schließlich zu anderen Blutstropfen auf den Boden zusammenzulaufen. Ein leises Wimmern kam aus ihrer Kehle, als sie mich flehend ansah.

»Bitte, *Mayren* ...«

Angewidert starrte ich auf sie hinab.

Erst drohst du mir, spielst dich auf, willst mich töten und jetzt *bettelst du um dein Leben?*

»Du bist *erbärmlich*, Irina«, spie ich ihr meine Gedanken entgegen und hielt mich nicht zurück, ihr den Abscheu zu zeigen, den ich empfand. »Wenn du mich und meinen Rookie-Clan bedrohst, musst du mit den Konsequenzen leben. Du magst die beste Sniperin in der aktuellen Zeit sein, Zero hat dich deswegen ausgewählt, aber alles *endet!*« Meine Stimme ist zu einem Knurren geworden, hasserfüllt und blutrünstig.

Wäre ich gegangen, hätte sie nur auf den perfekten Moment gewartet, um Joshua zu töten.

Achtlos ließ ich ihre linke Hand fallen und sie landete mit einem kleinen Platschen in der Blutpfütze zu meinen Füßen.

Sie schniefte und wischte sich mit der rechten Hand über ihre Nase.

Für einen Moment war ich nicht aufmerksam, was sie nutzte, um mit ihrer anderen Hand ein Klappmesser aus ihrem knöchelhohen Schuh zu ziehen.

Das Messer klackte leise, als sie die Griffe auseinanderklappte und mit einer halbkreisförmigen Bewegung mein Bein attackierte. Ich reagierte unterbewusst in einem Sekundenbruchteil und sprang zurück.

Unangenehm knallte ich gegen den Türrahmen, aber spürte den Schmerz durch meinen Adrenalinausstoß nicht.

Irina rappelte sich schwankend auf. Ihre Augen waren glasig und ihr Gesicht sah durch das Blut merkwürdig entstellt aus. Sie wankte, machte dann einen schnellen Schritt auf mich zu und versuchte, mir das Messer in den Bauch zu stechen.

Mit gekreuzten Armen wehrte ich ihren Stich ab und machte eine kleine Bewegung zur Seite, damit ich in den Flur ausweichen konnte. Wieder stach sie zu und ich wehrte den Stich erneut ab, wobei ich minimal zurückwich und über die kleine Türschwelle stolperte.

Scheiße!

Irina bemerkte meine mangelnde Konzentration, änderte ihre Taktik und probierte mich mit einem Schnitt in der Hals- und Gesichtsregion zu erwischen. In letzter Sekunde schaffte ich es meinen linken Arm hochzureißen und das Messer abzuwehren, das sonst meine Wange zerfetzt hätte. Das kühle Metall zerschnitt meine Haut und Blut quoll aus der Wunde hervor, welches warm über meinen Arm floss und von meinem Ellenbogen auf dem Boden tropfte.

Fuck!

Zähneknirschend ignorierte ich das Blut und ließ mich nach hinten auf den Rücken fallen. Mit einer schnellen Bewegung hakte ich meinen rechten Fuß hinter ihren vorderen Knöchel und sorgte dafür, dass sie nicht zurückweichen konnte.

Dann trat ich mit aller Kraft meines linken Fußes auf das Knie ihres fixierten Beins und nutzte den Gegendruck meines Fußes hinter ihrem Bein als Hebel.

Ein hörbares Knirschen war die Folge meines Kicks, Irina japste vor Schmerz auf, fiel nach hinten um und schrie schmerzerfüllt.

Fuck! Sei ruhig!

Die Schnittwunde in meinem Arm brannte, Blut floss mir den Arm runter und tropfte auf den neuen Holzboden der Hausbesitzer. Ohne auf den Schmerz zu achten, raffte ich mich auf und sprang auf Irina zu. Mit entfesselter Wut schlug ich ihr mehrmals mit der Faust ins Gesicht, bis sie sich nicht mehr wehrte, sondern mich blutend ansah. Sie brachte ein schwaches Röcheln und Gurgeln hervor. Mein Blut vermischte sich mit ihrem.

»Du … *verdammte* …«, spie ich sie wutentbrannt an und griff mir das Messer, das ihr aus der Hand gefallen war. Ich hielt es in ihr Sichtfeld und sah, wie ihre Augen sich ängstlich weiteten. Ein Rausch von Macht und Aggressionen überkam mich und mit einem wilden Knurren rammte ich das Messer in ihre Brust.

Ihre Reaktion darauf war ein letztes Aufbäumen, dann erlahmten ihre Bewegungen. Ich sah wie das Leben aus ihren Augen wich und sie trüb wurden.

»Du verdammte …«, knurrte ich erneut, ohne meinen Satz zu beenden. Zähneknirschend starrte ich auf ihr regloses, grotesk entstelltes Gesicht und widerstand dem Drang, ihrem toten Körper abermals zu schlagen.

Das Adrenalin brachte meinen Körper vor Anspannung zum Zittern, als ich von ihrer Leiche aufstand und den Flur und das Zimmer ansah. Überall war Blut verschmiert, teilweise war es auf die Wände gespritzt und machte den Tatort perfekt.

Die Hausbesitzer werden nicht erfreut sein ...

Der Schmerz an meinem Arm rief mich aus meinen Gedanken zurück und ich sah mir den Schnitt genauer an. Er war nicht sehr tief, aber musste genäht werden.

Ich muss einen Anruf machen ... und meine verdammte Blutung stoppen!

Vorsichtig drehte ich meinen Arm und sah, dass der Schnitt mein Tattoo glücklicherweise nicht getroffen hatte.

Immerhin hat sie mich weit genug oben erwischt.

Ich riss einen breiten Streifen aus meinem T-Shirt und wickelte ihn mir als improvisierten Verband um den Schnitt. Innerhalb von kürzester Zeit war der Stoff blutgetränkt, aber der Blutfluss schien etwas gebändigt zu sein.

Schnell schlich ich die Treppen nach unten und holte meinen Rucksack. Auf die knarrenden Stufen achtete ich nicht mehr.

Wieder oben angekommen, stieg ich über Irinas Körper hinweg und zog mein Handy aus dem Rucksack. Joshua und Bastian hatten mir Nachrichten geschickt, aber ich ignorierte sie und wählte eine Nummer. Es ertönte kein Freizeichen, mein Anruf wurde direkt angenommen. Ohne auf eine Ansage oder Begrüßung zu warten, nannte ich die Adresse des Hauses.

»Bringen Sie mir frische Kleidung mit und Nähzeug.«

Die Person am anderen Ende der Leitung überging meinen kühlen Befehlston, sagte »20 Minuten« und legte auf. Die knappe Angebundenheit des Angerufenen war nichts Ungewöhnliches und ich machte mich auf die Suche nach meiner Waffe. Die Glock war bei dem Kampf an die Wand gerutscht und ich hob sie besorgt auf. Irinas Blut hatte den Lauf eingesaut und ich wischte ihn an meinem zerfetzten Shirt sauber.

Hoffentlich ist sie nicht in Mitleidenschaft gezogen worden.

Probeweise kontrollierte ich den Schlitten und die Sicherung und steckte die Waffe danach in meinen Hosenbund.

Zu Hause sollte ich sie gründlich prüfen.

Ich sortierte Irinas Sachen und meine Gedanken wanderten zu den letzten Tagen zurück.

Genau das ist was mich von allen anderen unterscheidet. Ich werde niemals Zögern ein Leben zu beenden, wenn die Person jemanden bedroht, der mir nahesteht oder den ich brauche.

Ein kleiner, unauffälliger Transporter hielt vor dem Haus und zwei Männer und zwei Frauen stiegen aus. Sie öffneten die Türen auf der Rückseite des Wagens und luden mehrere Eimer, Putzutensilien und eine große schwarze Tasche aus. Ich beobachtete sie aus dem Küchenfenster, als sie den Vorgarten durchschritten und die Treppenstufen zur Eingangstür hochgingen, öffnete ich die Tür einen Spalt und ließ die Putzkolonne ins Haus.

»Guten Tag, Miss«, begrüßte mich ein kleiner Mann und hob höflich seinen Hut. Seine Stimme war angenehm und wies einen starken britischen Akzent auf. Er war elegant gekleidet und seine Ausstrahlung legte die Vermutung nahe, dass er der Chef der Gruppe war.

»Hallo«, sagte ich knapp und wies mit den Daumen ins obere Stockwerk. »Die Leiche liegt oben.« Ich ging voran, um den vier Leuten zu zeigen, weswegen ich sie gerufen hatte, aber hielt das Gespräch so knapp ich konnte. Ich wollte ihnen nicht mehr Informationen geben, als nötig war.

Nur wenigen kann man in dieser Branche trauen. Es musste nur einen starken Anreiz geben, um Informationen auszutauschen.

Ich wartete ungern am Tatort auf das Reinigungsunternehmen, aber meine Wunde musste versorgt werden und mit meinem blutverschmierten, zerfetzten Shirt würde ich auf der Straße die Aufmerksamkeit auf mich ziehen.

Die Treppen knarrten lautstark, als wir zu fünft nach oben gingen. Eine Blutlache hatte sich um Irinas Leiche ausgebreitet und bahnte sich einen Weg durch den Flur. Ihr Blick war leer an die Decke gerichtet.

Verdammt! Darunter ist auch mein Blut.

Ich ärgerte mich darüber, dass Irina mich in der Sekunde meiner Unaufmerksamkeit verletzen konnte und sah zähneknirschend auf die Schnittwunde an meinem Arm hinab. Den provisorischen Verband hatte ich nach dem Anruf nochmals gewechselt, aber innerhalb von wenigen Minuten hatte sich der Stoff mit Blut vollgesogen.

So war ich gezwungen, zwei weitere Streifen aus meinem Shirt zu schneiden, um die Wunde mit einem Druckverband zu versorgen. Eine der Frauen und der zweite Mann drängten sich an mir vorbei und stiegen über die Leiche. Mit fachkundigen Blicken musterten sie den Raum und machten sich an die Arbeit, während die zweite Frau die leeren Eimer packte und ins Bad ging, um Wasser zu holen.

»Sie haben um Nähzeug gebeten?«, fragte der Hut-Mann und beäugte meinen Arm und den improvisierten Verband.

»Ja«, sagte ich kurz angebunden und hielt meinen verletzten Arm hoch.

Er nickte und zog eine kleine Verbandstasche aus der großen schwarzen Tasche hervor und deutete in das hell erleuchtete Bad. »Bitte, dort ist das Licht besser als im düsteren Flur.«

Ich verzog mein Gesicht zu einem schiefen Lächeln und ging ins Bad. Meine Schritte und die Stimmen hallten, weil bis auf das Sanitär das Bad völlig leer war. Die zweite Frau füllte gerade die Eimer am Waschbecken und warf mir einen scheuen, verängstigten Blick zu.

Als ich vor dem Spiegel stand, wusste ich warum: Meine hellen Haare waren im Zopf zerzaust und teilweise blutverklebt. Ebenso waren meine Hände und der Verband an meinem Arm dunkelrot verfärbt und Blut floss aus meiner Wunde. Das T-Shirt war zerfetzt und ebenfalls mit roten Sprenkeln versehen, aber das war nichts im Vergleich zu dem Ausdruck in meinen Augen. Sie funkelten in einem gefährlichen Grün und schienen die Frau einzuschüchtern.

Es ist gut, dass ich diese Wirkung auf sie habe. Ich habe befürchtet, dass mich das Studentenleben weich gemacht hat.

Der Mann mit dem Hut schien sich davon nicht beeindrucken zu lassen, als er mir in das Bad folgte. »Setzen Sie sich auf die Badewanne«, schlug er vor und deutete darauf.

Er hat oft mit Leuten wie mir zu tun und zeigt deshalb keine Angst.

Stumm gehorchte ich seiner Aufforderung, während er den Klettverschluss seiner Verbandstasche öffnete und weiße Mullbinden und eine Nadel mit medizinischem Garn bereitlegte.

Der Blick der Frau begegnete mir im Spiegel und sie wandte sich schnell ab und verschwand in den Flur.

Geschickt fädelte der Mann das Garn durch die Öse einer Nadel. »Der Schnitt ist nicht tief und hat keine Arterien oder wichtige Gefäße verletzt, aber hört nicht auf zu bluten«, teilte ich ihm mit. Der Mann setzte sich neben mich auf die Kante und ich reichte ihm unaufgefordert meinem Arm. In der Hand hielt er eine braune Flasche, in der eine durchscheinende Flüssigkeit hin und herschwappte. »Zuerst müssen wir die Blutung stoppen«, erklärte er und löste mit schnellen Fingern die Knoten meiner provisorischen Versorgung. »Sobald ich die Wunde gesäubert habe, werden wir sie nähen und verbinden.«

»Ist okay«, sagte ich und beobachtete seine Bewegungen genau. Der letzte blutgetränkte Streifen meines Shirts löste sich von der Wunde und das Blut floss ungehindert.

»Das kann etwas weh tun«, murmelte der Mann leise und eher zu sich selbst, als er die Flüssigkeit in seiner Hand auf meine Wunde goss und es *brannte!*

Fuck!

Wie Feuer breitete sich der Schmerz in meinem Arm aus und ich musste mich beherrschen, um ihn nicht wegzuziehen oder dem Mann mit der anderen Hand einen Faustschlag zu verpassen.

O verdammt!

Zischend atmete ich durch die Zähne ein und unterdrückte einen Schmerzensschrei.

»Gleich vorbei«, sagte er ruhig und ließ weitere Flüssigkeit auf meinen Arm tropfen, was mich dazu zwang, erneut ein schmerzerfülltes Aufstöhnen zu unterdrücken. Die durchsichtige Lösung vermischte sich mit meinem Blut und bildete auf dem Boden eine hellrote Pfütze, aber wie versprochen hörte die Wunde auf zu bluten. Mit einem weißen Tuch tupfte er meinen Arm und die Ränder um den Schnitt trocken und besah ihn sich genauer.

Die Behandlung tut mehr weh als die Verletzung ...

»Sie hatten recht«, stimmte er mir zu. »Die Wunde ist nur an der tiefsten Stelle auf den Knochen runter, aber es wurden keine wichtigen Gefäße oder Bänder verletzt. Es wird Zeit zum Heilen brauchen.« Ich sah die klaffende Wunde auf meinem Arm an.

Scheiße. Das kann ich nicht brauchen.

»Ich werde es in jedem Fall nähen«, erklärte der Mann und griff zu der Nadel und dem Faden.

»Dann wird die Wundheilung beschleunigt und es bleibt keine riesige Narbe zurück.«

»Danke«, presste ich zwischen meinen Zähnen hervor, aber er beachtete mich nicht und setzte den ersten Stich.

Es war ein unangenehmes Gefühl, als er den Faden durch die Wundränder zog und sie zusammenfügte, aber ich ertrug es schweigend.

Seine Finger fühlten sich kühl an, als er mit der Nadel die Stiche setzte. »So.« Er ließ meinen Arm los, um sein Werk zu betrachten, sein Blick fiel dabei auf mein Tattoo und eine Ader an seiner Schläfe zuckte.

Hat er das Zeichen unseres Clans erkannt?

Die Ränder des Schnittes waren sauber zusammengefügt und durch das medizinische Garn gehalten. Er wickelte noch einen weißen Mullverband um meinen Arm und klemmte ihn fest.

»So«, sagte er erneut und lächelte höflich. »Den Verband regelmäßig wechseln, die Wunde mit Wundsalbe versorgen und trocken halten.«

Ich nickte ihm zu und stand auf. »Danke.«

Er lächelte reserviert, stand ebenfalls auf und ging zu seinen Leuten in den Flur, um die Arbeit zu beaufsichtigen. Die Leiche war in einen Sack verpackt worden und sie waren gerade dabei, die zurückgebliebene Blutlache zu beseitigen. Die Frauen sahen nicht auf, aber der andere Mann neigte seinen Kopf zur Verabschiedung.

»Die Waffen von ihr können Sie entsorgen. Ich benötige Sie nicht.«

Ich deutete auf Irinas Rucksack und die Einzelteile der zerlegten Snipe. Alles, was sie dabeihatte und für mich zum Verhängnis werden konnte, war bereits in meinen Rucksack gewandert.

»Sehr gerne«, sagte der Hut-Mann und zog einen sauberen Hoodie und eine Jeans aus einer Tasche, die im Flur neben den restlichen Reinigungsmitteln lag. Selbst ein Paar weiße Turnschuhe holte er hervor und reichte sie mir. »Wie gewünscht«, meinte er, und ich ging zurück ins Bad, um mich aus meiner blutigen Hose und dem Rest meines T-Shirts zu schälen. Der Pullover war zu groß und hing wie ein unförmiger Sack an meinem Oberkörper, aber er bedeckte meinen Verband. Die Hose passte und ich bückte mich, um die Turnschuhe zuzuschnüren. Mit schnellen Fingern band ich eine saubere Schleife. Dabei fiel mir auf, dass meine Fingerknöchel auf der rechten Hand leicht bluteten und teils die Haut aufgeplatzt war.

Durch die Schläge gegen Irina musste ich mir diese Verletzung zugezogen haben.

Es war etwas Oberflächliches, nichts worüber ich mir Gedanken machte. Ich stand auf und wusch die angetrocknete Blutkruste unter dem warmen Wasser am Waschbecken ab.

Das wird niemandem auffallen.

Ich betrachtete mich im Spiegel, öffnete meinen Zopf und ließ die blutverklebten Haarspitzen im Kragen meines Pullovers verschwinden. Abschließend wusch ich mir das Gesicht und wurde die letzten roten Spritzer los.

Kann irgendetwas Verdacht erzeugen?

Da ich nichts fand, ging ich zurück auf den Gang und warf meine alte Kleidung in einen der Müllsäcke. »Danke für alles«, sagte ich zu dem Hut-Mann, als ich mich zum Gehen wandte. »Die Bezahlung machen wir wie gehabt.«

Er tippte sich an die Hutkrempe. »Gerne wieder.«

Aasgeier.

Ich ging die Treppe nach unten und ließ die vier ihre Arbeit machen. In der Küche schnappte ich mir meinen Rucksack und warf ihn über die Schulter. Ich wurde von einem dumpfen Donnergrollen an der Haustür begrüßt. Der Himmel war von dunklen Gewitterwolken verhangen und die Temperatur hatte sich abgekühlt. Ein lauer Wind pfiff um die Häuser und ich zog meine Kapuze ins Gesicht, als ich die Stufen zur Straße hinunter schritt. Ohne mich umzusehen, ging ich auf den Bürgersteig und in angemessenem Tempo los.

Das Gewitter kommt gerade recht.

Durch meine Kapuze konnte ich mich unerkannt vom Tatort entfernen und die entgegenkommenden Passanten eilten schnell an mir vorbei, um sich vor den nahenden Regenwolken zu schützen. Ich bog aus der Straße und machte mich zu Fuß auf den Weg nach Hause. Im Gehen griff ich in meinen Rucksack und zog mein Handy heraus. Ungelesene Nachrichten von Joshua und Bastian warteten ganz oben, aber ich ignorierte die beiden und rief zuerst Ian an.

»Da bist du ja endlich.« Er konnte seine Erleichterung fast nicht verbergen.

»Mir geht es gut«, sagte ich knapp und senkte meine Stimme, weil eine Gruppe junger Schülerinnen an mir vorbeilief.

Sie schnatterten laut und beachteten mich nicht.

»Und Irina?«

Kurz überlegte ich, wie ich es formulieren sollte. »Sie wird uns keine Probleme mehr machen.«

Ein heller Blitz zuckte über den finsteren Himmel und ein lautes Donnergrollen unterstrich meine Worte mit grausamer Eleganz.

»Gut«, sagte Ian in einem kühlen Ton. »Du wirst noch genug andere Leute von Zero auf den Hals geschickt bekommen.« Wieder erhellte ein Blitz den Himmel und der Donner folgte ihm nach einigen Sekunden. Widerwillig musste ich Ians Worten recht geben.

Irina war nur der Anfang.

»Hast du etwas Neues über die anderen herausgefunden?«, fragte ich und hatte die Hoffnung, dass er mir eine Liste der anderen verbleibenden acht Leute nennen konnte.

»Nein, leider nicht«, holte er mich auf den Boden der Tatsachen zurück. »Aber ich habe June in unsere Suche eingebunden und wir forschen in alle Richtungen nach.« Er seufzte. »Wenn jemand Neues, potenziell Gefährliches bei dir auftaucht, erfährst du es als Erste.«

Langsam fiel der Regen vom Himmel und die Tropfen zerplatzten auf dem trockenen Boden. Die Leute eilten vorbei und ich beschleunigte meine Schritte. Die Luft füllte sich mit einem angenehmen Geruch von Sommerregen und ich atmete tief durch die Nase ein.

»Wir *brauchen* Joshua«, betonte ich. »Es gab bisher niemanden, der eine offensichtliche Spur zu Zero gezogen hat.

Wenn wir herausfinden, was die Verbindung ist, kommen wir an Zero heran.«

Ian schwieg und das Klappern seiner Tastatur verstummte. »Das ist gewagt. Wir könnten uns Zero als Feind machen, ohne etwas zu erfahren.«

Natürlich besteht diese Gefahr, aber sollten wir nicht die Chance nutzen?

»Joshua ist unschuldig«, sagte ich nachdenklich und ein kleines, schmerzhaftes Ziehen in meiner Brust ließ mich meinen Gedanken aussprechen. »Ich kann ihn nicht zum Sterben zurücklassen.«

Am anderen Ende der Leitung hörte ich einen Seufzer. »Da hast du recht«, stimmte Ian mir zu. »Sobald ich etwas erfahre, lasse ich es dich wissen.«

»Danke für deine Hilfe, Ian.«

»Dafür hat man doch seine Familie«, meinte Ian und ich hörte, dass ein Lächeln in seiner Stimme mitschwang. »Passt auf dich auf. Ich melde mich.«

Der Regen verdichtete sich, aber ich ging unbeirrt weiter.

»Danke«, murmelte ich und legte auf. Das Wasser sickerte durch den Stoff meines Pullovers und durchtränkte ihn innerhalb von wenigen Minuten ebenso meine Jeans, die mir nass an den Oberschenkeln klebte.

Taxis fuhren an mir vorbei und die Fahrer beäugten mich mit aufmerksamen Blicken und hofften, dass ich sie anhielt, um dem Regen zu entkommen, aber ich ignorierte ihre Blicke und wollte nur noch nach Hause.

Meine Kleidung war vollständig durchnässt, als ich in meiner Wohnung ankam und ich warf sie ins Waschbecken, um heiß zu duschen.

Ich sollte Bastian und Joshua antworten.

Auf dem Heimweg war ich so in Gedanken versunken, dass ich mein Handy nicht mehr aus der Tasche nahm, vielleicht war das aber auch dem Regen geschuldet. Ich tippte auf den Chat mit Joshua und las seine Nachricht:

> *Gibt es etwas Neues bei dir? Die Vorlesung geht bis halb drei, ich denke, dass ich gegen halb vier zu Hause bin. Bis nachher.*

Überflüssigerweise hatte er seine Adresse angefügt. Kurz überlegte ich, was ich zurückschreiben sollte und warf meine Socken zu dem Hoodie und der Jeans ins Waschbecken, dann tippte ich:

> *Meine Wohnung wurde zum Glück verschont, viel Alarm um nichts. Super, dann bis später und danke dir :)*

Mit einem akustischen Signal wurde die Nachricht verschickt und ich wechselte in den Chat mit Bastian. Seine knappe Nachricht lautete:

> *Gut. Bitte melde dich nach dem Treffen bei mir.*

Er war nicht der Mensch der langen Nachrichten. Vor allem nicht, wenn die Gefahr bestand, dass jemand Drittes mitlesen konnte. Also tippte ich ihm eine Antwort:

Alles gut verlaufen. Irina wird aber nicht länger in London bleiben.

Bastian würde aus meinen Worten sofort lesen können, dass von Irina keine weitere Gefahr mehr ausging und ich sie eliminiert hatte. Wir kannten einander so gut, dass wir zwischen den Zeilen des anderen lesen konnten. Ohne einen weiteren Blick auf mein Telefon zu verschwenden, ging ich unter die heiße Dusche.

Kapitel 13

London – Stadtteil Chelsea
Donnerstag, 16. September – Joshua

Als ich die Tür zur WG aufschloss, steckte meine Mitbewohnerin Annabelle den Kopf aus der Küchentür und musterte mich gründlich. Ich nickte ihr als Begrüßung kurz zu und ignorierte sie wie gewohnt. Wir verstanden uns nicht gut, da sie ein sehr kontrollierender und unangenehmer Mensch war, der sich gezwungen sah, die WG zu regieren. Ihrem Vater gehörte das Apartment, in dem unsere vierköpfige WG wohnte und er hatte mich als Mieter für das Semester aufgenommen. Dass sie nicht in meinem Zimmer die Sachen durchwühlt hatte, war auch schon alles.

Es ist nur für dieses Semester ...

Mit meinen anderen Mitbewohnern verstand ich mich gut, obwohl unsere Berührungspunkte gering waren und jeder seinem eigenen Leben nachging.

Sollte ich jemals vor der Entscheidung einer WG stehen ...
Niemals würde ich mich wieder dafür entscheiden.

Der Entschluss hatte sich nach wenigen Tagen mit Annabelle unter einem Dach gefasst, da wir uns wegen einer Tasse in der Spüle in die Haare bekommen hatten. Selbst jetzt folgte mir ihr Blick den Flur hinunter, bis ich meine Zimmertür genervt hinter mir schloss.

Ich warf meine Tasche auf den Bürostuhl, packte die Bücher und mein Tablet aus und begann meine heutigen Notizen zu überarbeiten und in ordentliche Mitschriften zu sortieren. Nach einer halben Stunde klickte ich zufrieden durch mein digitales Notizbuch und schloss schließlich die App. Meine Schulter knackte als ich von meinem Stuhl aufstand und mich streckte. Mit meinem Handy in der Hand ließ ich mich auf mein bequemes Bett fallen und öffnete die letzten Chats, die ich geführt hatte. Mayren hatte mir auf meine vorige Nachricht geantwortet:

> Mayren: Meine Wohnung wurde zum Glück verschont, viel Alarm um nichts. Super, dann bis später und danke dir :)

Ich sah auf die Uhr, es war kurz nach vier.
Mayren ist bestimmt gleich da.
Ich wählte eine ungelesene Nachricht meiner Tante aus. Vor meiner Studienzeit in London hatte ich bei ihr und meinem Onkel gewohnt:

> Hallo mein Lieber,
> was gibt es Neues aus dem regnerischen London? Wie läuft es mit der Uni, kannst du den Vorlesungen folgen?

Ein Grinsen schlich sich auf meine Lippen. Meine Tante hatte mich, seit ich 13 war und meine Mutter verstarb, aufgezogen wie einen eigenen Sohn.
Ich bin unglaublich dankbar, dass sie und mein Onkel mich in der schwersten Zeit meines Lebens aufgefangen haben

und für mich gesorgt hatten.

Die Phase, als ich meine Mutter verlor, war für mich sehr prägend.

Genau das spornt mich dazu an, dass ich im Studium meinen vollen Einsatz gebe. Ich will es anderen Kindern ersparen, dass sie ihre Eltern verlieren, nur weil sich der Arzt nicht ausreichend Zeit nimmt.

Kurz reckte ich mich und sah zu dem Foto auf meinem Nachttisch. Der Rahmen war alt und abgegriffen, aber das Bild von mir und meiner Mutter bedeutete mir alles.

Das Bild wurde kurz vor ihrer Tumordiagnose aufgenommen. Es ist das letzte Bild, was wir gemacht hatten, bevor die Behandlungen losgingen.

Langsam streckte ich meinen Arm aus und strich sanft über das abgebildete Gesicht meiner Mutter. Sie lächelte breit auf dem Foto und trug ihr liebstes kirschrotes Kleid. Liebevoll hatte sie den Arm um mich gelegt und ich drückte mich an sie. Ein kleiner Trauerstich durchzuckte mein Herz.

Du fehlst mir, Mom… Jeden verdammten Tag.

Manchmal fragte ich mich, ob man diesen Schmerz eines fehlenden Menschen jemals verlieren würde, er wurde erträglicher, aber verschwand nie.

Nach einem weiteren langen Blick auf das Foto wandte ich mich ab und las die Nachricht meiner Tante erneut.

Als ich mich damals für das Auslandssemester entschied, waren sie zwar überrascht, aber unterstützen mich bedingungslos in meiner Entscheidung.

Dankbar dachte ich an die beiden.

Innerlich haben beide gewusst, dass mein Schritt nach London mit der Trennung von Celia zusammenhing.

Ich rechnete ihnen hoch an, dass sie meinen Entschluss nicht anzweifelten oder mich überredeten zu bleiben. So tippte ich:

> Hallo Judith,
> ja, hier ist alles super. Tatsächlich hat es heute zum ersten Mal richtig geregnet, dafür war es aber ein wahrer Wolkenbruch. Seid ihr heute Abend zu Hause? Dann würde ich euch anrufen, wir haben schon viel zu lange nicht mehr gesprochen …
> Liebe Grüße :)

Nach dem Versenden der Nachricht ging ich einen Chat weiter und landete in der Gruppe mit meinen Jungs aus Deutschland. Ich kannte die drei seit mehreren Jahren, aber nach dem Abitur hatten sich die Wege getrennt. Auch sie waren nach dem Tod meiner Mutter für mich da und hatten alles getan, um mich aufzumuntern, ohne ihre Unterstützung hätte ich mich nicht so schnell von diesem Schlag erholt.

Mit Ben, Fabian und Daniel war ich seit der Grundschule befreundet und wir wohnten in derselben Nachbarschaft. Nach unserem Abschluss schlugen wir jedoch alle getrennte berufliche Wege ein, was unsere Freundschaft nie mindern konnte. Wir schrieben regelmäßig miteinander und vor meiner Zeit in London sahen wir uns fast jede Woche.

Ben und Fabian wollten am Wochenende zusammen ins Stadion unseres Heimatvereins gehen und fragten spaßeshalber, ob Daniel, der gerade in Peru war, und ich uns anschließen wollen.

> *Ich: Etwas schlecht, aber wir holen es nach*
> *dem Semester nach.*

> *Daniel: Trinkt ein Bier für mich mit. Das peruanische Bier hier ist nicht zu empfehlen …*
> *Was geht in London so?*

> *Ich: Nicht viel. Das typische Studentenleben*
> *halt. Gleich kommt eine Kommilitonin zum Lernen*
> *vorbei.*

Obwohl ich wusste, wie die Reaktionen hierzu ausfallen würden, wollte ich ihnen das nicht vorenthalten.

> *Ben: Aha, eine Kommilitonin also ;)*

Ich grinste breit, als ich die Antwort erhielt, die ich erwartet hatte.

> *Fabian: Chillig Joshi ;)*

> *Ich: Wir sind Freunde …*

Sind wir das? Eigentlich wäre es interessant, Mayren auf eine andere Weise kennenzulernen.

> *Daniel: Ja, klar. Viel Spaß beim Lernen ;)*

Ich ignorierte seinen spöttischen Unterton und seine Frage, da eine ehrliche Antwort weitere Sticheleien auslösen würde. Das Handy ließ ich achtlos neben mich auf die Decke fallen und starrte gedankenverloren an die Decke.

Ja, Mayren ist attraktiv.

Meine Gedanken nahmen weiter ihren Lauf.

Wir kennen uns erst seit dieser Woche, aber ich bin gerne in ihrer Nähe. Unsere Zeit hier in London ist begrenzt, was wäre, wenn wir uns anfangen zu daten und das Semester endet? Eine Fernbeziehung würde für mich nicht infrage kommen. Außerdem bin ich extra nach London gekommen, um Celia zu vergessen, da kann ich nicht anfangen, eine andere Frau kennenzulernen.

Bevor ich weitere Überlegungen anstellte, stoppte mich das Geräusch der Türklingel und ich sprang elektrisiert von meinem Bett auf.

Mayren!

Als ich auf den Flur trat, stand Annabelle bereits im geöffneten Türrahmen und sah erwartungsvoll in den Hausflur.

Mayren kam gerade die Treppe hoch und ihre hellen Haare schwangen im Zopf von links nach rechts. »Hallo«, sagte sie freundlich und lächelte, richtete das aber an mich und nicht an Annabelle.

»Hallo«, entgegnete Annabelle mit einem Hauch von Provokation. Es war ihr nie recht, wenn jemand Besuch bekam.

O man, wie unangenehm.

»Kann ich dir weiterhelfen?«, fragte sie, obwohl sie genau erkannte, dass Mayren zu mir wollte.

Muss sie sich so aufspielen?

Sie stand mit dem Rücken zu mir, aber ich wusste genau, dass sie Mayren genau scannte.

»Ich will zu Joshua«, sagte Mayren bestimmt und deutete auf mich hinter ihr. Ihr Lächeln blieb, aber ihre Augen funkelten in einem unbekannten Glanz, der Annabelle irritierte.

Betont langsam drehte sie sich um, als hätte sie mich gerade erst bemerkt. »Aha.« Mit einem kritisierenden Ausdruck gab sie mir zu verstehen, dass Besuch nicht erwünscht war.

Mayren schien die Situation schnell zu erfassen, aber sie ließ sich von Annabelles Art nicht einschüchtern und schob sich selbstbewusst an ihr vorbei in die Wohnung.

Beleidigt schaute Annabelle ihr hinterher. Kaum hatte Mayren Annabelle den Rücken zugewandt, zog sie schockiert die Augenbrauen hoch und schnitt eine Grimasse in meine Richtung.

Meine Mundwinkel zuckten kurz, aber ich unterdrückte mein Lachen, damit Annabelle keine Grundlage für einen weitere Streit hatte. »Was kann ich dir zu trinken anbieten?«, fragte ich Mayren und sah aus dem Augenwinkel, dass Annabelle mit einer schnippischen Miene in ihr Zimmer verschwand. »Wasser, Cola?«

»Gerne Wasser.« Mayren warf einen Blick über die Schulter zurück zur geschlossenen Zimmertür von Annabelle.

»Ist sie immer so?«, flüsterte sie, als wir die Küche betraten und riss gespielt entsetzt die Augen auf.

Noch immer musste ich mein Lachen unterdrücken und nickte, während ich nach einer Flasche Wasser griff und den Oberschrank der Küche öffnete, um zwei Gläser herauszunehmen. Interessiert schaute Mayren sich in unserer Küche mit dem kleinen Esstisch um und betrachtete amüsiert die bunten Tassen, die neben der Kaffeemaschine bereitstanden.

»Das muss doch schrecklich sein, mit so einem Menschen zusammenzuleben …«, warf sie leise ein, aber ich zuckte nur mit den Schultern und deutete mit einem Kopfnicken auffordernd zum Flur.

»So ist es eben in einer WG«, sagte ich gedämpft, als wir über den Flur in mein Zimmer gingen und die Tür mit einem leisen Klicken schloss.

Auch hier sah Mayren sich interessiert um und blieb am Fenster stehen und blickte auf die Straße.

»Wirklich viel Aussicht habe ich leider nicht«, scherzte ich und stellte die Gläser, gefolgt von der Flasche auf den Tisch.

Sie drehte sich um und lächelte leicht. »Danke noch mal, dass du meine Sachen mitgenommen hast. In der Eile habe ich sie vergessen.« Sie strich sich eine Strähne hinter das Ohr und setzte sich auf meine Bettkante.

»Kein Problem, gerne.« Ich ließ mich auf den Bürostuhl fallen und drehte ihn zu ihr um. »Haben sie herausgefunden, woher das Wasser kommt?«

»Keine Ahnung.« Sie zuckte mit den Schultern. »Sie haben alles abgesucht, aber keinen Schaden feststellen können.

Viel Ärger um nichts, aber lieber so als anders.« Sie verzog ihr Gesicht zu einem schiefen Grinsen.

»Zum Glück.« Ich drehte mich um, nahm ihr Tablet und das Buch und gab es ihr zurück. »Wir haben uns Sorgen gemacht«, meinte ich, als sie mir die Sachen aus der Hand nahm und für einen kurzen Moment berührten sich unsere Hände. Wie elektrisiert stellten sich meine Haare auf den Unterarmen auf und für einen winzigen Moment kehrten meine Gedanken an meine Grübelei von vorhin zurück.

»Danke dir.« Ihr Lächeln wurde verlegen und sie runzelte nachdenklich ihre Stirn. »Ich glaube, ich muss mich bei dir revanchieren.«

Kurz wusste ich nicht, was ich Mayren entgegnen sollte, aber als sie aufsah, traf mich ihr Blick eiskalt. Mein Herz setzte einen Schlag aus und ich vergaß zu atmen, dieser Blickkontakt war unglaublich intensiv und verursachte mir eine angenehme Gänsehaut am ganzen Körper. Unwillkürlich musste ich an die Worte meiner Freunde denken und stellte fest, dass ich Mayren wirklich gerne mehr kennenlernen wollte.

Egal, was in einem halben Jahr ist.

»Nein, nicht dafür«, stammelte ich schnell und schlug die Augen nieder, da ich ihr nicht weiter standhalten konnte. »Das hätte doch jeder getan.«

Sie lächelte mich dankbar an. »Trotzdem, ich bestehe darauf.« Ihr Blick fiel auf das Foto auf meinem Nachttisch und sie betrachtete meine letzte glückliche Kindheitserinnerung an meine Mutter.

Bitte frag nicht nach.

Obwohl ich den Schmerz über meinen Verlust mittlerweile verdaut hatte, war es nichts, was ich einfach mit jemandem teilen konnte.

Dafür kannte ich Mayren noch nicht gut genug.

Unbewusst schien sie meine Gedanken sofort richtig zu deuten. Ein leichtes Lächeln erschien auf ihren Lippen und ihre Augen funkelten sanft, aber sie stellte keine Rückfrage. Dann stand sie auf und ließ ihren Blick durch mein Zimmer schweifen, während ich sie dabei beobachtete. Ich hatte nichts zu verbergen, aber es interessierte mich, wie sie tickte.

Mayren ist nicht einfach gestrickt und ich werde aus ihrer Art nicht schlau. Sie lächelte oft, aber manchmal erreicht es nicht ihre Augen.

»Vermisst du deine Heimat?«, fragte sie mich plötzlich, als sie das Foto von mir und meinen besten Freunden sah, das im letzten gemeinsamen Strandurlaub entstanden war. Ben hatte es mir geschenkt, als ich nach London aufbrach und die Bilder von meinen Jungs und meiner Mutter waren das Erste, was ich in meinem Zimmer aufstellte.

»Du nicht?«, stellte ich ihr die Gegenfrage, sie drehte sich um und musterte mich belustigt.

Oft stellt sie zuerst die Fragen, jetzt drehe ich den Spieß um.

Ich wollte mehr über sie erfahren, wollte wissen, wie sie dachte und fühlte und als sie mein ehrliches Interesse sah, grinste sie breit. »Oh, doch …«, gestand sie mir. »Meine besten Freunde sind mittlerweile weit verstreut. Es ist ewig her, dass ich alle zusammen gesehen habe.«

Interessant ...

Fasziniert betrachtete ich sie und versuchte ihre Fassade zu durchschauen.

Sie hat Heimat mit ihren Freunden gleichgesetzt. Nicht jeder hätte das so beantwortet.

Ihre Antwort machte mich neugieriger, aber ich hütete mich bei Fragen zu ihrer Familie.

Ob sie auch ihre Vergangenheit so schmerzhaft in Erinnerung hat?

»Du bist dran«, forderte sie mich auf und betrachtete das Foto von mir und meinen Freunden genauer. »Wo wurde das Bild gemacht?«

Ich stand auf und nahm das Foto von der Kommode. Direkt wurden die Erinnerungen an diesen Sommer in meinem Hinterkopf lebhaft. »Wir waren nach dem Schulabschluss gemeinsam in Kroatien«, berichtete ich und erinnerte mich an einen Sommer, der gefühlt endlos war. Voller Partys, Hitze und ein passender Abschied von unserer gemeinsamen Schulzeit. »Split war ein Traum und ich habe die unbeschwerte Zeit genossen, bevor der Studienalltag mich voll eingespannt hat.«

Ich reichte Mayren das Bild und sie musterte es genauer. »Und deine Heimat?«, hakte sie neugierig nach, betrachtete das Foto einen Moment, bevor sie es an seinen Platz stellte und sich wieder auf die Bettkante setzte.

Verlegen nahm ich mein Glas und goss mir Wasser ein. »Klar, ich vermisse mein Zuhause, aber gleichzeitig bin ich froh um die neuen Erfahrungen, die ich hier machen darf.«

Und um den Abstand, den ich gewinnen kann ...

Kurz nahm ich einen Schluck Wasser und Mayren nickte zustimmend. »Du hast einen unglaublichen Ehrgeiz in dem Studium, das ist eine bewundernswerte Eigenschaft an dir«, lobte sie mich. Ihr Kompliment überraschte mich und ich setzte mich auf meinen Bürostuhl.

»Ähm, danke«, stotterte ich perplex und trank mein Glas aus.

»Gerne. Habe ich heute etwas Wichtiges verpasst?«, fragte sie, um das Thema zu wechseln.

Ich ließ den Nachmittag kurz Revue passieren, bevor ich ihr eine Antwort gab.

»Nicht wirklich«, gab ich zu. »Ich habe mir Notizen gemacht und kann sie dir gerne senden, wenn du willst?«

»Das wäre echt nett von dir.«

»Kein Problem«, sagte ich und entsperrte das Display meines Tablets. Die Notizen von heute waren noch geöffnet und mit wenigen Klicks hatte ich sie mit ihr geteilt.

»Danke, ohne die eigenen Notizen ist man in der Nachbearbeitung der Vorlesungen wirklich aufgeschmissen«, gestand sie mir und öffnete die Datei auf ihrem Smartphone.

»Ja«, stimmte ich ihr zu. »Meistens mache ich das direkt im Anschluss an die Vorlesungen, um den Faden nicht zu verlieren.«

Wieder nickte sie und deutete auf die Wasserflasche. »Könntest du mir ein Glas Wasser geben?«

»Ja, natürlich«, antwortete ich sofort, goss Wasser in ein Glas ein und reichte es ihr.

Als sie ihre rechte Hand ausstreckte, um es zu nehmen, fiel mir die abgescheuerte wunde Haut an ihren Fingerknöcheln auf.

»Hast du dich verletzt?«, fragte ich alarmiert und gleichzeitig besorgt und deutete auf ihre Hand.

»Ach … Das sind nur Kratzer.« Sie trank einen Schluck Wasser. Mein Blick begegnete ihrem und Mayren fuhr fort: »Nachdem ich wegen dem Fehlalarm früher zu Hause war, habe ich die Zeit genutzt und ein paar Kartons ausgeräumt. Ich fürchte, dass ich mir da irgendwo die Hand aufgescheuert habe.« Sie zuckte mit den Schultern und machte eine unbeteiligte Miene. »Du hast mich echt gerettet«, meinte sie und wechselte das Thema. Mit schnellen Griffen packte sie ihr Buch und das Tablet in ihren Rucksack und setzte sich auf mein Bett. »Der Anruf hat mich aus dem Konzept gebracht und ich habe mich die nächsten Wochen wohnungslos gesehen.«

Kurz musste ich grinsen und dann wurde mir bewusst, dass ich nicht wusste, wo ihre Wohnung war. »Wo wohnst du genau?«

Bisher hat sie das nie erwähnt.

»In Kensington«, gab sie zu und sah nochmals auf das Bild mit meiner Mutter. »Mein bester Freund hat die Wohnung von seinen Großeltern geerbt und vermietet sie normalerweise als Airbnb. Seit er wusste, dass ich im September hier studiere, hat er sie für mich reserviert.«

Beeindruckt hob ich meine Augenbrauen.

Kensington ist einer der begehrten Stadtteile von London und eine Wohnung in dieser Lage war nicht einfach zu bekommen, sie hatte wirklich Glück.

Mayren wirkte nachdenklich. »Ich muss zugeben, dass ich nie viele Freunde hatte.« Gedankenverloren starrte sie auf das Bücherregal neben meinem Schreibtisch, bevor sie mich direkt ansah. »Die Freunde, die ich habe, sind eher Familie für mich«, beschrieb sie ihr Gefühl. »Je älter man wird, umso weniger Freunde werden es, aber dafür sind die Freundschaften intensiver. Findest du nicht auch?«

Die Tiefgründigkeit ihrer Worte überraschte mich, aber ich nickte zustimmend.

Sie hat recht, aber ich würde meine Freunde in London nicht als oberflächliche Beziehungen bezeichnen.

»Was sind wir hier für dich?«, fragte ich ehrlich interessiert nach.

Klar, wir kennen uns noch nicht lange und aktuell ist unsere Freundschaft oberflächlich, aber ... würde das auch noch in ein paar Wochen so bleiben?

Verschmitzt sah Mayren mich an und ein Funkeln lag in ihren Augen. »Jede Freundschaft war zu Beginn oberflächlich«, sagte sie amüsiert. »Wir werden sehen, was sich daraus entwickelt.«

Unwillkürlich musste ich an Celia denken, aber erstaunlicherweise versetzte die Erinnerung mir keinen Stich ins Herz. Es war, als würde Mayrens Anwesenheit diese alten, schmerzenden Erinnerungen einfach wegwischen.

»Es ist nicht so, dass ich mich jemals allein gefühlt habe«, beschrieb sie ihre Gedanken. »Denn ich weiß, dass meine Freunde immer für mich da sind, egal was passiert.« Nachdenklich blickte sie an die Wand über meinem Schreibtisch.

»Ich verstehe, was du meinst«, sagte ich und sah ebenfalls an einen unbestimmten Punkt, um meine Gedanken besser formulieren zu können. »Es ist wahre Freundschaft, wenn man sich nicht verpflichtet fühlen muss, sich zu melden und trotzdem aufeinander zählen kann.«

»Sind deine Freunde in Schweden geblieben oder auch zum Studieren weggegangen?«, hakte ich interessiert nach. *Ist es bei ihr ebenfalls so, dass sich alle in der Welt verteilt haben?*

»Ich habe drei Freunde, die mit mir am engsten verbunden sind«, erklärte sie mir. »Ian ist in der Heimat geblieben und verlässt sie eigentlich auch nie. Er ist jemand der gerne kontrollierend ist und ein absolutes Genie am Computer. Ich kenne niemanden, der so schlau ist, was Daten angeht. Mit Bastian bin ich am besten befreundet, wir haben zusammen den Kampfsport angefangen und schreiben fast jeden Tag miteinander. Er ist mehr wie ein Bruder für mich und Kaja … Sie ist meine beste Freundin und absolut großartig. Als komplette Gruppe kommen wir leider eher selten zusammen.« Mayren strich sich über die Haare und sah mich an. »Jeder hat mittlerweile seine eigenen Verpflichtungen und verfolgt die eigenen Ziele, aber im Grunde sind wir dieselben Kinder von früher.« Ein Lächeln erschien auf ihren Mundwinkeln, aber ihre Augen strahlten zugleich Melancholie aus.

Hinter ihren Worten steckt mehr, als sie offen sagt.

Die Erkenntnis überkam mich, als ich ihren Blickkontakt erwiderte und gleichzeitig bremste mich der Ausdruck auf ihrem Gesicht weitere Frage zu stellen.

Warum lösen ihre Antworten manchmal mehr Fragen aus?

Für einen Moment herrschte Schweigen zwischen uns, dann schob Mayren den Ärmel ihres dünnen Pullovers etwas hoch und zeigte mir ihr Tattoo, was mir am ersten Tag bereits aufgefallen war. »Wir haben sogar ein gemeinsames Tattoo.«

Neugierig betrachtete ich die geometrischen Formen. »Wofür steht das Zeichen?«

Sie fuhr die längste der Linien nach, die an ihrem Handgelenk in einer Spitze endete. »Der Pfeil, damit wir immer unseren richtigen Weg finden.« Die zweite Linie begann versetzt zur ersten und endete mit einem Punkt und zwei Querstrichen. »Als Zeichen für unsere Herkunft, damit wir nie vergessen, was uns ausmacht.« Dann den geschlossenen Kreis, gefolgt von dem unvollendeten. »Die Geheimnisse, die uns verbinden und die Leute, die wir auf unserem Weg nicht mehr an unserer Seite haben.«

Für einen Moment stutzte ich. »Wow … Ich hätte nicht gedacht, dass so viel Bedeutung dahintersteckt.«

Sie zog ihren Ärmel zurecht und lächelte zurückhaltend.

Steht der unvollständige Kreis dafür, dass sie auch jemanden verloren hat, der ihr nahestand?
Wir scheinen uns wohl beide mit Verlust auszukennen …

Schritte im Flur erklangen, gingen betont langsam an meiner Zimmertür vorbei, aber verschwanden auch schnell wieder.

Annabelle ...

Mayren und ich wechselten vielsagende Blicke und sie verdrehte die Augen. Mit einem schiefen Lächeln erwiderte ich ihre Reaktion und sie unterdrückte ein Kichern.

»Ganz ehrlich? Wie kannst du das mit ihr aushalten?«, flüsterte Mayren und ihre Augen funkelten belustigt.

»Es war die erste Möglichkeit auf eine Wohnung hier in London.«

»Du kannst zu mir ziehen«, schlug sie vor und ich sah sie perplex an. »Ich habe noch ein Zimmer frei.«

Mayren als Mitbewohnerin? Konnte das gut für unsere Freundschaft sein oder das, was werden könnte?

»So schlimm ist sie auch nicht«, ruderte ich zurück, aber Mayren schien es mir nicht übel zu nehmen.

»Wie du meinst«, sagte sie mit einem Zwinkern. »Aber wenn es doch so schlimm ist, wie ich denke, dann weißt du Bescheid.« Plötzlich piepste ihr Handy, das sie auf mein Bett gelegt hatte und stirnrunzelnd griff sie danach. Für einen kurzen Moment konnte ich den anrufenden Kontakt namens ‚B' erkennen.

Das müsste Bastian sein, ihn hat sie gerade erwähnt.

»Stört es dich, wenn ich kurz rangehe?«, fragte sie entschuldigend, aber ich schüttelte schnell den Kopf und sie nahm den Anruf entgegen.

Heißt das, dass Ian sie in der Vorlesung angerufen hat? Gehört ihm die Wohnung in Kensington?

»Hey«, begrüßte sie den Anrufer und ich hörte, wie am anderen Ende der Leitung eine tiefe Stimme antwortete und wandte mich diskret ab, auch wenn ich alles hörte, was sie sagte.

»Okay ...« Der Anrufer entgegnete etwas und es entlockte ihr ein erstauntes Geräusch. »Okay, das ist gut«, kommentierte sie knapp das Gesagte. »Bitte schick mir seine Nummer, ich rufe ihn nachher an. Er schuldet mir noch einen Gefallen.« Kurz herrschte eine Pause.

Ich sollte nicht lauschen ...

Um mich abzulenken, goss ich mir ein weiteres Glas Wasser ein und trank einen Schluck, bevor ich oberflächlich begann meinen Schreibtisch aufzuräumen.

»Ja ... danke dir.« Sie verabschiedete sich und legte auf.

»Deine Heimat vermisst dich wohl«, meinte ich, weil sie genau wusste, dass ich das Gespräch mit angehört hatte.

Es wäre albern, so zu tun, als hätte ich nichts gehört.

Mayren sah mich amüsiert an und steckte ihr Handy zurück in den Rucksack. »Ja, da scheinst du recht zu haben.« Sie grinste verlegen. »Bastian hat überlegt, ob er mich nächste Woche besuchen kommt.« Sie stand auf und nahm ihr Glas wieder in die Hand. »Wir haben uns eine Weile nicht mehr gesehen und er hat bald einige Tage frei.« Mayren setzte ihr Glas an und trank einen Schluck. »Ich bin mir sicher, dass ihr euch gut verstehen würdet.«

Kapitel 14

London – Stadtteil Chelsea
Donnerstag, 16. September – Mayren

Joshua brach in Gelächter aus, als ich ihm die Geschichte erzählte, bei der mir mein Bruder einen wackligen Milchzahn ausgeschlagen hatte. Sein Lachen steckte mich an, obwohl es eine Erinnerung war, die ich lange Zeit verdrängt hatte.

Das war eine der letzten Erinnerungen, die ich an meinen großen Bruder hatte, nur wenige Tage vor seiner Ermordung.

»Okay, okay«, beruhigte Joshua sich und wischte sich eine Träne aus seinem Augenwinkel.

Fasziniert betrachtete ich die kleinen Lachfältchen, die um sein Gesicht herum entstanden waren.

»Also, er hat dir mit einem Buch eins übergebraten und daraufhin ist der Zahn rausgefallen?«, wiederholte er, und ich nickte, wobei ich in sein Gelächter einstimmte.

»Ja, aber das hatte ich wirklich verdient, immerhin habe ich ihm sein liebstes Kuscheltier gemopst und versteckt.« Schulterzuckend nahm ich ein Stück Pizza, die wir bestellt hatten, aus einem Karton und biss die vorderste Spitze ab.

Ich konnte das Gefühl nicht beschreiben, was ich den Nachmittag über empfunden hatte, vielleicht hatte mich die Begegnung mit Irina besonders sensibilisiert, aber meine Angst um Joshua war gewachsen. Wir hatten den ganzen Nachmittag damit verbracht, uns besser kennenzulernen und er hatte mir gegenüber nie eine Andeutung gemacht, dass ich gehen soll.

Joshua erzählte mir von seiner Kindheit in Deutschland, von seiner Zeit im Leichtathletikverein und gespannt folgte ich seinen Worten. Nicht, weil es mich für die Mission gegen Zero interessierte, sondern weil ich wirklich ernsthaftes Interesse an ihm hatte.

Auf der einen Seite fühle ich mich in seiner Gesellschaft wohl und gleichzeitig habe ich ein unglaublich schlechtes Gewissen, dass ich ihm die Wahrheit verschweige.

Um mein schlechtes Gewissen zu mindern, erzählte ich ihm einige Details über die glückliche Zeit mit meiner Familie, bevor sich mein Leben kurz darauf so schlagartig änderte. Teilweise sogar von den darauffolgenden Jahren, wobei ich die vielen brutalen Details verschwieg, wegließ oder beschönigte. Wir beide vermieden es, Rückfragen zu unseren Eltern zu stellen. Ich wusste, dass seine Mutter verstorben war und sein Vater unbekannt, aber über meine Familie wusste er nichts und ich wollte, dass das so blieb.

Sein Blick, als er gesehen hat, dass ich das Foto mit seiner Mutter gesehen habe ...

Der Ausdruck in seinen Augen hat mir klar gemacht, dass er diesen Verlust noch nicht verdaut hat. Wieder plagte mich das schlechte Gewissen, als er mich lachend ansah und ich ihm eiskalt ins Gesicht log.

Es ist nicht der richtige Moment, um ihm die Wahrheit zu erzählen, aber wird dieser jemals kommen?

Trotzdem genoss ich den Nachmittag mit ihm, es brachte für mich Normalität mit sich und ich war, unabhängig von meiner Mission, gerne in seiner Nähe.

Gerade nach dem Mord an Irina tut es gut bei ihm zu sein und ihn im Auge zu haben, aber es wird spät und wenn er nicht mehr vor hat das Haus zu verlassen ... sollte er eigentlich sicher sein.

»Ich denke, dass ich jetzt gehen sollte«, meinte ich widerstrebend und erhob mich langsam.

Joshua sah ebenfalls auf die Uhr und nickte. »Ja, klar.«

»Danke nochmals für deine Notizen«, bedankte ich mich, als ich meinen Rucksack schulterte und mich mit einem Lächeln zum Gehen wandte.

»Ich begleite dich zum Bus«, bot Joshua an.

Mist ... Ich bin mit dem Auto hier.

Mein schwarzer Audi stand in einer Seitenstraße des Gasthauses, er war nicht unauffällig und für eine Studentin nicht erschwinglich.

Wenn er mein Auto sieht, wirft das Fragen auf.

»Das musst du nicht«, sagte ich schnell und legte die Hand auf die Klinke.

»Doch, ich bestehe darauf«, beharrte Joshua und zusammen gingen wir in den Flur.

Na gut. Dann fahre ich eine Station und laufe zurück.

Fast zeitgleich ging die Zimmertür der nervigen Mitbewohnerin auf und sie warf uns einen schnellen Blick zu, bevor sie die Tür wieder schloss. Sobald wir das Haus verließen, wandte Joshua sich verlegen an mich.

»Sorry noch mal wegen Annabelle«, murmelte er und kratze sich an der Schläfe. »Sie ist manchmal anstrengend.« Er verdrehte die Augen.

Anstrengend? Das ist untertrieben ...

Ich ließ mir allerdings meine Belustigung über ihr Verhalten nicht anmerken und kickte einen Stein vom Gehweg in den angrenzenden Garten seiner Nachbarn. »Keine Sorge«, sagte ich, ohne ihn anzusehen.

Was ist, wenn heute Abend jemand hier ankommt und ihn ins Visier nimmt?

Unruhig musterte ich die entgegenkommenden Passanten, aber keiner von ihnen schien Joshua auch nur gezielt zu beobachten.

Konnte ich ihn für heute allein lassen? Wie lange geht dieses Versteckspiel noch gut?

Die Situation beunruhigte mich.

Irina hatte seine WG ohne Probleme ausfindig gemacht, für andere wird das auch keine Herausforderung werden.

»Mit den anderen beiden Mitbewohnern verstehe ich mich wirklich gut«, erzählte Joshua gerade, um ein Gespräch in Gang zu bringen, ihm war das Verhalten seiner aufdringlichen Mitbewohnerin sichtlich unangenehm. »Nur Annabelle ist ....« Er suchte nach dem richtigen Wort. »... *speziell*«, beendete er seinen Satz nach einer kurzen Pause.

Ich konnte es mir nicht verkneifen, ihm ein mitleidiges Lächeln zuzuwerfen. »Mein Angebot steht«, wiederholte ich und beobachtete ihn von der Seite. »Zum einen Teil bin ich zwar froh, dass ich allein wohne, aber wenn ich dich dafür vor deiner Mitbewohnerin retten kann, werde ich dieses Opfer bringen.«

Ich unterdrückte ein breites Lachen und legte meine Hand aufopferungsvoll auf meine Brust, woraufhin Joshua grinste.

Das wäre wirklich das kleinste Opfer, was ich für dich bringen könnte.

»Sehr freundlich von dir. Wenn ich es nicht mehr aushalte, werde ich auf dich zurückkommen.« Er machte eine kurze Pause. »So schlimm ist sie nicht.« Gleichzeitig verzog er sein Gesicht zu einer amüsierten Grimasse, was ihn beim Lügen verriet.

Aktuell kann ich ihn nicht dazu zwingen, aber er ist sich der Gefahr nicht bewusst.

Ich rupfte an dem Saum meines Pulloverärmels und war froh, dass er meinen frischen Verband verdeckte.

Vielleicht sollte ich ihm das erzählen, damit er es weiß und ich ohne Ausrede bei ihm bleiben kann?

Kurz ließ ich mir diesen Gedanken durch den Kopf gehen, aber kam letztendlich zu dem Entschluss, dass gerade der falsche Zeitpunkt dazu wäre.

Irgendwann wird der Moment kommen, an dem ich es nicht mehr verheimlichen kann.

Gemeinsam blieben wir an der Haltestation für den Bus stehen. Die Gewitterwolken von heute Mittag hatten sich verzogen und die Sonne strahlte vom blauen Himmel herunter. Die nassen Straßen waren getrocknet und die Luft hatte sich nach dem Wolkenbruch wieder aufgeheizt.

»Das war ein schöner Nachmittag«, sagte Joshua und nahm unschlüssig meine Hand in seine. Mein Herz setzte einen kurzen Schlag aus, als unsere Finger sich von selbst verschränkten und ein angenehmer Schauer durchlief meinen Körper. Seine Berührung war sanft und vorsichtig strich sein Daumen über meinen Daumen.

»Das fand ich auch«, gab ich zu und konnte das Lächeln nicht kontrollieren, welches den Weg auf meine Lippen fand. Diese Nähe zu ihm fühlte sich gut an, unabhängig davon, was meine eigentliche Mission war. Für einen Moment sahen wir uns nur an und ich verlor mich in seinen blauen Augen, bis er den Blick abwandte.

»Da kommt dein Bus.« Er deutete mit einem Kopfnicken auf den roten Doppeldecker, der gerade in Sichtweite rollte. Verlegen biss ich mir auf die Unterlippe.

Ist es klug, ihn allein zu lassen? Irina ist erledigt und Ian hat ein Auge auf alle Kameras in der Nähe.

»Danke noch mal«, verabschiedete ich mich.

Diese Nacht wird er sicher sein.

»Gerne. Schreibst du mir kurz, wenn du zu Hause angekommen bist?«

Macht er sich Sorgen um mich?

»Mach ich«, versprach ich und er zog mich in eine unangekündigte Umarmung, die meinen Puls beschleunigte. Ich hörte seinen Herzschlag in der Brust und vergas für den Bruchteil einer Sekunde, dass meine ursprüngliche Mission war, diesen Mann zu töten. Unsere Herzschläge schien sich zu synchronisieren und in einem Takt zu schlagen.

Du bist so ein gutes Wesen. Warum will Zero dich tot sehen?

Mit quietschenden Bremsen hielt der Bus neben uns und er ließ seine Arme sinken.

»Bis morgen«, sagte Joshua, als ich in den Bus stieg. Er grinste verlegen und hob seine Hand zum Abschied.

»Bis morgen«, bestätigte ich ihm und schob mir eine Haarsträhne hinter das Ohr. Für einen kurzen Moment überforderte mich diese plötzliche Nähe zu ihm.

Ich konnte doch nicht ernsthaft Gefühle für ihn entwickeln, oder?

Die Türen schlossen sich, der Bus fuhr an und beschleunigte. Joshua verschwand aus meinem Sichtfeld, als der Bus die Straße hinabrollte. Instinktiv ließ ich mich auf einen der abgewetzten Sitze fallen und versuchte meinen dröhnenden Herzschlag zu beruhigen. Jeder Gedanke in meinem Kopf drehte sich um Joshua.

Fuck ... Das letzte Mal, als ich Gefühle für jemanden hatte, ist es nicht gut geendet.

Teilnahmslos beobachtete ich das Treiben und schüttelte leicht den Kopf, als könnte ich meine Gedanken vertreiben wie eine lästige Fliege.

Aus dem Fehler bin ich schlauer geworden ...

Brummend bog der Bus ab und ich erhob mich, um an der nächsten Haltestelle auszusteigen.

Als ich mich auf dem Weg zu meinem Auto machte, zog ich beim Gehen mein Handy aus dem Rucksack und sah, dass ich eine neue Nachricht von Bastian hatte. Wie erwartet hatte er mir eine Telefonnummer geschickt.

Konzentration ... immerhin hat Bastian mir die Nummer eines anderen Jägers zugesteckt.

Ich tippte eine schnelle Antwort an Bastian:

Meine Schritte beschleunigten sich, als ich mit dem Daumen auf die Nummer klickte und mein Telefon zu wählen begann. Bei dem Kontakt handelte es sich um einen Bekannten, den ich vor fast eineinhalb Jahren in Moskau kennengelernt hatte. Ursprünglich kooperierten wir nicht miteinander, als er jedoch in einen Hinterhalt geriet, half ich ihm aus den Schwierigkeiten und nun schuldete er mir etwas.

Das kommt mir sehr gelegen, wenn ich zwei von Joshuas Jägern an einen Tag beseitige.

Nach dem ersten Freizeichen wurde der Anruf kommentarlos angenommen.

»Hallo Lee«, sagte ich auf Spanisch, da wir damals in Moskau ausschließlich in dieser Sprache gesprochen hatten. »Erinnerst du dich an Moskau vor eineinhalb Jahren?«

Kurz war Stille, dann hörte ich ein amüsiertes Schnauben. »Hallo Mayren«, begrüßte mich Lee am anderen Ende. »Natürlich erinnere ich mich, was kann ich für dich tun?« Er klang aufrichtig erfreut meine Stimme zu hören, aber ich wusste, dass es Fassade war.

Keiner von uns war jemals froh, von einem anderen was zu hören, außer man gehörte demselben Clan an.

Ich umrundete einen kleinen Hund samt Herrchen, die am Rand des Gehwegs standen und senkte meine Stimme. »Ich habe gehört, dass du einen Auftrag von Zero erhalten hast.«

»Ja, das stimmt«, bejahte er meine Aussage sofort.

172

»Du doch sicherlich auch, oder?«

Ich ignorierte seine Gegenfrage und spannte meinen Kiefer an.

Wie viel Informationen konnte ich ihm geben, ohne dass er nervige Rückfragen stellt?

»Du schuldest mir noch etwas«, erinnerte ich ihn. »Und ich möchte, dass du auf den Auftrag verzichtest und das Ziel vergisst.« Meine Stimme hatte einen kalten Befehlston angenommen, als ich meine Forderung direkt formulierte, und Lee aufforderte seine Schuld zu begleichen.

Abgesehen von deiner Schuld hast du ohnehin keine Chance gegen mich. Verhalte dich entsprechend!

Lee schwieg und dachte wahrscheinlich fieberhaft über meine Forderung nach. »Wieso?«, fragte er schließlich.

Verärgert runzelte ich die Stirn.

Kann niemand meine Entscheidung einfach hinnehmen?

Meine nächsten Worte formulierte ich vorsichtig, aber ließ die Schärfe meiner Stimme nicht außen vor. »Ich habe ein berechtigtes Interesse daran, dass du dich von ihm *fernhältst.*« Somit sagte ich ihm das gleiche wie Irina, begründete mein Verhalten nur fadenscheinig, ohne eine Schwäche zu offenbaren.

Lee hatte nicht die Größe gegen eine Schuldeinforderung zu verstoßen, aber ich wusste, dass das Vertrauen in die falsche Person mein Leben kosten konnte. Angespannt ballte ich meine freie Hand zur Faust.

Zeros Aufträge sind finanziell wirklich lukrativ ...

»Ich schulde dir etwas«, sagte Lee nach einem kleinen Moment. »Damals für Moskau.« Er räusperte sich, bevor er weitersprach und ich wartete gespannt. »Also ja.«

Erleichtert atmete ich auf und entspannte meine Finger.

»Ich werde mich von dem Auftrag zurückziehen und deinen Anruf vergessen. Das Bild des Jungen … werde ich irgendwo verlieren.«

Ein vorsichtiges Lächeln schlich sich auf meine Lippen und für einen Moment konnte ich mein Glück nicht fassen. Lee hatte vermutlich mit einem schwierigen Schuldausgleich gerechnet und mein jetziger bestand aus Nichtstun.

Es ist einfach, die Schuld so zu begleichen. Er wäre dumm, es nicht zu tun.

»Danke, Lee.«

»Sei vorsichtig, okay? Vielleicht brauche ich dich, damit du mir den Arsch wieder rettest?«

Als Antwort stieß ich ein trockenes Lachen aus. »Hoffen wir, dass es nicht dazu kommt«, konterte ich schnell, verabschiedete mich und legte auf. »Wieder einer weniger«, flüsterte ich triumphierend. Der Gedanke daran, dass die Liste kleiner wurde, ließ mich triumphieren, aber ich fand mich schnell zurück auf dem Boden der Tatsachen.

Zero wird früher oder später Wind von meiner Rebellion bekommen …

Keiner wusste welches Ziel Zero mit diesem Auftrag verfolgte, vielleicht wäre es ihm egal, wenn Joshua weiterlebte und niemand den Auftrag erledigte.

Konnte Joshua ein Zufallsopfer sein?

Kapitel 15

London – Guy's Campus, medizinische Fakultät
Freitag, 17. September – Joshua

Mit aller Kraft unterdrückte ich ein herzhaftes Gähnen und umfasste mit beiden Händen meinen Kaffeebecher. Das Getränk war heiß und die Wärme brannte an meinen Handflächen, weswegen ich nach kurzer Zeit losließ. Wir hatten eine Stunde vorlesungsfrei und nutzten die Zeit, um uns einen Kaffee zu holen und in der Cafeteria eine Kleinigkeit zu essen. Die Vorlesungen gingen bis in den frühen Nachmittag und planmäßig hatten wir keine Mittagspause, weswegen wir diese vorzogen.

Noah saß mir gegenüber, kaute lustlos an seinem belegten Brötchen herum und scrollte gleichzeitig am Handy. Nach ein paar Minuten legte er es weg und sah mich durchdringend an. Fragend zog ich eine Augenbraue hoch und nahm einen Schluck von meinem Kaffee. Das Gebräu war nicht gut, aber erfüllte seinen Zweck.

Kein Vergleich zu einem Kaffee von zu Hause.

»Was haltet ihr davon, wenn wir heute Abend ins Pub gehen?«, fragte Noah und blickte flehend in unserer Runde umher. Livi wirkte mürrisch, hob ihren Blick nur schweigend von ihrem Handy und beobachtete die Reaktionen in unserer Gruppe. Heute war ihre Laune von zurückhaltend in schlecht umgeschwenkt und sie starrte alle missmutig an, ohne ein Wort zu sagen.

Hoffentlich ändert sich das bald. Vielleicht sollte ich mit ihr das Gespräch suchen und sie fragen, ob alles okay ist?

Für einen kurzen Moment sahen Livi und ich uns an, aber dann wich sie mir nach wenigen Sekunden aus und da sie Allison als beste Freundin hatte, bremste mich der Gedanke.

Es kann gut sein, dass sie nicht mit mir *darüber reden will ...*

Allison nickte an Noah gewandt und warf sich ihre langen Haare elegant über die Schulter. »Ja, warum nicht?« Sie lachte. »Immerhin konnte ich am Montag nicht mit und hätte wirklich Lust drauf.«

Ein Grinsen breitete sich auf Noahs Gesicht aus. »Das ist die richtige Einstellung!«, lobte er Allison mit gespielt ernster Miene und wandte sich an den Rest von uns. »Wie sieht es mit euch aus? Nach der Woche haben wir uns ein Bier wirklich verdient.« Noah knuffte Mayren, die neben ihm saß, in die Schulter. »Und du bist seit fast einer Woche in London und warst nicht einmal in einer Bar!« Er bemühte sich, seine Stimme vorwurfsvoll klingen zu lassen, und es gelang ihm erstaunlich gut.

Mayren stieß ein belustigtes Schnauben aus. »Du lässt mir nicht wirklich eine Wahl, oder?«, meinte sie und fügte sich ihrem Schicksal.

»Nein, eigentlich nicht. Ihr habt im Übrigen auch keine Wahl, das ist klar, oder?« Abwechselnd sah Noah Livi und mich an.

»Ja, klar bin ich dabei.« Ich prostete Noah mit meinem Kaffeebecher zu und er nickte zufrieden.

Wie ist Mayren drauf, wenn sie betrunken ist?

Neugierig musterte ich sie und versuchte mir das vorzustellen.

Sie ist immer nachdenklich und berechnend, ich kann mir sie nicht anders vorstellen.

Möglichst unauffällig wandte ich mich ab. Nach dem gemeinsamen Nachmittag gestern hatten wir keinen Moment zu zweit gehabt.

Heute wirkte sie distanziert. War die lange Umarmung zum Abschied zu viel gewesen?

Nachdenklich nahm ich einen weiteren Schluck von meinem Kaffee.

Was ist, wenn ich sie damit überrumpelt hatte?

»Livi?«, fragte Allison, weil sie keine Anstalten machte zu antworten.

Mit einem mürrischen Gesichtsausdruck nickte sie. »Ja, ich komme mit«, war die knappe Aussage, bevor sie sich wieder auf ihr Handydisplay fokussierte.

»Wann sollen wir uns treffen?« Allison drehte nachdenklich eine Haarsträhne um ihren Zeigefinger.

»So gegen sieben, halb acht?«, schlug ich vor und machte eine vage Geste.

Allison und Noah nickten zustimmend, während Livi mir einen Blick zuwarf, den ich nicht deuten konnte.

»Schreib in die Gruppe, was mit den anderen ist«, schlug Mayren vor und unsere Blicke begegneten sich. »Lucas und die anderen wollen bestimmt auch mitkommen.«

Lucas? Seit wann interessiert sie sich für ihn?

Es war nur ein kleiner Funken Eifersucht, aber eher Verwunderung, weil Mayren der Anwesenheit von Lucas und Chris bisher immer abweisend gegenüberstand.

»Dann ist die Gruppe vollständig«, fügte sie an, als hätte sie meine Gedanken erahnt.

»Finde ich gut. Obwohl Lucas bestimmt seine Tour bedroht sieht.« Allison konnte sich ein Grinsen nicht verkneifen.

Noah lachte kurz auf und winkte ab. »Der soll sich keine Sorgen machen. Wir sind morgen trotzdem fit.« Er stopfte sich das letzte Stück seines Brötchens in den Mund.

»Du meinst wie am Dienstag?«, fragte Mayren und zog eine unschuldige Miene.

Noah verschluckte sich beim Kauen und hustete. Sein Kopf lief rot an und trank er hastig einen Schluck Wasser.

Eilig klopfte Mayren ihm zwischen die Schulterblätter und verkniff sich ein Grinsen. Nach kurzer Zeit hatte Noah seinen Hustenanfall unter Kontrolle und sah sie gespielt vorwurfsvoll an. »Chapeau Mayren, wolltest du mich umbringen?«

Zerknirscht erwiderte sie seinen Blick, aber sie sagte nichts, sondern verkniff sich ein Lachen.

Allison räusperte sich und entsperrte ihr Smartphone. »Ich schreib den anderen …«

»Wahrscheinlich wirst du recht behalten«, stimmte Noah Mayrens Aussage zu und stieß ihr amüsiert in die Rippen, während er eine Grimmasse zog.

Beide fingen an zu lachen und ich stimmte mit ein.

»Aber als dein Freund möchte ich dir dieses Wunderwerk der britischen Braukunst nicht vorenthalten.« Er zuckte belustigt mit den Schultern.

»Lucas versteht das schon«, schaltete Allison sich in die Unterhaltung ein und warf Mayren einen vielsagenden Blick zu. »Und ich bin mir sicher, dass er heute Abend auf jeden Fall mitkommen wird.« Allisons Aussage verursachte in mir Unmut, weil ich wusste, dass Lucas sich nicht die Möglichkeit nehmen lassen würde, Mayren in ein Gespräch zu verwickeln. Ein Kribbeln im Nacken ließ mich aufsehen und ich begegnete Mayrens Blick.

Verdammt ... dieses Gefühl ... Ich finde sie nicht nur einfach heiß.

Kaum hatte ich den Gedanken angefangen, wich sie mir aus und fragte an Allison gewandt: »Wo ist die Bar, zu der ihr wollt?«

»Direkt hier um die Ecke«, sagte Noah sofort mit leuchtenden Augen. »Das Gute ist, dass sie versteckt ist und sich dadurch nur wenige Touristen hin verirren.«

Allison spielte am Etikett ihrer Wasserflasche herum. »Wenn du willst, können wir uns alle vor der Uni treffen und gehen dann zusammen hin?«

»O, nein.« Abwehrend hob Mayren ihre Hände. »Macht euch keine Umstände, wenn ihr mir die Adresse gebt, finde ich es schon.« Vom anderen Ende des Tisches kam ein genervtes Schnauben und mit gerunzelter Stirn sah ich zu Livi, von der das Geräusch kam, die stumpfsinnig auf ihr Handy starrte.

Allison schaute sie mit einer Mischung aus Entsetzen und Erstaunen an und wollte etwas sagen, aber Mayren kam ihr zuvor.

»Was ist, Livi?«, fragte sie und eine ungewohnte Schärfe hatte sich in ihre Stimme geschlichen. »Gibt es ein Problem?«

Erstaunt sah ich zwischen Mayren und Livi hin und her und spürte, wie die fröhliche Stimmung wie eine Seifenblase zerplatzte. Livi starrte mit funkelnden Augen Mayren an, die den Blick unbeeindruckt begegnete. An Mayrens Kiefer zuckte ein Muskel, weil sie die Zähne aufeinanderbiss und die Anspannung zwischen den beiden war förmlich greifbar.

Verdammt, die werden sich doch nicht streiten.

»Wie wäre es, wenn du dich hier nicht so aufspielst, Mayren«, knurrte Livi und wollte etwas anfügen, aber mit einem Knall schlug Allison mit der flachen Hand auf den Tisch und stand auf, als sie sich sicher war, dass sie Livis volle Aufmerksamkeit hatte. Unsere Runde am Tisch zuckte vor Schreck zusammen.

Was ist in Livi gefahren? In meiner Zeit in London habe ich sie als liebenswerte Person kennengelernt.

»Livi«, knurrte Allison und ihre Stimme klang angespannt. »Komm, ich hab vergessen, dass ich etwas bei der Dozentin für Psychologie abholen wollte! Du hast versprochen, mich zu begleiten.« Jeder wusste, dass Allisons Aussage ein Vorwand war, um den sich anbahnenden Streit zwischen Mayren und Livi zu verhindern.

Widerwillig schlug Livi die Augen nieder, packte ihre Tasche kommentarlos und beide verließen den Tisch.

»Bis später«, murmelte Allison beim Weggehen und schob Livi mit sanfter Gewalt vor sich her.

Diese warf Mayren einen letzten genervten Blick zu, bevor sie sich umdrehte.

Noah und ich sahen den beiden verdutzt nach, während Mayren Livi nicht aus den Augen ließ, bis sie die Kantine verlassen hatten.

»Was war das denn?«, fragte ich verdutzt, als die beiden verschwunden waren.

Mayren schloss die Augen für einen kurzen Moment und seufzte, sie wirkte niedergeschlagen. »Tut mir leid«, meinte sie und ihre feindselige Ader verschwand sofort. Ihr Blick wanderte von Noah über die anderen Leute in der Cafeteria, die uns neugierig beobachteten und blieb an mir hängen. »Ich habe das Gefühl, dass sie sich mir gegenüber seit Tagen passiv aggressiv verhält.«

Vielleicht war es an der Zeit, dass jemand das anspricht? Vor allem, wenn Mayren darunter leidet.

Noah sah sie verständnisvoll an, aber sie schien es nicht zu bemerken. Ich konnte ihre Reaktion gut nachvollziehen und wollte ihr das sagen, aber sie nahm ihre Tasche und stand auf.

»Wir sehen uns nachher in der Vorlesung, okay?«, sagte sie und zog den Gurt ihres Rucksacks über ihre Schulter.

Moment, geht sie?

Sie lächelte mich flüchtig an und steuerte ebenfalls auf den Ausgang zu.

»O man …«, murmelte Noah leise und rieb sich resignierend die Augen. »Was ist in Livi gefahren?«

Verwirrt zuckte ich mit den Schultern. »Keine Ahnung.« Ich trank schnell den letzten Schluck aus meinem Pappbecher und knüllte ihn zusammen. »Kannst du uns in der Vorlesung zwei Plätze freihalten, falls wir zu spät kommen sollten?«

»Ja, klar«, entgegnete er verwirrt. »Warum fragst du?«

Mit einem Kopfnicken deutete ich in Richtung Ausgang. »Ich hätte ein schlechtes Gewissen, wenn ich Mayren allein lasse«, erklärte ich Noah schulterzuckend. »Wir versuchen pünktlich zu sein.«

»Tu, was du tun musst.« Er konnte sich sein Grinsen nicht verkneifen.

Kapitel 16

London – Guy's Campus, medizinische Fakultät
Freitag, 17. September – Mayren

Genervt bog ich um die Ecke und wich einer Gruppe anderer Studenten aus. Ich gab mir Mühe, keine allzu finstere Miene zu ziehen, aber konnte nicht garantieren, dass es mir gelang.

Dieses verdammte Gör!

Zähneknirschend bedachte ich Livi mit einigen anderen weniger schmeichelhaften Schimpfworten.

Wenn die den Hauch einer Ahnung hätte, zu was ich imstande bin ...

Ich malte mir aus, wie es sich anfühlen würde, ihr gegenüber mein wahres Ich zu zeigen und eine grausame Befriedigung machte sich in mir breit, als ich mir ihre Angst vorstellte. Es war ewig her, dass mir jemand so arrogant gegenübertrat, und ich war es gewohnt mit meiner eigenen Arroganz antworten zu können. Allein die Tatsache, dass ich ruhig bleiben musste, brachte mich fast zum Explodieren. Energisch warf ich beim Gehen meine Haare über die Schulter.

Wie soll das weiter gehen?

Ich bedachte eine Studentin, die mitten im Weg stehen blieb, genervt und umrundete sie, um einen Zusammenstoß zu vermeiden.

Meine Anspannung hatte sich nach der Begegnung mit Irina deutlich verstärkt und mir war bewusst, dass ich jederzeit mit dem Auftauchen von einem meiner Kollegen rechnen musste.

Und dann halte ich mich mit so einem Mist wie einem Streit mit der dummen Livi auf.

Mit einer Hand wühlte ich in meinem Rucksack, ohne ihn richtig zu öffnen. Ich wollte nicht, dass einer der anderen etwas von meiner Waffe sah und Alarm schlug. Mit den Fingerspitzen ertastete ich den Griff der Glock und die Tatsache und ihre Anwesenheit gab mir Sicherheit. Sie war ein Anker zu meiner Welt und führte mir vor Augen, dass ich nicht in die normale Welt gehörte. Der Fakt, dass ich bewaffnet war, unterschied mich klar von den anderen Leuten und verdeutlichte mir, wo mein Platz war.

Dieses Mädchen kann mir völlig egal sein und trotzdem regt mich die Situation so sehr auf!

»Mayren!«, rief plötzlich eine Stimme hinter mir, ich blieb stehen und drehte mich überrascht um. Meine Turnschuhe quietschten bei der Drehung leicht und einige der Studenten sahen mich mit fragenden Blicken an, als ich meinen schnellen Gang stoppte. Im Laufschritt kam Joshua den Gang hinuntergerannt und hob überflüssiger Weise die Hand, damit ich ihn in der Studentenmenge besser sehen konnte. Ich zwang mir ein schnelles, gekünsteltes Lächeln auf die Lippen und verdrängte die Gedanken, die sich um Livi drehten.

Sie ist nicht einen Gedanken mehr wert, aber Joshua schon. Sein Schutz wiegt mehr als das Kopfzerbrechen, was dieses dumme Gör mir beschert.

»Danke fürs Warten«, meinte er, als er bei mir angekommen war und fuhr sich durch seine Haare.

»Kein Problem.« Neugierig sah ich ihn an.

Warum ist er mir gefolgt? Hatte er Angst, dass ich Livi verfolge und ihr meine Meinung geige?

»Ist alles okay?«, fragte ich und wollte wissen, warum er bei mir war und nicht bei Noah in der Cafeteria geblieben ist.

Seit gestern hatten wir nicht einen Moment zu zweit …

»Ja, klar.« Er machte eine wegwerfende Geste und wir setzten unseren Weg durch das Gebäude fort, ohne ein richtiges Ziel einzuschlagen. Aus dem Augenwinkel beobachtete ich, wie Joshua auf der Unterlippe kaute und offenbar nach den richtigen Worten suchte, um seinen Gedanken Ausdruck zu verleihen. »Livi benimmt sich momentan merkwürdig«, versuchte er mir das Verhalten seiner Freundin zu erklären. »Ich glaube, sie hat ziemlich viel Druck von zu Hause und das macht sich bemerkbar.«

Versuchst du wirklich für sie die Wogen zu glätten?

Ich atmete tief ein und überlegte mir meine nächsten Worte.

Nein, es liegt weder an ihren Eltern noch an einer anderen Situation aus ihrer Familie. Sie ist verknallt in dich und kann es nicht ab, dass ich ständig an dir klebe.

Am liebsten wollte ich es ihm genau so sagen, aber ich verkniff es mir.

Er kann nichts dafür.

»Es ist mir egal, was ihre Probleme sind«, erwiderte ich nicht unfreundlich und sah Joshua an. »Ich habe eigene Probleme und lasse meine Launen nicht an anderen Menschen aus.«

Und meine Probleme sind gewichtiger als ihre. Immerhin geht es um Joshuas Leben.

»Jeder Mensch hat sein Päckchen zu tragen, aber nicht jeder macht andere für seine Probleme verantwortlich.«

Und warum machst du es dir zur Aufgabe, ein gutes Wort für sie bei mir einzulegen?

Joshua hob abwehrend seine Hände und lächelte mich versöhnlich an.

Vielleicht habe ich meine Worte zu hart gewählt ...

»Ich verstehe, was du meinst, Mayren«, versuchte er sich mir zu erklären. »Ich wollte mich keinesfalls auf ihre Seite stellen, sondern sehe das wie du.« Sein flehender Blick wischte meine Wut einfach weg.

»Hast du mich nur gesucht, um mit mir über Livi zu reden?«, fragte ich ihn und grinste belustigt, was er entgegnete.

»Vielleicht hätte ich auch nur ein schlechtes Gewissen gehabt, wenn ich dich allein gelassen hätte«, meinte er mit einem gespielt beleidigten Schulterzucken. »Aber wenn du nicht willst, gehe ich wieder.« Er streckte mir die Zunge raus und deutete an wegzugehen, aber ich schnappte sein Handgelenk.

»Nein, bleib ruhig«, sagte ich schnell, aber ließ ihn los, als ich seine Wärme an meinen Fingern spürte. Die kurze Berührung hatte meine restliche Wut verschwinden lassen und verlegen strich ich mir eine Haarsträhne hinter das Ohr.

Konzentriere dich May! Dieses neue Leben lullt dich wieder ein.

Ich würde mich am liebsten ohrfeigen, aber das Lächeln erschien wie von selbst auf meinen Lippen.

Warum muss Joshua so ... unglaublich nett sein?

Joshua erwiderte es und für den Moment war ich wie geflasht.

Und warum hat er diesen unglaublichen Effekt auf mich? Kein Wunder, dass Livi ihm so verfallen ist.

Ich wandte meinen Blick ab und sah nach vorne in den Gang.

Wieso konnte jemand diese Wirkung auf mich haben?

»Was hältst du von der Idee, wenn wir uns heute Abend vor der Uni treffen und gemeinsam zur Kneipe gehen?« Joshua blickte gedankenverloren auf einen unbestimmten Fleck in der Ferne.

Kann ich dich nach den letzten Vorlesungen bis zum Abend allein lassen?

»Also nur wenn du willst«, legte er direkt nach, nachdem ich nicht sofort antwortete.

»Ja, sehr gerne«, stimmte ich zu und beobachtete ihn unauffällig aus dem Augenwinkel, während ich der entscheidenden Frage nachgrübelte:

Warum will Zero dich tot sehen? Es muss irgendwo eine Verbindung geben!

Kapitel 17

London – Unipub

Freitag, 17. September – Mayren

Warme stickige Luft schlug mir entgegen, als ich nach Joshua das Pub durch die geöffnete Eingangstür betrat. Die kurze Erfrischung des gestrigen Gewitters war bereits verflogen und die Sommerhitze hatte die Stadt erneut aufgeheizt.

Die Bar war recht groß, die Böden waren mit dunklen Fliesen versehen und bei der Einrichtung war überwiegend auf Nussholz gesetzt worden. Im Allgemeinen versprühte die Bar ein uriges und gemütliches Gefühl. Die einzelnen Tische waren als Nischen in der Wand eingelassen und separiert von den benachbarten, damit man sich in Ruhe unterhalten konnte. Von der linken Seite ragte die Bar u-förmig in den Raum und davor standen einige Barhocker.

Am Tresen stand ein grinsender Barkeeper und zapfte für zwei Herren auf den Hockern dunkles Bier. »Die anderen sitzen an eurem Stammplatz«, sagte er, lachte uns an und deutete auf einen Tisch am Ende des Raumes.

Er hat Joshua sofort erkannt.

Schnell ließ ich meinen Blick durch die Bar schweifen, um mögliche Fluchtwege, Fenster und potenzielle Gefahren auszumachen, während ich die anderen Gäste mit gespielter Gleichgültigkeit musterte.

»Hi!«, begrüßte Noah uns gut gelaunt.

Lucas' Augen schweiften kurz irritiert zwischen Joshua und mir hin und her, bevor er sich zu einem schnellen und gezwungenen Lächeln rang.

Da scheint noch jemand ein Problem mit der Joshua-Mayren-Sache zu haben.

Chloe, Archie und Chris saßen bereits am Tisch und begrüßten uns mit einem breiten Grinsen. »Wie geht es deinem Kopf?«, fragte Chloe, als ich an der Tischkante stehenblieb.

Ich fuhr mir mit den Fingerspitzen über meinen Hinterkopf, wo die Überreste der Beule zu spüren waren. »Die Beule habe ich noch, aber sonst ist alles gut.«

Archie nickte und sein Gesicht nahm eine verständnisvolle Miene an. »Wir haben uns Sorgen gemacht.«

»Ja«, pflichtete ihm Chloe bei. »Zum Glück ist nicht mehr passiert.«

Mit einem Schulterzucken versuchte ich die Sache runterzuspielen. »Ist nicht der Rede wert.«

Das ist nicht die schlimmste Verletzung, die mein Körper ertragen musste und neben der Verletzung von Irina ein Witz.

»Mayren, du trinkst heute bestimmt Bier, oder?«, fragte Lucas mich. Auf dem Tisch standen bisher nur Biergläser und ich beschloss mich dessen anzuschließen.

»Ich denke schon«, stimmte ich zu und zählte schnell durch. »Allison und Livi fehlen noch, aber sonst sind wir vollständig, oder?«

»Ja, genau.« Noah verzog das Gesicht leicht, scheinbar dachte er an den kurzen Streit mit Livi heute Mittag.

Ich überging seine Geste geflissentlich.

Auf dieses Mädchen hätte ich den restlichen Tag verzichten können, aber solange sie sich zusammenreißt, ignoriere ich sie.

»Die erste Runde geht auf mich. Danke, dass ihr mich so schnell aufgenommen habt«, sagte ich zur Gruppe und unwillkürlich blieb mein Blick an Joshua hängen, der mich wohlwollend ansah.

»Du bist auch ohne Bier willkommen«, lachte Noah und grinste mich breit an. »Mit Bier aber noch mehr.«

»Nett von dir.« Ich beantwortete sein Zwinkern mit einem Lachen und brach Joshuas und meinen Blickkontakt.

Noah ist ein super Kerl, ich hoffe, ich kann ihn und die anderen aus der Schusslinie halten.

»Trinkt ihr alle Pils?«, fragte ich in die Runde und alle nickten geschlossen. »Allison und Livi auch?«

Wieder nickten sie und ich machte mich auf den Weg an die Bar, um die Runde zu bestellen. Im Vorbeigehen glitt mein Blick an Joshua vorbei, mein Herz setzte einen Schlag aus und als ich ihm den Rücken zuwandte, brach Gänsehaut über meinen Körper aus.

Was passiert, wenn ich versage?!

Die Fingernägel meiner rechten Hand bohrten sich in die Handflächen und der Schmerz ließ meine verzweifelten Gedanken klarer werden.

Ich werde ihn um jeden Preis beschützen, aber wäre es dafür nicht besser, mit ihm die Stadt zu verlassen?

In diesem Moment konnte ich mir keine weiteren Gedanken dazu machen, denn der Barkeeper sah mich mit einem Lächeln an.

»Hey«, begrüßte er mich und an seinem Ausdruck konnte ich erkennen, dass ich sein Typ war.

»Hey«, antwortete ich und setzte mich auf einen der Hocker vor der Theke. »Ich wollte für meine Freunde und mich neun Pils bestellen.«

»Klar, gerne.« Auf seinem Namensschild stand *Dominik* und er griff nach einem sauberen Glas.

»Könntest du mir einen Gefallen tun?« Ich senkte verschwörerisch meine Stimme.

Meine Sinne müssen klar bleiben. Ich kann es mir nicht erlauben, Alkohol zu trinken und ein Risiko einzugehen.

Dominik beugte sich belustigt über die Theke. Ich roch sein Parfüm und es kitzelte mich unangenehm in der Nase. »Ich muss aktuell Tabletten nehmen und darf keinen Alkohol trinken …« Ich ließ die Worte so stehen und sprach nach einem Moment weiter. »Wäre es möglich, dass du mir etwas Alkoholfreies gibst, ohne dass die anderen es mitbekommen? Ich will nicht, dass sie sich Sorgen machen.« Meine Worte und mein bittender Blick schienen zu wirken.

Dominik wirkte verständnisvoll und gleichzeitig besorgt. »Klar. Es ist hoffentlich nichts Schlimmes, oder?«

Nachdenklich verzog ich mein Gesicht. »Probleme mit dem Stoffwechsel«, log ich. »Bitte sag es keinem, okay?«

Er lächelte. »Ich weiß von nichts.«

Gut … Das hätten wir geklärt.

»Danke dir.« Erleichtert zog ich einen 100-Pfundschein aus meinem Geldbeutel, den ich zu ihm über die Theke schob.

Er nahm den Geldschein an und drehte sich zur Kasse um, um mir Wechselgeld auszugeben, aber ich unterbrach ihn.

»Behalte den Rest. Für deine Diskretion«, fügte ich an und zwinkerte ihm zu.

Seine Augen weiteten sich überrascht, als erwarte er, dass ich einen Scherz gemacht hatte. »Bist du sicher?«, fragte er, aber in dem Moment betraten Allison und Livi die Bar, weswegen ich nur nickte.

Allison hatte ihre Haare zu einem eleganten Knoten hochgesteckt und sprach intensiv auf Livi ein, deren missmutige Miene mich sofort fand.

Du bist so ein unwichtiger Mensch in meinem Leben!

Ich hoffte, dass sie meine Gedanken verstand, aber mein Blick sollte für sich sprechen.

»Danke, das ist echt lieb von dir«, sagte Dominik und ich wandte mich von Livi ab und sah ihn wieder an.

»Ich danke dir!«, entgegnete ich mit einem kleinen Grinsen.

Livi und Allison kamen an mir vorbei, begrüßten mich mehr oder minder erfreut und gingen zum Tisch in der Ecke, wo die anderen saßen.

»Setz dich ruhig zu deinen Freunden.« Der Barkeeper und griff nach einem Bierglas. »Meine Kollegin Nina bringt euch gleich die Getränke.«

»Super, danke dir«, antwortete ich, rutschte vom Barhocker und ging zurück zu den anderen.

Livi und Allison hatten sich bereits gesetzt und mir blieb der Platz zwischen Allison und Chris übrig. Livi hatte sich auf den freien Platz neben Joshua gesetzt und an seinem Gesicht konnte ich ablesen, dass der kleine Streit zwischen ihr und mir schwer im Magen lag.

Ich warf ihm ein mitleidiges Lächeln zu und mit einem Funkeln in den Augen quittierte er es.

»Wir hatten schon gedacht, dass der Barkeeper dich nicht mehr gehen lässt«, sagte Joshua, als ich mich setzte.

»Ach was.« Ich tat seine Aussage mit einer wegwerfenden Handbewegung ab und legte den Kopf schräg. »Die Runde kommt gleich«, meinte ich und nur wenige Minuten später trat Nina mit einem Tablett an unseren Tisch und verteilte die vollen Gläser an die Runde.

»Hallo zusammen«, begrüßte sie uns und stelle ein Glas mit einem kleinen Zwinkern vor mir ab, woraufhin ich dankbar zurückzwinkerte.

»Vielen Dank für die Einladung«, sagte Noah und reichte die vollen Gläser an Archie und Chloe, die am Ende von Tisch saßen, weiter. Ich nahm ein Glas und schob es Allison neben mir zu.

»Oh, du lädst uns ein?«, fragte sie erfreut und nahm das Getränk.

»Ja, die erste Runde geht als kleiner Dank auf mich.«

»Cool, danke.«

Immerhin ist nur Livi am Tisch gegen mich.

Ich bemerkte, dass Livi mein Bier angenommen hatte und ihr Gesicht zu einem gequälten Lächeln verzog.

Der Wille zählt.

Noah und Joshua verkniffen sich ein Lachen, amüsiert sah ich die beiden an, aber ich wollte Livi nicht provozieren und unterdrückte eine Reaktion.

»Ich danke dir, Mayren«, sagte Chris. Er trug ein kurzes Tanktop, was seine durchtrainierten Arme in Szene setzte.

Chris ist ein Poser. Er ist nett, aber denkt, dass jede Frau ihm hinterherrennt, weil er muskulös ist.

»Das ist der Trost für dich, dass du im Volleyball gegen uns verloren hast«, zog ich ihn auf und die Gruppe fing an zu lachen.

»Danke noch mal an euch alle, dass ihr mich aufgenommen habt und mir den Start in London vereinfacht habt«, wiederholte ich meine Worte und Noah fasste sie direkt auf.

»Danke, Mayren, schön, dass du bei uns bist.« Er grinste und hob sein Glas zum Anstoßen über die Mitte des Tischs.

»Auf einen schönen Abend«, stimmte Lucas zu und hob ebenfalls sein Glas. Die anderen taten es den beiden nach und unsere Gläser trafen klirrend aufeinander, bevor wir zusammen tranken.

Bier war nicht mein Getränk, ich mochte diesen herben Nachgeschmack nicht, aber ich verzog keine Miene. Mit meinem Daumen wischte ich einen Kondenstropfen von meinem Glas und beobachtete, wie er an meinem Finger heruntertropfte.

»Okay, Mayren.« Chris stellte sein Glas ab und stieß mir vorsichtig in die Seite. »Ich wusste gar nicht, dass du aus Schweden kommst. Was führt dich nach London?«

Er musterte mich auf eine ernsthaft interessierte Art und ich nahm einen Schluck meines Biers, um Zeit zu gewinnen.

Ich bin wegen Joshua hier, eigentlich, um ihn zu töten, aber nun, um sein Leben zu retten.

»Na ja, ein Auslandssemester ist nichts Ungewöhnliches«, erklärte ich ihm. »Und Englisch spreche ich gut, England war somit keine schwierige Wahl.« Meine Aussage schien in der Einfachheit so langweilig zu sein, dass Chris nicht weiter zu dieser Thematik nachfragte.

»Aber das Semester ging schon früher los, warum bist du erst seit dieser Woche hier?«, fragte er weiter.

Weil ich den Kopfgeldauftrag für Joshua erst seit kurzem habe.

»Es gab ein familiäres Problem«, antwortete ich knapp und gab ihm mit einem Blick zu verstehen, dass ich keine weiteren Fragen dazu hören wollte. Chris verstand sofort und wechselte das Thema.

»London ist eine großartige Stadt«, schwärmte er. »Ich war als Kind oft mit meinen Eltern hier und hab mir damals geschworen, dass ich herziehen will und hier bin ich.« Er breitete die Arme aus und präsentierte dabei seinen durchtrainierten Oberkörper.

Poser, sag ich doch.

Ich nahm einen Schluck aus meinem Glas, weil ich nicht wusste, was ich entgegnen sollte außer einem kurzen »Aha.«

Smalltalk langweilt mich.

Hilfesuchend wandte ich mich an Noah, in der Hoffnung auf seine Unterstützung.

Das Gespräch zwischen Chris und mir lag unbeendet in der Luft und es war unangenehm, schweigend nebeneinanderzusitzen.

Mit beiden Händen trommelte Noah auf den Tisch, bis er sich die Aufmerksamkeit aller Anwesenden gesichert hatte und grinste schelmisch in meine Richtung. »Lasst uns was spielen, okay? Immerhin wollen wir einander besser kennenlernen.«

Was habe ich getan ...?

»Wahrheit oder Pflicht, Mayren?«

Shit. Ich habe ein Monster erschaffen ...

»Wahrheit«, sagte ich prompt.

Noahs Miene ließ mich das Schlimmste befürchten. »Zum Anfang etwas Einfaches: Wann und wo hattest du deinen ersten Kuss?«

Belustigt verdrehte ich die Augen.

In meiner Jugend hatte ich wenig Zeit für Romanzen.

»Ich war Spätzünder«, gab ich daher schulterzuckend zu. »Es war mit 18 in einer Bar.«

Das ist so nah an der Wahrheit wie es geht ...

»War es schön?«, fragte Allison neugierig und lehnte sich dabei nach vorne.

Ein schiefes Lächeln fand den Weg auf meine Lippen, aber ihm folgte eine dunkle Erinnerung aus meinem Unterbewusstsein. »Der Kuss ja, die Beziehung daraus *nein.*«

Allison verzog den Mund unglücklich und wusste nicht, was sie antworten sollte. »Du darfst den nächsten fragen.«

»Lucas! Wahrheit oder Pflicht?«

Verlegen fuhr er sich durch die Haare. »Pflicht.«

Ich streckte meine Hand über den Tisch. »Zeig mir deinen Suchverlauf.« Verschlagen grinste ich ihn an, was Röte in seine Wangen schießen ließ und bei den anderen Gelächter auslöste.

Volltreffer!

»Mayren, tu mir das nicht an«, meinte Lucas, zog langsam sein Handy aus der Hosentasche, entsperrte es und legte es in meine ausgestreckte Handfläche.

»Kannst du bitte laut vorlesen?«, fragte Noah interessiert und beugte sich aufmerksam nach vorne. Ich klickte auf das Symbol des Browsers und öffnete den Suchverlauf.

»Paragrafen, Paragrafen …«, murmelte ich, um die anderen auf dem Laufenden zu halten und scrollte weiter. Allison rutschte näher zu mir, um ebenfalls einen Blick zu erhaschen.

»Aha!«, rief sie triumphierend und deutete auf eine Suchmeldung. »Wer hat nach unserer neuen Kommilitonin gegoogelt?« Allison stupste mir mit den Ellenbogen in die Rippen und feixte.

Damit hatte ich gerechnet …

Verlegen fuhr sich Lucas durch die schwarzen Haare und murmelte eine Rechtfertigung, dass er mich nicht auf den gängigsten Social Media Plattformen gefunden hätte.

Natürlich nicht. Ich hinterlasse möglichst keine Spur in der digitalen Welt.

Nur wenige Sucheinträge davor, zwischen einigen weiteren juristischen Paragrafen, fand ich mehrere Einträge, über die Allison sich köstlich amüsieren würde.

Frauen verführen

Kommilitonin Beziehung

F+

O ... meine Fresse ...

Allison hatte sich zu Chloe gelehnt und kicherte mit ihr um die Wette, während ich Lucas mit einer hochgezogenen Augenbraue zu verstehen gab, was ich gefunden hatte.

Es ist Zeit, ihm den Zahn zu ziehen und verstehen zu geben, dass ich kein Interesse habe.

Mit einem schnellen Tippen öffnete ich die Suchleiste und gab ein:

Was tue ich, wenn die neue Kommilitonin kein Interesse hat?

Zum Glück bekommt Allison das nicht mit, das wäre peinlich. Für ihn und für mich.

Dann sagte ich laut in die Runde: »Sonst sind hier langweilige Paragrafen gegoogelt worden ... der beste Döner der Stadt ...« Mit einem vielsagenden Ausdruck reichte ich ihm sein Smartphone zurück. Im ersten Moment war Lucas verwundert, dass ich ihn nicht bloßstellte, aber dann sah er auf sein Display und las meine Nachricht.

Ein enttäuschtes Lächeln machte sich auf seinem Gesicht breit, er griff nach seinem Bier und nahm einen ordentlichen Schluck, bevor er sich an Noah wandte.

»Noah, Wahrheit oder Pflicht?«

Noah streckte ihm die Zunge raus und antwortete nach einer kurzen Bedenkzeit: »Pflicht.«

Nachdenklich verzog Lucas das Gesicht. »Okay … tausche mit Joshua das Oberteil«, forderte er.

Noah und Joshua saßen beide neben Lucas, sahen sich kurz an und zogen ohne Zögern lachend ihre Shirts aus. Ich ertappte mich dabei, wie ich meinen Blick für einige Sekunden nicht von Joshuas nacktem Oberkörper lösen konnte, obwohl ich aus Höflichkeit wegsehen sollte.

Warum hat Joshua so eine Wirkung auf mich? Liegt es an der Mission oder daran, dass ich ein normales Leben mimte? Oder könnte es wirklich daran liegen, dass …

Nachdenklich fuhr ich die Form meines Glases nach, trank einen Schluck und versuchte mir über meine Gedanken klar zu werden.

… dass ich ernsthaft Interesse an ihm habe?

Die anderen spielten lachend ihr Spiel und ich zog mein Handy aus der Tasche, um nach Neuigkeiten zu schauen. Bastian hatte mir geschrieben und ich öffnete unseren Chat. Wir schrieben auf Spanisch, weil ich hoffte, dass dies hier am Tisch keiner verstand, wenn jemand zufällig mitlesen sollte.

Aktuell gibt es von Ian und mir nichts Neues. Wie läuft's bei dir? Ist er noch am Leben?

Bastian hatte schwarzen Humor, das war ich von ihm gewohnt.

*Haha, sehr witzig. Wir sind gerade in einer
Bar, zusammen mit den anderen Kommilitonen.
Haltet mich bitte auf dem Laufenden. Wann sehen
wir uns?*

Ich steckte mein Handy wieder in die Hosentasche.

*Nur weil Ian und Bastian niemanden aufspürten, heißt das
nicht, dass da keiner ist. Es heißt, dass die Person gut genug
ist, unter dem Radar zu fliegen und von jemanden, der gut
ist, kann man das erwarten.*

Nachdenklich sah ich in die Runde, ohne den Gesprächen
zu folgen.

*Irina war nachlässig und hatte nicht damit gerechnet, dass
ich mich gegen den Auftrag wende. Es war ein purer Glücks-
griff, dass Ian sie entdeckt hat und ich sie eliminieren konnte.*

Ich musterte Joshua, der sich lachend an der Unterhaltung
beteiligte. In diesem Moment war er sorgenfrei und mich
betrübte der Gedanke, dass sich dies bald ändern könnte.

Er schien meinen Blick gespürt zu haben und begegnete
ihn mit einem freundlichen Grinsen.

Unwillkürlich stellten sich meine Nackenhaare auf und aus
Reflex erwiderte ich sein Lächeln. Der Blickkontakt holte
mich aus meinen Gedanken in die Gegenwart.

»Wahrheit oder Pflicht?«, fragte er mich und ein Funkeln
schlich sich in seine Augen.

Waren schon alle dran?

»Wahrheit.«

»Was war die letzte gesendete Nachricht und an wen ging sie?« Joshua legte seinen Kopf schief und belustigt zog ich eine Augenbraue hoch. Ohne unseren Blickkontakt zu unterbrechen, holte ich mein Handy aus der Tasche.

»Der Empfänger heißt Bastian«, sagte ich, bevor ich das Display entsperrte. »Und die Nachricht ging mit einem ironischen *Haha* los, weil er einen sehr schlechten Witz gemacht hat … er macht immer schlechte Witze.« Reihum sah ich in die Gesichter der anderen. »Der Rest der Nachricht lautet: Bin gerade mit Kommilitonen in einer Bar. Wann sehen wir uns wieder?« Ich formulierte den Inhalt der Nachricht um, damit keine komischen Fragen aufkommen konnten.

»Okay, wer ist Bastian?«, fragte Chloe sofort neugierig.

War klar, dass die Frage kommt.

Geheimnisvoll zuckte ich mit den Schultern und steckte mein Handy weg. »Das war nicht die Frage.« Ich zwinkerte Chloe zu und wusste, dass meine Antwort sie nicht zufriedenstellte. Schmollend lehnte sie sich zurück und Archie drückte ihr lachend einen Kuss auf die Backe.

»Dann wissen wir schon die nächste Frage für dich, May«, grinste Noah mich an.

Verwundert sah ich ihn an. »Hast du mich gerade *May* genannt?«

Nur Leute aus meinem Clan nennen mich so, außerhalb dieses Kreises niemand.

Noah schien verunsichert zu sein, aber nickte. »Sorry, wenn du das nicht willst …«

»Nein, nein, ist okay«, intervenierte ich schnell und lachte.

»Okay, Chris«, wandte ich mich an meinen Nebensitzer. »Wahrheit oder Pflicht?«

»Bitte noch ein *Bier*, Dominik«, sagte ich zu dem Barkeeper, schob das leere Glas über die Theke und setzte mich auf einen Barhocker. Er nahm ein frisches Glas, um es mit alkoholfreiem Bier zu füllen.

Es war spät geworden und die Gruppe hatte sich zwischenzeitlich einen guten Pegel angetrunken, welcher mit jedem weiteren Getränk stieg. Gerade legte Noah den Auftakt zu einem neuen Spiel, ich hatte mein Alibi-Bier geleert und die Flucht zu Dominik an die Bar ergriffen. Auf eine befremdliche Art war es schön, mit den anderen zusammenzusitzen, diese Sorglosigkeit war für mich ungewohnt.

»Ist neben dir frei?«, fragte plötzlich Joshua und setzte sich neben mich auf den freien Hocker. Mit einem verlegenen Ausdruck schob er sein leeres Glas über die Theke.

»Klar.« Ich erwiderte sein Grinsen.

»Ein Bier bitte«, sagte Joshua an Dominik gewandt und zog sein Geldbeutel aus der Hosentasche.

»Lass nur, ich schulde dir noch etwas für Donnerstag«, meinte ich und legte das Geld für den Barkeeper auf den Tresen.

»Danke, May.«

»Gerne.«

Es ist ungewohnt meinen Spitznamen aus seinem Mund zu hören, aber ich mag es.

Er biss sich auf die Unterlippe und beobachtete Dominik beim Bierzapfen. Ich spürte, dass ihn etwas bedrückte und nach wenigen Momenten sah er mich an. »Darf ich dich was fragen?«

Beim letzten Mal hat er nach meiner Narbe gefragt ...

»Kommt darauf an, was du wissen willst.« Mit einem dankbaren Nicken nahm ich mein Bier von Dominik entgegen.

Meine Antwort brachte Joshua zum Grinsen und er fuhr sich durch die Haare. »Ich hatte irgendwie erwartet, dass du das sagst. Dein erster Kuss war in einer Bar?«

Wäre die Erinnerung an diesen Mann nicht mit so vielen schmerzhaften Details verknüpft gewesen, hätte es mir sicherlich ein Lächeln entlockt.

Ist er eifersüchtig?

Ich wusste nicht, was mich dazu brachte, vielleicht war es der Placeboeffekt meines alkoholfreien Bieres, aber ich hatte das Gefühl, dass ich ihm auch einen kleinen Einblick in meine Gefühlswelt schuldete.

Joshua nahm ebenfalls sein Bier entgegen und bedankte sich. »Prost«, sagte er, und wir stießen an.

»Skål«, murmelte ich verlegen und wir tranken beide zusammen einen Schluck, was mir den restlichen Mut gab, ihm eine Antwort auf seine Frage zu geben. »In meinem Leben war ich bisher einmal verliebt«, gestand ich und wich ihm verlegen aus. »Sein Name war Paul.

Wir haben uns in einer Bar kennengelernt.« Gedankenverloren kippte ich mein Glas hin und her und das Bier schwappte von der einen auf die andere Seite, aber stieg dabei nicht über den Rand. »Bastian, Ian und Kaja ahnten, dass die Beziehung zwischen ihm und mir selbstzerstörerisch war, aber ich war *dumm* und *verliebt* …« Ich zuckte mit den Schultern und sah Joshua das erste Mal an, seit ich angefangen hatte zu reden.

Die Besorgnis spiegelte sich in seinem Blick, aber er unterbrach mich nicht.

»Er hat es geschafft, Unfrieden in meinem Freundeskreis zu sähen und mich von den anderen zu isolieren …«

Dass was ich ihm erzähle, ist nur die halbe Wahrheit, aber die Ganze kann ich ihm schlecht erzählen.

»Er hat mich betrogen«, sagte ich schlicht und beobachtete seine Reaktion. »Und das ist das Entwürdigendste, was ich je in meinem Leben durchmachen musste …«

Zwar hatte Paul mich nicht auf eine sexuelle Weise betrogen, aber er hatte mich hintergangen und verraten, was meiner Meinung nach das Gleiche war.

Joshua verzog das Gesicht. »Scheiße …«, flüsterte er und nahm einen Schluck Bier, ohne mich aus den Augen zu lassen.

Mein Grinsen wurde gequält und ich nickte zustimmend. »Paul hat nicht nur mein Herz gebrochen …« Ich nahm ebenfalls einen weiteren Schluck meines Getränks. Mein letzter Satz war nicht gelogen.

Paul hätte mich fast getötet … allein, dass Irina davon wusste …

Diese Beziehung war mittlerweile einige Jahre her und es tat mir nicht mehr so weh darüber nachzudenken, auch wenn es mir lange Zeit den Hals zugeschnürt hatte, wenn ich nur an ihn dachte.

Noch immer hatte Joshua seinen schmerzhaften Ausdruck in den Augen und er schüttelte leicht den Kopf. »Das tut mir leid«, flüsterte er fast lautlos und seine linke Hand rutschte auf der Theke zu meiner, sodass unsere kleinen Finger sich berührten.

Es ist nichts, was ihm leidtun müsste ...

Für einen Moment sah ich auf unsere Finger, bevor ich meinen mit seinem verschränkte. »Manche Menschen sind es nicht wert, dass man sich den Kopf über sie zerbricht ...«, versuchte ich die gedrückte Stimmung zu überspielen und ein schiefes Lächeln erschien auf meinen Lippen.

»Um ehrlich zu sein ...«, begann er und musterte mich. »London hat mir sehr viel meiner Fröhlichkeit wiedergegeben und ich bin sehr dankbar dafür.«

»Was meinst du damit?«

»Naja ...« Joshua nahm einen Schluck aus seinem Glas und ich war mir sicher, dass er in nüchternem Zustand mir das Kommende nicht erzählen würde. »Ich hatte zu Hause eine Freundin, die ich wirklich sehr geliebt hatte ... ich hätte alles für sie getan.« Seine Worte kamen ins Stocken und seine Miene wurde düster. »Aber wir trennten uns und in mir blieben nur Enttäuschung und Herzschmerz zurück.«

Bei seinen Worten krampfte sich mein Herz zusammen und ich hasste unbewusst diese Frau, die ihn so verletzt hatte.

»Das tut mir wirklich leid«, sagte ich aufrichtig und sah erneut auf unsere Finger.

Sein Blick folgte meinem, aber er zuckte mit den Schultern. »Eine Freundin von mir hat mal gesagt, dass es manche Menschen nicht wert sind, dass man sich den Kopf über sie zerbricht.« Dass er meine Worte von vorhin wiederholte, entlockte mir ein Lachen. »Muss eine sehr weise Frau sein.«

»Die weiseste Person, die ich bisher kennengelernt habe.« Amüsiert drückte sein Finger meinen. »Seit ich in London bin, habe ich Menschen kennengelernt, die mich den alten Schmerz fast vollständig vergessen lassen«, erzählte er weiter. »Die Entscheidung, hierher zu kommen, war die Beste, die ich treffen konnte.«

Mein schlechtes Gewissen meldete sich mit einem dumpfen Pochen in meinem Hinterkopf.

Das, was ich tue, ist genauso Verrat. Ich verschweige ihm eine grundsätzliche Information meiner Existenz.

Durch meinen inneren Konflikt getrieben, zog ich meine Hand zurück und fuhr mir stattdessen durch die Haare.

Joshua deutete mit dem Daumen unauffällig über die Schulter zu dem Tisch unserer Gruppe. »Ich bin auf die Führung von Lucas gespannt.«

Mit einem schnellen Blick über die Schulter sah ich zu den anderen und Joshua tat es mir gleich. Die Gruppe schien sich in einer hitzigen Diskussion zu befinden, was dem gestiegenen Pegel einiger Shotrunden geschuldet war.

»Naja«, murmelte ich und drehte mich um. »Mal schauen, ob morgen überhaupt was stattfindet.«

Joshua drehte sich ebenfalls zurück und bestellte bei Dominik ein neues Bier.

Das wäre Bier Nummer sechs.

»Was hatte Lucas noch in seinem Suchverlauf?«, fragte Joshua nebenbei und nahm dankend sein neues Bier entgegen.

Hat er mir angesehen, dass ich etwas gefunden habe?

»Was meinst du?«, fragte ich und spielte die Ahnungslose, aber er durchschaute mich.

Er zwinkerte mich an. »Du kannst nichts vor mir verbergen.«

Hat mein Pokerface versagt? Aber doch ... Ich verberge mehr vor dir als gut wäre ...

»Was hat mich verraten?«

Er grinste mich breit an und trank sein Bier mit einem erneuten Zwinkern. Als er das Glas abstellte, knuffte ich ihn in die Seite.

»Jetzt sag schon«, forderte ich ihn lachend auf, aber er überging meine Frage.

»Lass mich raten«, sprach er seine Gedanken aus. »Er hat dich auf eine merkwürdige Art angegraben und ich habe gesehen, dass du etwas an seinem Handy eingetippt hast.« Er taxierte mich und beobachtete meine Reaktion. Zwar hatte ich mein Pokerface aufgesetzt, aber das letzte Mal hatte er es auch durchschaut.

»Entweder hast du ihm einen Korb gegeben oder zugesagt, aber weil du bei mir bist und nicht bei ihm schließe ich auf ersteres«, riet Joshua.

Treffer versenkt.

Ich verzog mein Gesicht und tat, als wisse ich nicht, wovon er redet, aber Joshua wusste, dass er recht hatte.

»Bitte sag es mir«, forderte er mich auf und setzte sein Glas zum Trinken an.

Mit einem Seufzen fügte ich mich. »Er hat gesucht, wie man die neue Kommilitonin am schnellsten ins Bett bekommt.«

Joshuas Reaktion folgte prompt. Er verschluckte sich an seinem Bier und spukte einen halben Schluck über die Theke. Tränen standen ihm in den Augen, als er mich mit einer Mischung aus Husten und Lachen ansah und ich rutschte auf meinem Hocker zu ihm, um ihm auf den Rücken zu klopfen.

Nach einigen Klopfern ging Joshuas Husten in ein Lachen über. »O man«, brachte er keuchend hervor und räusperte sich. »Ich kann nicht verstehen, dass du darauf nicht angesprungen bist, war doch *supercharmant.*«

Dominik kam mit einem Lappen von der anderen Seite der Theke und wollte die Sauerei aufwischen, aber Joshua nahm ihm dem Lappen aus der Hand. »Sorry dafür«, sagte er und bemühte sich um eine zerknirschte Miene, während er die Theke abwischte.

Der Barkeeper nahm es gelassen. »Solange du mir nicht über die Theke kübelst, ist alles okay.« Dominik grinste und stellte das leere Glas eines anderen Gastes ins Waschbecken.

»Wird nicht vorkommen«, versprach Joshua ihm und ich lachte.

»Studiert ihr zusammen?«, fragte er uns und nahm den Lappen entgegen.

»Ja«, bestätigte ich seine Vermutung. »Zusammen mit Noah.«

»Ach ja?«, fragte Dominik nach und wusch den Lappen aus. »Noah war die letzten Semester schon regelmäßig hier trinken. Seid ihr Ersties?«

Joshua schüttelte den Kopf. »Nein, May und ich sind im Auslandssemester hier«, erklärte er. »Ich komme aus Deutschland und sie aus Schweden.«

Ich nickte zustimmend und Dominik musterte mich genauer.

»Sagt man nicht immer, dass die schönsten Frauen aus Schweden kommen?« Er flirtete mich an. »Das scheint zu stimmen.«

Wenn ich ein Pfund bekommen würde für jedes Mal, wenn ich diesen Satz höre ...

Verlegen lächelte ich und war froh, dass er zu einer Männergruppe an der anderen Seite der Theke gerufen wurde.

Wie unangenehm ...

Joshua schien zu merken, wie die Situation für mich war. »Scheint so, als hätte Lucas Konkurrenz«, stellte er fest und musterte Dominiks Rücken.

»Tja, eigentlich wollte ich nachher mit Lucas gehen, aber jetzt muss ich mir das überlegen.« Ich versuchte gar nicht erst meinen ironischen Tonfall zu verbergen.

»Verständlich, da muss Lucas echt nachlegen«, antwortete Joshua ebenfalls voller Ironie und zog seine Augenbrauen hoch. Wir sahen uns an und mussten beide lachen.

Es ist lange her, dass ich so ein unbekümmertes Gespräch geführt hatte.

»Eine Frage noch«, merkte er an und sah auf seine Hände, bevor er mich mit seinen intensiven Blicken musterte. »Hätte dich Lucas auf eine normale Art nach einem Date gefragt, hättest du zugesagt?«

Seine Frage verwunderte mich und ich ließ mir Zeit bei der Beantwortung. »Ich habe kein Interesse an Lucas«, sagte ich und beobachtete seine Reaktion. »Und ich bin eigentlich nicht nach London gekommen, um jemanden kennenzulernen.« Es ärgerte mich, dass auch Joshua sein Pokerface perfekt beherrschte und ohne ihn aus den Augen zu lassen, griff ich nach meinem Glas.

»Also … angenommen ich würde dich fragen …«, begann er und mein Herz setzte einen Schlag aus, weil ich ahnte, worauf seine Frage hinauslief.

Eine leichte Röte hatte auf Joshuas Wangen Einzug genommen, aber bevor er den Satz beenden konnte, trat Noah hinter uns und legte seine Arme um unsere Schultern.

»Okay, ihr beiden«, meinte er, und an seiner Art zu reden wusste ich sofort, dass er gut angetrunken war. »Ihr habt genug geflirtet. Wollt ihr nicht zu uns an den Tisch kommen?«

Geflirtet?!

Hitze stieg mir ins Gesicht und ich spürte, dass ich ebenfalls rot wurde.

Kapitel 18

London – Unipub

Samstag, 18. September – Mayren

Mitternacht war verstrichen und Chloe und Archie hatten sich verabschiedet, als die Kellnerin eine neue Runde Bier und Shots brachte. Mit einem vielsagenden Blick stellte sie mir mein Glas hin und ich schob ihr als Dankeschön einen Geldschein zu. Es war interessant zu beobachten, wie der Alkohol die anderen veränderte und sie ab einem gewissen Punkt sämtliche Hemmungen und Kontrolle verloren.

Der menschliche Verfall.

Archie schwankte beim Gehen und Chloe musste ihn stützen.

Zum Glück trinke ich mein Fake-Bier und mache mich nicht zum Deppen.

Chris hatte sich nach dem fünften Bier an einen Nachbartisch gesetzt, um einer Frauengruppe zu imponieren, womit er offenbar Erfolg hatte. Die Mädels hingen förmlich an seinen Lippen und bekicherten fleißig seine Worte. Mit einem leichten Kopfschütteln wandte ich mich von dieser Szene ab und stieß mit den anderen auf die neue Runde an.

Livi saß mir gegenüber und bedachte mich in regelmäßigen Abständen mit bösen Blicken, die sich über die Dauer des Abends immer weiter intensivierten. Sie war sauer, weil Joshua neben mir saß und mit mir sprach und ihre vorangegangenen Gesprächsversuche abgeblockt hatte.

Verständlich, dass sie frustriert ist. Wäre ich das nicht auch, wenn mein Schwarm die ganze Zeit mit einer anderen redet?

Noah hatte sich mit Lucas in eine politische Debatte verstrickt und Allison versuchte Livi zwischen ihren bösen Blicken zu unterhalten.

Joshua hatte mich nach Reisetipps in Schweden gefragt und mir versprochen, dass er mich nach dem Semester besuchen würde. Seine angefangene Frage hatte er bisher jedoch nicht beendet. Im Ausgleich hatte ich ihn nach Tipps für sein Heimatland gefragt und er empfahl mir den Schwarzwald zum Wandern und fuhr fort: »Im Sommer ist der Eibsee im Süden von Deutschland ein wahrer Traum.« Er setzte sein Bier zum Trinken an.

Bier Nummer acht.

»Türkisblaues Wasser und direkt daneben die Zugspitze.« Er grinste und mir fiel auf, dass ein deutscher Akzent sich in sein sonst makelloses Englisch einschlich, aber es machte ihn noch sympathischer.

Ich verstehe nicht, wie du in unsere Welt geraten konntest ...
Eine ehrliche Prise an Mitleid regte sich in mir.

»Von der Spitze der Zugspitze hast du eine unglaubliche Sicht, wenn das Wetter es zulässt.« Er unterstrich seine Worte mit einer ausladenden Geste, wobei er mein Glas umstieß und sich mein alkoholfreies Bier über den Tisch verteilte.

Entsetzt sprang ich auf, als es meine gesamte Hose und den unteren Teil meines Pullis durchnässte. Schnell prüfte ich, ob man den Dolch, der in einem flachen Holster an meinem linken Oberschenkel war, oder den Verband am Arm sehen konnte, aber glücklicherweise war beides nicht der Fall.

»*Verdammt!*«, stieß ich zähneknirschend einen Fluch aus. Ich rieb meine nassen Hände an einer trockenen Ecke meines Oberteils ab und hoffte, dass der Ärmel verschont blieb.

»Shit.« Joshua verzog unangenehm berührt das Gesicht und sprang ebenfalls auf. »Das tut mir *wirklich* leid«, beteuerte er und berührte mich vorsichtig an der Hüfte.

Ich konnte Livis hasserfüllten Blick förmlich in meinem Nacken spüren, aber der von Lucas schien sich dazuzugesellen.

O man ...

Mit einem kleinen Schritt nach hinten entzog ich mich entschlossen seiner Berührung. Noah und Allison lachten als einzige über Joshuas Tollpatschigkeit.

Joshua ist zu betrunken, er verliert die Kontrolle über seine Motorik.

»Halb so schlimm«, winkte ich ab und stellte mit einem Seufzen das Glas hin, in dem ein letzter trauriger Rest vom Bier zurückgeblieben war. »Holst du was zum Aufwischen, dann gehe ich ins Bad, um mich zu trocknen.« Ich gab ihm einen kleinen Schubs, damit er losging und er lächelte mich noch einmal entschuldigend an.

Seine Augen flashten mich und für einen kurzen Moment vergas ich, dass meine Kleidung voller Bier war und die anderen uns anstarrten. Dass ich eine Killerin war und er eigentlich mein Opfer werden sollte.

»Ja, mach ich«, versprach er und zwinkerte mir zu, bevor er losging.

Ohne zurückzusehen, bog ich Richtung Toiletten ab und schloss aufatmend die Tür hinter mir.

Fuck.

Das Stimmengewirr und die Musik aus der Bar ebbten ab und ich stützte mich mit den Händen am Rand vom Waschbecken auf. Mein Herz klopfte schneller, als ich an sein Lächeln dachte und Hitze stieg mir in die Wangen.

»Fuck«, fluchte ich leise und strich mit den Händen über meinen Kopf, um abstehende Haare zu glätten. Außer mir schien niemand im Bad zu sein und ich ging zum Händetrockner, um mein Shirt darunter zu föhnen.

Ich muss schnell zurück in meine Welt kommen. Das macht mich irre.

Der Stoff flatterte im entstandenen Luftzug und an einigen Stellen trocknete es bereits.

Joshuas Wirkung auf mich macht mich wahnsinnig!

Hinter mir ging die Tür auf und für einen kurzen Moment drang die Geräuschkulisse der Bar an meine Ohren. Mit einem schnellen Seitenblick in den Spiegel stellte ich fest, dass Livi hinter mir stand.

Super. Das hatte mir gerade noch gefehlt.

Sie schloss die Tür hinter sich und beobachtete mich mit einem Schweigen, was eine unangenehme Spannung zwischen uns aufbaute.

»Kann ich dir irgendwie helfen?«, fragte ich, weil sie keine Anstalten machte etwas zu sagen. Meine Stimme war unfreundlich und ich wollte an der Stelle weitermachen, wo wir heute Mittag aufgehört hatten.

*Es reicht, Mädchen. Du wirst mein wahres Ich kennenler-
nen. Vielleicht bringt mich die aktuelle Lage dazu, dass ich
so aggressiv bin?*

Ich beobachtete ihre Reaktion im Spiegel.

»Ja!«, spie sie die Antwort aus und ich merkte, dass sie
zu viel getrunken hatte. Ihr Blick war getrübt und das Wort
gelallt. »Geh zurück, wo du hergekommen bist und lass uns
in Ruhe!« Ihre Aussage amüsierten mich, aber ich verkniff
mir ein Lachen und zupfte mein klammes Shirt zurecht.

Die Hölle nimmt mich nicht zurück.

Ich schaltete den Trockner aus und drehte mich betont
langsam um. Eine innere Kraft machte sich in mir breit und
ich genoss das Gefühl meines anderen Ichs.

Mein richtiges *Ich. Du dummes Mädchen, du hast keine
Ahnung, wie es in unserer Welt läuft.*

»Okay, Liana«, sprach ich sie mit ihrem vollen Namen an
und gab ihr zu verstehen, dass wir keine Freunde waren. Ein
drohender Unterton schlich sich in meine Stimme. »Reden
wir *Klartext.*«

Livis Augen waren glasig und sie starrte mich an. »Seit du
hier bist, bin ich für alle abgeschrieben!«

Provokativ zog ich eine Augenbraue hoch. »Bullshit!« Ihr
kindisches Verhalten raubte mir die Geduld.

*Als ob mein größtes Ziel in London ist, dir irgendwelche
Aufmerksamkeit wegzunehmen.*

Livi machte einen unsicher wankenden Schritt auf mich
zu. Ihre Geste sollte bedrohlich auf mich wirken, aber sie
belustigte mich eher und diesmal fiel es mir schwer, mir ein

kleines Lächeln zu verkneifen. Das entging ihr nicht, denn ihre Züge wurden wütend.

»Lass deine *widerlichen* schwedischen Griffel von Joshua!«, fauchte sie aggressiv.

Endlich sprichst du das wahre Problem aus.

Unbeeindruckt begegnete ich ihrem Blick und machte meinerseits einen festen Schritt auf sie zu.

Wir kommen dem Kern näher.

Nur wenige Zentimeter trennten uns voneinander. »Hör mir jetzt genau zu.« Mein betont ruhiger Unterton konnte ihr nicht entgangen sein.

»Nur weil du es nicht schaffst, Joshua deine Gefühle zu gestehen, darf ich nicht mit ihm reden?«

Livi schwieg und sah mich störrisch an, in ihren Augen spiegelte sich ihre Unsicherheit. »Seit du da bist, schaut er mich überhaupt nicht mehr an.« Anklagend stieß sie mir ihren Finger gegen die Brust.

Erwartet sie, dass ich zurückweiche? Darauf kann sie lange warten.

»Ich glaube nicht, dass das meine Schuld ist. Auch vor meiner Ankunft in London, war er nicht sehr angetan von dir, oder?« Meine Worte erwischten sie kalt und ich erwartete, dass sie mir dafür eine Ohrfeige verpassen würde.

Ihr Gesicht wurde rot vor Wut und ihr Finger bohrte sich fester in meine Brust. Gleichzeitig biss sie ihre Zähne zusammen und schien fieberhaft nach den richtigen Worten zu suchen, aber fand scheinbar keine Beleidigung, die ihrer Wut genug Ausdruck verlieh.

»Selbst wenn ich ihn heute mit nach Hause nehme«, knurrte ich und schlug einen bedrohlicheren Ton an. »Kann dir das *scheißegal* sein!«

Livis freie Hand ballte sich zur Faust und jetzt rechnete ich wirklich mit einem Schlag. »Du ...!«, zischte sie zwischen zusammengebissenen Zähnen hervor und ich beschloss, sie weiter zu provozieren.

»Ich *was?*«, fragte ich dreist. »Sag schon.«

Livi sprang sofort auf meine Worte an. »Du bist die größte *Bitch*, die ich je kennengelernt habe!«

Das ist bei weitem nicht das Schlimmste, was ich bisher gehört habe.

»Ist das alles?«, fragte ich nach und Livis Gesicht wurde dunkler vor Wut.

»Deine Mutter ist bestimmt stolz, so ein *Miststück* als Tochter zu haben«, legte sie nach und wartete auf meine Reaktion.

Besser.

»Meine Mutter ist *tot*«, sagte ich schlicht, aber ließ mein Grinsen nicht schwinden. Es nahm ihr trotzdem den Wind aus den Segeln. »Keine Ahnung, ob sie stolz ist, oder nicht.«

Sie wusste nichts zu entgegnen und so starrten wir uns wütend an.

»Mein Vater ist auch tot, wenn du ihn beleidigen willst«, schlug ich spöttisch vor und versuchte sie weiter zu reizen. Kurz überlegte ich, ob ich meinen Bruder auch erwähnen sollte, der sein Leben zusammen mit meinen Eltern verloren hatte, aber verwarf den Gedanken.

Denk nicht, dass ich klein beigebe. Dafür hast du dir die falsche Auftragsmörderin ausgesucht.

So starrten wir uns an, bis die Tür aufging und Allison reinkam.

Noah warf uns einen besorgten Blick hinterher, bevor die Tür zu fiel und uns von der Bar abschnitt.

Allison erfasste die Streitsituation sofort, machte einen Schritt zwischen uns und drängte uns auseinander. »Mädels, was soll das?«, fragte sie und sah zwischen ihrer Freundin und mir hin und her.

»Livi hat zu tief ins Glas geschaut.« Ich machte einen kleinen Schritt zurück, um Allison Platz zu machen. »Aber ich denke, du weißt, was das Problem von Liana mit mir ist, oder?«

Allison zog Livi in eine tröstende Umarmung. »Mayren, verstehe mich bitte nicht falsch«, begann sie und strich ihrer Freundin tröstend über den Kopf.

Jeder Satz, der so beginnt, sollte gar nicht gesagt werden.

»Livi ist seit Joshua bei uns ist in ihn verliebt.«

Ich fiel ihr ins Wort. »Allison, das verstehe ich, aber nur weil sie sich nicht traut, ihm ihre Gefühle zu gestehen, ist es nicht okay, mich anzugehen.«

Allison nickte verständnisvoll, während sie Livi tröstete, die zwischenzeitlich in Tränen ausgebrochen war. Plötzlich tat sie mir leid.

»Du hast recht, May, aber hattest du nie ein gebrochenes Herz?« Mehr oder weniger zustimmend zuckte ich mit den Schultern.

Warum zur Hölle werde ich heute so oft an Paul erinnert?

»Der Schmerz vergeht«, flüsterte ich über Livis Schluchzen hinweg und Allison nickte erneut.

»Es tut trotzdem weh, wenn man seinen Schwarm mit jemand anderem sieht.«

»Hm«, machte ich und außer dem Schniefen von Livi war nichts zu hören. Ihre Freundin zog sie wieder in eine Umarmung und tätschelte ihre Schulter.

Ich gehe besser, wenn die beiden morgen nüchtern sind, sieht die Welt bestimmt anders aus ...

Ohne zurückzusehen, schritt ich aus dem Bad und rannte fast in Noah, der vor der Tür wartete.

»Ups, sorry, May.« Er machte einen schwankenden Schritt zurück. »Ist alles okay? Ich hab gesehen, dass Livi dir auf das Klo gefolgt ist und hab vorsichtshalber Allison hinterhergeschickt.«

»Dein Gefühl hat dich nicht im Stich gelassen. Erst beleidigt sie mich und jetzt heult sie. Allison ist bei ihr und tröstet sie.« Ich verzog resigniert das Gesicht und sah, wie Joshua vom Tisch aufstand. Er und Lucas schauten besorgt zu uns.

»Bitte mach dir nichts aus ihren Worten«, bat Noah und legte mir seinen Arm um die Schulter. »Ihre Art ist in letzter Zeit komisch ...«

Ich winkte ab. »Sie ist betrunken, mir egal«, antwortete ich und zupfte an meinem Oberteil. Meine Hose war noch komplett nass, aber das war mir gerade gleichgültig. »Es ist mir *wirklich* egal.«

Diese normalen Streitigkeiten sind irrelevant. Als hätten die Menschen keine Probleme.

»Das ist gut so!«, bestärkte mich Noah und knuffte meine Schulter.

Noah ist ein guter Kerl. Bisher hat es mich nicht interessiert, was aus Leuten wird, auf die ich treffe, aber ich hoffe, dass er in nichts hineingezogen wird.

Ich dankte ihm. »Sei mir nicht böse, aber ich will jetzt gerne nach Hause gehen.« Zur Demonstration zeigte ich auf mein nasses Outfit und er nickte.

»Ja, klar, sehen wir uns morgen?«

»Vorausgesetzt, der Kater lässt dich morgen früh aufstehen. Bis morgen.«

Die Bierlache auf dem Tisch war beseitigt worden und die verbliebenen Gläser standen herrenlos da.

»Alles okay?«, fragte Lucas vorsichtig, als ich in Hörweite war und schob sich seine Brille die Nase hoch. Halbherzig zuckte ich mich den Schultern.

»Der Alkohol hat Liana dazu gebracht, die Wahrheit zu sagen.«

Lucas verzog das Gesicht. Er konnte sich denken, was ich damit meinte. »Sehen wir uns morgen trotzdem zur Führung?«

»Ich schreib in die Gruppe, sobald ich wach bin, okay?« Ich zwang mich zu einem schnellen Lächeln. »Mal schauen, wer den schlimmsten Kater hat«, fügte ich lachend an und verabschiedete mich, bevor ich zu Joshua ging.

Seine Miene war reserviert und er schien zu ahnen, dass der Streit seinetwegen entfacht war.

»Gehst du?«, fragte er überflüssigerweise. Ich umarmte ihn zum Abschied und plötzlich überkamen mich Sorgen.

Kann ich ihn allein lassen? Er ist zu betrunken ...

»Du hast zu viel getrunken«, sprach ich meine Gedanken aus, als wir uns voneinander lösten. Unüberhörbar mischte sich Besorgnis in meine Stimme. »Darf ich dich *bitte* nach Hause bringen?«

Ich könnte niemals in Ruhe schlafen, ohne zu wissen, dass er in Sicherheit ist ...

Ein verschmitzter Ausdruck erschien auf seinem Gesicht. »Bringt nicht eigentlich der Mann die Frau nach Hause?«

Eigentlich schon, aber ich kann denke besser auf mich aufpassen als du auf dich.

Ich zog die Schultern hoch. »Du kannst nicht mehr ohne Schwanken gerade stehen. In dem Fall darf auch eine Frau den Mann heimbringen, oder?«

Am besten fahren wir mit der Metro und ich komme zurück und hole meinen Audi. Solange es nicht nötig ist, muss er mein Auto nicht sehen, das würde Fragen aufwerfen.

Joshua gab sich geschlagen und warf einen weiteren Blick über meine Schulter, bevor er zustimmte. »Na gut, aber wie kommst du heim?«

»Mit der Metro«, log ich schnell. Aus einem Augenwinkel sah ich, dass Lucas uns beobachtete und er schien den Korb endlich akzeptiert zu haben.

Die Signale, die ich Joshua sende, kann er nicht falsch verstehen ... Das ist nicht fair von mir!

Innerlich hasste ich mich dafür, dass ich mich in diese Situation manövriert hatte.

Joshua verabschiedete sich mit einem knappen Nicken in seine Richtung und hob die Hand als Verabschiedung in Noahs Richtung. Dieser grinste breit, als wir gingen und ich beobachtete nervös Joshuas Gang.

Seine Schritte waren mal sicherer ...

»Joshua?«, hörte ich Livis Stimme hinter uns, wir hielten an und Joshua drehte sich um. Die Spuren der Tränen waren auf ihren Wangen erkennbar und ihre Augen waren glasig vom Heulen.

Sie will die Wogen glätten.

Joshuas Augenbrauen hatten sich zu einer Linie zusammengezogen und er sah sie mit einem Gefühl von Unmut an.

»Rede mit ihr«, bat ich ihn und gab ihm einen kleinen Schubs in ihre Richtung. Seine Körperhaltung war angespannt, als die beiden in der Mitte der Bar aufeinandertrafen, Allison blieb bei Noah stehen und wir beobachteten das Geschehen.

Ob sie ihm ihre Gefühle gesteht?

»Joshua ...«, wiederholte sie seinen Namen bittend, aber er schüttelte den Kopf.

»Hör auf damit, Livi«, sagte er. »Ich denke nicht, dass wir heute irgendwas bereden sollten.« Mit einer dynamischen Bewegung drehte er sich zu mir um, nahm meine Hand und zog mich sanft hinter sich her.

Auf der Schwelle warf ich einen letzten Blick zurück und sah, dass Livi erneut angefangen hatte zu weinen und Allison sie in eine tröstende Umarmung gezogen hatte.

Was soll's.

Auf der Straße war es ruhig und für einen Moment wirkten meine Ohren wie betäubt von der plötzlichen Stille. Die Luft hatte sich im Vergleich zum Abend abgekühlt und neben uns waren einige feierwütige Leute auf der Straße unterwegs. Wir gingen einige Schritte, bis mich die Worte überkamen.

»Vielleicht hättest du ihr kurz zuhören sollen.« Wir machten uns auf dem Weg zur Metro.

»Es ist mir egal, was sie zu sagen hat!« Er verschränkte seine Finger mit meinen. »Ihre Ausreden interessieren mich nicht. Sie sucht grundlos Streit mit dir!« Eine Skepsisfalte bildete sich zwischen seinen Augenbrauen.

Der ganze Abend ist in Streit geendet. Selbst in einem normalen Leben schaffe ich nur Zerstörung.

»Ihr solltet morgen nüchtern darüber reden«, sagte ich ruhig und sah Joshua von der Seite an.

Vielleicht sollte ich Licht ins Dunkle bringen. Er scheint sie nicht durchschaut zu haben.

»Sie ist in dich verliebt und traut sich nicht es zu sagen.«

Herrje, wie konnte er übersehen, wie sehr sie ihn dauerhaft anschmachtet?

Er zog eine Augenbraue hoch, aber sonst blieb seine Miene unverändert hart.

»Okay, lass uns das Thema wechseln«, lenkte ich ein, als ich merkte, dass er gerade nicht über seine Kommilitonin reden wollte. »Willst du morgen an Lucas' Führung teilnehmen?«

Er zuckte mit den Schultern. »Eigentlich schon, aber wenn so schlechte Stimmung ist wie den halben Abend, lieber nicht.«

In gewisser Weise hat Livi recht. Seit meiner Anwesenheit ist wirklich Unruhe im Freundeskreis.

Joshua schien zu merken, dass ich in Gedanken war und wies mich zurecht: »Gib dir keine Schuld an der schlechten Stimmung. Lucas ist schlecht drauf, weil er einen Korb von dir bekommen hat und Livi ….«

An der Stelle fiel ich ihm ins Wort. »Und Livi ist sauer, weil du ihr einen gegeben hast.«

Überrascht sah Joshua mich an.

»Jetzt schau nicht so.« Ich bedachte ihn mit einem vielsagenden Blick. »Ist es dir wirklich entgangen, dass sie auf dich steht? Unsere Freundschaft ist ihr ein Dorn im Auge.« Meine Worte stimmten ihn nachdenklich und er biss sich auf die Unterlippe.

Die Straßenlaternen am Wegrand beleuchteten beim Gehen sein Gesicht in verschiedenen Winkeln und die Sorgenfalte auf seiner Stirn schien sich zu vertiefen.

Ein leichter Wind kam uns entgegen und ich genoss die Abkühlung von der Sommerhitze. Langsam entfernten wir uns aus der Londoner Partyszene und die Fußwege und Straßen leerten sich.

Im Vergleich zur lauten Musik und den vielen Stimmen war die Stille fast unangenehm in den Ohren, aber ich wollte Joshua nicht aus seinem Grübeln reißen.

Schließlich meinte er: »Du musst mich nicht nach Hause bringen. Eigentlich laufe ich um die Zeit lieber, als den Bus oder die Metro zu nehmen. Da bekomme ich immer einen klaren Kopf.«

Ändert nichts an meiner Entscheidung.

Ich spürte seinen Seitenblick. »Ist mir recht, in den Bahnen ist die Luft immer so stickig.«

Als ob ich dich eine halbe Stunde allein durch die Stadt laufen lasse.

Joshua seufzte, aber es klang eher belustigt als genervt. »Glaubst du wirklich, ich kann nicht selbst auf mich aufpassen?«, fragte er und stolperte genau in diesem Moment über einen leicht hervorstehenden Stein in den Gehwegplatten.

Ich warf ihm einem vielsagenden Blick zu. »Willst du eine Antwort auf deine Frage?«

Er schüttelte mit einem Lachen den Kopf. »Vielleicht hast du recht«, gab er zu. »Aber trotzdem habe ich kein gutes Gefühl dabei, dich allein gehen zu lassen.«

Macht er sich wirklich Sorgen um mich?

Wir überquerten eine Straße und für einen kurzen Augenblick hatte ich Angst, dass er über den Bordstein stolpert, aber meine Sorge blieb unbegründet.

»Wie haben du und Bastian euch kennengelernt?«, fragte er mich aus dem Nichts und verwundert sah ich ihn an.

Ich kann ihm schlecht die Wahrheit sagen.

»Im Kindergarten«, log ich, da wir uns in dem passenden Alter getroffen hatten. »Wir haben uns nicht sofort verstanden, es war eher Freundschaft auf den zweiten Blick.«

Ist es nicht in vielen Freundschaften so, dass man sich erst nicht leiden kann?

»Was war zwischen euch, dass ihr euch erst nicht verstanden habt?«

Ich erinnerte mich zurück an die Zeit, als wir uns kennenlernt, obwohl das Ganze fast 20 Jahre her war.

Diese Zeit damals hat mich zu dem Menschen gemacht, der ich heute bin.

»Bastian war ein arroganter Arsch und hat gedacht, dass er als Einzelgänger besser aufgehoben ist«, erzählte ich ihm, nachdem ich einige Sekunden über unser Kennenlernen nachgedacht hatte. »Wir haben erst spät verstanden, dass wir mehr gemeinsam hatten als gedacht.« Joshua lächelte bei meiner Erzählung.

Wenn du wüsstest, wie viel Dunkelheit und Verderben in dieser Vergangenheit steckt. Wir haben uns so lange die Köpfe eingeschlagen, bis wir zusammen in einer Zelle gesteckt hatten.

»Und seitdem sind wir Freunde geblieben«, endete ich meine Geschichte.

»Es ist schön, wenn man sich auf so alte Freundschaften verlassen kann.«

Zustimmend nickte ich. »Ja, da hast du vollkommen recht.«

In meiner Welt sind Freundschaften wertvoller. Nur auf meine Clanfreunde kann ich mich zu 100 % verlassen.

»Freundschaft …«, murmelte er leise in einem Tonfall, den ich nicht deuten konnte und sah ihn fragend an. Er musterte mich mit einem sanften Glanz in seinen Augen und seine Hand drückte meine. »Was ist, wenn …«

Mein Herz schlug schneller als er den Halbsatz, wie vorhin an der Bar anfing, aber nicht weiterführte, sondern sich selbst unterbrach.

Scheiße … habe ich zu sehr mit seinen Gefühlen gespielt?

Mein Hals fühlte sich wie zugeschnürt an, als er plötzlich stehen blieb.

»Was macht man …«, begann er erneut, sah auf meine Lippen und zurück in meine Augen. »Wenn man seine Kommilitonin nach einem Date fragen will, aber sie nur Freundschaft erwähnt?«

Mein Mund fühlte sich ausgetrocknet an und ich versuchte zu schlucken, aber diese Anspannung, die seit Tagen zwischen uns herrschte, schien nur noch weiter anzusteigen.

Er zog mich körperlich an und irgendwie wusste ich, dass ich nicht nur mit seinen Gefühlen gespielt hatte, sondern auch mit meinen. Und dass ich diesen Kampf verlieren würde, wenn nichts passierte.

»Ich … « Fast automatisch wanderte mein Blick zu seinen Lippen, dann wieder zurück zu seinen Augen. Mir fiel auf, dass auch sein Atem stockte und er einen kleinen Schritt nähertrat. Seine Nähe und sein Geruch nahmen meinen Verstand völlig ein, vernebelten ihn und weckten ein Verlangen, das ich schon lange nicht mehr empfunden hatte. »Ich denke, dass Freundschaft immer eine gute Grundlage für mehr ist.«

Joshua strich mit seiner freien Hand eine Strähne hinter mein Ohr und ließ seine warmen Finger an meiner Wange liegen. »Also, … wenn ich sie fragen würde, dann … würde sie *Ja* zu einem Date sagen?«

Jeder Herzschlag dröhnte unnatürlich laut in meinen Ohren und vergessen war der Gedanke, dass wir aus unterschiedlichen Welten kamen oder was unsere ursprünglichen Rollen in Zeros Spiel waren. Es war mir alles egal, als ich ihm mein Kinn entgegenstreckte und sagte: »Ja, das wäre die Antwort.«

Joshua lächelte als er sich näher zu mir beugte und ich die Augen schloss. Sein warmer Atem strich über meine Wange und seine Lippen trafen weich auf meine.

Ich spürte den Geschmack von Alkohol auf seinen Lippen, gemischt mit etwas, was nur ihm gehörte, während ich den Kuss erwiderte, den wir vielleicht nur seinem angetrunkenen Mut zu verdanken hatten. Unbewusst fuhr meine freie Hand in seinen Nacken und ich zog ihn näher zu mir, die Kälte meiner Finger war ein starker Kontrast zu der plötzlichen Hitze und dem Verlangen, das sich in meiner Brust ausbreitete.

In mir tobte ein Chaos aus Gefühlen, der Schwindel, den der Moment mit sich brachte und die Erkenntnis, dass ich das hier nicht wollte, bis Joshua mir gezeigt hatte, wie sehr ich es wollte. Als wir uns schließlich voneinander lösten, ließ der Kuss eine unausgesprochene Frage schwer und unausweichlich in der Luft hängen, während das Summen der Stadt langsam an mein Bewusstsein zurückkehrte.

»Immer noch ein *Ja,* Dickkopf?«, fragte er und ließ seine Hand an meiner Wange sinken, worauf auch ich meine von seinem Nacken löste.

Ich wusste nicht, was ich sagen sollte, mir war nur klar, dass ich diese Frage mit *Ja* beantworten wollte, aber dafür müsste ich ihm mein ehrliches Gesicht zeigen.

Und dann bin ich mir sicher, dass seine Antwort nicht Ja *sein wird ...*

»Ich finde, dass wir da morgen drüber reden sollten, wenn du nüchtern bist.« Das entlockte ihm ein Grinsen.

Eine Bewegung hinter seiner Schulter erregte meine Aufmerksamkeit und ein eiskalter Schauer löschte die ausbrechende Hitze in meiner Brust.

Fuck!

Die feinen Haare in meinem Nacken stellten sich auf und ich zog Joshua sanft an der Hand zum Weitergehen, als ich sah, dass uns in etwa 100 Metern Abstand eine schwarzgekleidete Person mit Kapuze beobachtete.

Wir werden verfolgt ...

Teil Zwei

Kapitel 19

London – London City
Samstag, 18. September – Mayren

Der Typ muss seit einer Seitenstraße hinter uns sein, sonst wäre er mir direkt aufgefallen.

Als ich heute Abend meine Wohnung verlassen hatte, ließ ich meine Glock dort, weil ich wenig Versteckmöglichkeiten in meinem Outfit hatte.

Immerhin habe ich meinen Dolch dabei.

Vorsichtig tastete ich mit den Fingerspitzen an meinem Bein, bis ich die in Leder eingebundene Klinge spürte.

Es gibt zwei Möglichkeiten sicher aus dieser Situation zu entkommen ...

Nachdenklich biss ich auf meine Unterlippe und wägte die Optionen ab.

Entweder Flucht zu meinem Auto und das Risiko, dass die Person uns später auflauert oder eine Konfrontation hier und jetzt.

Gleichzeitig war mir bewusst, dass die Konfrontation ebenso die Wahrheit bedeutete, was aufgrund unseres Kusses einerseits auch eine Erleichterung war.

Die Wahrheit für Joshua und das Ende meiner Maskerade.

Ich entsperrte mein Handy und öffnete den Chat mit Ian.

Aber nur, weil ich mich nicht traute, Joshua die Wahrheit zu sagen, ist es nicht fair, dass ich ihn weiterhin in Gefahr bringe. Dieser Abend hat mir klar gemacht, dass ich reinen Tisch machen muss.

Entschlossen ballte ich meine freie Hand zur Faust und wusste, dass mein Entschluss stand.

Ich muss einen Ort finden, an dem ein toter Winkel existierte!

Mit schnellen Fingern schickte ich Ian unseren Standort und eine knappe Nachricht:

`Brauche toten Winkel - Verfolger`

»Wollen deine Eltern dich eigentlich in London besuchen kommen?«, fragte Joshua und nahm eine normale Unterhaltung auf.

Der Umschwung von der sich anbahnenden Gefahr zu einer normalen Unterhaltung war für mich merkwürdig, aber allein, dass er nicht merkte, dass wir verfolgt wurden, zeigte mir, wie wenig er in meine Welt gehörte.

Das, was ich über Joshuas Schulter gesehen hatte, schien von der Statur auf einen Mann hinzuweisen.

Joshuas Ausdruck erinnerte mich daran, dass er auf eine Antwort von mir wartete und ich schluckte.

Ehrlichkeit ... Wenn wir schon mal dabei sind ...

»Meine Eltern sind gestorben ...« Meine Stimme war gedämpft und spürte, dass sein betroffener Blick mich von der Seite streifte.

»Oh, das ...« Er schien nicht zu wissen, was er sagen sollte, aber ich drückte seine Hand und er wusste, dass er sich nicht entschuldigen musste.

Woher hätte er es wissen sollen?

Als ich wieder auf mein Handy sah, hatte ich eine neue Nachricht von Ian und öffnete sie sofort. Er hatte mir ein Bild von dem Straßennetz unserer direkten Umgebung geschickt und einen kleinen Hinterhof rot markiert, dazu schrieb er:

Kleiner, dunkler Hof, voller Müllcontainer eines Supermarkts. Kameras ausgeschaltet. Sei vorsichtig.

Auf Ian ist Verlass.

Der Hof war laut Karte 150 Meter entfernt und lag auf unserer Straßenseite.

Der Moment der Wahrheit ist da ... Es gibt kein Zurück mehr.

Genau dieser Gedanke erleichterte und verängstige mich gleichermaßen. Angespannt schloss ich für einen Moment meine Augen und atmete tief durch, dann fing ich mich. Erneut drückte ich Joshuas Hand und er sah mich an, die Bestürzung über den Tod meiner Eltern war noch deutlich in seinen Augen zu sehen und er runzelte besorgt die Stirn.

Wie soll ich ihm jetzt erklären, dass gleich jemand versuchen wird, ihn zu töten?

»Joshua, vertraust du mir?«, fragte ich schlicht und musterte ihn.

Wie wird er das Ganze verkraften?

235

Mein Herz hämmerte schmerzhaft in der Brust, als ich auf seine Antwort wartete.

»Ja, klar.« Ein leichtes, unbekümmertes Lächeln erschien auf seinen Lippen.

Ihm ist der Ernst der Lage nicht bewusst!

Ich drückte seine Hand fester.

50 Meter bis zum Hof.

»Ich meine das *ernst!*«, sagte ich eindringlich.

»Ja«, bekräftigte er.

Trotzdem bist du sturzbetrunken, aber gleich werden wir sehen, wie sehr du mir vertraust.

»Was ist los, May?«, fragte er besorgt, aber ich antwortete ihm nicht und zog ihn in den dunklen Hof.

Es tut mir leid, dass ich dir nicht früher die Wahrheit gesagt habe ...

Überrascht stolperte er mir hinterher, aber mehr Zeit blieb mir nicht für Erklärungen.

Der Hof war schummrig erleuchtet, gerade so hell, dass man nicht komplett im Dunkeln stand. Ich ließ Joshuas Hand los und gab ihm einen kleinen Schubs in den Hof hinein. »*Vertrau* mir bitte«, zischte ich ihm zu, drehte mich zu unserem Verfolger um und fixierte ihn mit frostigen Blicken.

Er war uns gefolgt und unter der Kapuze sah ich ein hinterhältiges Grinsen hervor blitzen.

Denkst du wirklich, dass du uns *in die Falle getrieben hast?*

»Was willst du?«, fragte ich fordernd und die bekannte Kälte schlich sich in meine Stimme ein.

Wie vorhin im Bad legte ich mein Gesicht der Studentin ab und wurde zur Killerin. Schützend schirmte ich Joshua von ihm ab und beobachtete jede seiner Bewegungen.

Der Typ legte seine Kapuze ab und darunter kamen schmutzig blonde Haare zum Vorschein. Unter dem linken Auge trug er eine Narbe, die seinem Gesicht eine entstellende Grausamkeit verlieh. Er musterte mich wie ein Stück Fleisch, bis sein Blick auf Joshua hinter mir fiel. »Von dir will ich nichts, *Süße*«, sagte er mit einem starken amerikanischen Akzent und zog aus dem Hosenbund eine Handfeuerwaffe.

Angewidert verzog ich bei seinen herablassenden Worten das Gesicht, aber die Waffe beeindruckte mich nicht im Geringsten.

Was ist er denn für einer?

Hinter mir hörte ich, wie Joshua entsetzt aufkeuchte.

»Steck dein Handy weg, Junge«, knurrte der Typ und zielte mit der Waffe auf mich. »Oder ich verpasse deiner Freundin ein Loch in die Kniescheibe.«

Der weiß nicht, wer ich bin. Klar kannte man nicht jeden in unserer Welt, aber ich hatte erwartet, dass er ähnlich wie Irina reagiert. Durch die letzten Spiele von Zero hatte ich immerhin einen gewissen Ruf.

»Okay, okay«, hörte ich Joshuas beschwichtigende Worte und mit erhobenen Händen wollte er an mir vorbeigehen. »Bitte lassen Sie uns gehen. Sie können mein Geld haben.«

Willst du dich vor mich stellen, um mich zu schützen? Sehr edel, aber nein.

Mit einem ausgestreckten Arm hinderte ich ihn daran weiterzugehen. »Du hast gesagt, dass du mir *vertraust*, also bleib hinter mir«, wies ich ihn an und schubste ihn mit dem einen Arm unsanft zurück, wobei mein Ärmel hochrutschte und meinen Verband offenbarte.

Hoffentlich beeinflusst die Verletzung nicht den anstehenden Kampf.

Großspurig deutete der Angreifer mit seiner Waffe auf mich und winkte mich damit zur Seite. Ich kannte das Waffenmodell gut. Es war nicht kompatibel mit einem Schalldämpfer, und seit er die Waffe gezogen hatte, hat er sie nicht entsichert.

Ist er so dumm, mitten in der Innenstadt ohne Schalldämpfer zu schießen? Jeder Anwohner im direkten Umfeld würde sofort die Polizei rufen.

»Süße, du kannst gehen«, meinte er und machte einen Schritt auf mich zu. »Ich will deinen Freund.«

Süße? Ich glaube, ich kotz gleich.

Er war verwirrt, dass ich mich so schützend vor Joshua stellte, aber schien nicht weiter darüber nachzudenken und ich machte ebenfalls einen Schritt auf ihn zu, um die Distanz zu überbrücken.

Der Typ hat keine Ahnung, dass ich *die größere Gefahr von uns beiden darstelle.*

Da ich gerade auf meinen Dolch oder meine Hände angewiesen war, musste ich meinem Gegner ohnehin näherkommen.

Wenn ich es nicht besser wissen würde, würde ich denken, der Kerl ist ein kompletter Anfänger. Zero würde niemals den Auftrag an einen Anfänger geben.

Die Augen des Blonden funkelten siegessicher, als ich ihm meinen Rückzug vorspielte und er den ersten direkten Blick auf Joshua werfen konnte. Er beachtete mich fast nicht mehr und ich war fassungslos über seine Fahrlässigkeit. Mit der linken Hand löste ich unauffällig den Dolch aus dem Holster und umfasste den Griff, der langsam aus dem Hosenbein glitt.

Der Kerl kann kein anderer Jäger sein, ausgeschlossen!

Vorsichtig machte ich einen weiteren Schritt auf ihn zu und umfasste den Dolchgriff vollständig. Bei dem schlechten Licht war es leicht meine Waffe unauffällig zu ziehen. Mein Herz schlug aufgeregt aus Befürchtung, dass mein Gegner das Messer sah, bevor ich es benutzten konnte.

Seine Waffe ist gesichert, ein wenig Zeitpuffer hätte ich im Ernstfall.

Der Kerl schien nicht zu merken, dass meine Schritte auf ihn zugingen, statt zum Durchgang auf die Straße. Seine volle Aufmerksamkeit lag auf Joshua.

Daran merkt man, wie viele Leute sich über meine Optik täuschen lassen.

Nach zwei ruhigen Herzschlägen ergriff ich meine Chance zum Angriff, sprang mit zwei schnellen Schritten auf den Typ zu und verpasste ihm mit meiner rechten Faust einen Schlag gegen sein Handgelenk.

Gleichzeitig zog ich den Dolch vollständig aus seinem Versteck und hielt ihm die Klinge an den Hals.

Das war einfach, aber er hat seine Waffe nicht fallen lassen.

Mit meiner rechten Hand packte ich ihn an der Schulter und hinderte ihn daran, meiner Klinge auszuweichen. »Lass sofort die Waffe fallen«, knurrte ich ihm ins Ohr. »Wenn du sie entsicherst, durchtrenne ich deine Halsschlagader.«

Ein kleines Keuchen entwich meinem Gegner, aber er hielt seine Waffe weiterhin fest. Sein unangenehmer Geruch drang mir in die Nase, eine Mischung aus Schweiß und einem starken Parfüm.

Ich beobachtete seine Hand genau und würde, wenn seine Finger zur Sicherung zuckten, sofort entsprechend meiner Drohung reagieren. Durch meinen Angriff auf ihn, war Joshua schräg vor uns aus der Schusslinie. Ich erhöhte den Druck mit dem Dolch an seinem Hals und die Schneide drückte in seine Haut, das Gefühl, was unser Angreifer gerade spürte, kannte ich genau. Auch ich war bereits in so einer Situation.

Die Präsenz einer Waffe direkt unterhalb des Kinns war beängstigend und ein Messer wirkte auf die meisten Menschen bedrohlicher als eine Schusswaffe.

»*Fallen* lassen!«, wiederholte ich und diesmal gehorchte er.

Seine Hand öffnete sich und Finger für Finger löste sich vom Griff, bis die Waffe klappernd zu Boden fiel. Das Geräusch erleichterte mich, ich wusste, dass ich die Oberhand hatte und den Willen des anderen untergrub.

Ich gab ihm einen kräftigen Tritt in die Kniekehle, unwillkürlich gaben seine Beine nach und er kniete nieder. Im selben Moment ging ich mit nach unten, allerdings ließ ich ein Bein aufgestellt, was mir mehr Balance und Kontrolle ließ. Auf diese Weise hatte ich ihn in meiner Gewalt und minimierte die Gefahr für Joshua und mich. Zugleich brach ich damit seine Moral, da ich ihn in eine schwache Position zwang. »Wer hat dich geschickt?«, fragte ich ihn eiskalt und mein Gegner keuchte erschrocken, von dem plötzlichen Wandel der Situation.

Joshua machte einen taumelnden Schritt auf uns zu, aber mein warnender Blick ließ ihn zurückweichen.

»Bleib, wo du bist«, gab ich ihm die klare Anweisung. »Und zu dir«, wechselte ich den Ansprechpartner. »Mein Abend war *lang* und ich bin nicht geduldig. *Wer* hat dich geschickt?«

Ein einzelner Blutstropfen löste sich durch meine Klinge aus seinem Hals und verschwand im Kragen des Pullovers, weitere Tropfen folgten in einem feinen Rinnsal.

»Silas hat mich geschickt«, presste der Typ zwischen zusammengebissenen Zähnen hervor.

Also nicht Zero. Wie ich es mir gedacht hatte.

»Silas Brown?« Meine Stimme war kaum mehr als ein wütendes Knurren.

»Ja.«

Shit! Ich kenne ihn.

Gezwungenermaßen hatten wir uns kennengelernt und er hat meinen Respekt. Silas war ein ausgezeichneter Killer.

Vermutlich hat Zero ihn beauftragt und er hat diesen Typen vorgeschickt.

»Was weiß Silas über das Ziel?«, fragte ich, ohne meinen Griff zu lockern. »Und warum schickt er einen Trottel wie dich vor?«

»Ich weiß es nicht.« Seine Stimme war ein Keuchen und er versuchte sich in eine komfortablere Position zu bewegen, aber mein Dolch und meine Hand an seiner Schulter hinderten ihn daran. Der Blutfluss an seinem Hals wurde stärker und ich merkte, dass mein Gegner unter Adrenalin in Panik geriet. »Ich weiß es wirklich nicht!« Verzweiflung hatte sich in seinen Unterton eingeschlichen und ich glaubte ihm. Er schien zu begreifen, dass ich definitiv keine gewöhnliche Gegnerin war.

Silas hat dich benutzt. Entweder um den Auftrag zu erledigen oder um zu prüfen, warum er nicht erledigt ist.

Insgeheim tippte ich eher auf letzteres. Hätte er nicht gerade versucht Joshua zu töten, könnte er einem fast leidtun.

»Wo ist Silas gerade?«

»Ich weiß es nicht.« Er schloss die Augen. Eine einzelne Träne löste sich aus seinem Augenwinkel und rollte verzweifelt seine Wange hinunter. Darauf konnte ich keine Rücksicht nehmen.

»Was weißt du überhaupt?«, fauchte ich ihn genervt an. Ich sah zu Joshua, der die ganze Situation fassungslos und mit blasser Miene beobachtete, aber er wich meinem Blick aus.

Der Angreifer schien zu merken, dass meine volle Aufmerksamkeit nicht auf ihm lag und begann sich zu wehren.

Er schaffte es, meine Dolchhand von seinem Hals zu lockern und sich aufzurappeln.

Ich muss handeln.

»Joshua? Mach die Augen zu«, bat ich ihn inständig und hoffte, dass er meinen Worten gehorchte, bevor ich mich auf meine wilden Instinkte verließ. Mit meiner rechten Hand an seiner Schulter riss ich ihn zurück in meine Kontrolle und rammte ihm gnadenlos den Dolch zwischen seine linken Rippen.

Sofort erstarb seine Gegenwehr, sein Mund war zu einem stummen Schrei aufgerissen, aber es kam lediglich ein schwaches Seufzen hervor. Seine Augen starrten mich mit fassungslosem Entsetzen an, wie ich es oft bei todgeweihten Menschen gesehen hatte, während sein Körpergewicht gegen mich sackte und ich spürte, wie seine Atmung schnell und flach wurde.

Ich muss den Lungenflügel erwischt haben.

»Silas hat dich in den sicheren Tod geschickt«, flüsterte ich ihm ins Ohr und zog langsam das Messer zwischen seinen Rippen heraus. »Aber würde ich dich am Leben lassen, würdest du meine Zielperson in Gefahr bringen.« Mit einem weiteren brutalen Dolchstich rammte ich erneut das Messer in seinen Körper. Heißes Blut floss über meine Hand und ließ den Griff glitschig werden. Wieder keuchte er auf und sein Blick verschwamm ins Leere. Ich ließ ihn los und gleichzeitig zog ich den Dolch aus der entstandenen Wunde.

Die Klinge war tiefrot gefärbt und ebenso war es meine Hand.

Die Einstichstellen auf seinem Pullover färbten sich dunkel vor Blut. Mit langsamen Schritten ging ich an der Kopfseite meines Gegners entlang, bis ich seitlich von ihm stand. Ich ließ den Dolch in meinen Fingern wirbeln und beobachtete, wie er versuchte, mit seinen Händen Druck auf die Wunden auszuüben, um die Blutung verzweifelt zu kontrollieren.

Du hättest Joshua eiskalt umgebracht, ohne etwas zu hinterfragen.

Mein Mitleid hielt sich in Grenzen, als der Blick meines Gegners versuchte sich in meinen zu bohren, aber seine Verzweiflung und Todesangst berührten mich nicht.

Ich sollte ihn nicht leiden lassen, zumindest diese Gnade kann ich diesem dummen Trottel gönnen.

Noch einmal ließ ich den Dolch zwischen meinen Fingern wirbeln, beugte mich nach unten und setzte die Klinge an seinem Hals, ähnlich wie vorhin an. Ohne zu zögern, verpasste ich ihm den Todesstoß. Einige blutige Tropfen erwischten mich im Gesicht, aber die Bewegung unseres Angreifers verlangsamte sich und mit einem letzten Röcheln verstarb er. Kalt betrachtete ich den toten Körper.

Du kannst nicht einem Auftrag zu einem Mord zustimmen, ohne dich davor mit den Leuten zu befassen.

Gedankenverloren schüttelte ich den Kopf, bis ich plötzlich hinter mir ein aufgebrachtes Stöhnen hörte. In dem Gedanken an einen weiteren Angreifer drehte ich mich angriffslustig um, aber da war nur Joshua. Blass und verunsichert sah er mich an.

Wie viel hat er gesehen?

Vorsichtig ließ ich meinen Dolch auf den Boden fallen und hob ihm meine Handflächen entgegen. Erst da bemerkte ich das Blut, was darauf klebte.

Nicht gerade beruhigend ...

Langsam ging ich auf ihn zu, aber sein panischer Ausdruck verunsicherte mich. »Joshua, ich tue dir nichts.« Ich bemühte mich, meine Stimme sanft klingen zu lassen.

Seine Augen glitten an mir vorbei zu der Leiche, deren Blut den Asphalt tränkte und er wurde blasser.

»Sieh mich an«, beschwor ich ihn und zögerlich richtete sich sein Blick auf mich.

Plötzlich schlug er sich eine Hand vor den Mund, drehte sich hastig zur Seite und übergab sich.

Kommt das vom Alkohol oder von dem Ekel für meine Tat?

Seine Reaktion versetzte mir einen Schlag in die Magengegend.

Was hatte ich erwartet? Dass er das, als nichts abtut?

In meinem Inneren wusste ich von Anfang an, dass es niemals so passiert wäre. Joshua schwankte und ich sprang an seine Seite, um ihn zu stützen. Er würgte erneut und entleerte seinen Mageninhalt zu unseren Füßen.

Ein klassischer Freitagabend, kindische Streitigkeiten, ein Mord und einer kotzt.

»Kannst du alleinstehen?«, fragte ich ihn vorsichtig, als sich sein Magen beruhigte und ich meinen Griff vorsichtig löste. Mit einem unguten Gefühl sah ich, dass teilweise Blut von meinen Händen an seinem Arm zurückgeblieben war und sein Gesicht sämtliche Farbe verloren hatte.

Er nickte, ohne mich anzusehen.

Wird er die Wahrheit verkraften?

Mit dem Gesicht zur Wand ließ ich ihn stehen, damit er keinen weiteren Blick auf meine brutale Tat nehmen musste. Ich zog die Leiche an den Rand des Hofes, damit sie etwas versteckt war und durchsuchte die Taschen. In einer fand ich ein Smartphone und ein ausgedrucktes Foto von Joshua. Beides ließ ich in meine Tasche verschwinden und nahm mein eigenes Telefon zur Hand, um die Nummer des Reinigungsunternehmens anzurufen. Wie erwartet wurde ohne Begrüßung abgenommen. Knapp nannte ich unsere Adresse und beschrieb den Hof. »Das Erbrochene an der anderen Seite des Hofes muss auch weg.«

»Wir machen uns auf den Weg. Bezahlung wie gehabt.«

Ohne ein weiteres Wort legte ich auf und beobachtete besorgt Joshua, der sich an der Wand abstützte.

Ist es ein gutes Zeichen, dass er nicht wegrennt?

Ich fischte meinen blutverschmierten Dolch vom Boden und reinigte die Klinge am Hosenbein des Toten, bevor ich ihn im Holster versteckte. Schnell zupfte ich meinen Verband zurecht und bemerkte, dass er fremdes Blut abbekommen hatte, vorsichtig zog ich meinen Ärmel darüber. Wenige Meter entfernt lag die Schusswaffe und mit geübten Griffen entfernte ich das Magazin der Waffe und die darin verstauten Kugeln. Ich warf einen mitleidigen Blick zu dem Toten und legte die Waffe auf seine Brust.

Silas hat dich als Köder benutzt. Vielleicht hat er uns irgendwo gesehen und war sich unsicher, ob ich es bin?

Es wäre idiotisch, wenn ich Joshua allein lasse. Silas ist gefährlich.

Mit einem schnellen Blick in die Innenkamera meines Smartphones stellte ich fest, dass feine Blutröpfchen auf meinem ganzen Gesicht verteilt waren.

Sehr vertrauenswürdig ...

Ich wischte es sauber und als ich halbwegs straßentauglich war, ging ich zu Joshua.

Sein leerer Ausdruck beunruhigte mich, aber das war etwas, um das ich mich später sorgen musste. Vorsichtig nahm ich seine Hand und prüfte, wie er darauf reagierte. Er starrte auf unsere Hände, als wüsste er nicht, was er davon halten würde.

Steht er unter Schock?

»Wir müssen gehen«, sagte ich leise und zog ihn ein kleines Stück Richtung Straße und mit zögerlichen unsicheren Schritten folgte er mir.

Kapitel 20

London – Stadtteil Kensington – Mayrens Wohnung
Samstag, 18. September – Mayren

Das automatische Licht im Hausflur ging gerade aus, als ich die Tür aufschloss und mit Joshua in die Wohnung trat. Intuitiv drückte ich auf den Lichtschalter und schob die Tür hinter uns ins Schloss. Nach dem Mord gingen wir zurück zu meinem Audi und auf der Heimfahrt verlor Joshua sämtliche Kontrolle über seine Motorik. Ob das am Alkohol lag oder an dem, was er gesehen hatte, konnte ich schlecht beurteilen. Ich nahm einige Umwege in Kauf, weil ich befürchtete, dass Silas uns verfolgte. Glücklicherweise blieb meine Sorge unbegründet.

Joshuas Gesicht war blass und vorsichtig löste ich seinen Arm von mir, den ich mir über die Schulter gelegt hatte. »Ich richte dir das Gästezimmer, okay?«, erklärte ich ihm und öffnete die entsprechende Zimmertür. Plötzlich würgte er und schlug sich die Hand vor den Mund. Mit Panik in den Augen blickte er sich im Flur um und stürmte zur ersten Tür, die sich allerdings als Abstellkammer herausstellte.

Nein! Bitte nicht!

Ich sprang an seine Seite und wollte ihn zur richtigen Tür zerren, aber da hatte er seinen Mageninhalt schon über seine und meine Schuhe verteilt. Fassungslos sah ich an mir runter.

Okay, Mayren. Nicht ausrasten.

Bewusst ruhig atmete ich tief ein und aus.

Er lebt, das ist alles, was zählt ...

Joshua neben mir wirkte verloren, als er so dastand, überfordert mit der Situation und stark alkoholisiert. Ich konnte seine Bierfahne deutlich riechen.

Er hat mit angesehen, wie ich einen anderen Menschen erstochen habe und ist extrem betrunken. Ich sollte Mitleid mit ihm haben.

»Kannst du deine Schuhe ausziehen?«

Langsam nickte er und folgte meinen Worten, aber mied meinen Blick. »Was war das, Mayren?«

Nein ... Ich bin nicht bereit diese Diskussion jetzt zu führen.

Ich überging seine Frage und stieß die Badezimmertür auf. »Im Schrank sind Zahnbürsten.«

Ohne auf eine Rückfrage zu warten, ging ich in die Küche, holte etwas zum Aufwischen und warf meine Turnschuhe direkt in den Müll. Sie waren voller Blut und Erbrochenem und selbst Waschen hätte sie nicht mehr retten können. Als ich begann den Flur zu putzen, lauschte ich für einen Moment an der Badtür, aber hörte nur das Geräusch vom Bürsten. Für diese Grundbewegung schienen seine motorischen Fähigkeiten auszureichen.

Hoffentlich besteht er nicht auf ein Gespräch ...

Wenn ich einen kleinen Aufschub bekam, wäre ich erleichtert. Im Gästezimmer fand ich im Schrank eine Jogginghose und ein Shirt von Bastian. Als ich ihm die Hose und das Shirt auf einen Sessel neben der Tür legte, hörte ich, wie im Badezimmer der Wasserhahn anging.

Er scheint fertig zu sein.

Als ich ins Bad kam, wusch er sich gerade das Gesicht. Die Zahnbürste hatte er in das Glas zu meiner gestellt. »Komm, ich bring dich ins Bett«, sagte ich sanft, als er sich abtrocknete, und ich berührte ihn vorsichtig am Arm.

»Was war das, Mayren?«, wiederholte er und versuchte mich betrunken zu fokussieren. Er lallte und kurz durchzuckte Angst meine Brust. »Was … der Typ und du …« Seine Hand packte meinen Arm fest und er drückte zu. Panik stand in seinen Augen.

»Es ist alles okay …«

Lüge! Nichts ist okay …

»Er kann dir nichts mehr tun … Du bist in Sicherheit.«

Unsicherheit hielt sich in Joshuas verschwommen Blick, ich stellte mich auf die Zehnspitzen und umfasste sein Gesicht mit den Händen. Sein frischer Atem strich über mein Gesicht.

»Vertraust du mir?«, fragte ich ihn eindringlich und ein Strich durchzuckte mein Herz, als ich das Zögern sah.

»Ich versteh das nicht …«, murmelte er und schloss die Augen. »Ich verstehe das nicht.« Angst tränkte seine Worte und seine Stimme war kurz vorm Brechen. Seine Hände streiften meine Hüfte und kurz dachte ich, dass er mich an sich ziehen würde, aber dann schreckte er zögernd zurück.

Er erinnert sich an meine Tat …

»Ich bin so müde …« Er schlug seine Lider auf und mein Herz setzte einen Schlag aus, als ich in seine Augen sah.

»Ich bring dich ins Bett«, antwortete ich ihm und ließ sein Gesicht los. »Komm.«

Langsam trat ich einen Schritt zurück und beobachtete ihn.

Wieder zögerte er, aber machte nach wenigen Sekunden einen Schritt auf mich zu. »Du musst mir das erklären ...«

»Versprochen ... Ich werde dir alles erklären.« Da war der Moment gekommen. Mit einem kleinen Aufschub, aber er war da.

Er scheint mir zu vertrauen, sonst wäre er nicht hier, oder?

Joshua nickte und folgte mir ins Gästezimmer, wo ich das Bett bereits aufgeschlagen hatte. Verlegen wandte ich mich ab, als er seine Hose auszog und auf den Boden fallen ließ. Wie auf Autopilot legte er sich auf das Bett und schlief nach wenigen Sekunden ein.

»Willst du nicht ... dein Shirt ...« Ich war mich sicher, dass es Blut von meiner Berührung abbekommen hatte. Unschlüssig stand ich an der Seite des Bettes und hoffte, dass er aufwachte, um es selbst zu tun.

»O man ...«, jammerte ich leise und seufzte, bevor ich mich meinem Schicksal fügte.

Warum ist es mir unangenehm ihn auszuziehen, aber einen Menschen zu töten ist ein Kinderspiel?

Vorsichtig hob ich seinen Oberkörper an und zog ihm das Shirt aus. Er stöhnte leise und seine Augenlider flatterten. Sanft legte ich seinen Kopf zurück auf das Kissen, aber er wachte nicht auf.

Für einen winzigen Moment betrachtete ich seinen durchtrainierten Oberkörper, bevor ich mich verlegen dem Shirt in meiner Hand zuwandte.

Ist das Noahs Shirt, was sie bei dem Spiel getauscht hatten?

Nachdenklich betrachtete ich das weinrote Oberteil, bevor ich es zur Jeans auf den Boden warf und ihm die Socken von den Füßen zog. Dann zog ich die Decke unter ihm hervor, schüttelte sie auf und deckte ihn zu.

Was für ein beschissener Abend.

Ich bückte mich, schnappte die Kleidung vom Boden und ging zur Tür. Ich sah noch mal zurück und beobachtete, wie Joshua friedlich in dem Bett schlief. Sein Atem ging gleichmäßig und ich musterte seine entspannten Züge.

Fuck ... wie soll ich dieses Gespräch morgen anfangen?

Lautlos schaltete ich das Licht aus und zog die Tür hinter mir ins Schloss.

Ob er sich morgen an etwas erinnert? Das viele Bier hat sein Erinnerungsvermögen bestimmt beeinflusst.

Ich ging in die Küche, warf seine dreckigen Klamotten in die Waschmaschine und schaltete sie an.

Es ändert nichts an der Situation. Ich muss ihm morgen reinen Wein einschenken.

Joshuas Handy schloss ich an meinem Ladekabel an und legte es auf die Küchentheke, die zum Wohnzimmer angrenzte. »Was für eine Scheiße«, flüsterte ich und öffnete meinen Zopf. Meine Haare flossen mir über die Schultern und mit bloßen Händen kämmte ich meine Strähnen.

Ich sollte Bastian und Ian benachrichtigen. Bastian kennt Silas und kann ihn besser einschätzen als ich.

Wieder schlich ich zurück in den Flur und schloss die Wohnungstür ab.

Wenn Joshua morgen gehen will, will ich zunächst mit ihm reden ... Er sollte sich der Gefahr bewusst sein, in der er schwebt.

Aus meiner Hosentasche zog ich mein Smartphone und schrieb Bastian eine kurze Nachricht:

Bist du wach?

Es war nach drei Uhr, aber seine Antwort kam fast sofort:

Klar, das Böse schläft nie.

Er hatte seiner Nachricht ein zwinkerndes Teufelchen angehängt und ich musste grinsen. Ich öffnete eine Schublade in der Garderobe und versteckte den Wohnungsschlüssel unter einen Stapel Papier. Danach ging ich zurück ins Wohnzimmer, setzte mich an die Küchentheke und rief Bastian an.

»Hi May.«

Ich spürte sofort, dass er gute Laune hatte.

»Was kann ich für dich um diese Uhrzeit tun?«

»Hi, Basti«, grüßte ich und rutschte auf den Hocker, bis ich bequem saß. »Ich bin aufgeflogen ... Joshua hat mich gesehen, wie ich jemanden getötet habe.«

»O ...« Er überlegte kurz und ich hörte, wie er sich durch den Bart fuhr. »Und ...? Bist du schon bei den Cops gemeldet?«

Ich schnaubte. »Wenn ich Glück habe, erinnert er sich morgen nicht mehr. Er hatte einige Bier intus.«

»Wie hat er reagiert?«, fragte Bastian nachdenklich und ich hörte, dass er eine Tür schloss.

»Er hat mir vor die Füße gekotzt.« Ich seufzte und wusste genau, wie Bastians Reaktion auf meine Aussage ausfallen würde. Kurz war Stille in der Leitung, dann hörte ich schallendes Gelächter.

Wie erwartet.

Ich ließ meinen Blick durch den spärlich beleuchteten Hyde Park auf der anderen Straßenseite gleiten und wartete, bis Bastian sich beruhigte.

Gleich kommt ein dummer Spruch und danach können wir normal reden.

Dieser ließ nicht lange auf sich warten. »Er fand dich zum Kotzen«, sagte Bastian lachend und ich entgegnete ihm ein freudloses »Haha.«

Nachdem er sich beruhigt hatte und ich sichergehen konnte, dass er mir zuhörte, nahm ich unsere Unterhaltung wieder auf.

»Er ist hier, im Gästezimmer«, fuhr ich fort. »Ich konnte das Gespräch auf morgen vertagen.«

»Immerhin … wen hast du umgebracht? Ist neben Irina ein anderer Jäger aufgetaucht?«

»Leider nicht.« Mit knappen Worten erzählte ich ihm die Zusammenfassung des Abends und davon, dass ich von Silas wusste.

Kurz herrschte Schweigen zwischen uns.

»Shit«, fluchte Bastian leise. »Ich habe damit gerechnet, dass der Auftrag an ihn gehen könnte. Du musst aufpassen!

Silas ist nicht dumm, wenn er einen seiner Leute vorschickt, hatte er definitiv eine Vorahnung.«

»Vermutlich hat er Joshua und mich irgendwo gesehen«, sprach ich meine Gedanken aus.

»Möglich. Der Auftrag ist immerhin fast eine Woche alt und nicht erledigt«, lenkte Bastian ein. »Das ist ungewöhnlich und wenn du dich in seiner Nähe aufhältst und er nicht tot ist, … wirft das Fragen auf.« Dann sprach Bastian das aus, was ich mir schon lange dachte: »May, jeder, der für diesen Auftrag in Betracht kommt, weiß, dass *du* ihn auf jeden Fall bekommst. Es wird nur eine Frage der Zeit sein, bis Zero sich einschaltet.«

Er hat recht, aber das akuteste Problem ist Silas.

Ich biss mir auf die Unterlippe.

Habe ich mich übernommen? Aber letztendlich wollten wir ohnehin an Zero ran, wenn dieser sich aber zu früh provoziert fühlt, sind Joshua und ich tot, bevor wir etwas herausfinden können.

Bastian räusperte sich. »Ich bin mir sicher, dass du dich nicht mit allen Jägern anlegen musst. Viele haben Respekt vor unserem Clan und vor *dir* und wollen nicht mit uns in Streit geraten, aber Silas? Er wird die Konfrontation suchen.«

Damit hatte ich gerechnet. »Fuck«, fluchte ich und legte das Smartphone des Angreifers auf den Tisch.

»Mein Auftrag in Oslo ist so gut wie erledigt«, sagte Bastian. »Ich kenne Silas besser als du und werde mich so schnell wie möglich auf dem Weg machen.«

Schweigend drehte ich eine Haarsträhne um meinen Finger und dachte über Bastians Vorschlag nach. Ich vertraute seinen Fähigkeiten und war froh, ihn an meiner Seite zu wissen.

Ist es nicht schlimm genug, dass ich mich und Joshua in Gefahr bringe? Wenn ich sterbe, braucht der Clan zwingend Bastian.

»May, wir sind eine Familie«, redete er mir ins Gewissen. »Ich komme nach London, ob du es willst oder nicht. Wo unsere Wohnung ist, weiß ich …« Er ließ seinen Satz unbeendet. »Außerdem habe ich eine Idee wegen Silas.«

Sofort straffte sich meine Körperhaltung energiegeladen. »Die da wäre?«, fragte ich hellhörig.

Was hat Bastian gegen ihn in der Hand?

»Das verrate ich dir erst, wenn ich in London bin. Du musst dich gedulden.«

Unzufrieden schnaubte ich und für einen Moment schwiegen wir uns an. »Hältst du es für ein gutes Anzeichen, dass Joshua nicht weggerannt ist?«, fragte ich und trommelte mit meinen Fingernägeln gedankenverloren auf die Theke ein.

Bastian räusperte sich und nach ein paar Sekunden Bedenkzeit entgegnete er: »Grundsätzlich würde ich *ja* sagen, aber wie er darüber denkt, wirst du morgen selbst rausfinden.«

Ich wartete auf weitere, beruhigende Worte von ihm, die mir versicherten, dass Joshua mich nicht hassen konnte, aber wusste selbst, dass er mir diese nicht geben konnte.

*Es würde mich verletzen, wenn er es täte, ... aber was kann
ich erwarten?*

Bastian schien neugierig zu werden. »Warum fragst du?«

Dieser Kuss ...

»Es ist einfacher, ihn zu schützen, wenn er mir vertraut.«
Obwohl ich wusste, dass er meine Geste nicht sehen
konnte, zuckte ich mit den Schultern. »Außerdem muss es
irgendeine Verbindung zwischen ihm und Zero geben und er
wird uns kaum helfen, wenn er uns misstraut, oder?« Meine
Erklärung war ein Teil der Wahrheit, aber Bastian fragte
nicht nach.

»Er hat keine andere Wahl, als dir zu vertrauen, May.
Wenn er sich gegen dich stellt, dann erwischt ihn Silas
oder ein anderer. Mit uns an seiner Seite hat er die besten
Überlebenschancen.«

Joshua müsste das verstehen, oder?

»Du hast recht.«

»Natürlich habe ich das«, antwortete Bastian und ich sah
sein Grinsen vor meinem inneren Auge.

»Wann kannst du hier sein?«, fragte ich und Bastian
überlegte.

»Gib mir drei Tage.«

»Also Montag?«

»Ja, Montag«, bestätigte er. »Bleib vorsichtig, May,
versprochen?« Sein Unterton wurde sanfter. »Bleibt in der
Wohnung, bis ich da bin, okay?«

Genervt verdrehte ich die Augen.

»Du wirst nicht auf mich hören, oder?«

Er lachte und ich bestätigte seine Aussage.

»Joshua ist ein sehr sozialer Mensch, wenn er abtaucht, fällt das auf und wir haben neugierige Leute auf unserer Spur.« Ich zuckte mit den Schultern und dachte an Joshuas Kommilitonen. »Aber aufpassen werden wir.«

»Okay, dann bis bald.«

Wir verabschiedeten uns und ich legte auf. Für einige Minuten saß ich stumm auf den Tisch und starrte vor mich hin.

Wohin konnten wir gehen, ohne dass Silas oder jemand anderes uns beobachtet? Wenn Bastian etwas gegen ihn in der Hand hat, dann könnte dieser Konflikt zwischen ihm und uns schneller vorbei sein als gedacht.

Ich drehte mein Handy in der Hand.

Auf der anderen Seite weiß Silas mit Sicherheit, dass Joshua am Guy's Campus studiert. Es besteht die Möglichkeit, dass er uns dort auflauert und somit auf uns zukommt. Das würde mir das Aufspüren sparen.

Nach weiteren Minuten rutschte ich vom Hocker und ging ins Bad zum Duschen.

Kapitel 21

London - Stadtteil Kensington – unbekannte Wohnung
Samstag, 18. September – Joshua

Helles Licht zog mich langsam aus einem unruhigen Schlaf und missmutig kämpfte ich gegen das Wachwerden an. Gedämpfte Laute von fahrenden Autos und Stimmengewirr auf der Straße vor dem Haus mischten sich in die morgendliche Geräuschkulisse.

Wenn ich die Augen aufmache, überkommt mich der Kater.

Brummend zog ich mir das Kopfkissen über den Kopf, um meine Augen abzudunkeln. Ich atmete tief ein und seufzte. Meine Gedanken waren durcheinander und ich erinnerte mich lückenhaft an den gestrigen Abend, wobei ein Bild jedoch dominant hervorstach.

Mayren!

Ihr Gesicht nah an meinem, ihr Atem auf meiner Haut und im nächsten Moment ihre blutverschmierten Hände und ihr hasserfüllter Blick.

Was war das?

Der Gedanke an dieses Bild meiner Freundin vertrieb den letzten Wunsch nach Schlaf aus meinen Sinnen.

Was ist, wenn ihr etwas zugestoßen ist?

Ein Hauch von Angst ließ mein Herz schmerzhaft zusammenziehen, ich schlug die Augen auf und starrte für einen Moment irritiert an den fremden Lampenschirm.

Verdammt, wo bin ich?!

Ruckartig setzte ich mich auf und sah mich hektisch im Raum um, worauf die Kopfschmerzen mit einem Schlag folgten, und ich kniff die Augen zusammen.

Scheiße ...

Langsam öffnete ich die Augen wieder und sah mich im Zimmer um. Mittig stand das Bett an der Wand, rechts und links von zwei schlichten Nachttischen flankiert. Gegenüber befand sich ein weißer Kleiderschrank. Zu meiner rechten war ein Fenster mit Sicht in einen Park und links von mir, neben der Tür ein Sessel, auf dem ein Stapel Kleider lag. Keine persönlichen Gegenstände ließen auf den Bewohner des Zimmers schließen.

Als ich die Bettdecke zurückschlug, stellte ich entsetzt fest, dass ich außer meinen Boxershorts nichts anhatte.

Was ist gestern Abend passiert?!

Ich schwang meine Beine aus dem Bett und machte taumelnd ein paar Schritte auf den Sessel zu. Meine Kopfschmerzen wurden stärker und ich kniff die Augen zusammen, als ich am Sessel ankam. Nach ein paar Sekunden öffnete ich meine Augen und griff nach der Jogginghose und dem Shirt. Beides passte mir erstaunlicherweise.

Meine Liste an Fragen wird länger ... Wo bin ich, wo ist Mayren, wo sind meine Klamotten, wie bin ich hierhergekommen und wo ist mein Handy?

Die Fragen überschlugen sich in meinem Kopf.

Und wessen Klamotten trage ich?!

Vorsichtig drücke ich die Türklinke runter und trat in den breiten Flur dahinter. Rechts von mir ging es in ein weiteres verlassenes Schlafzimmer. Ich drehte mich um und ging den Flur in die andere Richtung. Das Ende führte in ein helles, freundliches Wohnzimmer und auf dem Weg dahin waren zwei andere geschlossene Türen.

Eine davon wird ins Badezimmer führen.

Auf unsicheren Beinen ging ich in das modern und schlicht eingerichtete Wohnzimmer, aus dem das Klappern einer Tastatur kam. Ein helles Sofa stand mittig im Raum, davor ein Couchtisch und gegenüber zwei Sessel. Am Ende des Raumes trennte eine Theke mit Barhockern den Wohnraum von der Küche. Mayren saß auf einem der Barhocker vor ihrem Laptop und sah auf, als ich den Raum betrat. Als sich unsere Blicke begegneten, spürte ich etwas Merkwürdiges in meiner Brust, ein Gefühl, dass etwas Unausgesprochenes zwischen uns stand und es Klärung bedarf. Mayren schien es ähnlich zu gehen.

Wir haben uns geküsst ...

»Guten Morgen«, sagte sie mit ruhiger Stimme und sah mich distanziert an. Für eine Sekunde musste ich an das Bild von vorhin in meinem Kopf denken.

Wie sie mich mit blutverschmiertem Gesicht ansah ... aber jetzt ist sie hier ... unverletzt.

»Guten Morgen«, antwortete ich und konnte nicht aufhören, sie anzustarren und versuchte meine Gedanken zu ordnen.

Wie passen diese Bruchstücke zusammen?

Mayren zog ihre Augenbrauen zusammen, als warte sie auf etwas, dann seufzte sie. »Möchtest du etwas trinken, Kaffee, Tee?«

»Tee bitte«, murmelte ich und machte einen Schritt auf das Sofa zu, mit meiner Hand stützte ich mich an der Lehne ab und starrte aus den Fenstern in den Park.

Sie rutschte von ihrem Hocker, klappte den Laptop zu und ging in die Küche.

Kensington ... Wohnt Mayren direkt am Hyde Park? Die Gegend muss unbezahlbar sein ...

Schmerz pumpte mit jedem Pulsschlag durch meinen Kopf und ich versuchte meine Erinnerungslücken zu schließen. Noah, der mir lachend auf die Schulter klopfte und mir einen schönen Abend wünschte, Livi die mich wütend ansah, Mayren, die mir näher war als zuvor, ein dunkler Hof mit einem Körper auf dem Boden und wieder Mayrens blutverschmiertes Gesicht.

Wie passt das alles zusammen?

Die Geräusche aus der Küche nahm ich entfernt wahr, bis Mayrens Worte mich aus meinen Gedanken rissen. »Bitte setz dich.« Sie deutete auf das Sofa und stellte eine Tasse Tee und eine kleine Tablette auf dem Tisch ab.

Ohne drüber nachzudenken, setzte ich mich und starrte auf meine verschränkten Hände.

Wenn ich nicht zu Hause bin und halb nackt war, ... heißt das ...?

Die Hitze schoss mir den Nacken hoch und ich biss die Zähne zusammen.

Ich fand Mayren anziehend und hatte sie deswegen nach einem Date fragen wollen, aber war nicht der Typ für einmalige Sachen.

Mayren stellte ein Glas Wasser neben meine Teetasse. »Die Tablette hilft gegen den Kater«, sagte sie sanft.

»Danke«, antwortete ich leise, nahm die Tablette und spülte sie mit dem Wasser hinunter.

Das würde ich heute definitiv brauchen.

Nach dem ersten Schluck fühlte ich mich besser, stellte das Glas zurück und begegnete Mayrens Blick.

Sie beobachtete jede meiner Bewegungen genau, aber ich wurde aus ihren Blicken nicht schlau. Für eine Weile sahen wir uns an, bis Mayren seufzte und ihr Gesicht in ihren Händen vergrub.

Was ist passiert?!

Unbehaglich rutschte ich auf meinem Platz hin und her und griff nach meiner Teetasse.

Mayren strich sich mit den Fingern übers Gesicht und stützte ihre Ellenbogen auf ihren Knien auf. Durchdringend musterte sie mich und schien nach den richtigen Worten zu suchen. »Ich denke schon lange darüber nach, wie ich das Gespräch anfangen soll …«, gestand sie mir.

Ohne einen Schluck von meinem Tee zu nehmen, stellte ich die Tasse zurück.

Das sind Worte, die man nicht unbedingt hören möchte ...

»Wir hatten keinen Sex, oder?«, fragte ich und verzog besorgt die Augenbrauen.

»Nein!« Leichte Röte färbte ihre Wangen.

»Wenn wir miteinander geschlafen hätten, würdest du dich daran erinnern.«

Beschämt verzog ich den Mund, aber war erleichtert, dass wir das zwischen uns nicht mit einer einmaligen Sache zerstört hatten.

Mayrens Gesicht nahm schnell wieder seine normale Farbe an. »Erinnerst du dich daran, was gestern Abend passiert ist?«, fragte sie vorsichtig nach. »Nach … unserem Kuss?« Eindringlich musterte sie mich und Besorgnis machte sich in ihren Zügen breit.

»Was meinst du?«, fragte ich ruhig, aber wieder blitzte ein Bild in meinem Unterbewusstsein auf. Ein dunkler Hof und ein Typ, der mit einer Waffe vor mir stand und teuflisch grinste. Verwirrt blinzelte ich den Gedanken weg.

Das war nur ein Traum.

»Ich erinnere mich an Bruchstücke«, gestand ich Mayren. »Das letzte Bier war zu viel, aber das wenige, was ich weiß …« Ich unterbrach mich und sah sie an. »War ein schlechter Traum, oder …?« An ihrer Miene erkannte ich, dass ich den Punkt getroffen hatte, auf den sie anspielte. Mein Herz machte einen schmerzhaften Schlag.

Fuck …

»Mayren, was ist gestern Abend passiert?« Ich starrte sie an, um ihr eine Antwort zu entlocken, aber sie biss sich auf die Lippe und schwieg.

Fuck! Warum musste ich so viel trinken und erinnere ich mich an nichts?

»Mayren?!«, fragte ich erneut, diesmal mit Nachdruck.

Kälte rauschte mir durch die Adern und schien mich kurz zu lähmen.

»Jaaa«, sagte sie gedehnt und ihr Blick wurde mürrisch. »Ich weiß nicht, wo ich beginnen soll.«

Ich spürte ihre Anspannung und es beunruhigte mich, weswegen ich schwieg und ihr die Zeit ließ nach den richtigen Worten zu suchen.

Mit einem Seufzen atmete sie aus und stützte ihre Ellenbogen auf ihre Knie auf. »Es war spät und du warst ziemlich betrunken«, begann sie ohne Vorwurf. »Nach dem Streit mit Livi und einer erfrischenden Bierdusche wollte ich dich nach Hause bringen, weil man dir angemerkt hat, dass du zu tief ins Glas geschaut hast.« Sie lehnte sich im Sessel zurück, ohne mich aus den Augen zu lassen. »Jemand hat uns beobachtet und ich wusste, er würde nicht von uns ablassen.«

Ich runzelte die Stirn bei ihren Worten. »Jemand hat uns verfolgt? Woher wusstest du, dass er nicht von uns absehen würde?«

Mayren verzog den Mund. »Erfahrung«, sagte sie und zuckte mit den Schultern.

Ich machte den Mund auf und wollte nachfragen, aber ihr Ausdruck ließ mich schweigen.

»Wir sind in einen Hinterhof abgebogen und dort hat unser Verfolger eine Waffe gezogen.«

Entsetzt sah ich sie an, aber sie war völlig gefasst. »Der wollte uns überfallen?«

Das erklärt, warum ich mein Handy nicht finden konnte, er hat es gestohlen!

»Nein«, sagte Mayren und stand von ihrem Sessel auf. Mit ruhigen Schritten ging sie in Richtung der Fensterfront und zur Theke, um ein kleines Stück Papier zu holen. »Er wollte weder unser Geld noch unsere Handys.« Sie legte ein kleines Foto vor mir ab und setzte sich wieder.

Mit zitternden Händen griff ich danach und sah mich selbst mit meiner Ex-Freundin im Arm. Das Foto war mir unbekannt und schien nicht mit meinem Wissen aufgenommen worden zu sein. Was mir eine Gänsehaut verursachte war, dass eine rote Linie mein Gesicht umkreiste.

Ich runzelte die Stirn. »Was hat das zu bedeuten?« Meine Stimme klang erstickt und ein ungutes Gefühl keimte in mir auf.

Kurz schwieg sie. »Er wollte nicht unsere Wertsachen«, wiederholte sie mit ruhiger Stimme. »Er wollte *dich*.«

»Mich?« Ein flaues Grummeln legte sich auf meinen Magen und saurer Speichel sammelte sich in meinem Mund. »Was redest du für einen Bullshit?«, fuhr ich sie schärfer an, als ich beabsichtigt hatte. Gleichzeitig schnürte sich mein Hals zu und meine Kopfschmerzen kamen verstärkt zurück. »Warum denkst du dir so einen Schwachsinn aus und woher hast du das Bild?« Ich warf es zwischen uns auf die Tischplatte und Mayren folgte mit ihren Augen dem Papier.

»Leider … ist das nicht ausgedacht …«

Zitternd kam ich auf die Beine, als sich Übelkeit in meinem Magen nach oben kämpfte. »Ich muss ins Bad«, presste ich knapp heraus.

Mayrens Blick war voller Besorgnis.

»Die zweite Tür rechts im Flur.«

Ich schlug mir die Hand vor den Mund und stürmte los. Wie beschrieben riss ich die Tür auf, schlug sie hinter mir zu und übergab mich in die Toilette. Kalter Schweiß stand in Perlen auf meiner Stirn und mein Zittern verstärkte sich, als ich mich auf dem kühlen Fliesenboden abstützte.

Was will ein fremder Typ von mir? Mich entführen, foltern oder ... töten?

Wieder würgte ich und mein Magen drehte sich erneut um. Es vergingen einige Momente, in denen ich vor der Toilette saß und keinen klaren Gedanken zusammenbringen konnte.

Ich verstehe das nicht!

Meine Knie bebten stark, als ich einen Versuch unternahm, aufzustehen und so blieb ich sitzen. Gedanken schwirrten wirr und konfus durch meinen Kopf und fügten sich nicht zu einem stimmigen Bild zusammen. Wie betäubt drückte ich die Spülung und beobachtete, wie das Wasser durch die Keramik rauschte und im Abfluss verschwand.

Woher hatte der Typ das Foto von mir?

Die verschiedenen Fragen quälten mich weiter in meinem Hinterkopf und suchten verzweifelt nach einer logischen Antwort, bis es an der Tür klopfte. Ich brachte nur ein schwaches Krächzen hervor, worauf Mayren das Bad betrat.

Sie stellte ein Glas Wasser neben mir auf dem Boden ab. »Trink das«, bat sie mich mit einem besorgten Blick, aber ich starrte sie sauer an. Zumindest hoffte ich, dass es so wirkte.

Wie konnte sie den Überfall verhindern?

»Erklär mir erst die Situation«, forderte ich beharrlich, ohne auf ihre Bitte zu reagieren.

Sie weiß, was ich meine. Es ist überflüssig eine genaue Frage zu stellen.

Mayren rang sichtbar mit sich und setzte sich im Schneidersitz vor den Waschtisch. Ihr Gesichtsausdruck wirkte gequält und ich ahnte, dass meine Erinnerung von ihr mit dem blutverschmierten Gesicht wahr sein musste.

»Was hast du *getan?*«, flüsterte ich entsetzt, aber sie biss sich stumm auf die Unterlippe.

»Trink bitte das Wasser.« Ein flehender Unterton hat sich in ihre Stimme eingeschlichen. »Dann erzähle ich dir alles.«

Ich sah sie an, bevor ich zögerlich das Wasserglas in die Hand nahm und es in kleinen Schlucken leer trank. Auffordernd stellte ich es vor ihr ab und hob eine Augenbraue.

Und jetzt erkläre mir den Mist!

Sie seufzte und lehnte sich am Unterschrank des Waschbeckens an. »Versprich mir eins«, begann sie und ihre grünen Augen musterten mich genau. »Egal was ich sage, lass mich ausreden. Ich bin auf deiner Seite.«

Auf meiner Seite? Was hat das zu bedeuten?

»Okay«, sagte ich und ließ mir die Verunsicherung nicht anmerken, die ihre Worte auslösten.

»Das Foto, was ich dir gezeigt hatte, war in der Tasche des Verfolgers.« Mayren schluckte hörbar und wickelte eine Strähne um ihren linken Zeigefinger, wobei mir eine frische Wunde, oberhalb ihres Tattoos, auffiel.

Warum ist mir das davor nicht aufgefallen?

»Warum hat ein fremder Mann ein Bild von mir und meiner Ex-Freundin bei sich?« Ihre Antworten kamen mir nicht schnell genug und ich erntete einen tadelnden Blick.

»Er hat das Bild von jemanden bekommen, der dich tot sehen will«, erklärte Mayren trocken.

Zuerst hielt ich ihre Aussage für einen Scherz und rang mir ein müdes Lächeln ab, aber als sie nicht darauf einging, wurde mir klar, dass es ihr Ernst war.

»Du verarschst mich?« Ich setzte mich vor der Kloschüssel auf. »Was für ein Schwachsinn, wer sollte mich umbringen lassen und aus welchem Grund?« Meine Stimmung kippte.

Was weiß ich überhaupt über Mayren? Sie taucht in meinem Leben auf und erzählt mir so einen Blödsinn.

Mayrens Miene war ernst und sie hatte ihre Augenbrauen nachdenklich zusammengezogen. »Ich weiß weder den Grund noch die wahre Identität des Auftraggebers«, sagte sie mit einer unerwarteten Kälte in der Stimme. »Aber ich weiß, dass der Auftrag an mehrere Leute vergeben wurde und der Typ von gestern von einem dieser Leute geschickt wurde.«

Ein kalter Schauer rann mir über den Rücken.

Woher weiß sie das alles?

Ein schlechtes Gefühl breitete sich in mir aus. »Was willst du mir damit sagen?«, knurrte ich und ballte meine Hand zur Faust. Es dauerte nicht lange, bis sie meine schlimmsten Befürchtungen bestätigte.

»Ich habe ebenfalls ein Foto von dir erhalten.«

Das schlechte Gefühl in meiner Magengegend drohte die Überhand zu bekommen.

Sie ist eine Killerin?!

»Du? *Was?!*«, schrie ich sie ungläubig an und richtete mich auf. »Warum lebe ich noch?« Meine Stimme war ebenfalls kalt geworden, aber ich bildete mir ein, dass ihr Blick traurig wurde. Mein Entsetzen schwoll an und meine Stimme wurde lauter. »Ich habe dir *vertraut*, Mayren!«, brüllte ich. Am liebsten würde ich vor Wut aufspringen, aber dafür fehlte mir die Kraft.

»Es ist nicht in meiner Absicht, dir etwas anzutun.« Sie ließ ihre Strähne los, um meine Reaktion besser zu beobachten. »Ganz im Gegenteil.«

Misstrauen regte sich in mir.

Warum sollte ich ihr trauen?

Bevor ich ihr diese Frage stellen konnte, gab sie mir eine Antwort auf ihr Verhalten. »Zwar weiß ich nicht, wer genau der Auftraggeber ist, aber wir haben mehrere Gründe, gegen ihn vorzugehen.«

Beim Wort *wir* zog ich eine Augenbraue fragend hoch.

Wer ist wir?

»Du gehörst nicht in *unsere* Welt«, fuhr sie fort. »Und mein Clan und ich hoffen, dass wir uns mit deinem Überleben einen Hinweis auf den Auftraggeber sichern können.«

Damit wäre das wir *auch erklärt ...*

Mayrens Blick war fest auf mich geheftet.

Scheiße, was ist sie für ein Mensch?

»Aus diesem Grund bin ich hier, um dich zu schützen.« Ihre Worte klangen ehrlich, aber dennoch warnte mich mein gesunder Menschenverstand vor ihr.

Wenn ihre Geschichte stimmt, hat sie Menschen getötet!

Missmutig starrte ich sie an, unschlüssig darüber, inwiefern ich ihr trauen konnte.

Sie hatte bereits viele Möglichkeiten, mich zu töten. Würde das nicht für sie sprechen?

Ihre grünen Augen, die sonst immer diesen anziehenden Eindruck auf mich hatten, sahen mich aufmerksam an, aber die Spannung zwischen uns war wie nach einem Kurzschluss verpufft. Ich musterte diese Frau vor mir genauer und mir fielen neben der größeren Wunde viele weitere kleine Narben an ihren Armen und Händen auf.

Das würde ebenfalls die große Narbe an ihrem Bauch erklären, auf die ich mir bisher keinen Reim machen konnte.

Bisher hatte sie ihre Arme immer unter Kleidung verborgen, aber nun saß sie in Tanktop und kurzer Hose vor mir.

Auch nachdem, was ich jetzt über sie zu glauben wusste, bekamen die Narben und die genähte Wunde eine ganz andere Bedeutung.

»Was ist mit dem Typ gestern Abend passiert?«, fragte ich, nachdem eine Weile Schweigen zwischen uns herrschte.

Mayren räusperte sich. »Er wollte dich töten und das hat sich mit meinen Interessen gekreuzt.« Ihre Stimme war ruhig und gefasst. »Er ist *tot*.«

Wie edel formuliert für einen Mord.

»Wenn wir entkommen wären, hätte er es zu einem späteren Zeitpunkt erneut versucht. Es gab keine andere Möglichkeit, als ihn aus dem Weg räumen.«

Gedanken schwirrten unsortiert durch meinen Kopf, aber ich war mir nicht sicher, wie ich mich fühlen sollte, dass jemand zu meinem Schutz starb.

Er wollte mich töten ...

»Irgendjemand wird die Leiche finden«, sagte ich langsam und lehnte mich rücklings an der Kloschüssel an, aber Mayren schüttelte den Kopf.

»Alle Beweise sind beseitigt worden.«

Manche Sachen will ich nicht wissen.

Wieder rollte eine Welle an Verzweiflung über mich und meine Kehle schnürte sich zusammen. »Scheiße«, fluchte ich auf Deutsch und vergrub mein Gesicht in den Händen.

Wie konnte ich in so einen Mist geraten? Wo bin ich auf jemanden gestoßen, der mich tot sehen will?

Ich war mir keinen Fehltritt bewusst, der die Bestrafung durch den Tod rechtfertigen würde.

Vielleicht sollte ich meinen Onkel informieren und Polizeischutz anfordern?

»Wie viele Leute sind hinter mir her?«, fragte ich, ohne den Kopf zu heben und meine Stimme kam gedämpft zwischen meinen Fingern hervor.

»Dein Auftrag wurde an zehn Personen vergeben«, drang Mayrens ruhige Stimme an mein Ohr.

Erschrocken fuhr ich hoch. »*Zehn* Leute?!« Ich schaffte es nicht, meine Besorgnis zu verstecken.

Wie soll ich das überleben?

Die Verzweiflung brach endgültig über mir zusammen. »Also abzüglich von den Typen gestern und dir acht?«

Mayren biss sich verlegen auf die Unterlippe und schüttelte leicht den Kopf. »Der Typ gestern wurde von einem Jäger geschickt, um die Lage zu sondieren.« Sie wich mir aus.

»Also sind noch neun andere hinter mir her?« Die Hoffnungslosigkeit breitete sich neben der Verzweiflung in mir aus, als ich der Tatsache ins Auge sah.

Neun Mörder ...

»Das stimmt auch nicht ganz«, lenkte Mayren ein. »Seit ich in London bin, war ich nicht untätig. Ich habe zwei andere Verfolger bereits ... überzeugt, von dir abzulassen.«

Also noch sieben andere ... sieben zu viel.

»Du musst dich irren ...«

Fragend legte sie ihren Kopf schräg. »Du glaubst, dass wir dich mit einer anderen Zielperson verwechselt haben?«

Ich nickte. »Ja, es muss so sein. Das Ganze macht keinen Sinn. Ich habe nichts verbrochen, was einen *Mord* rechtfertigen würde!«

Für einen Moment schwieg sie und ich starrte sie an, wartete auf eine Antwort, die mir die Angst abnahm und mich für außer Gefahr erklärte, aber zu meinem Entsetzen schüttelte sie den Kopf. »Tut mir leid, aber das ist nicht möglich. Ian hat dich einwandfrei von dem Fahndungsfoto ermittelt und andere haben es ebenfalls getan. Eine Verwechslung ist völlig ausgeschlossen.«

Scheiße ...

Mit wackligen Knien stand ich auf und Mayrens besorgter Blick folgte mir, aber sie machte keine Anstalten, sich ebenfalls zu erheben.

»Bitte sag mir, dass das ein schlechter Scherz ist«, bat ich sie. Ein winziger Restfunke war in mir erwacht, dass sie sich einen geschmacklosen Scherz erlaubte, aber sie musterte mich mit ihrem perfekten Pokerface und schüttelte den Kopf.

»Ich wünschte, es wäre so«, sagte sie leise und in dem Moment wirkte sie ehrlich.

Kann ich ihr glauben? So sehr, wie sie mich getäuscht hat! Sie hat mit mir gespielt!

Wortlos bückte ich mich nach dem Wasserglas und hob es auf. »Was für einen Grund habe ich, dir zu vertrauen?«, fragte ich, bevor ich die Tür zum Bad öffnete. »Wer sagt mir, dass du mich nicht doch töten willst?«

Mayren stand mit einem Seufzer vom Boden auf, allerdings klang es nicht genervt, sondern nachdenklich. »Genau genommen hast du keinen Grund«, gestand sie mir. »Aber glaubst du wirklich, wenn ich dich töten wollen würde, gehe ich mit dir zusammen zur Uni, verbringe meine Zeit mit dir, bring dich betrunken nach Hause, schäle dich aus deinen vollgekotzten Klamotten und wasche sie, putze den Flur mitten in der Nacht, nachdem du gekotzt hast …« Sie endete ihre Aufzählung, obwohl sie sie bestimmt weiterführen könnte. »Joshua«, sagte sie sanft und für den Bruchteil einer Sekunde hatte ich das Gefühl, dass zwischen uns alles wie am Vortag war. »Ich will nicht, dass dir etwas passiert.« Wieder klangen ihre Worte ehrlich, aber ein grundsätzliches Misstrauen regte sich in mir.

Ich entgegnete ein unschlüssiges: »Hm …« und ging zurück ins Wohnzimmer, wo ich mich auf das Sofa setzte, und das Glas abstellte.

Was würde passieren, wenn ich ginge? Würde sie mich aufhalten?

Mit genauen Blicken beobachtete ich meine Mörder-Freundin, die mir lautlos gefolgt war und auf ihrem Sessel Platz nahm. Eine Weile musterte ich sie und versuchte, mir einen Reim auf die ganze Lage zu machen, versuchte zu verstehen, aber es fiel mir schwer, die Lage zu erfassen.

Es ist zu viel auf einmal. Mein Auslandssemester entpuppt sich zum Albtraum und die Frau, die ich mochte, hat einen Kopfgeldauftrag auf mich!

»Du schuldest mir wirklich mehr Antworten als *das*«, knurrte ich sie an und Mayren nickte verständnisvoll.

»Und ich werde sie dir so gut wie möglich geben.«

Sie hat gesagt, dass ich ihr trauen kann, aber blind werde ich das nicht machen.

»Hab ich überhaupt eine Chance zu überleben?«, fragte ich, nachdem ich langsam die Hoffnungslosigkeit in meinem Inneren akzeptierte. Mit zitternden Händen nahm ich die Teetasse vor mir in die Hand und versuchte mich damit abzulenken.

Mayren räusperte sich. »Es ist nichts, mit dem ich angebe, aber ich bin gut in dem, was ich tue, und kann auf sehr gute Unterstützung meines Clans hoffen.« Sie schlug die Augen nieder und zupfte sich einen Fussel von ihrem Oberteil.

»Mein Onkel ist bei der Polizei«, sagte ich, ohne nachzudenken. »Warum sollte ich deinen Schutz, dem der Polizei vorziehen?« In meinen Ohren klang es wie eine Drohung, aber sie reagierte nicht darauf. Um die entstandene Pause zu überspielen, nahm ich einen Schluck des warmen Tees.

»Dein Onkel ist in der Forensik«, erwiderte Mayren schließlich kühl.

Woher weiß sie das?

»Aber du musst meine Hilfe nicht annehmen und kannst dich gerne an ihn wenden.« Sie zuckte mit den Schultern. »Ich biete dir lediglich eine Option und du kannst sie annehmen oder ablehnen.« Sie stand auf und ging zur Theke, wo sie heute Morgen saß. Dort nahm sie mein Handy und legte es zwischen uns auf den Tisch. »Ruf ihn an, wenn du willst. Ich habe keine Möglichkeit, dich zu schützen, wenn du mir kein Vertrauen entgegenbringst und ich brauche dein Vertrauen, wenn du meine Option willst.«

Wortlos sah ich auf mein Handy und nahm einen Schluck Tee, der meinen Magen beruhigte und meine Kopfschmerzen erträglicher machte.

»Aber wenn du gehst oder dich entscheidest deinen Onkel anzurufen«, fuhr Mayren fort und strahlte bei ihren Worten eine unglaubliche Ruhe aus. »Dann werde ich die Stadt verlassen und mein Angebot ist vom Tisch.« Sie ließ ihre Worte im Raum stehen.

Also habe ich die Option, mich an meinen Onkel zu wenden oder einer Mörderin zu vertrauen?

Ich musterte Mayren genauer, ihren Körperbau und ihre Narben und das Tattoo, das wahrscheinlich doch eine andere Bedeutung hatte, als ich bisher vermutet hatte.

Sie ist sportlich, aber nicht auffällig muskulös. Kann sie mich besser schützen als die Polizei?

Meine zweifelnden Blicke schienen ihr aufzufallen, aber nicht zu stören.

»Ich kenne das Spiel und die Spieler, aber wenn du denkst, dass ein Außenstehender dich besser schützen kann ...«, legte sie nach und bestätigte meine Gedanken. »Dann fühle dich frei, dich gegen mich zu entscheiden.«

Kopfschüttelnd stellte die Tasse fester zurück, als ich beabsichtigt hatte. »Wie, *zur Hölle*, kannst du so ruhig dasitzen, als gehe dich das alles nichts an?!« Wütend ballte ich meine Fäuste, ich war sauer auf die Situation, aber ganz besonders auf Mayren, die sich unter einem falschen Vorwand in mein Leben geschlichen hatte und mir jetzt eine völlig andere Persönlichkeit offenbarte.

Herausfordernd reckte sie das Kinn in meine Richtung und kurz erinnerte mich die Geste an die, bevor ich sie geküsst hatte, was mich aus dem Konzept brachte. »Falls es dir nicht aufgefallen ist, aber ich bin hier und habe dich gestern vor deinem sicheren Tod bewahrt«, sagte sie betont ruhig, was mich nur noch wütender machte. »Ich *beschütze* dich und verstoße somit gerade gegen meinen Auftrag und meinem Auftraggeber. Es wird dir nicht bewusst sein, aber das bringt mich selbst in die Schusslinie.«

Ihre Worte nahmen mir den Wind aus den Segeln, aber ich wollte gerade nicht ruhig sein, sondern mich einfach meiner Wut hingeben und toben.

Von meinen Gefühlen getrieben, fegte ich die halbvolle Teetasse vom Tisch und sie landete mit einem Klirren auf dem Boden, wo sie zerbrach und ihren restlichen Inhalt über den Boden verteilte.

Mayren sah der Tasse hinterher, aber zuckte nicht mit der Wimper, sondern schob mir ihre über den Tisch. »Hier«, meinte sie. »Wenn es dir hilft. Oder Teller … Wir haben genug davon.« Mit einem Daumen deutete sie in Richtung Küche. Ihre gefasste Reaktion kam so überraschend, dass ich nicht wusste, was ich sagen sollte.

»Was soll die *Scheiße?!*«, knurrte ich sie an, packte tatsächlich ihre Tasse und warf sie gegen die Wand. Sie zerschellte in unzählige Scherben und hinterließ einen dunklen Fleck auf der hellen Tapete.

»Vielleicht sollte ich dich daran erinnern, dass nicht *ich* dein Feind bin, sondern mein Auftraggeber?«, schlug sie mit ernster Miene vor und lehnte sich zurück.

Leider hat sie damit recht.

»Warum will dieser Psycho mich tot sehen?«

Ein interessiertes Funkeln trat in Mayrens Augen. »*Jetzt* stellst du genau die Frage, die mich auch interessiert. Das ist der Punkt, der dich von bisherigen Aufträgen unterscheidet, … es ist nicht klar, warum *du* bei jemandem aus meiner Welt auf der Abschussliste gelandet bist.«

Ich schluckte schwer und sah auf den Boden, wo die Porzellanscherben in der Pfütze der Teeüberreste schwammen.

Ich hatte die Kontrolle verloren ...

Obwohl ich es nicht zugeben wollte, tat es mir leid, dass ich Mayrens Geschirr zerstört hatte.

Was soll ich tun ...? Mayren vertrauen? Oder sollte ich meinen Onkel anrufen und nach Hause gehen?

Zähneknirschend musterten wir einander.

Leider hat sie recht mit ihrem Vorteil, dass sie weiß, was auf mich zukommen könnte ...

»Wie ist dein Plan?«, fragte ich widerstrebend.

»Du bleibst?« Eine Spur Überraschung mischte sich in ihre Stimme und sie zog eine Augenbraue hoch.

Ich kann meinen Onkel immer noch kontaktieren, wenn ich merke, dass es nichts bringt.

»Ich habe keine andere Wahl, oder?« Meine Frage hörte sich eher nach einer Aussage an.

Sie zuckte mit den Schultern und setzte sich aufrecht hin. »Man hat immer eine Wahl.«

Spöttisch sah ich sie an. »Meine *Wahl* besteht aus Ungewissheit und einer *Mörderin* zu vertrauen. Letzteres ist nur die bessere Wahl, weil du weißt, was für *kranke Menschen* auf mich zu kommen. Immerhin bist du selbst einer von *denen*.« Ich wählte meine Worte mit Absicht verletzend, aber es schien Mayren nicht zu kümmern. »Also? Wie ist dein Plan mit deinen Freak-Kollegen?«

»Ich werde dich am Leben halten«, antwortete sie. »Und ich weiß, wer den Angreifer gestern Abend geschickt hat und wie bereits gesagt, ist *das* einer deiner Jäger. Er ist unser erster Anhaltspunkt und auf den werde ich mich konzentrieren.«

Unzufrieden verzog ich die Augenbrauen. »Und weiter?«, fragte ich, nachdem sie für einige Sekunden nicht weitersprach. Sie ließ sich von meiner Ungeduld nicht aus der Ruhe bringen und fuhr gelassen fort: »Parallel laufen die Nachforschungen, weil uns unklar ist, wer die anderen sind. Es ist nicht sicher, wer den Auftrag erhielt und nicht immer nehmen alle ihn an.«

»Wenn ihn nicht alle annehmen, warum bekommen sie ihn dann?« Ich konnte eine restliche Wut nicht aus meiner Stimme zurückhalten und funkelte Mayren genervt an.

»Es ist aufwändig sich gegen neun andere Killer durchzusetzen und nicht jeder macht in einem Wettrennen mit, wenn er verlieren könnte.«

»Das beantwortet nicht meine Frage.«

»Das liegt daran, dass ich sie dir nicht beantworten *kann*.«

Diese Aussicht stimmte mich nicht optimistisch und ich fuhr mir durch die Haare, ohne Mayren aus den Augen zu lassen. Ihre Worte waren so kühl und berechnend, was mich erstaunte, ich hatte sie anders eingeschätzt.

»Was willst du von mir für deinen Schutz?«

Sie nimmt das Risiko doch nicht nur aus einem Rachegedanken auf sich.

»Wie gesagt. Dein Auftraggeber ist unser Ziel und du bist die erste richtige Spur in seine Richtung.
Ich habe kein Interesse an Geld, sondern an Rache.«

Ihre Worte wurden von einem kalten Glanz in ihren Augen begleitet.

Nur deswegen? Was hat dieser Typ getan, dass sie so von Hass angetrieben ist?

»Warum sollte er dir einen Auftrag geben, wenn du ihn so sehr hasst?«

Ihre Aussage ist widersprüchlich.

Mayren legte den Kopf schief und ihr Genick knackte, als sie es in beide Richtungen dehnte. Sie ließ sich Zeit, aber ich schwieg beharrlich. »Der Grund für meinen ... *unseren* Hass liegt einige Jahre zurück.« Ihr Blick ging in die Ferne, an einen unbestimmten Punkt und ich ahnte, dass meine Frage alte Erinnerungen hervorrief. »Ich glaube nicht, dass *Zero*«, sie unterbrach sich. »Mein Auftraggeber noch weiß, wie er sich den Hass unseres Clans zu gezogen hat.«

Reden, ohne zu antworten, das kann sie ...

»*Was* hat er getan?«, fragte ich nach, weil ich mich nicht mit einer vagen Aussage abspeisen lassen wollte.

Mayrens Augen wurden zu Schlitzen und sie presste die Lippen aufeinander. »Das werde ich dir momentan nicht beantworten«, sagte sie kühl und verschränkte abwehrend die Finger beider Hände ineinander.

Schweigend starrte ich sie an und ließ mir verschiedene Gründe durch den Kopf gehen, bevor ich sie alle verwarf und mir eingestand, dass ich durch Raten nie ihren Hintergrund erfahren würde. »Was unternimmst du wegen dem ersten Jäger?«, wechselte ich das Thema.

Mayren schien erleichtert zu sein, dass ich nicht zur anderen Thematik nachfragte. »Bastian ist auf dem Weg hierher und kennt eine Möglichkeit, wie wir uns ihn vom Hals schaffen können.«

Also gehört ihr bester Freund zu ihrem Clan.

»Sein Name ist Silas«, fügte sie erklärend an. »Er ist gefährlich und ich werde nicht den Fehler machen, ihn zu unterschätzen, so wie er es bei mir getan hat.«

»Ich verstehe …«

Mayren zog ihr Handy aus der Hosentasche ihrer Shorts und sah auf das Display. »Die Sightseeingtour von Lucas habe ich vorsorglich abgesagt«, meinte sie. »Ich habe ihnen gesagt, dass es dir nicht so gut geht und du schläfst.«

Darüber war ich erleichtert. Es ging mir körperlich besser, aber die gegenwärtige Lage überforderte mich deutlich und war schwer zu begreifen.

Ein Killerkommando ist hinter mir her!

»Was haben die anderen verbrochen, dass sie bei diesem Zero auf der Liste gelandet sind? Womit hätte ich ihn verärgern können?«

Mayren atmete tief ein. »Sie haben meistens in seine Geschäfte negativen Einfluss genommen … und Zero lässt sich nicht gerne da hineinfunken.«

»Das habe ich aber nicht … Jedenfalls nicht bewusst …«

Sie zuckte mit den Schultern und ich wartete auf eine weitere Ausführung, aber sie gab mir keine, weswegen ich nach meinem Telefon griff.

»Eins noch.«

Mitten in der Bewegung hielt ich inne und meine Hand schwebte über dem Telefon.

»Wenn du versuchst mich zu hintergehen, werde ich meinen Clan und mich schützen.« Kälte lag in ihrer Stimme, die mir eine Gänsehaut auf die Arme trieb. »Entweder vertraust du mir oder …« Es war eine offensichtliche Drohung, aber sie brauchte sie nicht aussprechen, um die Wirkung zu erzielen. »Du bist eine *Chance* für uns, aber Verrat kann ich nicht tolerieren.«

Wie konnte sie mich so sehr täuschen?

»Glaub mir«, entgegnete ich mit einem ernsten Blick. »Auch ich stehe nicht darauf, *hintergangen* zu werden.« Meine Stimme war ebenfalls frostig und ich wollte ihr klar machen, dass ich ihr die Lügen übelnahm. »Ich habe dir vertraut als meine Kommilitonin und *Freundin*.«

Aber wir sind keine Freunde, wir sind nichts!

Meine Worte trafen sie hart, obwohl ihre Mimik unverändert blieb, konnte ich es in ihren Augen erkennen.

Diese Frau hat Menschen getötet und ich soll ihr vertrauen?

»Was hättest du von mir erwartet?«, fragte sie ruhig. »Dass ich in die Vorlesung spaziere und dir alles auf die Nase binde?« Bei ihrer Frage zog sie eine Augenbraue hoch und sie wusste genauso gut wie ich, dass dieses Szenario noch schlechter war als das jetzige.

Es gibt keine Möglichkeit, um das jemanden richtig zu erklären.

Sie verzog ihr Gesicht zu einem schiefen Lächeln und wusste, dass ich zur gleichen Erkenntnis kam.

»Wenn es dich beruhigt, ich hatte jeden Tag als obersten Gedanken dich zu beschützen und habe alles dafür getan«, fügte sie an. »Du erinnerst dich an meinen Wasserrohrbruch?«

Zögerlich nickte ich.

Es gab nie einen Rohrbruch.

»Ich habe eine Scharfschützin in deinem Nachbarhaus beseitigt, die dich, ohne zu zögern hingerichtet hätte, wenn du zu Hause angekommen wärst.«

Obwohl es grausam war, dass Menschen wegen mir starben, hat ihr Tod meinen verhindert. »Was ist mit dem anderen?«, hakte ich nach. »Wann hast du den umgebracht?«

»Er hat mir einen Gefallen geschuldet und diesen habe ich eingelöst. Von dieser Person werden wir keine Gefahr erwarten.«

Mayren hatte ihr Pokerface aufgesetzt und nichts verriet ihre Gedanken. Bisher konnte ich ihr Verhalten immer gut einschätzen, aber jetzt wo ich die Wahrheit wusste, war das vorbei.

Verständnislos schüttelte ich den Kopf. »Ich brauche Zeit, um alles zu verdauen«, sagte ich leise und vergrub mein Gesicht zwischen den Händen.

Mayren hatte ihre Rolle in meinem Leben perfekt gespielt und niemals hätte ich geahnt, dass sie nicht dazugehören würde.

»Das verstehe ich«, antwortete sie in der gleichen Lautstärke und ich hörte Verständnis aus ihrer Stimme. »Es tut mir aufrichtig leid, dass ich es dir nicht früher oder auf einem anderen Weg sagen konnte.«

Ich tauchte aus meinen Händen auf und sah Mayren an.

»Auch für mich ist diese Situation neu«, fuhr sie fort. »Und ich hatte seit unserer ersten Begegnung Angst vor dem Moment der Wahrheit.« Ihr Geständnis überraschte mich.

Warum hatte sie Angst vor einer Situation wie dieser?

»Vor unserer ersten Begegnung, war ich fest davon überzeugt, dass du zu unserer Welt gehörst, wir aber den Zusammenhang nicht verstanden hätten.«

Ich erinnerte mich gut an unsere erste Begegnung im Hörsaal, wo ich sie flirtend angesehen hatte und sie mich mit ihrem Blick durchbohrte.

Den Augen eines Killers, der mich eigentlich töten wollte.

»Du hattest schlichtweg keine Verbindung in unsere Welt, egal wie sehr wir danach suchten und das ist genau der Punkt, der dich von anderen Aufträgen dieser Art unterscheidet.« Mayren machte eine vage Geste und ich wusste, dass sie es ehrlich meinte.

»Ich bin mir keiner Verbindung in deine Welt bewusst …«

Sie zuckte mit den Schultern. »Zero ist sich einer bewusst und wir müssen sie herausfinden.«

Es vergingen einige Sekunden Schweigen. »Wie bist du zu einer Killerin geworden?«, fragte ich eine der offensichtlichsten Fragen.

Sie atmete tief ein und legte den Kopf in den Nacken. In dieser Position erkannte man eine blasse Narbe an ihrem Hals und ich fragte mich, wie sie entstanden war.

»Man ist immer das Produkt seiner Umgebung.«

»Das ist keine Antwort auf meine Frage.«

Ist sie in so einer Organisation groß geworden, in der man das Töten lernt?

»Da hast du recht.« Ihre grünen Augen taxierten mich.

»Du wirst mir keine darauf geben, oder?«

Sie schüttelte den Kopf. »Vorerst nicht.«

Welchen Grund hatte sie, es mir zu verschweigen?

»Willst du einen neuen Tee?« Sie deutete mit einem Kopfnicken Richtung Küche. »Oder noch ein paar Teller zum Werfen?«

Sie weicht mir aus.

Schuldbewusst stand ich auf, kniete mich neben den Scherben nieder und begann sie aufzusammeln. »Ja, gerne …«

Wie konnte ich mich so in Mayren irren? Habe ich mich so sehr einlullen lassen, dass ich blind war? Was über sie war nicht gelogen?

»Heißt du wirklich *Mayren*?«, rief ich ihr hinterher und sammelte die Scherben in meiner offenen Handfläche. Ich hörte, wie sie den Wasserhahn aufdrehte und anschießend den Wasserkocher anstellte, dann erschien sie an der Theke.

»Ja«, sagte sie und neigte ihren Kopf leicht. »Mein Name ist wirklich Mayren, allerdings ist mein Nachname *Grey*. Ich komme aus Schweden, aber studiere nicht Medizin.« Sie zog nachdenklich eine Augenbraue hoch. »Alles, was ich dir über meine Vergangenheit erzählt habe, war nicht gelogen und ich habe nie einen Menschen getötet, der nichts mit *meiner* Welt zu tun hat.« Sie ließ ihre Worte kurz im Raum stehen. »Ich habe es auch nicht vor.«

Mit gerunzelter Stirn sah ich sie an und von meiner Arbeit auf. »Warum *Grey?*«

»Ist meine Lieblingsfarbe.« Sie zuckte leichtfertig mit den Schultern und für einen kurzen Moment wirkte sie wie der Mensch, mit dem ich gestern Abend die Bar verlassen hatte.

Das ist so verwirrend, aber die Mayren, die ich zu kennen glaubte, existierte nie. Wir sind keine Freunde und aus ihrer Sicht bin ich nur ein Mittel zum Zweck.

Ein Klicken aus der Küche verriet mir, dass das Wasser kochte, woraufhin Mayren verschwand und wenig später mit zwei dampfenden Tassen zurückkehrte, die sie auf den Tisch stellte und dann neben mir niederkniete, um mir zu helfen. »Den Rest erzähle ich dir vielleicht ein anderes Mal«, meinte sie, als sie ebenfalls nach den Scherben griff.

Das befriedigte meine Neugier nicht im Geringsten und mit einem ungeduldigen Schnauben gab ich ihr das zu verstehen, aber sie ignorierte es.

»Du glaubst nicht, dass ich dich schützen kann, oder?«, sagte sie und griff nach dem Henkel der zweiten Tasse.

Ich war mir bewusst, dass sie jede meiner Bewegungen genau beobachtete und meine Reaktion abwartete.

Vielleicht ist es klüger, nichts zu sagen?

Nachdem ich schwieg, fing sie an zu lachen, es schien echt zu sein und verwunderte mich.

»Es ist nichts Neues für mich unterschätzt zu werden. Das ist der große Vorteil als Frau. Der Typ gestern hat in mir eine dünne Blondine gesehen.«

»Ich verstehe das nicht …«, gab ich zu und stand auf, weil alle großen Scherben in meinem direkten Radius aufgesammelt waren. »Ich habe mir nie etwas zuschulden kommen lassen, warum will mich jemand tot sehen?«

Sie konnte mir keine Antwort auf diese Frage geben, das hatte sie deutlich gemacht.

Mayren stand ebenfalls auf, die gesammelten Scherben lagen in ihrer Handfläche und sie streckte ihre freie Hand nach meiner aus. »Gib her …«

Ich reichte ihr die Scherben und kurz berührten sich unsere Hände, was bei mir keinen angenehmen Schauer mehr auslöste.

Die Situation hat sich geändert …

Als Mayren aus der Küche zurückkehrte, warf sie mir eine Küchenrolle zu, aber ein plötzliches Klingeln ihres Handys unterbrach uns. Zielstrebig griff sie nach dem Telefon und kurz sah ich den Kontakt *I*, der sie anrief.

»Hi Ian«, begrüßte sie den Anrufer, als sie den Anruf annahm.

Vermutlich gehören alle ihre Freunde zu ihrem Clan.

Kapitel 22

London – Stadtteil Kensington – Mayrens Wohnung
Samstag, 18. September – Mayren

»Hallo Ian«, begrüßte ich ihn, nachdem ich das eingespeicherte *I* auf meinem Display sah.

»Guten Morgen, May. Bastian hat erzählt, dass du *Männerbesuch* hast. Ich hoffe, ich störe nicht.«

Bastian! Wie kann man so eine Klatschbase sein?

Ian grinste, das konnte ich an seiner Stimme hören.

»Er hat dir von unserem Telefonat gestern Nacht erzählt?«, fragte ich nach und ignorierte seinen neckenden Tonfall.

Joshua beobachtete mich aufmerksam, lauschte meinen Worten, aber rollte bereits die ersten Blätter von der Küchenrolle, um die Überreste seines Wutanfalls fortzuwischen.

Ich sprach mit Absicht auf Englisch, weil ich Joshua so transparent wie möglich gegenüberstehen wollte.

Vielleicht vertraut er mir eher wieder, wenn ich offen mit allen Informationen bin?

»Ja, hat er«, antwortete Ian ernst. »Nachdem ich dich und den Jungen gestern wieder auf den Kameras entdeckt habe, habe ich alle Aufnahmen von dem Hof bis zu deinem Auto gelöscht und danach den Weg des anderen zurückverfolgt.«

Auf Ian ist Verlass!

»Vielleicht interessiert dich, wo sein Auto steht?«

Ich nickte, stand auf und schlenderte zum Fenster.

»Wo steht es?«, hakte ich nach und beobachtete nachdenklich das Treiben auf der Straße.

Vielleicht ist es eine Falle? Sollte ich das riskieren?

»Ich sende dir den Standort an dein Smartphone«, meinte Ian und ich hörte, wie er auf seiner Tastatur tippte.

»Danke dir.« Leise trommelte ich mit den Fingernägeln gegen den Fensterrahmen und grübelte nach, wie mein weiteres Vorgehen aussehen sollte.

Wenn das Auto mir Informationen zu Silas bieten könnte, wäre es ein guter Ansatz ...

»Du denkst, dass es eine Falle sein könnte, oder?« Ian kannte mich so lange wie Bastian, natürlich wusste er, wie ich dachte.

»Es ist nicht unwahrscheinlich«, bestätigte ich ihm seine Vermutung und wandte mich vom Fenster ab. Joshua hatte bereits die letzten Reste beseitigt und nur noch der Fleck an der Wand war übriggeblieben. Fragend sah er mich an, als er in die Küche schlich und die Reste seines Wutanfalls in den Müll warf.

»Aus diesem Grund habe ich das Auto, seit es geparkt wurde, beobachtet. Du weißt, wie gut London vernetzt ist.« Ian schlug einen routinemäßigen, fast gelangweilten Ton an. »Silas habe ich bisher nicht entdeckt, in der Nähe des Autos hielt er sich nicht auf.«

Es ist ein verlassenes Auto, viele Informationen könnte ich wahrscheinlich nicht daraus gewinnen.

»Kannst du den Wagen weiterhin beobachten, Ian?«, fragte ich und drehte mich zur Theke.

»Gerade mit dem Hintergrund, dass das Auto als Lockmittel dort abgestellt wurde und wir vermutlich kaum Information daraus gewinnen können, will ich kein Risiko eingehen.«

»Es gibt andere Mittel und Wege an Silas heranzukommen«, stimmte er mir zu. »Das Auto bleibt weiterhin unter Beobachtung und wenn etwas passiert, bekommst du eine Info von mir.«

»Hast du von den anderen schon etwas Neues gehört?«

»Den anderen Jägern meinst du?«

»Genau.«

»Nein, alle halten sich ziemlich bedeckt, aber June und ich gehen einigen Gerüchten nach und versuchen so unauffällig wie möglich Informationen einzusammeln.« Er seufzte. »Wir kommen allerdings nur langsam voran, weil wir selbst keine Spuren hinterlassen wollen.«

»Alles klar, danke dir.«

»Nicht dafür, May. Viel Spaß mit dem Männerbesuch.«

Bevor ich etwas entgegnen konnte, hatte er aufgelegt.

Blödmann.

Für einen kleinen Moment sah ich auf das Telefon, bevor ich mich zu Joshua umdrehte, der wieder auf dem Sofa platzgenommen hatte.

»Was ist passiert?«, fragte er sofort, als ich ihn ansah. Seine Neugier war verständlich, immerhin ging es um ihn und seine Sicherheit.

Ich ließ mein Handy in die hintere Hosentasche fallen und ging mit langsamen Schritten zurück zu meinem Sessel.

»Ian, ein weiterer meiner Clanfreunde, hat das Auto von unserem gestrigen Angreifer gefunden«, erklärte ich ihm. »Wir werden es beobachten, um zu sehen, was passiert, aber es uns nicht vor Ort anschauen.«

Joshua legte nachdenklich den Kopf schräg, als ich mich ihm gegenübersetzte. »Du denkst, dass es ein Hinterhalt sein könnte?«

Nickend bestätigte ich seine Vermutung. »Ja, ich sehe keinen Mehrwert, um das Risiko einzugehen.«

»Verstehe.« Er sah nachdenklich auf sein Handy, das zwischen uns auf den Tisch lag. »Wie soll ich mich deiner Meinung nach verhalten?« Er vermied den Blickkontakt mit mir, beugte sich auf dem Sofa nach vorne und stützte seine Ellenbogen auf den Knien auf, dabei verschränkte er die Finger ineinander. »Was soll ich meinen Freunden und meiner Familie sagen, damit sie nirgends mit hineingezogen werden?«

Er weiß, dass mehrere Mörder hinter ihm her sind, und macht sich Sorgen um seine Freunde und Familie. Das ist ehrenhaft.

»Das Problem ist, wenn wir zu früh von dem normalen Schema abweichen, Aufmerksamkeit erregen … Das wäre hinderlich«, erklärte ich meine Gedanken. »Wir werden nicht mehr allzu lange in London bleiben können, weil die Situation zu brenzlich werden wird. Wenn ich in Unterzahl bin, kann ich auch nicht viel machen, außerdem …« Kurz zögerte ich. »Ich weiß nicht, wo Silas ist, aber *er* weiß, wo deine Uni ist.

Ich hoffe darauf, dass er uns findet, damit ich mit ihm reden kann. Solange wir unter Leuten sind, wird er es nicht riskieren dich anzugreifen.«

Joshua sah weiterhin ausdruckslos sein Smartphone an. »Als du mir den Vorschlag gemacht hast, dass ich zu dir ziehe«, begann er und beobachtete mich durchdringend.

Mit Mitgefühl begegnete ich seinem Blick.

»War das mit dem Hintergrund, dass du mich immer unter *Kontrolle* hast, oder?« Bei dem Wort »Kontrolle« zog ich eine Augenbraue hoch und dachte an den gestrigen Tag zurück. An unsere Umarmung und unseren Kuss. Schnell rief ich meine Gedanken zur Ordnung.

Diese Gefühlsduselei ist vorbei. Mit meiner Normalität, werden auch diese Momente verschwinden. Es war nur die Situationen aus der anderen Welt, die mich zu solchen Reaktionen gebracht haben. Zu solchen Gefühlen ...

»Mir ging es weder jetzt noch vor ein paar Tagen um die Kontrolle über dich, sondern immer um deine *Sicherheit*«, rechtfertigte ich mich nachdrücklich.

Versteht er das nicht?

»Das war einzig, um mich zu vergewissern, dass ich dich beschützen kann.«

Er legte seinen Kopf schief, aber antwortete nicht auf meine Worte.

Als ob ich mich rechtfertigen müsste.

»Das Angebot gilt im Übrigen noch«, fügte ich an und runzelte die Stirn. »Und mit deinem jetzigen Wissen, würde ich dir empfehlen, es anzunehmen.«

Verstimmt griff ich meine neue Teetasse vom Couchtisch und nahm einen kleinen Schluck. Es ärgerte mich, dass Joshua mich behandelte, als wäre ich der Feind.

Nicht ich habe das Kopfgeld und den Auftrag auf dich platziert oder versucht dich zu töten.

Joshua nahm sein Handy vom Tisch und tippte darauf. Meins vibrierte daraufhin in meiner Hosentasche und mit meiner freien Hand zog ich es heraus und sah, dass er eine Nachricht in die Gruppe seiner Londoner Freunde gesendet hatte:

> Guten Morgen,
> ja, ich bin wieder unter den Lebenden.

Ich war froh, dass die anderen auch für das Verschieben der Tour gestimmt hatten, ich war nach dem Streit gestern nicht scharf darauf, Livi wiederzusehen.

»Soll das ein Seitenhieb auf mich sein?«, fragte ich Joshua mit einem Anflug von Missmut und reckte herausfordernd mein Kinn in die Höhe.

Sag schon!

Er begegnete meinem Blick, aber sagte nichts.

Blödmann.

Mit einem unterdrückten Augenverdrehen stand ich von meinem Sessel auf und ging hinüber zum Barhocker an die Theke.

Ich muss Joshua Zeit geben, damit er sich an meine Welt gewöhnen kann ...

In diesem Moment wollte ich mich nicht seiner schlechten Laune aussetzen.

Sein Leben ist innerhalb von wenigen Stunden komplett gekippt. Solange er mich anmotzt, aber versteht, dass ich ihm helfen will, ist alles egal.

Ich spürte seinen Blick in meinem Rücken, als ich mich abwandte und öffnete meinen Laptop, um weiterzuarbeiten.

Er steht unter Schock und wird schon erkennen, dass ich ihm nichts Böses will. Mein Verschweigen der Tatsachen hat ihn verletzt. Zurecht. Klar, dass er mich jetzt als Feind ansieht.

Mit Schwung warf ich einige Haarsträhnen über meine Schulter und entsperrte den Bildschirm.

Er wird früher oder später einen falschen Pass brauchen, damit wir seine Spur verwischen können. Das kann ich schon organisieren.

Ich tippte eine Mail und bestellte zwei Pässe auf verschiedene Namen, aber mit Joshuas Foto. Danach machte ich mich an das Beantworten weiterer Nachrichten, die ich von Clankollegen erhalten hatte. Ich bestellte im Darknet einen Schalldämpfer und Munition für meine Glock, außerdem ein Reinigungskit, weil der Schlitten meiner Glock seit dem Kampf gegen Irina schliff.

Das war deutlich überfällig!

Die Arbeit lenkte mich ab und brachte meine Gedanken aus dieser angespannten Situation.

Ein Räuspern von Joshua riss mich nach einer Weile aus meiner Arbeit und ich drehte mich um, als er sprach.

»Du hast recht«, sagte er und ich verkniff mir eine recht-haberische Miene, obwohl ich nicht genau wusste, wobei er mir recht gab. Er hatte sein Smartphone weggelegt und sah mich direkt an. »Annabelle ist gerade bei ihren Eltern zu Besuch und meine anderen Mitbewohner sind auch nicht zu Hause. Ich gehe in meine WG und hole meine Sachen.«

Seine Zustimmung erleichterte mich, weil ich wusste, dass er widerstrebend die Notwendigkeit meines Handelns verstand.

Wenn er wüsste, wie sehr es am Donnerstag hätte schief-gehen können ...

Mit einem kurzen Blick zurück auf meinen Bildschirm vergewisserte ich mich, dass ich meine Arbeit an der Stelle unterbrechen konnte und klappte den Laptop zu. »Dann lass uns gehen«, sagte ich und nahm meinen Autoschlüssel von der Theke. »Nach all dem, was wir heute gesprochen haben, kannst du nicht ernsthaft denken, dass ich dich allein lasse, oder?«

Er zuckte mit den Schultern, aber schien geahnt zu haben, dass ich darauf bestehen würde.

Ich rutschte vom Hocker und ging in die Küche, um meine Glock 17 aus dem Versteck zu holen. Routinemäßig überprüfte ich die Patronen des Magazins und verstaute die Waffe an meinem Rücken im Hosenbund. Ich legte mein Top locker darüber, dass der Griff nicht sichtbar war.

Auch wenn sie nicht 100 % rund läuft ... für einige Schüsse reicht es.

»Im Flurschrank sind noch alte Schuhe von Bastian, die du anziehen kannst«, erklärte ich Joshua, als wir das Wohnzimmer verließen. »Deine eigenen Schuhe waren voller Blut und Erbrochenem.«

Kurz wirkte er beschämt, als ich ihm das Paar aus dem Schrank gab, aber rang sich zu einem halbwegs erfreuten »Danke« durch, während ich mir selbst meine Schuhe anzog. »Dann gehören die Klamotten wohl auch Bastian?«, fragte er und strich sich über das Shirt.

Zum Glück hat er zugestimmt. Seine komische Mitbewohnerin wäre nicht begeistert, wenn ich ab jetzt öfters bei ihr rumgehangen wäre.

»Ja, das sind alte Sachen von ihm«, antwortete ich und öffnete die Tür. »Er hat sie nach seinem letzten Aufenthalt in London hiergelassen.« Mit einer vagen Geste deutete ich Joshua an vorauszugehen und er tat wie geheißen. Im Hausflur zupfte er den Pullover zurecht und wartete, bis ich die Wohnungstür hinter uns abgeschlossen hatte. Schweigend machten wir uns auf den Weg in die Tiefgarage.

Ich wüsste gerne, wie er über die aktuelle Lage denkt. Gestern in der Bar hat er offen mit mir gesprochen und nun weiß er eine grausame Wahrheit über mich und fühlt sich verraten.

Als wir über die Treppen im untersten Stockwerk angekommen waren, trennte uns eine schwere Brandschutztür von der anliegenden Garage. Warme, abgestandene Luft schlug uns entgegen, als Joshua die Tür öffnete und wir das kleine Parkhaus betraten.

In Kensington wohnten üblicherweise Leute, die besser betucht waren, dementsprechend reihten sich in die Parklücken verschiedene Luxuslimousinen und hochpreisige Sportwagen.

Joshua stieß einen bewundernden Pfiff aus, als er den Lamborghini Aventador zwei Autos neben meinem erblickte. »Schickes Teil«, murmelte er zu sich selbst.

Oja ...

Der Lamborghini war mir auch bereits aufgefallen und soweit ich wusste, gehörte er dem Eigentümer der Penthousewohnung, einem Investmentbanker. An meinem Audi angekommen, drückte ich auf den Knopf des Türgriffs und entriegelte den Wagen, woraufhin die Frontscheinwerfer hell aufleuchteten.

»Ist zwar kein Lamborghini, aber bringt uns genauso sicher ans Ziel«, meinte ich zu Joshua.

Sein Blick war beeindruckt. »Ist das ein RS3?« Mit den Fingerspitzen fuhr er die aerodynamische Linie der Front nach, als er zur Beifahrertür schlenderte.

»Ja«, bestätigte ich und ließ mich auf dem Fahrersitz nieder. »Kannst du dich nicht mehr erinnern? Wir sind gestern damit heimgefahren.« Der angenehme Geruch des Fahrzeuginneren umschmeichelte mich, aber Joshua schüttelte nur den Kopf. Offenbar erinnerte er sich nicht.

Ich habe keine Ahnung von Autos ... Basti hat ihn für mich ausgesucht.

Joshua schnallte sich an und warf mir einen unsicheren Seitenblick zu.

»Will ich wissen, wie du dir so ein Auto leisten kannst?«, fragte er und ein bitterer Unterton schlich sich in seine Stimme ein.

Blutgeld.

»Nein, wahrscheinlich nicht«, gab ich zu und startete den Motor. Grollend erwachte der Wagen zum Leben und der Bildschirm im Armaturenbrett vor dem Lenkrad leuchtete auf. Behutsam fuhr ich aus der Parklücke.

»Hm«, machte er und sah sich im Wageninneren um.

Das Tor zur Straße öffnete sich langsam und ungeduldig tippte ich mit den Fingern auf das Lenkrad. »Wir werden nicht auf dem direkten Weg zu deiner WG fahren«, erklärte ich Joshua, als wir auf die Hauptstraße fuhren. »Einfach aus dem Grund, dass jemand, der uns dort vor Ort beobachten könnte, nicht auf unseren Herkunftsort schließen kann.« Joshua quittierte meine Worte mit einem stummen Nicken.

Wir hielten vor einer roten Ampel und ich entsperrte mein Handy, um Bastian den aktuellen Stand mitzuteilen. Das plötzliche Schweigen zwischen Joshua und mir war unangenehm und ungewohnt und ich suchte gezielt die Ablenkung.

Für mich hat sich nichts geändert, für ihn über Nacht jedoch alles.

Die Ampel schaltete auf Grün und ich ließ mein Handy in meinen Schoß fallen, um mich auf das Autofahren zu konzentrieren.

Ich sollte Verständnis dafür haben, dass er gerade nicht der fröhliche und gut gelaunte Medizinstudent ist, den ich kennengelernt hatte.

Erst da wurde mir bewusst, dass sich auch für mich etwas geändert hatte.

Ich war noch nie so nah an einem normalen Leben dran, wie in den letzten Tagen. An der Sorgenlosigkeit oder belanglosen Streitigkeiten. Es hat sich unnatürlich angefühlt.

Natürlich hatte ich mich bereits in verschiedene andere Identitäten begeben, aber das hatte immer etwas mit meiner Welt zu tun und nie mit jemandem aus der *normalen* Welt.

Nie mit jemandem wie Joshua.

Ich warf ihm einen schnellen Seitenblick zu, bevor ich meine Augen auf die Straße richtete, er schaute immernoch aus dem Seitenfenster und schwieg. Diese Anspannung zwischen uns fühlte sich mit jeder Sekunde bedrückender an.

»Du hasst mich dafür, dass ich dir alles verschwiegen habe, oder?«

Er atmete tief ein und sah mich kurz mit gerunzelter Stirn an. »*Hass* ist das falsche Wort. Offensichtlich kann ich mich glücklich schätzen, dass du Mitleid mit mir hattest.«

»Du kommst nicht mitleidig rüber«, stellte ich klar. »Meine Entscheidung hat damit nichts zu tun.«

Wieder schwiegen wir und ich schaltete das Radio ein, damit im Hintergrund nicht nur das Brummen des Motors zu hören war und die angespannte Stille verstärkte. Popmusik mischte sich in seine Worte, als er fragte: »Wie gefährlich ist die Person, die dir und den anderen meinen Auftrag gegeben hat?«

Ich will ihn nicht anlügen ...

»Sei ehrlich zu mir«, fügte er an, als er mein Zögern bemerkte. »Es bringt mir nichts, alles in beschönigter Variante zu erfahren.«

Ich biss ich mir auf die Unterlippe, bevor ich mich zu einer Antwort durchrang.

Er hat die Wahrheit verdient.

»Zero ist der Kopf eines großen Clans, der seine Wurzeln so ziemlich in allem verwachsen hat, was kriminell ist«, formulierte ich meine Worte. »Drogen-, Waffen- und Menschenhandel, Korruption, Mord und alles, was dazugehört.« Ich machte eine entsprechende Geste und beschleunigte den Audi, als wir endlich auf die Autobahn auffuhren. »Die Liste lässt sich endlos lang mit beliebigen Straftaten weiterführen.«

Joshuas Blick ruhte auf mir und nach einigen Momenten des Schweigens fragte er: »Was hat er getan, dass du ihn so sehr hasst? Ich meine abgesehen von den offensichtlichen Dingen?«

Ich zog mit dem Audi auf die Überholspur und die Beschleunigung drückte mich sanft in den Sitz. Mein Herz schlug laut, als ich seine Frage hörte.

Seine Frage ist naheliegend, warum sollte ich es ihm weiter verschweigen?

Je mehr ich darüber nachdachte, umso sicherer war ich, dass ich Joshua zumindest einen Teil meiner Vergangenheit erzählen sollte. Außer den Leuten meines Clans, wusste niemand was passiert war, und ich dachte, dass es so bleiben würde. Genau dieser Gedanke ließ mich zögern.

Doch den Vertrauensvorschuss hatte Joshua verdient.

Meine Fingernägel krallten sich ins Lenkrad und ich atmete tief durch, dann gab ich mir einen Ruck. »Zero hat meine Familie ermorden lassen.« Meine Stimme war kalt und konnte meinen starren Blick nicht von der Straße lösen. Hass krallte sich in meiner Brust zusammen und ich schaffte es nicht, Joshua anzusehen. Die Vergangenheit schien in meinem Unterbewusstsein gegenwärtig zu werden und Wut brodelte in meinen Magen und brachte meine Hände zum Zittern. Erinnerungen drohten mich zu überrollen und ich drängte sie mit aller Kraft zurück.

»Das tut mir leid«, flüsterte Joshua und seine Worte gingen fast in denen des Moderators im Radio unter. Er klang ernsthaft bestürzt und zum ersten Mal war die Verbitterung aus seinem Unterton verschwunden.

»Ich war damals fünf Jahre alt«, presste ich zwischen zusammengebissenen Zähnen hervor, ohne auf seine Mitleidsbekundungen einzugehen. »Zeros Männer sind bei uns eingebrochen und haben im Wohnungsflur meinen Vater hingerichtet.« Die Bilder von damals hatten sich so sehr in mein Gedächtnis eingebrannt, dass ich sie niemals vergessen konnte, mein Vater wie er mit dem Gesicht nach unten in seinem eigenen Blut lag.

Das Blut, wie es langsam über den Boden floss ... und die knallendenden Schüsse, die den Frieden aus meinem Leben rissen und mir alles nahmen, was ich hatte.

Das Verlangen nach Rache an Zero brannte wild in meinem Inneren.

Es kehrte zusammen mit den Erinnerungen aus meinem Unterbewusstsein zurück und meine Gedanken wanderten zu meiner Mutter und meinem großen Bruder. »Meine Mutter schaffte es, meinen Bruder und mich zu schnappen und ins Schlafzimmer zu zerren. Auf dem Weg dorthin fing sie sich einen Schuss in das Bein ein, aber sie kämpfte für ihn und mich. Mit ihrer letzten Kraft schaffte sie es, die Tür zu verkeilen, aber es war zwecklos.« Die Erinnerungen trafen mich mit voller Wucht und für einen kurzen Moment verschwamm meine Sicht auf die Straße. Die Angst von damals kroch meinen Nacken hoch und legte sich kalt und unbarmherzig um meine Schultern. Kurz hörte ich ihre Schreie und das Splittern von Holz in meinen Ohren hallen, aber blinzelte mehrmals schnell hintereinander und meine Sicht und Gedanken wurde klarer.

»Es war ein Blutbad …« Meine Stimme wurde leise und brach fast, ich räusperte mich und sprach mit festerer Stimme weiter. »… Sie zwangen mich, es mit anzusehen, bevor sie mich mitnahmen.« Ich ersparte Joshua die Details, über die Ermordung meiner Mutter und meines Bruders, da es mich zu sehr schmerzte darüber zu reden. Keines meiner Worte konnte beschreiben, wie sich die Schreie in mein Hirn eingebrannt hatten und mein Wortschatz war nicht annähernd groß genug, um die Grausamkeit wiederzugeben.

»Dieser Tag hat den Grundstein zu dem Monster gelegt, das ich jetzt bin«, schloss ich meine Erzählung und hoffte, dass Joshua keine Fragen mehr dazustellte.

Alles, was ich bereit war zu erzählen, weiß er nun.

Stur konzentrierte ich mich auf den Straßenverkehr und überholte einen Lkw. Der belanglose Refrain in Radio brachte einen starken Kontrast zu meiner dunklen Vergangenheit.

»Du bist kein Monster.« Waren Joshuas ersten Worte.

Überrascht sah ich ihn an, da ich etwas anderes erwartet hatte. Mitleidsbekundungen oder Gehässigkeit, aber nicht das. Seine Augen blickten mich mit einer Mischung aus Besorgnis und Verständnis an, aber ich wandte mich schnell ab und konzentrierte mich auf das Fahren.

»Wenn du ein Monster wärst, hättest du mich einfach umgebracht«, stellte er klar. »Stattdessen hast du mir das Leben gerettet. Egal was du dir einredest: Du bist *kein* Monster.«

Ich verstand nicht warum, aber seine Worte nahmen mir eine Last von der Brust und der Druck, der vorhin zwischen uns in der Luft hing, verschwand langsam.

Wenn er versteht, was mir passiert ist, versteht er auch mein Verhalten.

»Danke«, murmelte ich leise, aber ich war mir nicht sicher, ob er es hörte und warf ihm stattdessen ein schiefes Lächeln zu.

Joshua erwiderte es, bevor er ernst wurde. »Danke, dass du mir vertraust und mir das erzählt hast.« Er kratzte sich an der Schläfe und fuhr fort. »Es ist nicht vergleichbar, aber ich bin auch ohne meine Eltern groß geworden.«

Zwar kannte ich seine Vergangenheit aus meinen Akten, aber ich wollte seine Sicht hören. Meine Gedanken wanderten an das Bild, was auf Joshuas Nachttisch stand.

»Meine Mutter kämpfte sehr lange gegen einen Tumor, aber sie schaffte es leider nicht, sie …« Seine Stimme stockte wie bei mir vorher, aber er sprach nach einem kurzen Moment weiter. »… sie starb, als ich 13 war.« Als ich auf die linke Spur fuhr, warf ich ihm einen schnellen Blick zu. Er sah auf einen imaginären Punkt in der Ferne und strahlte Melancholie aus. »Meine Mutter war alles für mich, und als sie starb … war es, als würde ein Teil von mir mit sterben.« Joshua wollte ebenso wenig mein Mitleid wie ich seins, aber dass er mir seine Vergangenheit anvertraute, bedeutete für mich, dass er mir vertraute.

Ich wollte etwas sagen, aber es fiel mir schwer, die richtigen Worte zu finden und er sprach schulterzuckend weiter: »Die Ärzte hätten früher feststellen können, was das Problem war, aber nahmen sich nicht genug Zeit für die Untersuchungen und als sie damals starb, war mir klar, dass ich später Arzt werden will.« Erneut zuckte er frustriert mit den Schultern, als wir die Abfahrt von der Autobahn nahmen.

»Ich wollte es besser machen, als die Ärzte damals und anderen Kindern den Schmerz ersparen, so früh ihre Eltern zu verlieren.« Seine Miene war traurig, aber gleichzeitig entschlossen, als er seine Erzählung beendete.

»Danke für dein Vertrauen.«

Er antwortete mit einem kurzen Brummen. »Es ändert nichts an der Tatsache, dass ich verdammt wütend auf dich bin.«

»Ich denke, das ist verständlich …«

Wir verfielen in Schweigen und unsere Vergangenheiten gaben uns genug Material zum Nachdenken.

Ich verstehe seine Wut auf mich ... vielleicht vertraut er mir, was die Tatsache angeht, aber das zwischen uns ... wird es nicht mehr geben.

Zumindest hatte er seine feindselige Art von heute Morgen abgelegt.

Kapitel 23

London – Stadtteil Kensington – Mayrens Wohnung
Samstag, 18. September – Joshua

Es war Abend geworden und die Sonne versank am Horizont. Schweigend saßen Mayren und ich nebeneinander an der Küchentheke und aßen belegte Sandwiches vom Imbiss in der Nähe. Nachdem wir meine wichtigsten Sachen geholt hatten, hielten wir dort und kehrten danach in Mayrens Wohnung zurück. Die ganze Situation lag mir schwer im Magen, aber der schlimmste Zorn auf Mayren war verraucht.

Gut möglich, dass es damit zusammenhängt, dass Mayren mir von ihrer Vergangenheit erzählt hat. Zero ist ein grausamer Mensch! Es wundert mich nicht, dass Mayren Rache will!

Mit einem letzten Biss verschlang ich die Reste meines Brotes und stand auf, um meinen Teller in den Geschirrspüler zu räumen.

Aber wenn Mayrens ganzer Clan Rache will ... hat Zero ihnen dann das gleiche zugefügt?

Als ich mich umdrehte, sah Mayren von ihrem Käsesandwich auf und warf mir ein vorsichtiges Lächeln zu.

Unfassbar, dass sie in der Lage ist, Menschen zu töten.

Schnell wandte ich mich von ihr ab, damit ich es nicht erwidern musste. Ganz verzeihen konnte ich ihr noch nicht und verdrängte vehement den Gedanken an unseren Kuss.

Jedoch hat sie recht ...

Wie hätte sie mir die Wahrheit sagen sollen? Da gibt es keine gute Möglichkeit, hätte ich nicht auch bis zu dem Moment gewartet, wo ich dazu gezwungen wäre?

Von der anderen Seite lehnte ich mich gegen die Küchentheke und beobachtete Mayren mir gegenüber.

Hätte der Typ mich gestern allein erwischt, wäre ich tot gewesen. Hätte ich früher von der Gefahr gewusst, dann hätte ich bei vielen Dingen anders gehandelt.

Mayren kaute weiter und musterte mich aufmerksam.

»Du hast den Kerl gestern *abgewehrt* … bring mir bei, wie ich mich verteidigen kann«, bat ich sie und beobachtete ihre Reaktion. Absichtlich vermied ich das Wort »ermordet.«

Ich muss mich wehren können, wenn etwas passiert ...

Kauend legte sie den Kopf schief und dachte über meine Worte nach.

»Der Typ hätte mich ohne Probleme getötet, wenn du nicht gewesen wärst. Wäre es nicht sinnvoll, wenn du mir etwas beibringst, damit ich dir im Notfall kein Klotz am Bein bin?«

Meine Hände ballten sich zu Fäusten und ich spürte wieder die Angst, die mir kalt und schwer im Magen lag.

Mayren schluckte, legte den Rest ihres Brotes nachdenklich auf den Teller zurück und sah mich durchdringend an. »Ich glaube nicht, dass du weißt, was du gerade von mir verlangst.«

Kurz stutzte ich. »Doch, ich will mich verteidigen können. So unverständlich ist das nicht, oder?«

Langsam schüttelte sie den Kopf.

Mit einem Schnauben ließ ich meine Faust auf die Theke knallen, was sie mit einer hochgezogenen Augenbraue kommentierte. »Du erzählst mir heute Morgen, dass mich jemand tot sehen will und daher zehn Killer hinter mir her sind.« Ich spürte Panik in mir, die mich an die aktuelle Lage erinnerte. »Jeder dieser Leute könnte mich ohne Probleme niedermetzeln und ich hätte keine Chance.«

Mit einem Seufzen stand Mayren ebenfalls auf, kam langsam in die Küche und blieb neben mir stehen. Ihr Blick war nachdenklich und sie ließ mich nicht aus den Augen, während ich mich bedächtig zu ihr drehte.

»Dir ist klar, dass ich seit mehreren Jahren Erfahrung im Nahkampf, mit Schusswaffen und Messern habe, oder?«

»Dann bist du eine ideale Lehrmeisterin.«

Sie stellte ihren Teller zu meinem in den Geschirrspüler. »Lass es mich so sagen«, lenkte sie nach ein paar Momenten Bedenkzeit ein. »Es bringt dir nichts das Kämpfen zu lernen. Es ist eine vorgetäuschte Sicherheit.« Ihre Stirn war sorgenvoll in Falten gelegt und sie musterte mich genau. »Es ist keine *richtige* Sicherheit.«

Ich will diese gefühlte Sicherheit, das ist besser als nichts.

»Dass ich jahrelanges Training nicht in wenigen Tagen aufholen kann, ist mir klar«, räumte ich im Anflug von schlechter Laune ein und zog die Schultern hoch. »Selbst vorgetäuschte Sicherheit wäre besser als nichts.«

»Verstehe …«, wandte sie ein und legte den Kopf schief. »Ich werde morgen versuchen uns einen Ort zum Trainieren zu beschaffen.«

In einer trotzigen Art reckte sie mir ihr Kinn entgegen und ihre Augen funkelten ernst. »*Verteidigen*, klar? Wenn alles vorbei ist … will ich nicht, dass du etwas zu bereuen hast.«

Ich hielt ihr stand und nickte, aber der Anflug meiner schlechten Laune war nicht geschwunden. »Danke.«

»In unserer Welt ist Wissen Macht«, fügte sie mit einem durchdringenden Blick an. »Wir fangen morgen an, dass ich dir Wissen über meine Welt gebe, über Zero, sein Spiel und Verhaltensweisen. Das erscheint mir sinnvoller.«

»Du hast recht«, stimmte ich ihr zu.

Sie setzte sich zurück an die Theke, öffnete ihren Laptop zum Arbeiten und ich legte mich auf das Sofa. Für einen kurzen Moment beobachtete ich Mayren und musste an die Bruchstücke meiner Erinnerungen von gestern Nacht denken.

Ihr Ausdruck und das ganze Blut überall hatten sich in mein Hirn eingebrannt, aber gleichzeitig …

Mein Herz machte einen Satz, als ich an ihre weichen Lippen dachte, wie sie sich auf meinen angefühlt hatten.

Unvorstellbar, dass sie mich so sehr täuschen konnte.

Um mich von den Gedanken abzulenken, nahm ich mein Smartphone in die Hand und öffnete meine ungelesenen Chats. Noah hatte mir gegen Mittag geschrieben, aber ich hatte bisher nicht geantwortet.

`Hey, na? Was ging gestern Abend mit May?`

Er fügte einen anzüglich zwinkernden Smiley an.

Vieles, aber bestimmt nicht das, was du denkst, Noah.

Er hatte wenig später eine weitere Nachricht geschickt:

Oder warst du eher mit der Kloschüssel beschäftigt?

Er drückte seine Belustigung durch mehrere, lachende Smileys aus.

Was soll ich ihm nur schreiben?

Meiner Einschätzung nach konnte ich bei Noah nichts falsch machen, aber ich hielt meine Nachricht vage.

Tja … Das letzte Bier habe ich mir noch mal durch den Kopf gehen lassen.

Nach wenigen Sekunden antwortete Noah bereits.

Das ist bitter. Sonst bist du auch immer so trinkfest und was ist das zwischen euch beiden jetzt?

Ja, was ist das zwischen uns?

Unwillkürlich biss ich meine Zähne zusammen und musste an den vergangenen Abend denken. An unseren Kuss und den Überfall, zwei Dinge, die mein Leben auf den Kopf gestellt hatten.

Mayrens Welt ist krank, aber was unseren Kuss angeht …

Daran wollte ich im Moment nicht denken.

Sie ist eine Killerin, die mich beschützt, statt mich zu töten.

Dieser Kuss ... er hat ihr wahrscheinlich nicht mal etwas bedeutet.

Für den Moment beschloss ich nichts darauf zu antworten, weil ich es selbst nicht wusste und mit Mayren nicht dieses Gespräch suchen wollte. Mit einem Tippen wechselte ich in den Chat meiner Freunde aus der Heimat, die über die heutige Bundesliga-Konferenz diskutierten und klinkte mich mit belanglosen Worten in die Unterhaltung ein.

Vor wenigen Tagen war ich bei diesen Themen mit mehr Leidenschaft dahinter. Aber jetzt ...

Gedankenverloren seufzte ich.

Mein Leben wird bedroht ... und ich weiß nicht, was ich getan habe, um das zu verdienen.

Den Schock von Mayrens Geständnis hatte ich mittlerweile etwas verdaut und insgeheim musste ich ihr recht geben.

Ich hätte niemals einer fremden Person getraut, die mich mit der Wahrheit konfrontiert hätte.

Automatisch kehrten meine Gedanken zu Zero zurück, die Person, die der Auslöser für alles war.

Wer ist das und wie ist er oder sie auf mich aufmerksam geworden?

Achtlos ließ ich mein Smartphone neben mich aufs Sofa fallen und hing meinen Gedanken nach.

Das Fahndungsfoto ist keines, was Celia oder ich gemacht hatten. Wenn wir herausfinden, wann und wo es geschossen wurde, könnten wir auf den Fotografen schließen.

Nachdenklich starrte ich an die Decke und ließ mir alles für einen Moment durch den Kopf gehen.

Ich kann bestimmt irgendwie eingrenzen, wann es aufgenommen wurde.

Ruckartig setzte ich mich auf dem Sofa auf und griff nach dem Bild, was seit heute Vormittag noch auf dem Tisch lag.

Das muss doch eine Spur ergeben!

Der rote Kreis um mein Gesicht wirkte bedrohlich, verdeckte Teile von Celias Gesicht und der enge Bildausschnitt ließ nicht erkennen, wo das Foto von uns aufgenommen wurde.

Es muss ein Detail geben, was mir etwas über den Zeitraum der Aufnahme verriet.

»Nach was suchst du?«, fragte Mayren ruhig, ihr war nicht entgangen, dass ich mir das verknitterte Fahndungsbild gründlich ansah.

»Irgendwas *muss* doch verraten, wann und wo das Bild gemacht wurde«, murmelte ich konzentriert meine Antwort und hielt mir das Bild näher an die Augen. »Spätestens ab diesem Zeitpunkt muss ich bei diesem Zero auf dem Radar gelandet sein.«

Mayren nickte zustimmend, aber ließ mich gewähren und wandte sich ihrem Laptop zu. Sie konnte etwas tun und sich nützlich einbringen, aber mir blieb nicht viel übrig, als nach Strohhalmen zu greifen.

Mir stockte der Atem, als ich das Armband von Celia bemerkte und ein triumphierendes Gefühl machte sich in mir breit. Mit einem kleinen Grinsen ließ ich das Bild sinken und sah Mayren an.

»Was hast du gefunden?«, fragte sie.

Ich deutete auf das Armband, was meine Ex-Freundin am Handgelenk trug und Mayren rutschte von ihrem Barhocker und setzte sich auf die Lehne des Sofas.

»Was ist damit?« Sie betrachtete ebenfalls das Schmuckstück, welches aus einer silbernen Kordel bestand, an der man verschiedene Anhänger befestigen konnte.

»Celia hat von jedem Ort, an dem sie war, einen passenden Anhänger gekauft«, erklärte ich. »Berlin, Amsterdam, Kairo.« Ich deutete jeweils mit dem Finger auf die Anhänger und verblieb am Ende bei einem, das einem Eifelturm ähnelte. »Den hat sie gekauft, als wir in Paris waren, aber nach zwei Wochen ist einer der Füße abgebrochen.« Euphorie breite sich vorsichtig in mir aus.

»Dieser Eifelturm hat aber alle Füße«, sagte Mayren langsam und nahm das Bild entgegen.

»Genau!«, bestätigte ich ihre Aussage und meine Hände zitterten vor Aufregung. »Als wir von Paris nach Hause kamen, hat ihr Vater ihr einen weiteren Anhänger von einer Geschäftsreise aus Stockholm mitgebracht. Dieser fehlt hier.« Ich holte tief Luft, um Mayren meinen Schluss zu erklären. »Das heißt …« Kurz hielt ich inne. »Dieses Foto wurde in Paris gemacht.«

Zischend sog Mayren die Luft ein und sie ließ ihre Hand mit dem Foto sinken. »Kannst du den Zeitpunkt genauer eingrenzen? Falls ja, können wir Kameraaufnahmen in Paris sichern und so vielleicht an Informationen zu dem Fotograf kommen«, sagte sie und griff nach ihrem Smartphone. »Ich werde Ian über die Spur informieren.

Er ist hierzu der Fachmann in meinem Clan und kann uns sagen, ob das eine realistische Chance ist.«

Ein vorsichtiges Lächeln fand den Weg auf meine Lippen.

»Wie genau kannst du den Tag eingrenzen?« Sie tippte auf ihr Display und wählte den Kontakt von *I*.

»Die alten Urlaubsbilder habe ich auf meinem Tablet«, erklärte ich. »Aufgrund der Kleidung kann ich den Tag bestimmt einschätzen und vielleicht können wir so auf den Tag und sogar den Ort Rückschlüsse ziehen?«

Ein vorsichtiges Schmunzeln umspielte Mayrens Lippen und sie hielt ihr Handy zwischen uns.

Ian ist ein Techniknerd ... Das hat sie mir erzählt, als sie mich am Donnerstag besucht hat.

»Hallo, May«, meldete sich Ian nach zwei Freizeichen am anderen Ende. »Na, wie war den Tag?« Aus Ians Stimme hörte ich eindeutig Spott heraus und Mayren runzelte missbilligend die Stirn.

»*Großartig*, Ian«, behauptet sie ironisch. »Joshua ist beim mir und er hört mit.«

Kurz war Schweigen in der Leitung, dann erwiderte Ian verwundert: »Oh, er weiß die Wahrheit über uns und ist nicht weggelaufen?«

»Nein, ich bin hier«, schaltete ich mich ins Gespräch ein.

»Gute Entscheidung«, sagte Ian ruhig. »Mayren ist eine der fähigsten Killer unserer Zeit, wenn dich jemand vor einer Gefahr schützen kann, dann sie.«

Verdutzt sah ich Mayren an, unsere Blicke begegneten sich und sie verzog das Gesicht zu einem schiefen Grinsen.

»Danke für die Blumen, Ian«, meinte Mayren, ohne ihren Blick auf mich zu senken.

Ist Mayren wirklich in ihrer Welt deutlich gefürchteter, als sie wirkt?

»Gerne doch.« Ian klang selbstgefällig. »Was kann ich für euch tun?«

Aufmunternd nickte Mayren mir zu und ich nahm das Bild zurück. Dann erklärte ich Ian die Bedeutung der Anhänger und meiner Vermutung auf den Aufnahmeort.

»Du musst das genauer einschränken«, antwortete er, nachdem ich geendet hatte. »Paris ist riesig und genauso gut verdrahtet wie London. Mein Team und ich haben keine Kapazität, um Material von einer Woche zu sichten.«

Sein Realismus bremste meine Euphorie, aber ich wusste, dass er recht hatte.

»Ja, ich kann mithilfe alter Urlaubsbilder den Tag genauer bestimmen.«

Mayren stand mir zur Seite: »Ian, uns ging es zunächst darum, ob du Zugriff auf die Kameras in Paris erhalten kannst?«

Ian seufzte und ich hörte, wie er auf seiner Tastatur tippte. »Wie lange ist das ungefähr her?«

»Es war im September vor zwei Jahren.«

Es könnte sein, dass es zu lange zurückliegt, um die Aufnahmen zu erhalten.

»Macht euch nicht zu viele Hoffnungen auf diese Spur, viele Aufnahmen werden nicht so lange gespeichert, aber wir werden schauen, was wir finden können.«

Seine Stimme klang gedankenverloren und das Klacken seiner Tastatur nahm zu.

»Danke, Ian«, sagte sie und nahm ihr Telefon näher zu sich. »Ein Versuch ist es wert.«

Er brummte gedämpft. »Bastian ist im Übrigen auf dem Weg zu euch. Wir halten natürlich weiterhin die Augen nach Silas offen, aber, May, du weißt genauso gut wie ich, dass das nicht so einfach ist.«

Neben mir nickte sie. »Gerade hast du mich noch gelobt, woher die plötzliche Besorgnis?«

»Bekomm keinen Höhenflug.« Er lachte. »Gerüchte zu anderen Jägern gibt es im Übrigen weiterhin nicht, aber ich werde euch auf dem Laufenden halten.«

»Werde ich nicht, Ian. Danke dir.«

»Bis bald.« Das monotone Tuten erklärte das Gespräch zwischen den beiden als beendet.

Ein vorsichtiges Triumphieren lag auf Mayrens Gesicht. »Auch wenn die Chance klein ist, aber wir werden alles versuchen.«

Mir fiel mir ein Detail vom Telefonat wieder ein: »Ian erwähnte sein Team ... wie groß ist dein Clan?«

Mayren biss sich auf ihre Unterlippe und stand auf. »Das ist eine ziemlich empfindliche Information«, entgegnete sie zögerlich und wich mir aus.

Sie wird mir das nicht sagen ...

»Bastian und Ian ...« Ich ließ sie bei meiner neuen Frage nicht aus den Augen. »Und deine andere Freundin ...«

»Sie gehören alle zu meinem Clan, wenn du das wissen willst.« Mayren schlenderte zur Theke zurück.

Ja ... das wollte ich wissen, aber hatten sie die gleiche traumatische Vergangenheit, wie Mayren?

»Euer Freundschaftstattoo ...«

Mayren fuhr sich über die schwarzen Linien. »Es ist das Zeichen unseres Clans. Die Bedeutung, die ich dir damals erklärt habe, bleibt jedoch dieselbe.«

Ein Clantattoo ...

»Ist es für dich okay, wenn wir versuchen, die Normalität so lange wie möglich aufrechtzuerhalten?«, wechselte sie schnell das Thema, bevor ich nachfragen konnte. »Ich will nicht zu früh in den Fokus rücken, wenn wir von deinem Alltag abweichen.«

»Was ist, wenn jemand mich findet? Ich will nicht, dass meine Freunde in das alles hineingezogen werden.«

Mayren nickte verständnisvoll. »Ich kann verstehen, dass du Befürchtungen hast, aber wenn andere Jäger uns zusammen sehen, könnte es sie abschrecken ...«

Ians Worte echoten in meinem Hinterkopf und ich beschloss Mayren zu vertrauen. »Noah hat mir geschrieben«, hakte ich direkt in das Thema der Normalität ein. »Er wollte wissen, was das zwischen uns ist, und ich weiß nicht, was ich schreiben sollte.«

Unsere Blicke begegneten sich und ich wusste, dass wir in diesen Moment beide an unseren Kuss dachten, aber es nicht erwähnten.

»Sobald das Problem Silas gelöst ist, werden wir die Stadt verlassen«, sagte Mayren und zog ihren Haargummi aus dem Zopf, woraufhin ihre hellblonden Haare ihr über die Schultern flossen. »Es ist mir egal, was du ihm und deinen anderen Freunden erzählst.« Sie kämmte sich mit ihren Fingern die Haare durch und streckte sich dabei. »Die Hauptsache ist, dass es so normal wie möglich rüberkommt.«

Kapitel 25

London – Stadtteil Kensington – Mayrens Wohnung
Sonntag, 19. September – Joshua

Mit einem unterdrückten Gähnen sah ich Mayren an, die mir im Wohnzimmer gegenübersaß. Es war später Nachmittag geworden und sie hatte den ganzen Tag damit verbracht, mich mit Informationen zu füttern. Ich fühlte mich erschlagen von dem ganzen Wissen, mit dem sie mich bombardierte. Beginnend damit, dass ich mir ihr Tattoo genauer einprägen musste, damit ich mögliche Verbündete erkannte, über den Tausch der Handynummern von Ian und Bastian und dass sie mir ihre Waffe zeigte und sie reinigte. Gerade erklärte sie mir das System von Zeros Spiel.

Allein, dass er es Spiel *nennt, wenn es darum geht, einen Menschen zu finden und umzubringen ...*

»Jeder von uns bekommt ein Foto der Person zugeschickt. Insgesamt geht der Auftrag an zehn Killer, die es geschafft haben, seine Gunst zu gewinnen«, erklärte Mayren und mit einem gemischten Gefühl sah ich sie an.

Immerhin geht es gerade darum, dass dieser Auftrag auf mich ausgestellt ist!

»Die Schwierigkeit lag darin, dass man die Person identifizieren muss und sie dann aufspüren.« Sie warf mir einen entschuldigenden Blick zu.

Fast als hätte sie ein schlechtes Gewissen.

Nach einem kurzen Moment fand ich, dass Mayren das verdient hatte und ich ihr das schlechte Gefühl nicht nehmen wollte. »In den letzten Jahren war es immer so, dass man es einfach hatte, die Person zu finden, aber diese wurde sich der Gefahr nach einigen Stunden bewusst und versuchte sich zu verstecken oder zu verteidigen«, fuhr sie unermüdlich fort.

Wird sie nie müde oder braucht eine Pause?

»Letztendlich ist es so, dass das Spiel frei von Regeln läuft und jedes Ziel bisher ausgeschaltet wurde. Wir wissen nicht, was passiert, wenn alle Jäger tot sind oder von deiner Spur ablassen. Das ist ein Ziel, auf das wir hinarbeiten werden.«

Keine rosigen Aussichten.

»Was hast du getan, um ihn Zeros Gunst zu stehen?«

Sie legte den Kopf schräg und zwang sich ein Lächeln auf die Lippen. »Menschen getötet«, sagte sie nur und zuckte mit den Schultern. »Viele …«

Ihre kalte Aussage jagte mir eine Gänsehaut über den Körper und ich wollte nicht nachfragen. Das Sofa knarrte leise, als ich mich nach vorne lehnte und mein Gesicht auf den Händen aufstützte. Mit meinen letzten konzentrationsfähigen Hirnzellen überlegte ich mir eine Frage: »Habt ihr eine Ahnung, wer die anderen Spieler sein können?«

Mayren schüttelte den Kopf. »Nein«, sagte sie nüchtern und es klang resignierend. »Leider nicht.«

Schnaufend atmete ich aus und tauchte aus meinen Händen auf. Eine merkwürdige Angst krallte sich in meine Brust.

»Ian und seine Leute erstellen Statistiken und berücksichtigen die Wahrscheinlichkeiten.«

Dieser Unterricht über irgendwelche Verhaltensmuster und Vorgehensweisen ... was bringt das bitte?

Meine Stimmung war gereizt und ich ließ sie das spüren.

»Brauchst du eine Pause?« Fragend legte Mayren ihren Kopf schief, aber ihr schien meine mangelnde Konzentration und meine kippende Stimmung nicht zu passen.

Mir passt das ebenso wenig, aber ich bin nicht mehr aufnahmefähig. Das ist alles zu viel.

Mein Hirn war vor Informationen und Emotionen überflutet, ich nickte stumm als Antwort und stand auf. Für einen Moment blieb ich stumpfsinnig im Raum stehen, bevor ich wortlos in den Flur und mein angrenzendes Zimmer verschwand und die Tür hinter mir schloss. Einige meiner Kleidungsstücke, Unterlagen für die Uni und mein Laptop lagen in dem Raum verstreut und verliehen ihm meine persönliche Note.

Das Gefühl der Verzweiflung schien mich zu erdrücken, ein leichtes Zittern hatte sich über meinen Körper gelegt und ich ließ mich auf die Kante des Bettes fallen. Mein Hals fühlte sich zugeschnürt an und das Atmen schmerzte in den Lungen, während das Geschehene und die Zukunftsangst ihr Übriges dazugaben.

Mir war es immer wichtig, als offener und ehrlicher Mensch durch die Welt zu gehen, ich hatte mir nie etwas zuschulden kommen lassen und werde nun gejagt. Womit hatte ich das verdient?

Alles Schlechte in meinem Leben schien wie eine riesige schwarze Welle über mir einzubrechen und mich in einem dunklen Strudel in die Tiefe zu ziehen. Schmerz spannte in meiner Brust und mein Puls erhöhte sich vor panischer Angst. Kein Gedanke war greifbar und mein Unterbewusstsein füllte sich mit Verzweiflung. Ich versuchte, meine Gedanken zu beruhigen und konzentrierte mich auf meine Atmung.

Einatmen ...

Ausatmen ...

Ein ...

Aus ...

Nach einigen Wiederholungen wurden meine Gedanken klarer. Achtlos ließ ich mich nach hinten fallen und starrte an die Decke und den Lampenschirm. Oftmals half es mir, die Lage objektiv zu betrachten.

Erstens: Ein Clanführer hat ein Kopfgeld auf mich ausgesetzt und einigen Leute den Auftrag übertragen, mich zu töten.

Zweitens: Eine der Mörderinnen hat sich auf meine Seite geschlagen und will mir mit ihrem Clan zu Seite stehen, um sich an dem Clanoberhaupt für den Mord an ihrer Familie zu rächen.

Ich schlug mir die Hände vors Gesicht und wünschte mich in die Zeit zurück, in der ich deutlich einfachere Probleme hatte. Ein Seufzen entfuhr mir.

Drittens: Sieben weitere Auftragsmörder sind hinter mir her. Viertens: Mayren ist scheinbar gut in dem, was sie tut.

Antriebslos drehte ich mich auf den Bauch, vergrub mein Gesicht in der Bettdecke und unterdrückte einen Schrei.

Fünftens: Einer der Mörder hat mich bereits aufgespürt und andere werden dies auch tun.

Die Gefahr, in der ich schwebte, war mir bewusst geworden und meine Intuition riet mir, so viel Wissen von Mayren anzueignen, wie es ging. Im Ernstfall wollte ich nicht hilflos sein, aber je mehr Informationen sie mir gab, umso mehr schüchterte mich alles ein.

Kann ich lebendig aus dieser Sache herauskommen?

Ein zurückhaltendes Klopfen an meiner Zimmertür ließ mich aus meiner Verzweiflung auftauchen. »Ja?«

Mayren öffnete die Tür und musterte mich besorgt, sie schien meine Stimmung zu spüren.

Wie kann jemand so emphatisches zu solchen Taten fähig sein?

Vorsichtig machte sie ein paar Schritte auf mich zu und lehnte die Tür hinter sich an. »Wenn dir das alles zu viel wird, kannst du mir das sagen.« Ihre Stimme war ruhig und verständnisvoll, was mich noch mehr frustete.

»Wenn ich überleben will, dann darf mir nichts zu viel sein.« Entmutigt setzte ich mich aufrecht auf die Bettkante.

Sie ist nicht der Feind!

Ihr Nicken war nachdenklich, dann trat sie auf mich zu und setzte sich neben mich. Unsere Oberschenkel berührten sich kurz, aber sie rutschte ein Stück weg und brachte Abstand zwischen uns. »Mir ist klar, dass alles für dich aussichtslos wirken muss«, begann sie und zog ihre Stirn in besorgte Falten. »Aber ich werde dich beschützen und du kannst mir vertrauen, was das angeht.

Meine Welt … sie ist brutal, aber ich kenne sie seit fast 20 Jahren und bin in ihr aufgewachsen.«

Zweifelnd sah ich sie an.

20 Jahre …

»Ich sehe nicht aus wie ein Killer, das ist mir klar, aber denkst du ich wäre gut in meiner Arbeit, wenn man mir das ansehen würde?«

Mayren war weder muskulös, noch wirkte sie sehr gefährlich. Sie hatte mich perfekt getäuscht.

»Es ist okay, wenn du nicht darauf antwortest«, sagte sie schulterzuckend und legte den Kopf schräg. »Ich werde unterschätzt. Von dem Typ Freitagnacht, von dir … Das interessiert mich nicht, weil ich meine Fähigkeiten kenne und weiß, was ich leisten kann und glaub mir, das ist eine Menge.« Mit Schwung stand sie auf.

»Komm«, bat sie mich und ich reichte ihr meine Hand. Die Hand, die ich gehalten hatte, als wir uns näher waren. Als die Wahrheit noch nicht zwischen uns stand. Zögerlich griff ich nach ihr und sie zog mich auf die Beine. »Mir ist klar, dass ich dich getäuscht habe, aber ich bitte dich, dass du mir vertraust …« Sie drückte meine Hand mit einer bittenden Geste.

Ich wusste nicht, was ich sagen sollte, spürte ein leichtes Ziehen in meiner Magengegend, das mich bat, ihr wieder zu vertrauen.

Vertrauen … Das musste man sich verdienen.

»Bitte …« Ihre grünen Augen nahmen einen flehenden Ausdruck an.

Aber genaugenommen ... hat sie mein Leben gerettet. Zweimal.

»Ich brauche Zeit, bis ich dir wieder vertrauen kann ...«
Meine Enttäuschung war noch zu frisch, um sie vergessen zu können.

»Verständlich ...«

Kapitel 26

London – Guy's Campus, medizinische Fakultät
Montag, 20. September – Mayren

Die Aura der Uni hatte sich verändert, sie hatte ihre Unschuld und den Schein eines normalen Lebens für mich hinter sich gelassen und strahlte in der Gelassenheit meiner eigenen Welt.

Irgendwie komisch hier zu sein und mich nicht mehr verstellen zu müssen. Wie zwei Welten die plötzlich aufeinanderprallen. Es ... fühlt sich gut an.

Joshua saß neben mir und wirkte angespannt. Seit er die Wahrheit wusste, schienen ihn lange Aufenthalte in der Öffentlichkeit nervös zu machen. Dunkle Schatten hingen unter seinen Augen und sein Gesicht wirkte fahl.

Die Situation belastet ihn stärker, als er zugeben will.

Vor Beginn der Vorlesung hatte Noah ihn zur Begrüßung mit einem breiten, zweideutigen Grinsen zum Kaffeeautomaten gezogen. Ich folgte ihnen in einem gewissen Abstand und blieb in Sichtweite.

Silas wird es nicht wagen, ihn hier zu töten. Er wäre sofort zur Fahndung ausgeschrieben.

Ich ließ die ersten beiden Stunden über mich ergehen und hörte dem Dozenten gelangweilt zu. Dank meiner gefallenen Deckung Joshua gegenüber hielt ich es nicht mehr für notwendig, eine interessierte Fassade aufrecht zu halten.

Ich drehte eine Haarsträhne um den Zeigefinger und zog mein Handy aus der Hosentasche, um zu sehen, ob Bastian oder Ian geschrieben haben, aber mein Handydisplay zeigte keine neuen Nachrichten an.

Heute Morgen hatte Bastian geschrieben, dass er bald den Eurotunnel durchqueren wird. Es kann also nicht mehr lange dauern.

Die letzten Minuten der Vorlesung verstrichen und die Klingel verkündete das Ende.

Livi hat in dieser Vorlesung gefehlt ... Ob sie in der nächsten zusammen mit Allison auf uns wartet?

Ich konnte gut auf ihre Art verzichten, auch wenn mir bewusst wurde, dass sie Joshua nicht mehr so anhimmeln würde, wie letzte Woche.

Ihre Wut wird sich auf mich konzentrieren ...

Als wir den neuen Vorlesungssaal betraten, machte ich mich auf das Schlimmste gefasst, aber Allison saß allein in einer der hinteren Reihen des Saals und begrüßte uns mit einem ehrlich freundlichen Lächeln. Ich erwiderte es, da ich froh war, dass sie keinen Streit suchte.

»Guten Morgen, Alli«, lachte Noah freudestrahlend und deutete fragend auf den leeren Platz neben ihr.

»Livi geht es nicht gut«, erklärte Allison und verzog den Mund etwas schief. »Sie ist lieber zu Hause geblieben.«

Verständlich ...

Joshua machte ein schuldbewusstes Gesicht und setzte sich zwischen Noah und mich. Ich mich neben Alli und ihm.

Während ich meine Tasche auspackte, beobachtete ich die ankommenden Studenten.

Allison beugte sich zu mir und legte die Hand auf meinem Arm, sofort sah ich sie an. »Es tut mir leid, was am Freitag passiert ist. Ich hoffe, dass du und Livi noch die Chance habt, Freundinnen zu werden.«

Nein.

Mit meiner linken Hand strich ich mir eine Haarsträhne aus dem Gesicht. »Es ist alles gut«, versicherte ich ihr. »Livi war betrunken und ich verstehe, was der Herzschmerz für Gefühle hervorrufen kann.« Kurz vergewisserte ich mich, dass Joshua und Noah uns nicht zuhörten, aber die beiden waren ebenfalls in ein Gespräch vertieft. »Bitte sag ihr, dass es mir leidtut und ich hoffe, dass sie bald den Mann trifft, der sie genauso liebt, wie sie es verdient hat.«

Genug schmalzige Worte, Mayren ...

Allison drückte meinen Unterarm und verzog das Gesicht unangenehm berührt. »Livi hat mir das mit deinen Eltern erzählt.« Sie wirkte zerknirscht, aber ich ließ mir nichts anmerken. »Es tut ihr aufrichtig leid, dass sie den Mist gesagt hat.«

Nickend tat ich ihre Worte ab und ließ meinen Blick durch den Vorlesungssaal schweifen. »Bitte sag ihr, dass wirklich alles gut ist«, beschwichtigte ich sie, während ich die teilnahmslosen Gesichter der Studenten beobachtete. Die meisten ankommenden Leute beachteten mich nicht und wenn, kassierte ich nur desinteressierte Blicke, bis mich unerwartet ein kalter Schlag durchfuhr!

Die Augen eines Mörders!

Ein Mann, Mitte 30, betrat den Hörsaal und blieb nach ein paar Schritten stehen. Sofort begegneten sich unsere Blicke und augenblicklich spannten sich meine Nacken- und Schultermuskeln an. Das Gespräch mit Allison hatte ich vergessen und reckte herausfordernd mein Kinn nach vorne.

Silas! Früher als erwartet.

Unsere letzte Begegnung war flüchtig und nicht feindselig, aber ich erkannte ihn sofort und wir starrten uns an. Keiner war bereit, das kleine Duell zwischen uns zuerst aufzugeben.

»Joshua«, zischte ich leise und er sah sofort auf.

»Ja?« Er folgte meinem Blick, weil er merkte, dass meine Aufmerksamkeit nicht ihm galt.

»Darf ich vorstellen, Silas Brown.« Meine Stimme war eiskalt und Joshua erkannte sofort den Ernst der Lage. Er stieg in unser Blickduell ein und spannte ebenfalls die Muskeln an.

»Was will er hier?« Für einen kurzen Moment hörte ich ein unsicheres Zittern in seiner Stimme.

»Ich gehe davon aus, dass er die Lage sondieren will.« Neben mir sagte Allison etwas, aber ich ignorierte sie und dachte angestrengt über das weitere Vorgehen nach.

Oder er sucht das Gespräch mit mir, Rache für den Mord an seinem Kumpan wäre auch eine Option.

Kurz ließ ich ein kleines Lächeln auf meinen Lippen erscheinen, damit Silas wusste, dass er mich nicht überraschte.

Nie Schwäche zeigen!

»Gleich wissen wirs«, murmelte ich und stützte mich mit beiden Händen auf der Tischplatte auf, bevor ich betont langsam aufstand.

Silas lächelte amüsiert, fuhr sich mit seiner rechten Hand über den Nacken und schlug die Augen nieder.

Unser Blickduell habe ich gewonnen, aber falls unsere zweite Auseinandersetzung anderes ausgeht, sollte ich Joshua vorbereiten.

Mit einer nebensächlichen Bewegung streifte meine Hand kurz seinen Oberarm und löste ein ungeduldiges Flattern in meinem Magen aus. Es war eine kleine, minimale Geste, aber ich hoffte, dass sie Joshua Mut gab. »Bleib bei Noah und Allison«, riet ich ihm und griff nach meiner Tasche. »Schreibe Bastian, dass Silas aufgetaucht ist, er soll dich in der Uni abholen, falls ich nicht wiederkomme. Vertrau ihm.« Ohne seine Antwort abzuwarten, schritt ich selbstsicher auf Silas zu.

Es ist besser, die Initiative zu ergreifen, als sich in die Verteidigung drängen zu lassen! Auch wenn das Sprichwort so nicht geht, aber in diesem Fall gilt: Angriff ist der beste Angriff.

Meine Schritte waren langsam und kraftvoll. Klar, er brachte mich in den Zugzwang, aber ich hatte damit gerechnet und war vorbereitet. »Guten Morgen«, schlug ich einen kühlen Ton an, als ich in seine Hörweite trat.

Wir sind keine Freunde, bilde dir das nicht ein.

Ich erntete ein spöttisches Lächeln und einen arroganten Blick. »Willst du unsere Zielperson nicht mitbringen?« Silas' Stimme war so tief und rau, wie ich sie in Erinnerung hatte. Ohne auf seine Frage einzugehen, deutete ich mit einem Kopfnicken zur Tür.

»Lass uns ein Stück gehen, ich wollte mit dir reden.« Meine freundliche Bitte klang deutlich mehr nach einer Aufforderung. Wieder kassierte ich ein zynisches Grinsen und ich wusste, dass er sich überlegen fühlte.

Solange er das denkt, sieht er mich nicht als gleichrangigen Gegner.

Der Professor betrat den Raum und schloss die Tür hinter sich.

Beweg dich, Silas!

Die Gespräche im Raum verstummten und ich war mir bewusst, dass die Aufmerksamkeit aller Leute auf uns fiel. Der Dozent räusperte sich, sah uns auffordernd an und deutete in Richtung der anderen Studenten. Für einige Sekunden sahen wir zurück, dann lachte mein Gegner provokativ und ging spöttisch auf die Tür zu. In angemessenen Abstand folgte ich ihm und es ärgerte mich, dass er einen gehässigen Blick über seine Schulter zu Joshua warf.

Starr ihn nicht an!

Schnell zog ich die Tür hinter uns zu und kommentarlos gingen wir einige Meter und entfernten uns von den letzten Studenten auf den Gängen. Ich musterte ihn genau, suchte nach dem Anzeichen einer Waffe, aber so wie ich es schaffte, meine zu verbergen, konnte er es ebenso.

»Wie kann es sein, dass die Zielperson bei dir ist und lebt, Grey?«, fragte Silas. Wir blieben auf dem leeren Gang stehen und lässig lehnte sich Silas mit dem Rücken gegen eine Fensterbank. Locker baute ich mich vor ihm auf und verschränkte meine Arme.

»Ich habe meine Gründe«, sagte ich leise und wechselte die Sprache in Russisch, damit uns niemand verstand.

Herausfordernd zog er eine Augenbraue hoch, aber wechselte ebenfalls seine Sprache. »Oh, diese *Gründe* würde ich gerne erfahren.« Er wusste, dass ich ihm keine Antwort geben würde. »Letzten Mittwoch war ich den ersten Tag hier«, begann er und regungslos hörte ich zu. »Als ich ihn in der Bibliothek gesehen habe, hast du an seiner Seite geklebt. Warum erklärst du mir das nicht?«

Da habe ich unter einem Vorwand Bücher abgeholt ...

Silas musterte mich durchdringend, als könne er mir die Worte von meiner Stirn ablesen, aber ich setzte mein Pokerface auf. Seine Arme waren an einigen Stellen vernarbt und eine breite Narbe zog sich von seinem Haaransatz den Kopf hinauf. »Deswegen habe ich am Freitag einen meiner Jungs losgeschickt.«

Der Typ, der uns verfolgt hat ...

Ein grimmiges Lächeln schlich sich auf meine Lippen.

Er hat ihn bewusst in den Tod geschickt. Das würde ich niemals bei einem meiner Leute in Kauf nehmen!

Wut über seine rücksichtslose Art kochte in mir hoch.

»Als er am Samstag nicht wieder kam, wusste ich, dass du wirklich bei ihm warst, und wollte mich persönlich mit dir *unterhalten.*«

»Dein Freund hat mich bedroht«, sagte ich gleichgültig. »Was erwartest du?«

Das Gesicht meines Gegenübers verfinsterte sich jäh und hob die Narbe an seinem Haaransatz hervor.

Er stieß sich dynamisch von der Fensterbank ab, um bedrohlich einen Schritt auf mich zu zumachen. »Was ich *erwarte?*«, knurrte er mich an und machte erneut einen Schritt.

Hochmütig reckte ich ihm das Kinn entgegen.

Denk nicht, dass du mich einschüchtern kannst!

»Ich erwarte, dass du dich *verpisst* und mich den Auftrag zu Ende bringen lässt!«, forderte er und kalte Wut flackerte in seinen Augen. »Das ist unser Job, Grey. Ihn töten und nichts anderes.« Sein plötzlicher Stimmungswandel überraschte mich nicht.

Wie Bastian prophezeit hatte, er wird am Auftrag festhalten.

»Nein, das wird nicht passieren«, stellte ich mit frostiger Stimmlage klar. »Wenn du an ihn ran willst, dann führt der Weg nur über mich.«

»Und was macht ihn für dich so wichtig? Hat er dir etwa ein paar schöne Worte ins Ohr geflüstert?« Silas lachte spöttisch und seine Augen wurden zu Schlitzen. »Du weißt selbst, wie es endet. Es endet *immer* auf die gleiche Weise.«

Diesmal nicht ...

»Zeiten ändern sich ... Aufträge ändern sich.«

Silas schüttelte den Kopf. »Das Einzige, was sich ändern wird, ist, dass du auch eine Zielscheibe auf deinem Rücken trägst, wenn du nicht aus dem Weg gehst.« Drohend ließ er seine Hand zu seinem Hosenbund gleiten, wo er vermutlich seine Waffe versteckt hatte.

Wir können hier nicht mehr tun, als mit unseren Worten zu kämpfen und das weiß Silas auch. Jederzeit könnte jemand kommen.

»Es ist ein *Fehler*, sich mit mir anzulegen, Silas.«

Mein stures Verhalten machte Silas nur noch wütender. »Willst du dein Leben für jemanden aufgeben, den du nicht kennst? Für jemand völlig *Unbedeutendes*, der nicht zu deinem Clan gehört?« Ein Muskel an seinem Kiefer zuckte entschlossen. »Die letzten Jahre hast du immer brav mitgespielt, was hat sich geändert, Grey?«

Ich legte den Kopf schief, als er seine Hand am Hosenbund verweilen ließ und ich zwang mich zu einem provokativem Lächeln. Die Luft zwischen uns knisterte spannungsgeladen.

Das geht dich einen Scheiß an!

»Es hat dich nicht zu interessieren, was ich tue oder lasse«, entgegnete ich und funkelte ihn arrogant an.

Komm schon, Silas, noch hast du die Möglichkeit zu gehen ohne, dass es Konsequenzen für einen von uns geben muss.

»Du machst einen gewaltigen Fehler, Grey«, behauptete er mit scharfer Stimme. »Zero hat nicht nur uns den Auftrag gegeben, sondern auch noch anderen. Denkst du wirklich, dass du den Jungen gegen alle verteidigen kannst?«

»Ja.«

Er schnaubte verächtlich. »Warum riskierst du das?«

»Ich habe eine bessere Verwendung für ihn gefunden.«

Spöttisch lachte er auf. »Eine bessere Verwendung, soso. Du spielst ein gefährliches Spiel mit deinem Verhalten.«

Ich verdrehte die Augen und brachte meinen Körper in Kampfstellung, um Silas zu signalisieren, dass ich bereit war, mich ihm hier und jetzt zu stellen.

Dieses Gespräch führt zu nichts.

Wir haben beide unsere Stellungen bezogen und es ist unmöglich einen Kompromiss zu finden.

»Damit hast du dein eigenes Todesurteil unterschrieben«, sagte Silas mit einem drohenden Unterton und spiegelte meine Körperhaltung. Zornesfalten prangten auf seiner Stirn und die Narbe an seinem Haaransatz verzerrte seine Züge. Kurz zuckte sein Blick auf den Gang, aus dem wir gekommen waren und ich hörte, dass eine Gruppe von Studenten einbog.

»Vielleicht hast du recht«, flüsterte ich ihm zu und seine Augen huschten zu mir zurück. »Vielleicht ist das mein Todesurteil, aber *ich* habe es gewählt und bin bereit, mich allen Gefahren zu stellen.«

Die Gruppe der Studenten kam näher und ich spürte ihre neugierigen Blicke in meinem Rücken.

»Das letzte Wort ist noch nicht gesprochen«, knurrte Silas mich an, aber ich warf ihm einen giftigen Blick zu.

»Doch … das ist es«, entgegnete ich und machte einen Schritt rückwärts, ohne ihn aus den Augen zu lassen. »An meinem Standpunkt ändert sich nichts. Lass von Joshua ab oder es wird beim nächsten Mal nicht bei Worten bleiben.«

Kapitel 27

London – Guy's Campus, medizinische Fakultät
Montag, 20. September – Joshua

Als ich Silas ansah, nahm ich die Stimmen meiner Kommilitonen nur noch als entferntes Summen wahr. Angespannt drückte ich meinen Rücken durch und zog meine Schultern zurück, um den Typen im unteren Teil des Vorlesungssaals möglichst unbeeindruckt anzufunkeln.

Einer meiner potenziellen Mörder.

Ein kalter Schauer kroch mir über den Rücken. »Was will er hier?«, fragte ich Mayren und bemühte mich, die aufsteigende Panik in meiner Stimme zu verbergen.

»Ich gehe davon aus, dass er die Lage sondieren will«, gab Mayren ihre Vermutung bekannt. »Gleich wissen wir es.« Sie erhob sich in einer kraftvollen Bewegung, ohne den Blickkontakt mit Silas zu beenden und griff nach ihrer Tasche. Für einen kurzen Moment berührte ihre Hand meinen Arm und Gänsehaut breitete sich an dieser Stelle über meinen Körper aus. »Bleib in jedem Fall bei Noah und Allison«, gab sie mir die Anweisung, ohne dass die anderen sie hören konnten. »Schreibe Bastian, dass Silas aufgetaucht ist, er soll dich in der Uni abholen, falls ich nicht wiederkomme. Vertrau ihm.« Ihre Worte stimmten mich nicht optimistisch.

Rechnet sie mit dem Schlimmsten?

Der Gedanke machte mir Angst.

Mayren gibt mir eine gewisse Sicherheit, wenn diese weg ist, wäre ich Freiwild!

Sie verlor kein weiteres Wort und ging die Stufen hinunter, ich blieb mit einem unguten Gefühl zurück. Die Stimmen neben mir verstummten und kurze Zeit später stieß Noah mich an.

»Was macht May da?«, fragte er mich verwundert. »Kennt sie den Typ?«

Angespannt beobachtete ich die Situation. »Sie kennen sich von früher.« Zwei Plätze neben mir konnte ich von Allison ein überraschtes Seufzen hören. Unter normalen Umständen hätte ich sie fragend angesehen, aber die Konfrontation von Mayren und Silas forderte meine gesamte Aufmerksamkeit. Sie führten eine leise Unterhaltung und verließen nach einem deutlichen Räuspern des Dozenten den Raum.

Was ist, wenn ihr etwas passiert ...?

Kurz bevor Silas durch die Tür verschwand, warf er mir einen Blick über die Schulter zu und eine Gänsehaut befiel meinen ganzen Körper.

Dieser Mensch ist hier, weil er mich töten will!

Dann verschwand er und Mayren folgte ihm. Als beide hinter der Tür verschwanden, wurde meine Anspannung noch größer.

Noah wirkte beunruhigt. »Das sah nicht freundschaftlich zwischen den beiden aus«, flüsterte er mir während des Unterrichtsbeginns zu. »Bist du sicher, dass wir nicht hinterher sollten?«

Unruhig biss ich mir auf die Unterlippe und ballte die Hände unter dem Tisch.

Unter anderen Umständen würde ich Mayren niemals mit so einem Typen allein lassen, jedoch weiß sie am besten, was zu tun ist. Meine Anwesenheit wäre nur Ablenkung.

Ich schüttelte den Kopf. »Es ist besser, wenn wir uns nicht in ihre Angelegenheit einmischen …«

Mein Kommilitone war wenig überzeugt und runzelte die Stirn. »Wenn du meinst«, fügte er sich jedoch und warf einen letzten Blick zur Tür, bevor er sich auf die Vorlesung konzentrierte.

Ich spürte, dass er etwas sagen wollte und mit meiner Aussage nicht einverstanden war, aber stattdessen schwieg und auf dem Ende seines Kugelschreibers herum biss. Es schien ihm ebenso wie mir zu widerstreben, aber er ahnte nicht im Geringsten, mit wem wir es zu tun hatten.

»Ist … zwischen euch alles okay?«, murmelte er leise, sodass Allison uns nicht verstehen konnte. Absichtlich mied ich seinen Blick.

Nein, verdammt! Nichts ist okay!

Kurz zögerte ich. »Es ist zwischen uns nicht so einfach, wie ich es gedacht hatte.«

Noah brummte leise, aber fragte nicht nach, worüber ich froh war. Schnell zog ich mein Telefon aus der Tasche und schrieb an die Nummer von Bastian, die Mayren mir gestern gegeben hatte:

`Silas ist hier. Mayren ist mit ihm gegangen.`

Um den Schein zu wahren, versuchte ich meine Aufmerksamkeit auf die Vorlesung zu lenken, aber meine Konzentration driftete dauernd ab. Nach wenigen Minuten erhielt ich eine knappe Antwort:

Mayren weiß, was sie tut. Ich bin bald da.

Unruhig trommelte ich mit meinen Fingerkuppen auf die Tischplatte und kaute auf der Innenseite meiner Wange herum.

Bastian hat recht!

Alibimäßig machte ich mir Notizen von einzelnen Wortfetzen, die ich auffing und wartete ab. Nach fünfzehn Minuten endloser Anspannung kam endlich eine erleichternde Nachricht von Mayren:

Silas ist weg, ich warte draußen.

Ich atmete durch und meine verkrampfte Hand entspannte sich.

Ein Glück!

Schnell tippte ich:

Ich: Kommst du nicht zurück? Geht es dir gut?

Mayren: Nein, ich warte draußen, wir sehen uns nach der Vorlesung. Ja, mach dir keine Sorgen.

Perplex sah ich von meinem Handy zur Tür und zurück, bevor ich nachdenklich den Kopf schief legte.

Mayren und zwei andere Mörder haben mich bereits gefunden.

Mit einem Seitenblick sah ich zu Noah und Allison.

Meine Freunde, die mir in meiner kurzen Zeit in London bereits so sehr ans Herz gewachsen waren ... sie haben mich aufgenommen wie einen alten Freund, der nach langer Zeit zurückkam. Ich bin ich es ihnen schuldig, sie zu schützen!

Stumpf starrte ich zu unserem Dozenten.

Wenn weitere Killer kommen, werden meine Freunde automatisch eine Zielscheibe auf dem Rücken tragen.

Der Gedanke wurde plötzlich so präsent in meinen Kopf, dass er mich fast erdrückte.

Ihr Leben ist wichtiger als der Gedanke, dass die Normalität so lange wie möglich aufrechterhalten werden muss! Egal was Mayren sagt, aber das kann sie nicht von mir verlangen!

Resigniert steckte ich meinen Stift in die Halterung am Tablet, ich wusste, was ich zu tun hatte.

Ich muss euch schützen ...

Dann packte ich meine Sachen.

Noah sah mich fragend an. »Gehst du nach May schauen?«, flüsterte er und ich nickte. Seine Miene war ernst geworden. »Wenn du Hilfe brauchst, schreib einfach.«

Wieder nickte ich. »Mach ich.«

Nicht.

Mit einer Endgültigkeit stopfte ich meine Sachen in die Tasche.

Ich kann nicht zulassen, dass andere in den Mist reingezogen werden. Es macht Mayrens Aufgabe leichter, wenn wir uns so wenig wie möglich in der Öffentlichkeit bewegen.

Allison warf mir ein Lächeln zu und zwinkert: »Bis später.« Ihr freundschaftlicher Tonfall ließ mein Herz schwer werden.

Das war's.

Mit einem Hauch von Melancholie knuffte ich Noahs Schulter.

Danke für alles, mein Freund.

»Mach's gut, Noah«, verabschiedete ich mich von ihm.

Wahrscheinlich ist es das letzte Mal, dass wir uns sehen.

Noah wollte verwundert etwas erwidern, aber ich stand auf, ohne auf seine Worte zu warten. Ich warf keinen Blick zurück, als ich die Treppen zum Ausgang hinunterging und jeder Schritt, jede Stufe sich anfühlte, als würden meine Beine gegen mich kämpfen.

Das war's wirklich.

Ein merkwürdiges Gefühl breitete sich in meiner Brust aus, als ich die Tür öffnete und ging.

Als würde ich mein altes Leben hinter mir lassen.

Man konnte es mit dem Beenden einer langen Beziehung vergleichen, die ich mit mir selbst geführt hatte und mit dem Schließen der Tür zum Vorlesungssaal, kappte ich die letzten Seile. Mit einem endgültigen Klicken fiel die Tür ins Schloss.

Mayren saß auf der Fensterbank und sah von ihrem Handy auf, als ich aus dem Raum kam.

Sie wirkte unversehrt und als sie mich sah, hüpfte sie von der Bank. Besorgt musterte sie mich. »Alles okay?«

Warum sorgt sie sich um mich? Nicht ich habe gerade ein Gespräch mit einem Mörder geführt.

»Das sollte ich eher dich fragen«, antwortete ich und ging auf sie zu. »Was ist passiert?«

Sie schulterte ihren Rucksack und verzog ihr Gesicht unglücklich. »Silas hat deutlich gemacht, dass er an seinem Auftrag festhalten wird.« Sie wich mir aus. »Und ich habe ihm klar gemacht, dass in diesem Fall der Weg zu dir über mich führt.«

»Fuck«, fluchte ich leise.

Mayren machte einen zögerlichen Schritt auf mich zu, kurz zuckte ihre Hand, blieb jedoch regungslos an ihrer Seite hängen. »Silas ist impulsiv und cholerisch. Er plant nichts voraus«, versuchte sie mir Mut zu machen. »Er überschätzt sich und unterschätzt andere. Das sind Schwachpunkte und ich sehe gute Chancen für uns.«

Für wenige Sekunden schwiegen wir. »Ich will dich nicht zu einer Entscheidung drängen, aber ich hatte mein Gespräch mit Silas und …«

»Er wird meine Freunde angreifen, wenn ich hierbleibe«, riet ich mit tonloser Stimme und mit einem kurzen Zögern stimmte sie zu.

»Das könnte sein.«

Es gibt also keine Wahl, als meiner Welt ... meinem alten Leben den Rücken zu kehren?

Der Gedanke erfüllte mich mit Angst und ich ballte meine Hände zu Fäusten, damit sie nicht zitterten. »Wenn er mich hier findet, werden andere das auch schaffen. Ich will nicht, dass Noah und meine Freunde in irgendwas reingezogen werden.«

Mit einem Kopfnicken deutete Mayren den Gang hinab. »Ja ... ich halte es auch für die bessere Lösung, wenn wir verschwinden.«

Meine ersten Schritte waren zögerlich und widerstrebend und es fühlte sich komisch an, zu gehen in dem Wissen, dass ich nicht mehr wiederkommen würde. Ich betrachtete die entgegenkommenden Studenten nicht, sondern schlängelte mich durch die Gruppen in Richtung Ausgang.

Ich lasse mein altes Leben hinter mir ... mein Studium ... alles wofür ich so lange gearbeitet hatte.

Diese Erkenntnis bereitete mir trotz der sommerlichen Temperaturen eine Gänsehaut. Mir war bewusst, dass es keine andere Möglichkeit gab, aber dennoch war es kein gutes Gefühl, alles aufzugeben.

Langsam leerten sich die Gänge und zielsicher bogen wir in den letzten Gang vor dem Ausgang ein. Im selben Moment trat aus der Sonne ein schwarzgekleideter Mann in den Schatten des Eingangsbereichs.

Er war größer als ich, hatte schwarzes, kurzes Haar und trug einen Motorradhelm in der linken Hand. Selbst mit der gepolsterten Schutzjacke konnte man sofort erkennen, dass er muskulös und sportlich war und seine Ausstrahlung nur vor Selbstbewusstsein strotzte.

Sein Blick fokussierte uns und herausfordernd legte der den Kopf schief.

Schlagartig blieb ich stehen, Mayren lief einige Schritte weiter, bevor sie sich umdrehte und mich auffordernd ansah. Ein leichtes Lächeln umspielte ihre Lippen, als sie meine Skepsis sah. »Du lernst schnell. Normalerweise solltest du dich wirklich von Leuten wie ihm fernhalten.«

Misstrauisch musterte ich den Kerl, der vor Mayren stehen blieb und sie zur Begrüßung in seine Arme zog.

Das ist Bastian!

»Schön dich zu sehen«, begrüßte sie ihren Partner in Crime herzlich.

»Hallo, May«, erwiderte er ihre Begrüßung mit tiefer Stimme.

Nach ein paar Sekunden lösten die beiden sich wieder voneinander und Mayren stellte mich vor. »Basti, das ist Joshua Winter, Joshua, Bastian Preto.« Sie deutete mit ihrem Zeigefinger auf den jeweils Genannten.

Bastian reichte mir die Hand. »Bisher kannte ich dich nur von Bildern.« Beim Handschlag drückte er absichtlich mit seiner ganzen Kraft zu.

Unbeeindruckt erwiderte ich seinen Händedruck meinerseits so fest ich konnte. »Wie viele andere wahrscheinlich auch«, gab ich trocken meinen Kommentar zu seiner Aussage ab und er nickte bestätigend.

»So ist es.«

Kapitel 28

London – Kensington, Kickboxstudio
Montag, 20. September – Joshua

Der Aufprall auf dem Boden presste mir die Luft aus den Lungen. Ich machte ein erstickendes Geräusch und der muffige Gestank der Sportmatten drang mir in die Nase. Ächzend rollte ich mich auf die Seite und öffnete die Augen, um in die rot-blauen Matten zu starren, die den Boden der Kickboxhalle bedeckten. Eine Schweißperle kullerte mir über die Wange und tropfte herunter.

»Komm steh auf!«, stichelte Bastian und stieß mir unsanft seinen Fuß in die Seite.

Ich habe mir das Training anders vorgestellt ...

Ich war sportlich und dachte, dies würde den Kampfsport einfacher machen, aber Bastian führte mich vor. Immer wieder warf er mich skrupellos um und ich stürzte in die Matten, wodurch meine schlechte Laune von Minute zu Minute wuchs. Frustriert kam ich auf die Knie und musterte ihn genauer. Er machte einen Schritt zurück, um einen angemessenen Abstand herzustellen.

»Was ist?« Ein provozierendes Grinsen erschien auf seinen Lippen. »Du wolltest lernen, wie man sich verteidigt. Steh auf und streng dich an.«

Kommentarlos stand ich auf und hob meine Arme zur Deckung hoch.

Wie ich seine Arroganz hasse! Er ist besser als ich und das lässt er mich spüren.

Bastian war muskulös, aber was ich auf der Matte bereits lernte, war, dass er auch Technik und Schnelligkeit beherrschte. Zwei Dinge, die mir fehlten.

Mit meinem Unterarm wischte ich den Schweiß von meiner Stirn und versuchte seinen durchbohrenden Blick zu deuten, während ich mich auf den nächsten Angriff vorbereitete. Bastian musterte mich und ich beobachtete jede kleine Bewegung, um ein Muster ausmachen zu können.

Seine starke Hand ist die rechte, er schlägt immer zuerst mit der linken zu und mit seiner Schlaghand hinterher.

Die Augen meines Gegenübers wurden für einen kurzen Moment zu Schlitzen und ich wusste instinktiv, dass gleich sein Angriff folgte. Wie erwartet zielte er mit einem linken geraden Schlag auf mein Gesicht, aber ich machte einen schnellen Schritt auf ihn zu, fegte seine Faust mit meinem linken Arm weg und stand an seiner ungedeckten Seite. Mit aller Kraft, die ich aufbringen konnte, verpasste ich ihm einen Haken in seine Rippen, aber ich erntete nicht den gewünschten Effekt. Durch das Anspannen seiner Muskulatur federte er den Hieb problemlos ab, aber seine Augen funkelten vor Überraschung und er verzog belustigt seine Lippen.

Der spielt mit mir!

»Nicht schlecht«, kommentierte Bastian mein Handeln, aber für seinen Gegenangriff fehlt mir die Zeit zum Reagieren. Er beugte seinen Arm und versetzte mir mit seinem Ellenbogen einen festen Stoß vor die Brust.

Keuchend taumelte ich zwei Schritte zurück und beugte mich von der Wucht des Schlages leicht vorne über.

Verdammt!

Schnell schlossen sich Bastians Arme in einem Schwitzkasten um meinen Hals und schnürten mir die restliche Luftzufuhr ab.

Fuck!

Panisch versuchte ich seinem Griff zu entkommen, aber meine Hände fanden keinen Halt. Sterne flackerten über mein Sichtfeld und breiteten sich zu einer einheitlichen Dunkelheit aus. Hilflos kratzten meine Fingernägel über Bastians Arme, aber es war aussichtslos, ich konnte mich nicht aus seinem Griff lösen. Watte legte sich auf meine Ohren und gedämpft hörte ich ihn etwas murmeln. Ein plötzlicher Schrei beendete meine Notsituation. Bastians Arme lösten sich und er ließ mich keuchend auf die Matten fallen. Gierig sog ich die Luft in meine Lungen und hustete sie nur Sekunden später wieder aus.

Dieses Arschloch hätte mich fast erwürgt!

Es dauerte einige Sekunden, bis mein Hustenreiz verebbte und mein Sichtfeld sich schärfte. Langsam rappelte ich mich auf die Knie.

»Hast du sie noch alle?!«, hörte ich Mayren wutentbrannt brüllen. »Du solltest ihm beibringen, wie er sich *verteidigt* und ihn nicht umbringen! Hast du vergessen, dass wir ihn beschützen wollen?!«

Wütend biss ich meine Zähne aufeinander und sah auf.

»Da lass ich euch einmal allein!«

Sie und Bastian standen sich auf der Matte gegenüber und sie funkelte ihn wütend an.

Bastian stand vor ihr und bemühte sich eine schuldbewusste Miene zu machen, aber Mayren ließ sich davon nicht beeinflussen, sondern deutete mit dem Finger wütend auf mich. »*Fuck*, Bastian! Er wäre fast ohnmächtig geworden! Hältst du das wirklich für nötig?!«

Bastian reagierte nicht auf ihre wütende Ansprache, sondern sah mich auf den Matten kniend an.

»Du *Vollidiot!*«, beleidigte sie ihn abschließend und drehte sich zu mir um. Für eine Sekunde zwang sie sich mit einem Schnauben zur Ruhe, dann wandte sie sich mir zu. »Alles okay?« Sie klang ernsthaft besorgt und kniete neben mich. Vorsichtig legte sie ihre Hand auf meine Schulter.

»Natürlich.« Meine kratzige Stimme strafte mich des Lügens.

Niemand hat Mitleid mit mir, meine Verbündeten sollten das auch nicht.

Ihr Ausdruck verriet mir sofort, dass sie meine Lüge nicht glaubte. »Bastian wollte deine Frustrationsgrenze testen«, erklärte sie mir und verdrehte genervt die Augen.

Zähneknirschend stemmte ich mich auf die Beine.

Wenn das seine Absicht war, werde ich ihm zeigen, wie sehr er sich die Zähne an mir ausbeißt.

»Ich habe keine Wahl«, sagte ich und rieb mir meinen Hals. »Ich *muss* das Lernen, weil ich mich nicht darauf verlassen kann, dass ihr immer da seid.«

Bastians reservierter Blick begegnete meinem und danach Mayrens, die neben mir auf dem Boden kniete. Ohne etwas zu sagen, beobachtete ich ihren stummen Blickaustausch und sah sie auffordernd an. »Was?!«

Frustrationsgrenze! Dass ich nicht lache, 10 fucking *Killer und sie reden von Frustrationsgrenzen!*

Mayren stand mit einem Seufzer auf, nachdenklich fuhr sie sich durch ihre langen blonden Haare. Ich spürte, dass sie mir etwas sagen wollte, aber nicht die richtigen Worte fand.

Bastian kam ihr zuvor: »Joshua, ganz *ehrlich?*«

Genervt funkelte ich ihn an.

»Versteh mich nicht falsch.« Härte lag in seiner tiefen Stimme und er machte einen kleinen Schritt auf mich zu. Verärgert legte ich den Kopf schief und runzelte die Stirn.

Nicht falsch verstehen? Du kannst mich mal!

Zu gerne hätte ich ihm meine Gedanken vor die Füße gespuckt.

»Innerhalb von kurzer Zeit ist es uns nicht möglich, dir das beizubringen, was Mayren und ich in unserer Ausbildung lernten.« Er zuckte mit den Schultern und sah zu Mayren.

Diese versuchte, Schärfe aus Bastians Worten zu nehmen. »Wir trainieren seit wir Kinder sind, sowohl Verteidigung und Angriff. Unsere Erfahrungen sind unmöglich in wenigen Tagen aufzuholen.«

Die Frustration kochte in mir hoch, bis ich sie nicht mehr zurückhalten konnte. »Das weiß ich *selbst!*«, schrie ich die beiden verbittert an.

»Könnt ihr euch überhaupt vorstellen, in was für einer *scheiß* Lage ich bin?!« Die Worte platzten aus mir heraus und ich brachte mich weiter in Rage. »Ich habe heute in der Uni mein *Leben* hinter mir gelassen! Ich werde meine Freunde hinter mir lassen, um sie zu schützen! Meine Familie! Einfach *alles!*«

Bastian hatte sein Pokerface aufgesetzt und musterte meinen Ausbruch regungslos, während Mayren die Augenbrauen verständnisvoll verzog.

Können die beiden das überhaupt verstehen?!

»Ich weiß genau, dass ich von euch abhängig bin, wenn ich diesen Scheiß durchstehen will! Ich weiß, dass ich jedem dieser *Psychopathen* schutzlos ausgeliefert bin und euch am Rockzipfel kleben muss, um nicht draufzugehen!« Ich ballte die Fäuste und versuchte durchzuatmen, aber meine Wut war noch nicht ganz verraucht.

Weder Mayren noch Bastian sagten etwas, sie tauschten nur wieder Blicke aus.

»Ich bin von der Gnade zweier *Killer* abhängig«, knurrte ich sie an. »Aber wenn ich euch zu lästig werde, lasst ihr mich allein zurück und ich werde jämmerlich vom Nächsten abgeschlachtet.« Einen kurzen Moment Stille machte sich im Studio breit.

Ich bin zu weit gegangen ...

»Verdammt!«, fluchte ich, drehte mich um und schlug gegen einen Boxsack hinter mir. Der schwere Ledersack baumelte leicht an seiner Kette hin und her, zeigte sich sonst aber unbeeindruckt von meinem Schlag.

Fuck ...

Einige Atemzüge starrte ich nur den Boxsack an. »Ich will *überleben.*« Langsam drehte ich mich zu ihnen um, bereit für ihre Reaktionen. »Und ich will mein Leben zurück.« Verzweiflung hatte sich in meine Stimme eingeschlichen. »Vielleicht versteht ihr, dass man in dieser Situation ungern von Fremden abhängig sein will.«

Beide sahen mich durchdringend an, nachdenklich und verständnisvoll.

»Du musst lernen, uns zu vertrauen«, meinte Bastian und Mayren stimmte ihm zu.

Der Ausdruck auf ihrem Gesicht beruhigte mich und erinnerte mich an die wenigen Tage, die wir unbelastet miteinander verbracht hatten.

Damals, als ich nicht wusste, wie tief ich schon in der Scheiße steckte.

»Ich habe dich das erste Mal vor einer Woche auf dem Campus gesehen ...« Mayren sah mich mit einem kleinen Lächeln an. »Wir wissen jetzt mittlerweile, dass du wirklich nichts mit unserer Welt zu tun hast und wir werden dich nicht im Stich lassen!«

Anspannung fiel von mir ab und unterbewusst spürte ich, dass sie zu ihrem Wort stand.

»Und wo May ist, bin ich auch. Leb damit, dass du uns vorerst an der Backe hast«, fügte Bastian hinzu.

Ich senkte meinen Blick auf meine Hände. »Danke ...«, murmelte ich leise. Eine weitere Frage drängte sich aus meinem Inneren nach oben.

So plötzlich und präsent, dass ich mich wunderte, dass ich sie nicht früher gestellt hatte.

Will ich das wirklich wissen?

»Wie viel Geld hat er auf mich angesetzt?« Meine Stimme war ruhig geworden, aber ich sah Mayren durchdringend an. »Was ist mein Leben oder besser gesagt mein Tod ihm wert?«

Aus dem Augenwinkel merkte ich, dass Bastian sich abwandte und Mayren die Beantwortung der Frage überlassen wollte.

Bitte, Mayren ...

Sie zögerte.

»Bitte ...«

»Zwei Millionen«, war ihre ernüchternde Antwort und ich riss schockiert meine Augen auf.

Zwei ... Millionen ...

»*Was?* So viel Geld, obwohl er mich nicht kennt?« Leicht schwankend streckte ich meine Hand nach dem Boxsack aus. »Fuck ...«, flüsterte ich gedämpft und Hoffnungslosigkeit hatte sich in meine Stimme eingeschlichen.

Das ist so viel Geld ... Niemand wird freiwillig von mir ablassen, wenn mein Kopf diese gigantische Summe wert ist!

Unwillkürlich flammte Misstrauen in mir auf und ich funkelte Mayren und Bastian an.

»Euer Clan ist auf das Geld angewiesen«, war meine kühle, fast schon verzweifelte Aussage. »Eure Clanchefs werden nicht zulassen, dass ihr zwei Millionen verschmäht.«

Mayrens grüne Augen trafen auf meine und sie legte ihre Stirn besorgt in Falten.

Sie streitet es nicht ab ...

Bastian seufzte und stellte sich neben sie. Es war wohl der Zeitpunkt gekommen, an dem er sich in das Gespräch einbringen wollte. »Du hast es ihm nicht gesagt, oder?«, fragte Bastian Mayren trocken.

Sie schüttelte stumpf den Kopf, aber mied meinen Blick.

»Mir *was* gesagt?«, hakte ich sofort nach und starrte die beiden irritiert an. Meine Fingerspitzen begannen ängstlich zu zittern.

»Ich glaube, es ist Zeit, grundlegende Klarheit zu schaffen«, sagte Bastian und nach einem letzten, fragenden Blick zu Mayren und ihrem Nicken musterte er mich durchdringend. »Den Chefs unseres Clans sind die zwei Millionen scheißegal.«

»Warum? Niemanden kann so viel Geld egal sein!«

Mayren seufzte leise. »Joshua?« Kurz nahm sie sich Zeit ihre Worte zurechtzulegen. »Bastian und ich sind die Anführer dieses Clans.«

Es dauerte einige Sekunden, in denen diese neue Information in mein Unterbewusstsein vordrang.

Moment ... was?

Der Boxsack schwankte, als ich vor Erstaunen fast mein Gleichgewicht verlor. Fassungslos sah ich die beiden an.

Die beiden sind die Chefs des Clans?

Tausende neue Fragen kamen zu den alten Fragen hinzu, aber ich wusste nicht, welche ich zuerst stellen sollte. Es schien plötzlich so, als würde ich vor zwei völlig Unbekannten stehen.

Nicht dass ich die beiden wirklich kennen würde, aber ich glaube, ich habe sie unterschätzt.

»Was? Wie?« Meine Worte waren nicht mehr als ein verwirrtes Stammeln.

Mayren strich sich verlegen eine blonde Haarsträhne aus der Stirn und ein kurzes Lächeln zuckte über ihre Lippen, während Bastian meine Verwunderung deutlich amüsierte.

Mit einer Mischung aus Stolz und Belustigung grinste er mich an und legte seinen Arm um Mayrens Schulter.

Kann der Einfluss der beiden groß genug sein, um mir den Hals zu retten?

»Wie kam es dazu?«, brachte ich meinen ersten vollständigen Satz hervor.

Mayren sah kurz zu Bastian, aber verzog den Mund und deutete mit einem Kopfnicken zur Tür. »Ich erzähle es dir. Aber nicht hier … Das ist der falsche Ort.«

Verständnisvoll nickte ich.

Hier ist nicht der richtige Ort dafür.

Ein kleines, vorsichtiges Lächeln erschien auf Mayrens Lippen, wurde breiter und sie verpasste Bastian einen spielerischen Ellenbogenstoß in die Seite, woraufhin er seinen Arm zurücknahm. »Zuerst zeige ich dir, wie man mit Bastian umgehen muss.« Sie zwinkerte mir belustigt zu und stellte sich in einem gewissen Abstand zu Bastian auf.

Er erwiderte ihre Herausforderung mit einem Funkeln in den Augen. »Oh, May«, kommentierte er und hob die Fäuste hoch zur Deckung. »Es ist mir eine Ehre.«

Kapitel 29

London – Stadtteil Kensington – Mayrens Wohnung
Montag, 20. September – Mayren

»Es ist so …«, begann ich zögerlich und lehnte mich in meinem Sessel nach vorne. Die Gedanken an die kommenden Worte legten sich schwer auf meine Schultern und mein Hals war trocken geworden. Kurz warf ich Bastian auf dem Sessel neben mir einen Blick zu und sein leichtes Nicken bekräftigte mich in meinen Worten. Meine Finger verschränkten sich ineinander und kurz bildete ich mir ein, dass sie zitterten. Ein Seufzen entfuhr mir und dann wusste ich wie ich anfangen sollte. »Jeder aus unserem Clan hat seine eigene Geschichte und es steht mir nicht zu dir ihre zu erzählen … ich erzähle dir deswegen nur meine.«

Joshua wirkte verständnisvoll und Besorgnis spiegelte sich in seinen Augen.

Er weiß von dem, was meiner Familie passiert ist, von ihrer Ermordung und das Ende meines alten Lebens. Es ist Zeit an diese Erinnerung anzuknüpfen.

»Zeros Leute schlachteten meine Familie ab und ließen mich am Leben, aber sie ließen mich nicht zurück, sondern nahmen mich mit. Sie sperrten mich wie ein Gepäckstück in den Kofferraum und fuhren mich quer durch Europa.« Kurz sammelte ich mich. »Ich hatte furchtbare Angst, war traumatisiert und an mir klebte das Blut meiner Familie, der Geruch ihres Todes … Stunden vergingen, in denen ich in der rüttelnden Dunkelheit lag und weinte, bis ich nach einer Ewigkeit aus dem Wagen gezerrt wurde und dort ankam, wo ich die nächsten Jahre verbringen würde. An dem Ort, wo wir uns kennenlernten.« Ich schluckte gegen das trockene Gefühl in meinem Mund an und sah zu Bastian.

»Georgien ...«, erwiderte er. »Unsere Fabrik ... unser Ausbildungsort ... war in Georgien.«

Aus dem Augenwinkel konnte ich Joshuas Bestürzung deutlich erkennen. Ihm schienen die Worte zu fehlen, um etwas zu sagen, aber das erwartete ich auch nicht.

Wir haben Grausames an jenem Ort durchgemacht.

»Ich lernte dort auch Ian und Kaja kennen«, fuhr ich in einem emotionslosen Tonfall fort. »Wir wuchsen gemeinsam auf und wurden in eine Ausbildung gezwungen, die uns zu dem gemacht hat, was wir heute sind. Zu *abgefuckten* Killern!«

Kurz sah ich zu Bastian, aber er starrte mit einem düsteren Blick auf die Tischplatte und ich fuhr fort. »Uns wurde einiges abgefordert und wir haben erst zu spät begriffen, dass wir zusammenarbeiten mussten und es uns nicht erlauben konnten, gegeneinander zu sein.«

Ich musste an Bastians und meine Freundschaft auf den zweiten Blick denken, die durch eine Gefangenschaft in derselben Zelle entstand. »Wir wurden vor Ort gedrillt und lernten alles, was wir für unsere tägliche *Arbeit* benötigten.« Ich zögerte. »Das Kämpfen, das Töten, die Schwachstellen des menschlichen Körpers ... Spionieren, einfach alles, was unsere Aufträge ausmacht.

Alles, was diese dunkle Seite von uns ausmacht.« Ich hatte Angst, dass ich den Abscheu auf Joshuas Gesicht sehen konnte, aber da war nur trauriges Verständnis.

»Erst nahm Zero uns die Familien, dann stumpften seine Leute uns ab und erzogen uns zu gewissenlosen Attentätern ohne Gnade.« Wieder musste ich schlucken und griff nach der Tasse mit Earl Grey vor mir auf dem Tisch. Der sanfte Geruch von Bergamotte stieg mir in die Nase und der herbe Geschmack vertrieb das trockene Gefühl in meinem Mund. Ein unpassendes, kleines Lächeln fand den Weg auf meine Lippen, als ich meine Tasse zurückstellte und Joshuas schmerzerfüllten Ausdruck bemerkte.

Meine Erzählung schmerzt ihn ...

»Wir wuchsen unter absolut *beschissenen* Bedingungen auf, aber es hat uns abgehärtet und schweißte uns zusammen. So sehr, dass ich jedem meiner Leute heute bedingungslos vertraue.«

Bastian erwiderte mir ein kleines Grinsen.

»Wir wurden über unsere komplette Kindheit ausgebildet und hätten die Ausbildung im Alter von 16, 17 Jahren beendet. Zehn Jahre lang waren wir in dieser Hölle eingesperrt und hatten keine Möglichkeit, das Gelände zu verlassen, bis wir endlich eine Möglichkeit sahen uns davon loszusagen und letztendlich entstand aus dieser Entwicklung unser Clan, namens *die Georgier*.«

Bastian mischte sich das erste Mal in meine Erzählung ein. »So einfach, wie sich das anhört war es nicht. Unsere jetzige Freiheit hat viel Blut und viele Leben gekostet.«

Ein kleiner Schmerz durchzuckte mich, als ich an die Leute dachte, die wir verloren hatten.

Ihre Opfer haben uns die Freiheit erkauft ... jedem war das Risiko bewusst und jeder war bereit es einzugehen. Lieber wollten wir bei dem Versuch sterben, als weiter in der Gefangenschaft zu leben!

Neugier lag auf Joshuas Gesicht, aber es widerstrebte mir, genauer auszuholen.

Die Details lassen sich nur am Ort des Geschehens erzählen.

»Dieser Kampf für unsere Freiheit wurde von meinen engsten Freunden und mir initiiert. Somit haben wir uns unsere jetzigen Führungspositionen in unserem Clan verdient.« Ich lehnte mich im Sessel zurück und zuckte mit den Schultern. »Ganz knapp erzählt ... aber das ist die Entstehungsgeschichte unseres Clans.«

Bastian entfuhr ein trocken amüsiertes Schnauben, aber er schwieg.

»Wie alt wart ihr damals?«, fragte Joshua schockiert nach.

Bastian warf ihm einen nachdenklichen Blick zu, bevor er das Wort ergriff. »May war damals fast 15 und ich 17.«

Kurz verzog ich das Gesicht zu einer Grimasse. »Lang ist es her ...«

»Krass ...«, brachte Joshua hervor.

»Du kannst das nicht mit dem Alter eines normalen Teenagers vergleichen«, warf Bastian ein. »Wir waren früh gezwungen erwachsen zu werden.« Die Bitternis klang deutlich aus seinen Worten hervor, aber ich nickte zustimmend.

Ja ... da hatte er vollkommen recht.

Für einen kleinen Moment schwiegen wir, bis ich fortfuhr.

»Zero hat uns unsere Kindheit genommen ... er war für den Tod unserer Familien verantwortlich und wir wollten damals wie heute *Rache!*« Unbewusst ballte ich meine Hand zur Faust und sah an einen fernen Punkt, um meine Gedanken zu fokussieren. »Unser oberstes Ziel war es, unabhängig unserer Vergangenheit auf Zeros Radar aufzutauchen und einen direkten Weg zu ihm zu finden.« Wieder griff ich nach einer Tasse und nahm einen kleinen Schluck. »Es vergingen einige Jahre, in denen wir Drecksjobs machten, bis uns das erfolgreich gelang. Unser Clan ist seit *fünf* Jahren, dieses Jahr eingeschlossen, bei Zeros Spielen beteiligt.«

Bastian fiel mir ins Wort. »Das stimmt teilweise! *Mayren* ist seit fünf Jahren an diesem Spiel beteiligt und hat es bereits *dreimal* erfolgreich für uns beendet.«

»Danke, Basti ...«, murrte ich unsicher, weil ich Angst vor Joshuas möglicher Reaktion hatte.

Bitte ... sieh mich nicht als Monster.

Er wirkte jedoch verständnisvoll und ich fuhr schnell fort. »Der Punkt ist der: Unser Clan existiert nur, weil Zero uns vor vielen Jahren zusammenbrachte. Dieser Hass treibt uns und das Verlangen nach Rache voran.«

»Hat Zero nie einen Versuch unternommen, um euch zu bestrafen? Ihr werdet ihn in seinen Plänen einen ordentlichen Strich durch die Rechnung gemacht haben«, warf Joshua zögerlich ein. Er schien unsicher darüber, welche Fragen er stellen sollte.

Bastian atmete tief ein und fuhr sich durch seinen Drei-tagebart.

Ja ... wenn wir das nur wüssten.

»Das ist eine Frage, die wir dir nicht beantworten kön-nen«, warf Bastian schulterzuckend ein. »Wir haben immer mit einer Vergeltung gerechnet, aber wir gingen gezielt vor, um Informationen zu unserer Mörder-Fabrik zu vernichten und vermuten, dass ihn das uns vom Hals gehalten hat.«

Ich sah Joshua an. »Aber nichts destotrotz suchen wir seit Jahren nach einem Weg zu Zero und deine Verbindung ist unsere erste Gelegenheit, um wirklich an ihn ranzukommen. Gerade weil sie nicht offensichtlich ist.«

»Zero hat in uns keine Menschen gesehen, sondern nur Ware, die er erziehen und nach ihrer Ausbildung verkaufen konnte«, fügte ich an. »Und wir sind sicherlich nicht die ein-zigen, die das durch machen mussten.«

Joshuas Finger zitterten leicht, als er nach seiner Tasse griff und ebenfalls etwas trank. »Ich kann euch keinen Weg zu Zero weisen«, sagte er leise, ohne einem von uns in die Augen zu sehen. »Es gibt nichts, was ich euch hierzu sagen kann ...«

Das ist uns bewusst, wir müssen die Verbindung eben selbst rausfinden.

»Niemand hat das von dir erwartet«, warf ich ein und verlagerte mein Gewicht auf dem Sessel. »Wirklich niemand, Joshua. Wir werden die Verbindung selbst herausfinden müssen und dafür müssen wir erst Silas aus dem Weg räumen.« Ich wandte mich an Bastian. »Also? Du erwähntest, dass du hierzu eine Idee hast?«

Aufmerksam beobachtete ich Bastian und er nickte.

»Ich hatte vor ein paar Monaten Kontakt zu einem anderen Clan und habe da herausgehört, dass sie eine persönliche Fehde mit Silas führen. Unter den richtigen Grundvoraussetzungen könnten wir mit ihnen kooperieren, um uns das Problem vom Hals zu schaffen.«

Ich spürte Joshuas fragenden Blick zwischen Bastian und mir, aber schaute mit zweifelnder Miene Bastian an.

Er schlägt eine Zusammenarbeit mit einem anderen Clan vor?

Ohne meine Vorbehalte zu nennen, zog ich vielsagend eine Augenbraue hoch.

Ich bin nicht bereit ein Risiko einzugehen, das Joshua gefährden könnte! Bastian ist klug genug, um zu wissen, was er tut.

Bastian bemerkte meine Skepsis und grinste. »Natürlich können wir uns die Arbeit machen und Silas selbst suchen und angreifen, aber das kostet uns unnötige Zeit, Kapazitäten und Ressourcen.« Er lehnte sich in seinem Sessel zurück und verschränkte die Finger ineinander.

Schwierige Entscheidung ... wir müssten dem Clan vertrauen können und ihm einen Teil des Hintergrundes unseres Konflikts erklären.

Joshua und Bastian sahen mich beide an und schienen auf eine Einschätzung meinerseits zu warten.

»Es gibt Clans, mit denen wir eine freundschaftliche Beziehung pflegen«, erklärte ich Joshua, um ihn nicht im Dunkeln sitzen zu lassen.

»Mit einem dieser Clans kann man im Regelfall ohne Bedenken zusammenarbeiten, allerdings ist das situationsabhängig und basiert auf einer genauen Einschätzung.« Ich machte eine Pause und verschränkte ebenfalls die Finger ineinander.

Grundsätzlich mag ich keine Kooperationen, was daran liegt, dass ich eher ein Einzelgänger in Aufträgen bin. Hierzu hatte ich meine Lektion deutlich gelernt. Ich vertraue ungern jemanden außerhalb meines Clans.

»Welcher Clan ist das?«, wandte ich mich an Bastian und begegnete seinen Blick.

An seinem Ausdruck sah ich ihm an, dass er wusste, an welche Lektion ich denken musste. »Die Bellucci-Familie«, sagte er und knackte mit seinen Fingerknöcheln.

Nachdenklich ließ ich mir alles, was ich über die Familie wusste durch den Kopf gehen.

Sie sind ein kleiner Ableger der italienischen Mafia und in London ansässig. Wir hatten bisher noch keine geschäftliche Beziehung mit ihnen, aber wenn der Hass auf Silas groß genug ist, könnte es funktionieren.

»Wen kennst du bei den Belluccis?«

»Sein Name ist Luca. Ich kenne ihn durch einen Auftrag, den ich vor Jahren hier in London hatte«, erklärte Bastian. »Er hat mir Waffen verkauft und wir sind damals zufällig auf Silas gekommen.«

Nachdenklich zwirbelte ich eine Haarsträhne um meinen rechten Zeigefinger. »Kann man ihm vertrauen?«

In unserer Welt ist Vertrauen alles!

Es ist schwer zu bekommen und zu verdienen ... es ist eine Währung bei uns.

Joshua nickte nachdenklich und taxierte uns mit seinen Blicken genau. Seine erste Unsicherheit über alles, was wir ihm erzählt haben, schien vorbei zu sein.

»Wenn ich das richtig verstehe, gilt seine Treue seinem Clan«, hakte er nach. »Woher wisst ihr, dass dieser Luca oder sein Clan nicht das Kopfgeld im Sinn haben?«

Er stellt die richtigen Fragen.

»Die Frage gebe ich an dich weiter, Bastian.«

Er warf mir ein kleines, provozierendes Grinsen zu, aber nahm die Frage direkt an. »Ich werde ihn anrufen und fragen. Ian und ich haben uns vor ein paar Tagen bereits darüber ausgetauscht und er konnte mir sagen, dass die Belluccis in den letzten Jahren definitiv *keine* Einladungen von Zero erhalten haben oder eine geschäftliche Beziehung zu ihm hegen.«

Mit einer Mischung aus Unmut und leichter Verärgerung zog ich eine Braue hoch.

Du stellst Nachforschungen ohne mein Wissen an?

»Warum denkst du, dass Luca die Wahrheit sagt?«

Ich bin jederzeit bereit mein eigenes Leben zu riskieren, aber ich bin nicht bereit Joshuas zu riskieren.

»Die alte Ganovenehre sollte uns ein gutes Stück absichern. Wir wollen keine langfristige Kooperation eingehen, sondern nur einen gemeinsamen Feind töten«, meinte Bastian und schnippte einen Fussel von seinem Shirt. »Wir werden uns darauf beschränken und Joshuas Hintergrund gar nicht erst ansprechen.«

Langsam nickte ich, nicht voll überzeugt, aber das Vertrauensproblem werden die Belluccis ebenfalls haben.

Wenn wir Silas endlich haben, wird es noch genug andere geben, um die ich mich kümmern muss ... was wird Zero tun? Lässt er davon ab? Vermutlich verwischt er bereits seine Spuren ... dass Joshua noch lebt, ist langsam auffällig.

Ich griff nach meiner Tasse und umfasste sie mit meinen Händen.

Selbst wenn Zero den Auftrag fallen ließe, wie sähen die Folgen für Joshuas Leben und für mich und meinen Clan aus? Er könnte die Hetzjagd auf uns starten! So oder so ... die Zeit drängt.

Mit einem tiefen Atemzug sah ich auf.

Hass vereint genauso sehr wie Rache.

Zustimmend nickte ich Bastian zu. »Okay, kannst du mit Luca Kontakt aufnehmen?«

Bastian griff nach seinem Telefon und entsperrte das Display. »Nur zu gerne.« Ein kleines Lächeln erschien auf seinen Lippen und verbreiterte sich sofort, als er eine Nachricht sah. »Es sieht so aus, als würde Kaja Ende der Woche ebenfalls zu uns stoßen.«

Erstaunt zog ich eine Augenbraue nach oben.

»Ian hat sie bereits über unsere Situation informiert.«

Mit Kaja erhöhen wir die Sicherheit für Joshua deutlich!

Kapitel 30

London – Stadtteil Kensington – Mayrens Wohnung
Dienstag, 21. September – Joshua

Das schrille Klingeln des Weckers riss mich aus meinem unruhigen Schlaf. Ohne die Augen zu öffnen, tastete ich blind nach meinem Handy und deaktivierte das Läuten.

Ich habe ihn gestern Abend vergessen abzuschalten.

Trotz der bleiernen Müdigkeit, die in meinen Knochen lauerte, setzte ich mich im Bett auf und entsperrte das Display meines Handys. Es erschien mir nach wie vor unwirklich, dass mein Leben komplett aus den Fugen geraten war. Seufzend fuhr ich mir mit meiner freien Hand durch meine Haare und öffnete zeitgleich meine Benachrichtigungen. Nach der Besprechung gestern war ich nicht mehr in der Stimmung, auf eine offene Nachricht zu antworten. Selbst jetzt war ich unschlüssig, wie ich vorgehen sollte.

Kann ich einfach alle anlügen, die mir etwas bedeuten?

Ich schob das Telefon von der rechten in die linke Hand.

Ich muss, wenn ich sie schützen möchte.

Meine Leute in Deutschland waren allerdings aus der Schusslinie, sodass ich diese nicht zwangsläufig anlügen musste. Gemäß dieser Taktik schrieb ich meiner Tante auf ihre Frage: »Ob Fish and Chips mir mittlerweile schmecken?«

Nein!

Meinen Freunden aus Deutschland schrieb ich, dass ich fest daran glaubte, dass unser Fußballverein aus der Heimat definitiv weiter im DFB-Pokal kommen wird als in der vergangenen Saison.

Und Noah …?

Direkt nach unserem Abgang aus der Vorlesung hatte er mir geschrieben und nachgefragt, ob alles okay ist, aber ich wusste nicht, was ich schreiben sollte.

Und ich weiß es immer noch nicht.

Nachdenklich zauste ich durch meine Haare und tippte:

> Ja, es ist alles gut. Dieser Typ hat Mayren etwas durcheinandergebracht und ich wollte sie nicht allein lassen.

Hoffentlich ist es glaubwürdig genug.

Ich tippte weiter:

> Wir lassen heute die Uni sausen. ;)

Dann sprang ich einen Chat weiter und sah, dass Annabelle mir geschrieben hatte.

> Hallo Joshua,
> du bist ein paar Tage nicht zu Hause gewesen.
> Ich dachte, wir sind eine WG-Familie?
> Meldet man sich da nicht ab und zu?

Du dumme Kuh …

Eine andere Beleidigung hätte ich passender empfunden, aber zähneknirschend schrieb ich:

Hallo,
ich wusste nicht, dass ich mich neuerdings an- und abmelden muss?
Ich bin ein paar Tage bei einer Freundin.

Nachdem die Nachricht gesendet war, ließ ich achtlos das Smartphone auf meine Decke fallen und rieb mir den Schlaf aus den Augen.

Blöde Annabelle. Ich hätte das Angebot von Mayren früher annehmen und zu ihr ziehen sollen. Warum habe ich mich damals selbst angelogen und mir eingeredet, dass diese Frau nicht so schlimm war?

Genervt schnaufte ich, bevor ich den Gedanken an meine Mitbewohnerin zur Seite schob und an den gestrigen Abend dachte.

Das Telefonat mit diesem Luca war wenig aufschlussreich.

Erst sprachen Bastian und er auf schnellem Italienisch und wechselten schließlich ins Englische. Bastian erklärte ihm, dass Silas aktuell ein Problem für uns darstelle und ob Interesse an einer Zusammenarbeit bezüglich der Beseitigung bestehe.

Luca hingegen meinte, dass er diesen Vorschlag gerne seinem Boss unterbreiten werde und er sich wieder melde. Über mich verlor Bastian kein Wort. Mayren und Bastian schienen über den Ausgang des Telefonats nicht überrascht zu sein. »Luca hat innerhalb seines Clans keine Entscheidungsgewalt.

Er wird sich mit einer Entscheidung zurückmelden, sobald diese getroffen wurde«, erklärte Bastian.

Dieser Killer, Silas, läuft draußen herum und könnte mich jederzeit ins Visier nehmen ... und er wird nicht der Einzige sein.

Die ganze Situation war zum Haare raufen und kurzzeitig drohte ich ins Selbstmitleid abzurutschen, aber schwang die Beine aus dem Bett und ging zum Fenster, um die Gardinen zu öffnen. Goldenes Sonnenlicht flutete den Raum und ließ die einzelnen Staubkörner in der Luft funkeln.

Heute wird es wieder ein langer Tag, an dem ich viel Prügel einstecken werde ...

Mayren hatte bereits angekündigt, dass sie heute mein Training übernehmen wollte.

Ich habe sie darum gebeten, also werde ich es durchziehen!

Für einen Moment genoss ich die Wärme, die das Licht mit sich brachte, bevor ich mich bereit für den Tag machte.

Kapitel 31

London – Kensington, Kickboxstudio
Dienstag, 21. September – Joshua

Wie am Tag zuvor landete ich äußerst unsanft auf der Matte und stöhnte vom Aufprall kurz auf. Missmutig blickte ich zu Mayren, die mir ihre Hand zum Aufstehen reichte.

»Mit dir zu trainieren ist frustrierender als mit Bastian«, murrte ich, aber ergriff ihre Hand und sie zog mich auf die Beine.

»Warum? Weil ich eine Frau bin?« Ihre Augen funkelten amüsiert und mit einer schnellen Bewegung strich sie sich eine Haarsträhne aus der Stirn, die sich aus ihrem Zopf gelöst hatte.

»Nein!«, stellte ich direkt klar, obwohl es einen kleinen Teil dazu beitrug. »Bastian sieht man an, dass er mir körperlich überlegen ist, dir jedoch nicht.«

Mayren hob ihre Fäuste in die Deckung und schlug zwei schnelle Haken mit ihrer Führhand und Schlaghand, denen ich mit zwei Schritten nach hinten auswich. »Achte darauf, dass deine Füße in Kampfstellung bleiben«, wies sie mich an und ich befolgte ihre Anweisung. »Es ist gleichzeitig mein größter Vor- und Nachteil«, erklärte sie mir, während sie eine weitere Kombination in meine Richtung schlug, der ich mit Rückwärtsbewegungen auswich. »Niemand denkt, dass ich mit meinem Aussehen ein Wässerchen trüben könnte.«

Mit dem hinteren Fuß stieß ich gegen die Wand und konnte nicht weiter nach hinten ausweichen.

»Denkst du, dass Livi sich mit mir am Freitag angelegt hätte, wenn sie wüsste, zu was ich in der Lage bin?« Für einen kurzen Moment stand ihr die Belustigung ins Gesicht geschrieben und ich zog meine Hände näher an meinem Kopf, um meine Deckung zu wahren, während ihre Schläge unbarmherzig auf mich einprasselten.

Schweiß tropfte mir von der Stirn und ich schaffte es, einen Schlag abzufangen, doch der Nächste war ein Uppercut in meine ungedeckte Magengegend.

»Du kannst deine Körpermitte besser mit deinen Unterarmen decken, allerdings wirst du in diesem Fall die Deckung von deinem Gesicht nehmen und da anfälliger für Schläge werden.« Mayren trat einen Schritt zurück und zeigte mir die Bewegung, die sie als Abwehr empfahl, bevor sie ihre Deckung sinken ließ. Ihre Wangen hatten sich vor Anstrengung rotgefärbt und auch ihr standen Schweißperlen auf der Stirn, aber sie lächelte mich mit ehrlicher Freude in den Augen an.

Sie jagt mich seit fast zwei Stunden über die Matte und wird nicht langsamer oder schwächer. Die Schläge und ihre Bewegungen sind so schnell und instinktiv wie zu Beginn unseres Trainings.

»Weißt du, was ich meine?«, fragte sie und ich nickte bestätigend. »Okay, wir probieren diese Kombination noch mal.« Sie schlug mit ihrer Führhand eine Gerade und mit ihrer starken rechten Hand den Uppercut, den ich in diesem Versuch besser blockierte als zuvor.

Ein paarmal wiederholten wir die Kombination, bis ich sie fehlerfrei blocken konnte.

Jetzt muss ich die Schläge nur noch in einem echten Kampf erkennen können und meinen Block rechtzeitig einsetzen ...

Mayren wirkte zufrieden und wischte sich mit dem Unterarm einige Schweißperlen von der Stirn. »Sehr gut, du wirst schnell besser.«

»Danke«, presste ich atemlos hervor und spürte, wie die Erschöpfung meine Muskeln protestieren ließ. Ihr Kompliment überraschte mich und ich ließ meine Fäuste sinken.

Mayrens Augen funkelten in einem spielerischen Glanz. »Deckung hoch. Wir sind nicht fertig.«

Schnell brachte ich mich zurück in Position und beobachtete sie genau.

Mit einem flinken Schritt kam sie näher und ich konzentrierte mich auf die Bewegung ihrer Hände, als sie plötzlich ihr Knie anhob und ihr Fuß in einem Kick auf mein Gesicht zugeflogen kam. Der Kick traf mich unvorbereitet, aber ich merkte, dass sie den Treffer nur andeutete und rechtzeitig stoppte. Perplex starrte ich sie an und sie verzog das Gesicht zu einem verlegenen Lächeln. »Wo war deine Deckung gerade?« Gespielt ernst kam ihr die Rüge über die Lippen. »Du musst aufpassen, im Nahkampf gibt es nicht nur Fäuste.«

»Wie kannst du so hoch treten?«

»Jahrelange Übung.« Sie zuckte mit den Schultern. »Du kannst nicht nur auf die Hände deines Gegenübers achten.« Zur Veranschaulichung wackelte sie mit ihren Fingern.

»Es gibt Ellenbogenschläge.« Sie führte diesen vor und mir fiel erneut auf, dass sie in eine Art Kampfmodus wechselte, wenn sie mit mir trainierte. Ihre Schultern zogen sich an und ihr Körper war komplett auf Spannung.

»Theoretisch kann dir jemand eine Kopfnuss verpassen oder dich beißen.« Langsam ließ sie ihre Deckung sinken und musterte mich. »Sollen wir eine Pause machen?«

»Ja, gerne.«

Gemeinsam gingen wir zu unseren Taschen, die am Rande der Matten lagen. Ich bückte mich und warf Mayren ihre Trinkflasche zu, sie fing sie zielsicher.

»Der Punkt ist der«, meinte Mayren, nachdem sie die ersten Schlucke getrunken hatte. »Jeder von uns Killern ist im *Normalfall* in der Lage zu entscheiden, was richtig und falsch ist. Livi hat mich am Freitag durch diesen Streit provoziert, aber ich habe trotzdem nicht das Bedürfnis gehabt, sie umzubringen.«

Während sie sprach, trank ich ebenfalls einen Schluck und merkte erst in dem Moment, wie ausgetrocknet mein Mund war.

»Auch die anderen Jäger werden abwägen, ob sie den Auftrag weiterverfolgen werden oder nicht. Vor allem, wenn sie merken, dass du Schutz eines anderen Clans hast.«

Seit ich wusste, dass Mayren und Bastian die Anführer ihres Clans waren, hatte ich neue Hoffnung geschöpft und trotzdem musste ich an den Abend denken, als sie sich mit Livi gestritten hatte. An unser Gespräch an der Bar und …

Unseren Kuss ... ich kenne Mayren mittlerweile besser, aber ... Was war das? Warum hat sie den Kuss erwidert?

»Über was grübelst du nach?«, fragte sie, als sie merkte, dass meine Gedanken nicht in der Gegenwart verblieben waren.

Hitze schoss mir in die Wangen, als ich daran dachte, wie sich ihre Haut unter meinen Fingern angefühlt hatte und ich trank schnell einen weiteren Schluck Wasser, in der Hoffnung, dass meine Verlegenheit vertrieben wurde.

Ihr Blick wurde bohrender und sie warf ihre geschlossene Flasche zu ihrer Tasche.

»Ich ... musste an Freitagabend denken ...«, antwortete ich und wich ihr aus. »Warum ...« Ich unterbrach mich selbst und sah sie an. »Warum hast du den Kuss erwidert?«

Jetzt war es an Mayren rot zu werden und sie zupfte verlegen an ihrer Bandage. »Ich wollte nie mit deinen Gefühlen spielen«, gestand sie leise und ich sah Aufrichtigkeit in ihren Augen schimmern, als sie mich ansah. »*Nie!* Das musst du mir wirklich glauben und in dem Moment, als wir uns küssten ... wusste ich, dass ich dir die Wahrheit sagen musste und dir nicht mehr verschweigen wollte, wer ich war.« Sie atmete tief ein und aus. »Das war nicht fair von mir ...«

Unschlüssig starrte ich sie an und dachte an die Situation zurück.

Diese Gefühle, die ich für sie hatte ...

Ich wusste nicht, was mit ihnen geschehen war. Der Schock in Hinsicht der Gefahr hatte alles beseitigt und bisher nichts davon zurückgebracht.

Wir musterten einander und ich spürte tief in mir ein Zupfen an meinem Herzen, das mich daran erinnerte, dass ich mich zu Mayren hingezogen fühlte, aber meine Vernunft überwog und kämpfte gegen das Gefühl an.

Sie wollte zwar nicht mit meinen Gefühlen spielen, aber das zwischen uns hat keine Zukunft ... ich sollte diese Gedanken nicht zulassen. Es ... wäre ohnehin hoffnungslos ...

»Danke, dass du mich an dem Abend beschützt hast ... und auch für alles andere, was du für mich tust.«

Mayren lächelte, doch ich erkannte einen Funken Melancholie in ihrem Blick. »Ich bin froh, dass ich mich dazu entschieden habe und dass wir nicht mehr im Streit miteinander sind. Ich wollte dir nie wehtun ...«

»Ich weiß, May ...«

Kapitel 32

**London – Stadtteil Kensington – Mayrens Wohnung
Mittwoch, 22. September – Mayren**

Hi May, ist alles okay bei euch?

Nachdenklich sah ich auf Noahs Nachricht. Es war der zweite Tag, an dem wir den Vorlesungen fernblieben und nicht an Aktivitäten neben der Uni teilnahmen.

Für Joshua war das ungewöhnlich und Noah machte sich verständlicherweise seine Gedanken.

Ich legte mein Smartphone zur Seite und drehte mich auf meinem Barhocker zu Bastian und Joshua um, die auf dem Sofa und Sessel saßen. Die beiden diskutierten intensiv über irgendwelche Gruppenspiele im Fußball und ich hatte mich nach kürzester Zeit aus dem Gespräch ausgeklinkt, da mich das Thema langweilte.

Nach den anfänglichen Startschwierigkeiten von Montag verstanden sich die beiden gut. Mit einem höflichen Räuspern unterbrach ich die Unterhaltung der beiden und sie sahen mich an.

»Noah hat mir geschrieben«, erklärte ich schnell und deutete mit einem Kopfnicken auf mein Handy. »Wir sollten uns auf eine Geschichte einigen, damit wir keine Fragen mehr bekommen.«

Joshua nickte nachdenklich und verzog schuldbewusst das Gesicht.

»Er hat mir am Montagnachmittag auch geschrieben«, gab er zu, es schien ihm zu missfallen, dass er seinen Freund anlügen musste, aber er erkannte die Notwendigkeit. »Als Antwort habe ich ihm geschrieben, dass Silas dich durcheinandergebracht hat und ich für dich da sein wollte, war das okay?«

Amüsiert sah Bastian ihn an und dann mich.

»Hätte ich das nicht sagen sollen?«, wollte Joshua direkt wissen, als er die Belustigung bei Bastian erkannte.

»Doch, kein Problem«, meinte ich und zuckte mit den Schultern. »Es spielt keine große Rolle, aber es sollte ihn uns fernhalten, um ihn aus der Schusslinie zu halten.«

Kurz überlegten wir zusammen, bis ich den Vorschlag machte: »Ich finde, dass wir Silas weiter als Ausrede nutzen sollten. Kannst du Noah schreiben, dass Silas und ich eine gewisse Vergangenheit haben und ich Angst davor habe, ihm wieder in der Uni zu begegnen?« Ich sah von Bastian zu Joshua und ein schlechtes Gewissen machte sich breit.

Nach und nach webe ich weiter die Fäden in mein Netz aus Lügen ...

»Sag ihm irgendwas, dass es eine alte Psychose ausgelöst hat ... keine Ahnung.« Ich zuckte mit den Schultern. Es machte mir nichts aus, dass es mich vielleicht schwach wirken ließ. »Andere Vorschläge?«

Die Jungs schüttelten synchron die Köpfe und Joshua griff nach seinem Handy. »Ich schreibe ihm, dass ich dich nicht allein lassen will ...«, fügte er noch an und warf mir einen

Blick zu, bei dem ich wusste, dass er an unseren Kuss und das Gespräch gestern nach dem Training dachte. Schnell wandte ich mich ab, da ich mir bewusst war, dass Bastian uns beobachtete.

Er kannte mich besser als jeder andere Mensch und ich erinnerte mich zu gut an die Diskussion, die wir über Paul vor einigen Jahren geführt hatten.

Das wird sich nicht mehr wiederholen ... kein Mensch kann sich jemals wieder zwischen uns drängen.

»Ich habe ihm geschrieben«, verkündete Joshua wenig später und ich nickte nur, ohne ihn anzusehen.

Als ich mich an die weiteren Mails machte, die Bestellbestätigungen, kleinere Auftragsmorde oder Anfragen von Clanmitgliedern enthielten, nahmen Bastian und Joshua ihre Unterhaltung über Fußball erneut auf. Am Mittag wollten sie zum Training ins Kickboxstudio gehen.

Joshua wird besser, er versteht die Techniken und bekommt Routine, aber trotzdem ist er frustriert, weil es ihm nicht schnell genug geht.

Sein Ehrgeiz beeindruckte mich, egal ob im Studium oder im Training, er war es gewohnt, 100 % zu geben.

Hoffentlich meldet sich Luca bald. Bis zu diesem Zeitpunkt werden wir zu Hause sitzen und abwarten, wie sich die weitere Lage entwickelt.

Mit flinken Fingern beantwortete ich eine Mail, aber meine Gedanken waren an einem anderen Punkt.

Falls der Bellucci-Clan der Zusammenarbeit nicht zustimmt, sollten wir am besten die Stadt verlassen.

Silas ist uns nah und aktuell sind wir in keiner guten Position zum Handeln.

Es war eine verzwickte Situation. Wir waren von den Entscheidungen anderer Leute abhängig und konnten nicht frei agieren. Das machte mich wahnsinnig.

Silas weiß nicht, wo sich unsere Wohnung befindet. Diesen Vorteil haben wir aktuell, aber da wir nicht wissen, wo er sich aufhält, ist der Vorteil auf beiden Seiten.

Seufzend kratzte ich mich an der Schläfe und löschte die Mail.

Wahrscheinlich wird der Tag heute ereignislos, wenn Luca sich nicht meldet.

Leise Musik aus dem Radio vermischte sich in unserem Gespräch und lockerte die Stimmung. Nachdem Joshua und Bastian von ihrem Training wiederkamen, bestellten wir Pizza und machten es uns im Wohnzimmer gemütlich. Kurz fühlte es sich wie eine WG an, wären da nicht die Gesprächsthemen, die sich deutlich von denen in normalen Wohngemeinschaften unterschieden.

»Es gibt Unternehmen, die sich auf die Tatortreinigung spezialisiert haben«, erklärte Bastian Joshua und mit gemischten Gefühlen beobachtete ich seine Reaktion, während ich ein Stück Pizza aß. »Immer wenn man etwas zum *Aufräumen* hat, ruft man sie an und sie kommen und beseitigen den … *Abfall.*«

Joshuas Blick war skeptisch, aber dennoch interessiert.

Wir sollten aufpassen, dass er nicht zu tief in unsere Welt abrutscht.

»Offensichtlich unterstützen einige auch bei Ersten Hilfe«, fügte ich an und hielt zur Demonstration meinen Arm hoch, an dem die Naht deutlich zu sehen war. »Bei schweren Verletzungen allerdings nicht, es sind keine ausgebildeten Ärzte.«

Joshua nickte nachdenklich und musterte die verarztete Wunde, die bereits zu heilen begann. »Du hast mir nicht erzählt, wie du sie dir zugezogen hast«, bemerkte Bastian. »Das war Irina, oder?«

»Ja, die Scharfschützin von Donnerstag hat es geschafft, mich mit ihrem Messer zu verletzen. Der Schnitt wurde direkt versorgt, aber bei manchen Bewegungen schmerzt die Wunde noch etwas.« Ich betrachtete meine Wunde am Arm genauer. Die Wundränder hatten begonnen sich zusammenzufügen und der ehemalige Schnitt leuchtete schmal und gerade auf meiner Haut. Eine Narbe würde sicher zurückbleiben, aber das machte mir nichts aus. »Narben sind für uns normal«, sagte ich schulterzuckend.

Joshua öffnete den Mund leicht, als hätte er eine Frage auf der Zunge, doch er schloss ihn wieder und verfiel in Schweigen.

Er hat sich schon mal nach meiner Narbe am Bauch erkundigt, hoffentlich hat er damals verstanden, dass ich nicht darüber reden möchte.

Ich nahm mir das nächste Stück Pizza aus meinen Karton und biss genüsslich hinein.

Ein Tag wie dieser vermittelt das falsche Gefühl von Sicherheit.

Es war mir jedoch bewusst, dass ich jederzeit wachsam sein musste und der Ernstfall vom einen auf den anderen Moment eintreffen könnte.

Nicht mehr lange, bis wir endlich weiterkommen. Das spüre ich ...

Kapitel 33

London –Stadtteil Kensington – Mayrens Wohnung
Donnerstag, 23. September – Mayren

Ein leichtes, silbriges Morgengrauen hatte sich in meinem Schlafzimmer ausgebreitet, aber ich hatte keinen Blick für die Schönheit des anbrechenden Tages.

Mit verschränkten Armen lag ich auf meinem Bett und starrte an die Decke. Gedanken schwirrten in meinem Kopf umher und ich wusste, dass von Tag zu Tag der Druck für uns stieg.

Wir treten auf der Stelle und können keinen anderen Jäger mehr identifizieren.

Ich biss mir auf die Lippe und die Unzufriedenheit breitete sich in meinen Gedanken aus.

Je länger wir in London bleiben, desto mehr steigt die Gefahr, dass uns jemand findet.

Ich atmete tief ein und aus, ohne dass die belastende Schwere von meiner Brust verschwand.

Wenn wir bis Freitag keine Rückmeldung der Belluccis haben, muss Joshua sofort die Stadt verlassen, damit ich auf die Jagd nach den anderen gehen kann. Solange er hier ist, bin ich zu beeinflussbar und kann nicht frei genug agieren.

Ich dachte zurück an meine alten Aufträge, bei denen ich nie Rücksicht auf Verluste nehmen musste. Es war ein riesiger Unterschied zur jetzigen Situation und dieses Mal musste ich damit klarkommen, dass im Falle meines Versagens nicht nur mein Tod die Folge sein wird, sondern mindestens auch der von Joshua. Ohne an diese düstere Aussicht denken zu wollen, drehte ich mich auf die Seite und griff nach meinem Smartphone, was auf dem Nachttisch geladen wurde. Es gab keine Neuigkeiten, was ich mit einem missmutigen Grummeln quittierte.

Gibt es was Neues?

Ich schickte Ian eine schnelle Nachricht, bevor ich mich dazu durchrang aufzustehen. Gähnend schwang ich die Beine aus dem Bett und streckte mich, worauf einige Wirbel in meinem Rücken knackten. Schnell tauschte ich meinen Schlafanzug gegen eine bequeme kurze Sporthose und ein lockeres Shirt und machte mein Bett, bevor ich ins Wohnzimmer schlich. Joshuas Zimmertür war geschlossen und ich vermutete, dass er schlief, aber wurde im Wohnzimmer eines Besseren belehrt.

Bastian hatte seinen Schlafplatz auf dem Sofa geräumt und Joshua saß dort und wischte auf seinem Tablet umher. Mit einem Lächeln sah er auf, als ich den Raum betrat. »Guten Morgen, May.« Vor ihm auf dem Tisch stand bereits eine leere Tasse mit Kaffeeresten.

»Guten Morgen. Konntest du nicht mehr schlafen?«

Joshua sperrte mit einem Klicken sein Tablet und schüttelte den Kopf. »Bisschen schwierig mit dem Schlaf.« Er verzog sein Gesicht zu einem schiefen Grinsen. »Bei allem, was momentan los ist, bekomme ich den Kopf nicht frei.«

Schuldbewusst nahm ich im Schneidersitz auf dem gegenüberliegenden Sessel Platz, aber wusste nicht so richtig, was ich entgegnen sollte.

Alles, was ich dazu sagen kann, habe ich bereits gesagt. Es bringt ihm nichts, wenn ich mich dauerhaft wiederhole. Es zählen nur Taten.

»Wo ist Bastian?«, versuchte ich das Thema zu wechseln.

Joshua legte sein Tablet neben sich und zuckte mit den Schultern. »Er hat sich in mein Zimmer gelegt, nachdem ich aufgestanden bin.«

»Ah …«

Warum lassen sich die Belluccis so viel Zeit mit einer Antwort? Sie werden uns gründlich überprüfen und versuchen herauszufinden, warum wir *im Zwist mit Silas stecken.*

Nachdenklich starrte ich ins Leere und wickelte mir eine blonde Strähne um den Zeigefinger.

So würde ich es auch machen, aber dann besteht das Risiko, dass sie von Joshua erfahren.

»Ich habe herausgefunden, an welchem Tag das Fahndungsbild gemacht wurde«, sagte er und ruckartig blickte ich auf. Seinerseits hatte er mich nicht aus den Augen gelassen.

»Wann?« Sofort war ich wach.

Joshua nahm sein Tablet wieder in die Hand und entsperrte es. Nach kurzem Suchen zeigte er mir ein Foto, das ihn und das brünette Mädchen zeigte. Sie hatten ein Selfie vor dem Louvre gemacht und strahlten beide verliebt in die Kamera. Die Glaspyramide schimmerte im Hintergrund.

Der Joshua von damals war jünger, wirkte ausgeschlafener und nicht gerädert wie seine aktuelle Version.

Die Situation versetzte mir einen schmerzhaften Stich ins Herz.

Es ist unfair, dass er so aus seinem normalen Leben in unsere Welt gezogen wurde.

»Wir haben an diesem Tag eine Museumstour gemacht. Celia wollte unbedingt die Mona Lisa sehen«, erklärte er und sein Blick verlor sich ins Leere. »Für Spätsommer war es angenehm warm …«

Für einen kleinen Moment ließ ich ihn in seinen Erinnerungen schwelgen und gleichzeitig tat es mir weh ihn so zu sehen.

Ob er der Trennung nachtrauert? In der Bar hat es nicht so auf mich gewirkt, aber vielleicht sehnt er sich nach ihr und der Normalität, die sie geteilt haben?

»Es tut mir leid, dass diese glückliche Zeit vorbei ist.«

Deinetwegen hoffe ich, dass du in dieses Leben zurückkehren kannst.

Seine blauen Augen musterten mich durchdringend und er fuhr sich durch die Haare, aber sagte nichts. Kurz zuckte ein Muskel an seinem Kiefer.

»Ich habe Ian bereits geschrieben …«, erklärte er mir und deutete mit einem Kopfnicken auf das Telefon, was auf dem Couchtisch lag. »Er wollte mich gleich deswegen zurückrufen.«

Langsam nickte ich und versuchte den nagenden Gedanken an seine Ex-Freundin abzuschütteln, was mir schließlich gelang, als Joshuas Handy wenige Minuten später aufleuchtete und anzeigte, dass Ian ihn anrief.

»Wie auf Kommando ...«, murmelte ich leise und ließ mich im Sessel zurückfallen, während Joshua annahm.

»Guten Morgen, Ian. May ist bei mir.«

Erst da fiel mir auf, dass er mich wieder bei meinem Spitznamen nannte und nicht mehr zu meinem vollen Vornamen griff.

»Oh, guten Morgen«, sagte Ian. »Sag ihr, dass sie mir keine Nachrichten schreiben muss, wenn ich mal eine Nacht nicht schreibe. Auch ich brauche mal etwas Schlaf.« Er klang missmutig und im Hintergrund hörte ich das Rascheln von Stoff und sein Seufzen.

Er ist bestimmt gerade erst aufgestanden.

Ich konnte mir bildlich vorstellen, wie er mit einem grimmigen Ausdruck und gerunzelter Stirn auf der Kante seines Bettes saß.

Joshua sah mich mit einer hochgezogenen Augenbraue an.

»Sorry, Ian«, rief ich, aber er entgegnete nur ein undefinierbares Schnauben.

»Könntest du etwas zu dem Datum rausfinden, was ich dir geschickt habe?«, fragte Joshua nach und entsperrte sein Tablet. »Zumindest habe ich ein Foto von diesem Tag gefunden, wo meine Ex denselben Pullover anhat.« Nachdenklich wischte er durch die Bilder. »Sie hat bereits den Anhänger an ihrem Armband, von dem ich erzählt habe.« Ein leichtes Rot erschien auf seinen Wangen und verlegen stand ich auf und ging in die Küche, um mir einen schwarzen Tee zu machen und Joshua eine gewisse Diskretion entgegenzubringen.

Dieses unangenehme Gefühl kehrte in meine Brust zurück und nahm mein Herz gefangen.

Manchmal habe ich das Gefühl, dass er mir eine Mitschuld gibt.

Von der Küche aus hörte ich, wie Joshua Ian am Telefon seinen groben Tagesablauf beschrieb. Nachdenklich ließ ich meinen Blick aus dem Fenster in den Park gleiten, während Joshuas Worte durch das Wohnzimmer an mich herangetragen wurden.

Das Leben in unserer Welt ... es ist nichts für ihn ...

Das Wasser im Kocher blubberte nach kurzer Zeit laut und eine heiße Dampfwolke strich sanft über mein Gesicht, als ich den Tee aufgoss. Mit der Tasse kehrte ich ins Wohnzimmer zurück und hörte Ian am anderen Ende der Leitung sagen: »Danke für die Infos. Wir werden uns nachher dranmachen.« Ian schwieg kurz bevor er fortfuhr. »Kannst du mir Mayren geben?« Joshua suchte meinen Blick.

»Ich bin hier.« Ich stellte meinen Tee auf den Couchtisch.

»Es gibt bisher nichts Neues von anderen Jägern, aber die Gerüchte vermehren sich, dass etwas anders ist. Auch clanintern wurde ich gestern erst von Charlie gefragt ...«

Unzufrieden verengten sich meine Augen und mit Anspannung sah ich auf das Display. »Wenn von fast achtzig Leuten nur einer nachfragt, dann kann ich damit leben.«

Der Druck nimmt wirklich zu.

»Wie sehen die Gerüchte genau aus?« Mein Kiefer spannte sich an und ich presste die Worte zwischen meinen Zähnen hervor.

»Die Gerüchte sind nur vage, nichts handfestes«, meinte Ian leichtfertig und es schien, als würde er mit den Schultern zucken. »Jedoch erregt es Aufmerksamkeit, dass der Auftrag nach fast einer Woche nicht geschlossen wurde. Du weißt, wie gerne die Leute Wetten platzieren, was die Schnelligkeit und den gewinnenden Killer angeht.« Ian zögerte kurz. »Böse Zungen behaupten, dass die große Grey an Effektivität verliert.«

»Tzz ...« Mit einem Augenverdrehen setzte mich aufrecht in den Sessel.

Ian kicherte am anderen Ende verstohlen, bevor er ernst wurde. »Spaß bei Seite. Das Verschwinden von Irina mischt sich ebenfalls unter die Tatsachen und ich halte es für wahrscheinlich, dass andere Jäger besondere Vorsicht walten lassen.«

Nachdenklich legte ich meine Handflächen aneinander und die Zeigefinger an meine Lippen.

Nun gut, solange niemand weiß, wer die Rebellion gegen Zero initiiert, und seinen Auftrag ausbremst, ist das Risiko abschätzbar.

»Aktuell würde ich empfehlen vorsichtig zu sein, aber es ist eine Option sich offen zu äußern. Du könntest die Jäger verschrecken, aber was wird Zero tun?«

Ich legte den Kopf schräg und sah Joshua an, der unserem Gespräch kommentarlos lauschte. »Sobald Kaja hier ist, werden wir uns beraten, wie wir weiter vorgehen.

Aktuell warten wir noch auf die Rückmeldung der Belluccis.« Ich löste meine Handflächen voneinander und strich mir betont ruhig eine Haarsträhne aus der Stirn.

»Wir warten nicht mehr«, hörte ich Bastians Stimme hinter mir und drehte mich um. Sein plötzliches Auftauchen hatte mich erschreckt, normalerweise würde ihn das Amüsieren, aber er blieb ernst.

In Boxershorts und oberkörperfrei stand er im Türrahmen, seine schwarzen Haare waren zerzaust und unser Clantattoo zeichnete sich deutlich von seiner linken Brust ab. Zusätzlich erzählten einige Narben auf Bastians Körper von einer grausamen Vergangenheit. Eine der größten verheilten Wunden lag wenige Zentimeter unterhalb seiner rechten Brust, auf Höhe seiner Rippen und war ungefähr so lang wie mein Zeigefinger. Direkt drunter war eine zweite Narbe, die mindestens halb so groß war und unter unserem Tattoo schimmerten die gelblich-grünen Reste eines handtellergroßen Hämatoms.

Jeder von uns hat genug körperliche Narben, die seelischen sind nicht zählbar.

In seiner Hand hob Bastian sein Smartphone und zeigt uns den Bildschirm, auf dem gerade ein stummgeschalteter Anruf lief.

»Luca?«, flüsterte ich leise, obwohl ich wusste, dass er uns am anderen Ende gerade nicht hören konnte. »Ian, wir rufen dich gleich zurück.«

»Alles klar.« Ian legte auf und ich wandte mich Bastian zu.

»Er weiß, dass du bei mir bist«, setzte Bastian mich in Kenntnis. »Er will mit uns *allen* sprechen.« Mit seiner freien Hand deutete er auf Joshua. »Auch mit ihm.«

Kapitel 34

London – Stadtteil Kensington – Mayrens Wohnung
Donnerstag, 23. September – Joshua

Ein unangenehmer Schauer ließ auf meinem ganzen Körper Gänsehaut entstehen und mit Entsetzen sah ich zwischen Mayren und Bastian hin und her.

Die Gerüchte haben bereits größere Kreise gezogen, als wir angenommen haben.

Mayren schien die Entwicklung gefasst aufzunehmen und nickte knapp angebunden. »Heb die Stummschaltung auf, ich will hören, was er zu sagen hat.«

In diesem Moment war ich froh, dass sie auf meiner Seite stand.

Auch wenn sie mich mit ihrer Art manchmal zur Weißglut bringt. Natürlich trägt sie keine Schuld an der Sache, aber diese aussichtslose Lage und der Druck machen mich wahnsinnig.

»Hallo Luca, wir hören.« Eine Art professionelle Kälte hatte sich wieder mal in Mayrens Stimme eingefangen, die ihr eine mir unbekannte Autorität verlieh.

Bastian trat näher und stellte sich neben Mayren.

»Guten Morgen, Mayren«, begrüßte die Stimme am anderen Ende der Leitung sie auf Englisch. »Schön dich kennenzulernen.« Luca schlug einen plaudermäßigen Ton an, aber die konzentrierten Mienen von Bastian und Mayren verrieten mir, dass sie jedes Wort genau abwogen.

»Ganz meinerseits«, gab Mayren stirnrunzelnd zurück. »Bastian hat mir von eurem Gespräch erzählt, konntest du mit deinem Boss sprechen?«

Ein kurzes, amüsiertes Lachen war von Luca zu hören. »Ja, habe ich und er will mit euch reden.«

Bastian und Mayren warfen sich einen schnellen Blick zu.

Luca räusperte sich und schwieg ein paar Sekunden. »Der Boss will nicht nur mit *euch* reden, sondern auch mit Zeros Zielperson, die sich aktuell bei euch befindet.«

Bastian neigte den Kopf leicht zur Seite, bevor er mit einem beunruhigten Ausdruck antwortete. »Wir hören.«

Luca schien eine Bestätigung oder etwas anderes erwartet zu haben, aber fuhr fort. »Das Interesse für eine Zusammenarbeit ist da, aber die genauen Umstände müssen persönlich verhandelt werden.«

Was soll das heißen?

Angespannt fuhr ich mir durch die Haare und ließ mich in die Kissen auf dem Sofa sinken.

Wenn es zu Verhandlungen kommt, ist das gut. Aber was will deren Boss von mir?

Mit fragenden Blicken sah ich die beiden von der Seite an.

»Welche Umstände wollt ihr verhandeln, wann und wie?«, fragte Bastian kurz angebunden, aber nicht unfreundlich. Seine Stimme hatte ebenfalls einen Businesston angenommen und seine Stirn war nachdenklich in Falten gelegt.

Mayren verzog das Gesicht zu einem schiefen Grinsen, stand auf und setzte sich neben mich auf das Sofa.

Meine Verunsicherung war mir wohl deutlich anzusehen. Sanft legte sie mir eine Hand auf die Schulter. »Verhandlungen sind immer ein gutes Zeichen«, flüsterte sie selbstsicher. »Es spielt keine Rolle, dass sie von dir wissen. Bastian weiß, welchen Standpunkt er vertreten muss.« Sie zuckte mit den Schultern und löste ihre Hand von meiner Schulter. Die Wärme ihrer Hand verblieb und tröstete mich.

»Ich denke, dass ihr die Umstände lieber persönlich mit dem Boss verhandeln solltet und nicht über das Telefon und mit mir. Ich habe keine Erlaubnis im Namen meines Clans Dinge zu entscheiden. Da die Zeit drängt, sollten wir das Gespräch diesen Samstag führen. Der Treffpunkt ist das Anwesen unserer Familie in London. Der Boss hat eine Feier geplant, unter deren Deckmantel die Verhandlungen stattfinden können.«

Mayren und Bastian tauschen interessierte Blicke und er setzte sich auf den Sessel, wo sie zuvor noch saß.

»Die Adresse und die Einladung werden wir euch zukommen lassen«, fügte Luca an, als niemand von den beiden antwortete.

»Vorausgesetzt, dass wir zu diesem Treffen kommen, erwarten wir einen absoluten Waffenstillstand für jeden, der bei Bastian und mir ist«, forderte Mayren direkt. »Hierbei will ich ausdrücklich, dass jemand mit eingeschlossen wird, der nichts mit unserem Clan zu tun hat.«

Sie verhandelt Geleitschutz für mich.

Angespannt blickte ich zu Bastian, der auf das Smartphone in seiner Hand sah.

»Du sprichst von eurer Zielperson, habe ich recht? Aber ja … wir wollen natürlich auch von euch die Garantie, dass ihr euch an den Waffenstillstand haltet.«

»Seine Sicherheit ist die Grundvoraussetzung für jegliche Art von Zusammenarbeit. Wenn du oder dein Boss uns diese Bedingung nicht garantiert, brauchen wir unser Gespräch nicht weiterführen. Im Gegenzug werden wir euch den Waffenstillstand ebenfalls garantieren«, stellte Mayren kühl klar und ließ ihrer Aussage Schweigen folgen, die die Schwere ihrer Worte unterstrich. Mit gerunzelter Stirn starrte sie auf das Display, als wolle sie es mit ihren Blicken durchbohren.

Nervös sah ich im Raum umher, stand angespannt auf und ging zwei Schritte Richtung Fenster. Die Aussicht auf den herbstlich werdenden Hyde Park ließ mich kalt, als ich mich mit verschränkten Armen umdrehte.

»Ihr bekommt die Garantie des Waffenstillstands«, bestätigte Luca nach einer endlosen Pause. »Wir sollten sie für beide Seiten schriftlich festhalten.« Man hörte das Lächeln in seiner Stimme und Bastian hakte in seine Worte ein: »Sehr gut, dann steht der Verhandlung nichts entgegen. Wann willst du den Vertrag schließen?«

Erleichtert atmete ich aus und sog zischend Luft in meine Lungen. Erst jetzt fiel mir auf, dass ich meinen Atem bis zu Lucas Worten angehalten habe.

Das ist der erste Schritt, um Silas loszuwerden, aber wird es bei den anderen so einfach werden?

»Wir sollen uns heute treffen. Die Unterlagen liegen bereit, ihr müsst sie nur noch gegenzeichnen, damit der ganzen

Sache nichts mehr im Weg steht«, schlug Luca vor.

Mayren wirkte über diesen Vorschlag nicht glücklich und gab Bastian dies mit einer eindeutigen Geste zu verstehen. Er zuckte mit den Schultern.

»Gut«, stimmte sie widerstrebend zu. »Wir geben die Location vor und informieren dich über das Wann und Wo.«

»Sehr gut. Bis später.«

Mit einem monotonen Tuten in der Leitung wurde die Verbindung getrennt und Bastian ließ seine Hand mit dem Smartphone langsam sinken.

»Ich bin überrascht, dass die Belluccis so schnell rausgefunden haben, dass Joshua bei uns ist«, sagte Mayren mit einem Seufzen. »Das sollte uns zur Vorsicht anhalten.«

Bastian warf sein Handy auf den freien Sessel. »Du weißt, wie schnell die Gerüchte sich verbreiten. Es wundert mich eigentlich nicht«, gab er zurück. »Wir haben die Unterstützung der Belluccis sicher und somit das Problem Silas besser unter Kontrolle.«

Kommentarlos nickte ich und versuchte die Gedanken in meinem Kopf neu zu ordnen.

Die Situation um Silas verbessert sich, aber unabhängige Clans wissen bereits von meiner Existenz und dass Mayren und Bastian für meinen Schutz sorgen. Wie wirkt sich das auf die Situation aus? Hat der Clan der beiden eine besondere Stellung in diesem kriminellen Gefüge, dass es andere Leute von der Jagd auf mich abschrecken könnte?

»Sobald die Sache mit Silas abgeschlossen ist, werden wir die Stadt verlassen und uns neuformieren«, sagte Mayren.

Jetzt sollten wir uns die Gedanken um das Wann und Wo der Unterschrift machen. Ich werde den Vertrag unterzeichnen und dann gehen wir.«

Bastian seufzte und verlagerte sein Gewicht im Sessel. »Dann lass uns so schnell wie möglich aufbrechen. Ich erkenne Luca auch in einer Menschenmenge und du kannst den Vertrag schnell unterschreiben.«

»Joshua?«, fragte Mayren plötzlich sanft und suchte meinen Blick. Ich wich ihr aus und sah aus dem Fenster in den Park. Kälte kroch mir den Rücken hoch und krallte sich um mein Herz.

Ich komme aus dieser Situation nicht lebend heraus.

Aussichtslosigkeit machte sich in mir breit. Hinter mir nahm ich Bastian und Mayren kaum wahr. Ein Rauschen überdeckte fast alle Geräusche und mit meiner rechten Hand lehnte ich mich am Fensterrahmen an. Mein Puls beschleunigte sich plötzlich heftig und ich bekam keinen klaren Gedanken mehr gefasst, während mein Atem schwer und flach ging. Trotz meiner schnellen Atemzüge bekam ich nicht genug Sauerstoff in meine Lungen.

»Hey.« Mayren erschien neben mir und legte ihre Hand auf meine Schulter. Sie schien meine Situation zu erkennen und ihre Stirn legte sich besorgt in Falten.

»Atme durch.« Ich wandte meinen Blick vom Park ab, um sie anzusehen.

Sie legte beide Handflächen an mein Gesicht und ich spürte ihre kühlen Finger auf meiner Haut. »Einatmen, ausatmen. Einatmen, ausatmen«, forderte sie und ich passte mich den

Rhythmus ihrer Worte an. Nach einigen Wiederholungen wurden meine Gedanken klarer. Die Luft strömte wieder in meine Lungen und langsam wurde es besser.

»Geht's wieder?«

War das ... eine Panikattacke?

Ich nickte zögerlich.

»Panik ist dein größter Feind«, erklärte sie und zog ihre Hände zögerlich zurück. »Um jeden Preis musst du vermeiden, in Panik zu verfallen, weil es deine Gedanken trübt, okay?« Stumm drehte mich zu Bastian um. Es war mir peinlich, dass ich in so einer Situation wie ein hilfloses Kleinkind erschien.

Mayren hat recht, ich muss klar denken können!

Bastians wirkte unerwartet verständnisvoll. »Dir braucht nichts unangenehm zu sein. Keiner von uns kann nachvollziehen, was du empfindest. Es ist verständlich, dass die Situation deine Nerven strapaziert.«

Ich wich Mayrens Blicken aus, aber hörte ihre sanfte Stimme: »Wir sind bei dir Joshua. Egal was passiert, du kannst dich auf uns verlassen.«

Vorsichtig nickte ich und ging in langsamen Schritten zurück zur Sitzecke. Mayren folgte mir und setzte sich neben mich auf das Sofa. »Basti, wir müssen einen Ort raussuchen«, meinte sie nach einigen Momenten Bedenkzeit.

Woher wusste Mayren gerade so schnell, was zu tun war?

Schnell warf ich ihr einen scheuen Seitenblick zu.

Weiß sie selbst, wie sich eine Panikattacke anfühlt?

Bastian hatte aus einer Schublade in der Küche eine große Straßenkarte geholt und sie auf den Couchtisch ausgebreitet. Beide beugten sich darüber und musterten das Londoner Straßennetz.

Die Situation ist scheiße, aber ich kann sie nicht ändern. Aber die Sache mit Silas ...

»Ich bleibe nicht allein hier«, sagte ich in das Gemurmel der beiden und Bastian sah auf.

Was ist, wenn ich wieder in Panik gerate ...? Ich will bei May bleiben.

Ich wollte das nicht sagen, wollte meine Schwäche nicht offen auf der Zunge tragen, aber in dem Moment konnte ich es nicht verbergen.

»Wenn du uns begleitest, ist das mit Risiko verbunden«, erklärte Bastian mir ruhig, aber meine Sinne waren auf einmal ungewöhnlich scharf.

»Was ist, wenn das von Luca eine Falle ist und er euch von mir weglocken will?«, fragte ich.

Bastian grinste verschmitzt, aber nicht, um mich zu provozieren. »Mir gefällt, wie du denkst.« Er deutete mit dem Zeigefinger auf mich. »Hast du eine Idee, wo wir uns mit Luca verabreden können?«

Stirnrunzelnd lehnte ich mich ebenfalls vor und betrachtete die Karte zwischen uns. Von der Seite spürte ich, wie Mayrens Blick mich traf. »Es muss ein öffentlicher Ort sein, an dem sich genug Menschen aufhalten und wir dennoch eine gute Möglichkeit haben, um frei agieren zu können?«

Beide nickten synchron.

Ohne sie anzusehen, neigte ich den Kopf und mir kam eine Idee, wo man das Treffen mit Luca abhalten könnte.

Viele Menschen und öffentliche Aufmerksamkeit.

»In der Innenstadt ist heute eine Demo«, schlug ich einen Plan vor. »Wir könnten die Menschenmengen nutzen, um uns mit Luca zu treffen und wieder abzutauchen.«

Bastian griff sein Handy vom Tisch. »Gute Idee«, gab er zu.

»Es gibt einen Demozug, der für eine Weile durch die Straßen zieht und vorm Buckingham Palace als Schlusspunkt demonstrieren will«, berichtete ich die Infos, die ich gestern Abend in einer Chatgruppe der Uni gelesen hatte.

Mayren strich mit der flachen Hand über die Karte auf dem Tisch. »Wir könnten Luca die Anweisung geben, dass er am Rand des Zuges wartet, dann könnte ich schnell zu ihm, den Vertrag gegenzeichnen und anschließend in der Menge untertauchen.«

Ein Energieschub durchströmte meine Adern und gab mir Hoffnung. Gemeinsam streckten wir die Köpfe über den Stadtplan zusammen und überlegten uns den Plan für das Treffen mit Luca.

Teil Drei

Kapitel 35

London – Stadtteil London Innenstadt
Donnerstag, 23. September – Joshua

Laute Sprechchöre umgaben uns, während wir schweigend mit der Menschenmasse durch die Straßen der Innenstadt gingen. Mayren lief rechts von mir und beobachtete aufmerksam die Menschen am Rand, Bastian lief einige Meter hinter uns. Nachdem wir unseren Plan entworfen hatten, teilten wir Luca mit, dass er am Rande des Demonstrationszuges auf uns warten sollte und wir auf ihn zukommen würden.

»Sobald wir mit Luca gesprochen haben, werden wir auf direktem Wege nach Hause gehen und uns auf das Treffen mit dem Bellucci-Chef vorbereiten«, erklärte Bastian mir auf der Autofahrt. »Kaja hat geschrieben und kommt bis Samstag in London an.«

Die strategische Planung des ersten Treffens machte mir Mut, so trug ich endlich etwas bei, denn körperlich konnte ich nichts ausrichten.

Mit drei Killern zu meinem Schutz ändert sich die Lage signifikant.

»Bist du nervös?«, fragte Mayren über die enorme Geräuschkulisse hinweg. Sie musste nicht flüstern, da selbst normal laut gesprochene Worte in den Sprechgesängen der Leute untergingen.

Ich schüttelte den Kopf. »Nervös ist die falsche Bezeichnung«, erklärte ich mein Gefühl.

»Es ist eher eine Anspannung, vielleicht war mein Plan keine so gute Idee. Die ganzen Menschen könnten nicht nur als Ablenkung für unsere Gegner dienen, meinst du nicht?«

Mayren zuckte mit den Schultern. »Wir müssen uns mit Luca leider persönlich treffen, damit ich den Vertrag gegenzeichnen kann«, meinte sie und verzog ihre Lippen zu einem schiefen Lächeln. »Der Plan ist eine gute Idee und mit Sicherheit das Beste, was wir auf die Schnelle nutzen konnten.«

Schnaubend atmete ich durch die Nase aus und versuchte mich zu entspannen.

Nicht so einfach, wenn man weiß, dass man mit einem anderen Mörder verabredet ist. Möglicher Verbündeter hin oder her.

Ich tat es Mayren gleich und beobachtete aufmerksam die Leute um uns. Nach wenigen Minuten schloss Bastian zu uns auf und deutete mit einem Kopfnicken auf einen Mann in unserem Alter am Straßenrand. Sofort musterte ich ihn eindringlich und verglich ihn mit Bastian und Silas, die ich als männliche Killer zum Vergleich hatte, aber erkannte kein Schema.

Er wirkte normal, wie jeder andere hier.

Luca trug eine Jeans und Shirt, war kleiner als Mayren, hatte seine schwarzen Haare in einer gepflegten Frisur gestylt und freundlich leuchtende braune Augen.

»Bleib bei Joshua«, entgegnete Mayren, die ihn ebenfalls entdeckte und sich einen Weg durch die Menschenmenge bahnte.

»Ist 'ne Weile her, als ich ihn gesehen habe«, erzählte Bastian, ohne Luca und Mayren aus den Augen zu lassen.

»Er hat sich kaum verändert, aber unser Clan war ihm damals sympathisch.«

»Was meinst du mit *sympathisch*?«

Bastian ließ seine Fingerknöchel knacken. »Ich glaube, dass er seinem Clan nicht 100 %ig loyal ist.« Aus seiner Stimme konnte ich deutlich die Verachtung heraushören.

Ob er den Clan wechseln wollte?

»Kann man aus einem Clan austreten, wenn man nicht mehr Teil sein möchte?« Durch verschiedene Dokumentationen war in mir der Eindruck entstanden, dass aus einem kriminellen Clan kaum eine Möglichkeit zum Ausstieg bestand.

Bastian schüttelte den Kopf. »Sobald du zu tief in diesem Geflecht bist, gibt es keinen Weg heraus …« Er zögerte. »Der einfachste Weg ist der Tod.«

Wie ich es mir dachte.

Mayren hatte Luca mittlerweile erreicht und begrüßte ihn mit einem Handschlag. Er lächelte sie an und schaute zu Bastian und mir, während er ein gefaltetes Blatt öffnete und Mayren reichte. Sie nahm es und las die Zeilen, die darauf gedruckt waren, dann griff sie in die Tasche, und drückte danach ihren Daumen auf das Papier.

Meinte sie das mit Unterzeichnen? Ich weiß, dass sie einen ihrer Dolche in der Tasche trägt …

Lucas Blick ruhte auf mir, als sie ihm das Blatt zurück reichte und er wandte sich ihr zu und tauschte den Vertrag mit einer zweiten Version, die Mayren einsteckte. Beide nickten einander zu, Luca griff ein weiteres Mal in seine Tasche und reichte Mayren vier Umschläge, die in ihrer Tasche verschwanden. Wortlos verabschiedeten sie sich voneinander und Mayren kam zu uns zurück.

Das erklärt, warum es ein belebter Ort sein musste ... das Verhalten wäre sonst sicherlich jemanden komisch vorgekommen.

Mayren und Bastian tauschten zufriedene Blicke aus, als sie wieder zu uns stieß und Bastian ließ sich in der Menschenmasse zurückfallen, um Mayren und mich besser beobachten zu können.

Verlegen steckte sie sich ihren Daumen in den Mund, wo ein kleiner Schnitt leicht blutete. »Alles erledigt ... von den Belluccis wird am Samstag keine Gefahr für uns ausgehen.«

»Sehr gut«, murmelte ich leise und berührte vorsichtig Mayrens Hand. Unsere kleinen Finger verschränkten sich ineinander und ich redete mir ein, dass ich es nur tat, weil ich sie in der Menge nicht verlieren wollte. »Danke, dass du für mich das Risiko eingegangen bist und danke, dass du mir vorhin mit der Panikattacke beigestanden hast.«

»Dafür musst du dich nicht bedanken ... Ich würde es jederzeit wieder tun«, sagte sie ebenso leise und der Blick ihrer grünen Augen traf mich unvorbereitet. Zum ersten Mal, seit ich die Wahrheit kannte, schien die Spannung zwischen uns wieder zu bestehen. Wie elektrische Ladung jagte sie mir den Körper hoch und stellte meine Nackenhaare auf.

Meine Gefühle für sie ...

Ich schaffte es nicht länger ihrem Blick standzuhalten.

Die letzten Tage war das alles weg ... und jetzt?

»Mir ist erst gerade klargeworden, dass ich wirklich ein ganz anderer Mensch bin, wenn ich auf Leute aus meiner Welt treffe. Ist dir das auch aufgefallen?«

»Ja«, antwortete ich ehrlich und nickte gedankenverloren, verwirrt über die Gefühle, die ich nicht richtig einordnen konnte. »Deine Stimme nimmt immer einen anderen Tonfall an.«

Neben mir hörte ich ein zufriedenes Geräusch, das fast in den lauten Sprechgesängen unterging.

Gemeinsam mit der gesamten Prozession kamen wir auf dem Platz vor dem Buckingham Palace an und strömten auf die freie Fläche. Ich drehte mich um, um nach Bastian zu sehen, aber konnte ihn zwischen den ganzen Gesichtern nicht erkennen.

»Ich sehe Bastian nicht mehr«, sagte ich mit gerunzelter Stirn und Mayren drehte sich ebenfalls um. Wie ich scannte sie die Menschenmasse, aber auch sie entdeckte ihn nicht.

»Komm«, flüsterte sie, löste unsere kleinen Finger aus der Verschränkung und nahm stattdessen meine Hand. Ihre Haut fühlte sich warm auf meiner an und wieder schoss mir diese Spannung durch den Körper.

»Irgendwas ist komisch«, murmelte sie, während sie mich in das Gedränge zog. »Wir werden die Meute hier durchqueren und da drüben«, sie deutete mit einem Kopfnicken auf die andere Seite der Ansammlung, »aus der Demonstration herausgehen und zum Auto zurück.«

Bestätigend nickte ich, aber sie hatte sich bereits umgedreht und schlängelte sich durch die Menschen.

»Ich habe ein ganz komisches Gefühl ...« Ihre Worte breiteten Anspannung in mir aus. Ich versuchte, die Leute in unserer Umgebung im Blick zu halten, aber dies gestaltete sich in der Masse als schwierig.

Wie sollen wir unter der Menge jemanden ausfindig machen, der gegen uns ist?

Wir näherten uns der Mitte des Platzes und ich bemerkte, dass sich die Polizeipräsenz verstärkte.

Ist das gut oder schlecht?

Mayren sah die Polizisten, aber zeigte sich unbeeindruckt und zog mich zum Rande der Demo. Je weiter wir in die Mitte des Platzes vordrangen, umso dichter wurde die Menschenmenge. Das Gedränge zerrte an uns, schob uns auf dem Platz umher und drohte unsere Hände zu entzweien. Mayren schenkte mir ein aufmunterndes Lächeln, aber die Sorge stand ihr deutlich ins Gesicht geschrieben.

Was beunruhigte sie? Je weiter wir in das Gewusel vordringen, umso geringer ist die Wahrscheinlichkeit, dass Bastian uns findet!

Nach wenigen Schritten drückte sich ein laut schreiendes Pärchen zwischen uns und trennte unsere Hände voneinander. Sofort drehte Mayren sich zu mir um und bedachte das Paar mit einem feurigen Blick. Ihre Lippen formten wütend einige Wörter, die unausgesprochen blieben, und in diesem Moment spürte ich es auch. Wie eine kalte Hand kroch mir das unangenehme Gefühl in Sekundenschnelle den Rücken hinauf und breitete sich von dort über meine Schultern und den restlichen Körper aus.

Ist es das, was May gespürt hatte?

Panisch versuchte ich nach Mayrens Hand zu greifen, die sie mir entgegenstreckte, aber im selben Moment quetschte sich eine weitere Gruppe zwischen uns. Stumm murmelte ich einen Fluch und schob mich mit aller Kraft an den Passanten vorbei.

Fuck! Ich muss sofort zu Mayren durchkommen.

Von der Seite erntete ich einige wütende Worte auf mein Vorgehen, aber ich ignorierte sie. Einige Meter vor mir tauchte Mayrens Gesicht aus der Menschenmasse auf und die Kälte auf meinen Schultern verstärkte sich.

Macht Platz, ihr Idioten!

Plötzlich drängte sich ein Mann mit braun gebranntem Teint vor mich und schob mich gezielt von Mayren weg.

Was soll das, du ...!

»Hey!«, schrie Mayren, wenige Meter von mir entfernt, mit eiskalter Stimme. Aus seiner Jacke zog der Typ eine Schusswaffe und stieß mir den Lauf in die Rippen, ohne dass die anderen Leute um uns herum es sehen konnten. Panisch sah ich auf die Waffe und sofort wurden meine Knie weich.

»Lauf!«, sagte er aggressiv, packte mich am Kragen und schob mich von Mayren weg. »Oder ich knall dich ab.«

Der Druck der Waffe an meinen Rippen flößte mir den nötigen Respekt ein. Steif und wortlos stolperte ich die ersten Schritte vor ihm her, bevor ich mein Gleichgewicht fand.

Fuck, der versucht mich zu entführen.

Innerlich war ich sauer auf mich selbst.

Diese Demo war eine scheiß *Idee.*

Mit verzweifelten Blicken suchte ich in der Menge vor mir nach Bastian, als ich ihn nicht sah, versuchte ich mich hilfesuchend zu Mayren umzudrehen. Als Antwort auf meinen Versuch kassierte ich einen weiteren Stoß mit der Waffe auf meine Rippen und sog zischend die Luft ein, als der Schmerz sich an meiner Seite ausbreitete.

»Lauf und dreh dich nicht um«, wurde mir die unfreundliche Anweisung ins Ohr geknurrt.

Der Typ steuerte direkt auf eine Polizeiaufstellung zu, die versuchte, die Menschenmenge zu teilen und somit die Versammlung aufzulösen. Beim Anblick der Uniformierten schöpfte ich neue Hoffnung, aber bemerkte den Lauf der Waffe mit unangenehmem Druck an meiner Seite.

Wenn ich mich an die Polizei wende, wird er mich mit Kugeln durchsieben!

Nervös biss ich mir auf meine Unterlippe und rang mit mir.

Was soll ich tun?!

Ich befand mich genau in der Situation, die ich fürchtete und unbedingt vermeiden wollte.

»Schneller!«, fauchte mein Entführer und drückte mich voran. Stolpernd beschleunigte ich meine Schritte.

Mayren, wo bist du?

Wir kamen bei den Polizisten an, die damit fortfuhren, die Masse zu teilen, als ich Mayrens Stimme hörte.

»Lass ihn *sofort* los«, knurrte sie ihn eisig an und kurz stoppten wir.

»Lass *du* mich besser los!«, erwiderte der Mann und wieder kassierte ich einen schmerzhaften Stoß.

»Wenn du uns nicht gehen lässt, löchere ich ihn mit ein paar Kugeln und du kannst hier zuschauen, wie er jämmerlich verblutet.«

Ich zweifelte nicht einen Moment, dass der Kerl seine Worte umsetzen würde.

»Du hast *keine Ahnung*, mit wem du dich anlegst«, hörte ich Mayrens drohende Worte und schaffte es mich umzudrehen. »Ich werde dich *vernichten!*« Ihr Ausdruck machte mir Angst und erinnerte mich an die verschwommenen Erinnerungen, die ich von Freitag auf Samstagnacht hatte.

Kurzzeitig ließ der Druck des Waffenlaufs an meiner Rippe nach, aber schnell wurde ich nach vorne geschoben. Einer der Beamten musterte mich, aber sein Blick glitt zu meinem Entführer weiter. »Pit«, grüßte er ihn knapp und machte einen Schritt zur Seite, damit wir passieren konnten.

Dieser Cop ist geschmiert! Er gehört zu meinem Entführer!

Hitze und gleichzeitig Kälte schossen durch meine Adern, als mir klar wurde, dass die Polizei nicht auf meiner Seite war.

»Die Blonde ist bewaffnet«, sagte mein Entführer so leise, dass nur der korrupte Cop es hören konnte und sofort erkannte ich die Gefahr, die er damit für Mayren erschuf.

Sie kann mir so nicht folgen und noch schlimmer: Sie könnte festgenommen werden!

Wir passierten die Polizeiabsperrung und hinter uns wurde die kleine Lücke wieder geschlossen. »Lauf, May!«, brüllte ich so laut ich konnte, als ich aus dem Augenwinkel sah, dass die Polizisten sich bewegten. »*Lauf!*«

Sie dürfen sie nicht bekommen ...

Angst schnürte mir meinen Hals zu, als ich weitergedrängt wurde. Rufe wurden laut und mein Entführer drückte mir die Waffe fester in die Rippen. »Wenn sie sie kriegen, dann ist es vorbei mit deiner hübschen Freundin«, höhnte er, als er mich durch die Passanten zog. »Keiner würde dich retten kommen … und im Knast werden bestimmt eine Menge Leute Spaß mit ihr haben.«

Fuck …

Mein Herz schlug schneller in meiner Brust und Angst machte sich in mir breit.

FUCK!

Panik, gleichzeitig kalt und trotzdem siedend heiß, stieg in mir auf, aber ich kämpfte sie nieder.

Klare Gedanken! Ich brauche wirklich klare Gedanken!

»Glaubst du, du kommst damit durch?«, zischte ich dem Kerl über die Geräuschkulisse hinweg zu. »Die Cops bekommen sie nicht und wenn sie mich finden, dann hast du ein *verdammtes* Problem …« Ich ließ meine Worte bedeutungsvoll verklingen, aber der Kerl reagierte nicht.

Solange wir unter Menschen sind, kann er mich nicht töten! Er würde sofort gefasst werden.

Ich wusste, dass Mayren und Bastian direkt mit meiner Verfolgung starten würden, wenn sie selbst außer Gefahr durch die Polizei war.

Würden sie es rechtzeitig schaffen, mich einzuholen? Wenn dieser Typ einer meiner Jäger ist, tötet er mich erst, wenn wir ungestört sind.

Selbst in dem Augenblick, als ich auf Silas traf, war ich mir der Gefahr bewusst, aber fühlte mich nicht so bedroht wie jetzt.

Ich bin auf mich allein gestellt!

Das Ende der Menschenmenge kam immer näher und wir erreichten es.

Das war der Moment, vor dem ich solche Angst hatte!

Mit hilfesuchenden Blicken sah ich die Menschen um mich herum an, aber keiner schien meine Notlage zu erkennen.

»Wag es nicht, jemanden um Hilfe zu bitten«, hörte ich die bittere Stimme neben mir. »Falls doch, erschieße ich dich sofort und dazu so viele andere Leute, wie ich kann!«

Die Drohung wirkte und ich biss die Zähne zusammen. Ich wollte es nicht riskieren, dass jemand meinetwegen starb.

Verdammt Mayren, du hast versprochen, dass ich nicht in so eine Situation kommen würde!

Schmerzhaft umfasste die Hand des Mannes meinen Oberarm. »Hier lang«, zischte er und zog mich in einer der Seitenstraßen. Ein paar Passanten beäugten uns flüchtig, aber ich wich ihnen aus, um keine Aufmerksamkeit zu erlangen. »Hol dein Handy raus.« Mein Entführer zerrte mich zu einer Mülltonne am Straßenrand und gab mir zu verstehen, dass ich das Smartphone in den Mülleimer werfen sollte.

Widerwillig griff ich in meine Tasche und zog mein Telefon heraus. Für einige Sekunden schwebte meine Hand über dem Eimer in der Luft und ein erneuter schmerzhafter Stoß mit dem Lauf der Waffe motivierte mich dazu, es fallen zu lassen.

Zähneknirschend beobachtete ich, wie es zwischen Bananenschalen und alten Zeitungen verschwand und warf meinem Entführer einen wütenden Blick zu, den er leidenschaftslos erwiderte.

»Uhr aus!«, befahl er mir als nächstes und nickte mit seinem Kopf in Richtung des Mülleimers. Ich gehorchte und warf meine Armbanduhr meinem Handy hinterher.

»Gut«, kommentierte der Kerl das Verschwinden meiner persönlichen Gegenstände.

Ich zügelte meine Wut und versuchte mir das Gesicht genau einzuprägen.

Dunkle schwarze Haare, ungepflegter Dreitagebart und dunkle Augen. Gebräunter Teint und durchtrainierte Arme, aber nicht so muskulös wie Bastian.

Ohne zu warten, wurde ich in die Seitenstraße gezogen. Mein Herz raste und Adrenalin pumpte durch meinen Körper.

Hoffentlich konnte May vor den Cops fliehen.

Je weiter wir liefen, umso weniger Menschen kamen uns entgegen und ein unbehagliches Gefühl machte sich in meiner Magengegend breit.

»Warum bringst du mich nicht einfach hier um?«, fragte ich kalt und sah den Typ von der Seite her an. Ich versuchte meine Frage so neutral wie möglich zu stellen und ließ jede Angst außen vor.

Der Kerl warf mir einen schnellen Seitenblick zu und verstärkte seinen Griff an meinem Arm.

»Schnauze!«, beschimpfte er mich mit einem grimmigen Blick. Wieder überquerten wir eine Straße und hasteten weiter.

Irgendwie muss ich Zeit gewinnen.

Ich konnte mir gut vorstellen, dass er so schnell wie möglich so viel Entfernung zwischen Mayren und uns bringen wollte. Hinter uns hörte ich auf das Aufheulen eines Motors, schnell kam ein Wagen näher. Ich wollte einen Blick über die Schulter werfen, aber bekam einen Schlag mit dem Lauf in die Rippen.

»Augen nach vorne!«, zischte mein Entführer und drehte sich stattdessen selbst um. Er stieß ein zufriedenes Grunzen aus und verlangsamte unseren Schritt. Mit quietschenden Reifen hielt neben uns ein dunkelblauer Geländewagen und sofort wurde die Tür zur Rückbank von meinem Angreifer aufgerissen.

»Rein da!«

»Nein«, knurrte ich ihn mit einem Anflug von Mut an. »Wenn du mich umbringst, mach es hier und erspar mir deine Scheiße.« Meine Worte klangen mutiger, als ich mich fühlte, aber er sollte nicht merken, dass ich Angst hatte.

Sobald ich die Öffentlichkeit verlasse, wird es einfacher für ihn. Diese Genugtuung werde ich ihm nicht geben!

Die Augen des Fremden wurden zu wütenden Schlitzen. »Steig ein oder ich bringe dich und alle deine Studentenfreunde um, mit denen du jemals ein Wort gewechselt hast!« Seine Worte ließen mich nicht kalt und ich musste unwillkürlich an Noah, Livi und die anderen denken.

Ich habe mir geschworen, dass ich sie beschütze!

Widerwillig stieg ich in den Wagen, wobei mir auffiel, dass seine Fingernägel sich so tief in meine Haut gebohrt hatten, dass sie halbmondförmige Spuren hinterließen.

Wenn ich aus diesem Auto nicht schnell entkomme, haben er und seine Komplizen keine Hindernisse, mich aus dem Weg zu räumen!

Jedoch fand ich keine andere Möglichkeit als einzusteigen.

Wenn ich gegen seine Anweisungen verstoße, erschießt der Typ mich, flieht mit dem Auto und greift meine Kommilitonen an ... Fuck!

Für den Moment, als ich mich auf die Rückbank setzte, verschwand der Druck seiner Waffe von meinen Rippen. Schnell sah ich den Fahrer an, er beobachtete mich seinerseits über den Rückspiegel. Er schien über die Lage ebenso wenig begeistert zu sein wie ich. Die Autotür knallte zu und ein brutaler Stoß mit dem Lauf der Waffe presste mir die Luft aus den Lungen.

»Fahr doch, du Idiot!«, knurrte mein Nebenmann und der Fahrer gehorchte. Die Reifen quietschten auf dem Asphalt und es benötigte einige Sekunden, bevor der Wagen Haftung fand und die Straße hinunterschoss.

»Was macht *er* hier?«, fragte der Fahrer scharf, als er auf die Hauptstraße abbog.

»Er ist der Kerl, über den wir diese Mail gestern bekommen haben«, lautete die Antwort und erneut kassierte ich einen grimmigen Blick von meinem Nachbarn.

Er weiß von dem Auftrag, aber wenn er gestern erst eine Nachricht bekommen hat, dann ist er keiner meiner Jäger!

Ich riss mich zusammen und ließ mir die Überraschung nicht anmerken.

Wenn er mich tötet, hat er kein Anspruch auf das Geld. Wer hat ihnen also die Mail geschickt?

»Du willst mich verarschen?«, fluchte der Fahrer mit einem Anflug von Panik in der Stimme und fuhr sich durch seine schulterlangen, schwarzen Haare. Seine hellbraunen Augen im Rückspiegel wechselten zwischen mir und meinem Entführer. »Bist du bescheuert? Der Boss hat extra gesagt, dass wir den Auftrag von Zeros Jäger nicht annehmen werden, auch wenn die Zielperson in London ist!« Die eindringliche Stimme unseres Vordermanns schien keine Wirkung auf den anderen zu haben.

Den Auftrag annehmen? Einer meiner Jäger hat sie beauftragt mich zu finden?!

Dieser fluchte leise und warf mir einen hasserfüllten Blick zu, bevor er sich an den Fahrer wandte. »Das ist mir egal!« Erneut drückte er mir die Waffe in die Rippen. »Weißt du wie viel uns für seine Übergabe geboten wurde?«

Ich verkniff mir ein schmerzunterdrückendes Zischen bei seinem Schlag und starrte ihn wütend an. Der Fahrer sagte etwas in einer mir unbekannten Sprache, aber es hörte sich wie ein Fluch an und er drückte aufs Gas, um über eine gelbe Ampel zu kommen.

Also werden sie mich an einen der Jäger verkaufen!

Wieder warf der Fahrer mir im Rückspiegel einen angespannten Blick zu und ich erwiderte diesen wütend.

Er hat Angst vor dem, was Mayren und ihr Clan ihm als Rache antun können!

Die Erkenntnis gab mir neue Hoffnung, zeitnah aus dieser Situation zu entkommen.

Mayrens Effekt auf andere Menschen, war scheinbar nicht zu unterschätzen.

Ich straffte meine Schultern und beschloss das für mich zu nutzen. »Sie suchen mich bereits.« Ich versuchte den kalten Ton zu adaptieren, den ich so oft von Bastian oder Mayren gehört hatte und es gelang mir erstaunlich gut. Der Fahrer beobachtete mich nervös über den Spiegel. »Und sie werden mich finden.«

Für einen Augenblick sah ich einen Funken Angst in seinen Augen schimmern, aber dann blickte er kommentarlos auf die Straße.

»Hab ich dir nicht gesagt, dass du die Fresse halten sollst?« Wieder bekam ich einen Schlag mit dem Lauf zu spüren, fester als die vorherigen. Die Luft wurde mir aus den Lippen gepresst und Schmerz machte sich in meiner Seite breit. Ich unterdrückte einen Schmerzensschrei.

Fuck! Du Arschloch!

Er quittierte meinen wütenden Blick mit einem selbstgefälligen Grinsen.

»Der Boss *muss* etwas tun, wenn wir mit ihm auftauchen. Er muss das mir zugutehalten, dass ich das Risiko eingehe.

Durch den Verkauf seines Lebens werden wir einen großen Schritt an Macht gewinnen.«

Erwartet der Typ eine Beförderung?

Der Fahrer schaute zweifelnd nach hinten, aber ignorierte meinen Blick. »Der Boss wird dich lynchen, wenn du ihn ins Haus bringst …« Die Drohung war zwar an den anderen gerichtet, aber ich wusste, dass ich aus dieser Situation nur mit dem rechtzeitigen Eingreifen von Mayren lebend rauskommen konnte.

Wenn deren Hauptquartier sehe, habe ich keine Chance mehr.

Das Handy unseres Vordermanns klingelte, er nahm direkt ab und hielt sich das Smartphone ans Ohr.

»Ja?« Er setzte den Blinker und bog nach rechts ab. »Ja«, wiederholte er und warf mir einen schnellen Blick zu.

Den Anruf hatte er meiner Anwesenheit zu verdanken.

Ein drittes Mal folgte ein »Ja« und nach ein paar Sekunden ein »Gut«, dann legte er auf und ließ das Smartphone in die Mittelkonsole fallen. Er wirkte nachdenklich und seine schmalen Lippen hatte er zu einem unwohlen Ausdruck verzogen.

»Was ist?«, knurrte mein Nebenmann und durch seine Anspannung erhöhte sich der Druck seines Pistolenlaufs an meinen Rippen. Auch er wusste, dass ich diesen Anruf ausgelöst hatte. Nach dem Schlag von vorhin war meine Seite deutlich empfindlicher und schmerzte.

Hoffentlich nur eine Prellung und kein Bruch …

Der Fahrer zögerte und gab seinen Komplizen mit einem schnellen Seitenblick über den Spiegel zu verstehen, dass er nicht vor mir sprechen wollte. Der Kerl neben mir warf mir daraufhin einen genervten Blick zu.

»War es der Boss?« Die Frage klang ruhig, aber ich spürte, wie es unter seiner Oberfläche brodelte. Wieder war ein Nicken die Antwort.

»Die Georgier haben ihn kontaktiert und sind verdammt wütend«, rückte der andere zögerlich mit der Sprache raus.

Ja! Mayren und Bastian sind auf meiner Spur!

Trotz der aussichtslosen Lage war ich etwas erleichtert.

Das sollte bedeuten, dass May den Cops entkommen ist.

»Und er fällt auf diese *lausige* Drohung rein?!«, schrie er und sein Gesicht lief rot an. Mit seiner freien Hand schlug er auf die Kopflehne vor sich ein. »Diese Idioten müssen sich erst formieren und wir sind in der Überzahl!« Der Fahrer verzog erschrocken das Gesicht, während der andere tobte.

»Was bilden diese Arschlöcher sich eigentlich ein?!« Kurz verschwand der Druck von meiner Seite. Ich wollte meinen Nebenmann nicht ansehen, damit er sich nicht provoziert fühlte und starrte in den Rückspiegel, um den Fahrer zu beeinflussen.

Verdammt! Du musst doch sehen, dass ihr euch in Gefahr bringt. Mayren und Bastian ... sie werden euch zerstören!

Den nächsten Schlag meines Entführers sah ich nicht kommen. Ein greller Schmerz explodierte hinter meinen Schläfen und alles wurde schwarz.

Kapitel 36

London ? – unbekannter Ort

Donnerstag ?, 23. September – Joshua

Das Erste, was mich zurück zu Bewusstsein brachte, war der Schmerz, der es mich zuvor verlieren ließ. Es war dunkel und ein unkontrolliertes Stöhnen entfuhr mir. Nachdem ich einige Atemzüge gemacht hatte und das unangenehme Klingeln in meinen Ohren leiser wurde, wollte ich an meine Stirn fassen, wo der dumpfe Schmerz seinen Ursprung hatte. Doch nach wenigen Zentimetern verharrte meine Hand in der Luft.

Was ...? Bin ich ... gefesselt ...?

Meine Gedanken waren träge, fühlten sich trüb und zähflüssig an.

Wo bin ich? Und wie komme ich hier weg ...?

Langsam gewöhnten sich meine Augen an die Dunkelheit und ich konnte erkennen, dass ich mit einem Seil an die Röhren eines Heizkörpers gefesselt war. Es ließ mir etwas Freiraum, sodass ich meine Arme bewegen konnte, aber nicht aufstehen. Ich rappelte mich in eine sitzende Position und hob meinen Blick zum Fenster über mir. Nur schwach drang Tageslicht durch zwei Lamellen eines heruntergelassenen Rollladens in den Raum.

Wie lange war ich bewusstlos?

Mitten im Raum stand ein Bett und unter der gegenüberliegenden Tür drang ein weiterer kleiner Lichtschimmer ein.

Meine zweite kümmerliche Lichtquelle. Mein Kopf und meine Rippen schmerzten und Übelkeit ließ meinen Kopf gewaltig schwirren.

»Fuck«, flüsterte ich in die stickige Luft und kalte Angst umfasste mein Herz und schnürte es zusammen. Vorsichtig ließ ich meinen Kopf nach hinten an den kalten Heizkörper sinken. »May, wo bist du?«, murmelte ich kaum hörbar und in mir kämpfte eine Mischung aus Panik und Wut.

Was soll ich tun?

Probeweise zog ich an den Fesseln meiner Handgelenke, aber das Seil schnürte mir bei jeder leichten Bewegung in meine Haut und machte das Lösen der Knoten unmöglich.

Zumindest lebe ich, also wurde ich bisher noch nicht an die Person verkauft, der Zeros Auftrag hat. Ob ich noch in London bin?

Ich hob meinen Kopf und sah wieder zum Fenster hinauf, schmerzhaft protestierten mein Nacken und meine Seite bei der Bewegung.

Wie viel Uhr wir wohl haben? Und wie lange war ich bereits von den anderen getrennt?

Mein Zeitgefühl war völlig verloren. Ich konzentrierte mich darauf, im Gebäude etwas zu hören, aber nur ein entferntes Gemurmel war zu erahnen und das war so leise, dass ich nicht einen Wortfetzen verstehen konnte.

Sollte ich schreien oder mich still verhalten?

Ich entschied mich für letzteres und versuchte im Raum etwas zu finden, was mir helfen könnte, meine Fesseln zu lösen. Bis auf das schäbige Bett war der Raum jedoch leer.

Schritte wurden irgendwo im Haus laut und Stimmen kamen näher. Entschlossen straffte ich meinen Rücken und machte mich auf eine Konfrontation gefasst, aber niemand kam, um nach mir zu sehen.

Was machen May und Bastian gerade? Sie suchen bestimmt nach mir.

Erneut zerrte ich an meinen Fesseln.

Es muss eine Möglichkeit geben hier rauszukommen!

Das Seil schnitt schmerzhaft in mein Fleisch, aber ich hörte nicht auf, bis ein dünnes Rinnsal Blut unter den Fesseln herausfloss. Erst dann besann ich mich, dass es keinen Sinn machte.

Sie werden mich hier nicht verhungern lassen. Irgendwann werden sie mich ausliefern oder Bastian und May kommen mich holen.

Da mein Leben aktuell für meine verbleibenden Jäger fast zwei Millionen wert war, konnten meine Entführer mich nicht einfach sitzen lassen.

Die Leute selbst haben meinen Auftrag nicht bekommen, deswegen würden die auch mein Kopfgeld nicht bekommen, wenn sie mich töten.

Mein Vertrauen in Mayren und Bastian war ungebrochen und ich lehnte mich an die Heizung und starrte ins Leere. Neben meinem Kopf und meinen Rippen schmerzten mir auch meine Handgelenke. Meine Erinnerungen an die Entführung waren getrübt, aber ich konzentrierte mich.

Der Fahrer hat gesagt, dass die Georgier stinksauer sind.

Das heißt, dass May und Bastian bereits Kontakt mit ihnen aufgenommen haben!

Ich atmete tief durch.

Sie werden mich finden.

Ein schlechter Gedanke schlich sich in mein Unterbewusstsein ein.

Hoffentlich lebendig ...

Kopfschüttelnd verdrängte ich den Gedanken.

Panik niederkämpfen und klare Gedanken bewahren.

Meine Gedanken kehrten zu Mayren zurück und es schmerzte mich, dass sie nicht bei mir war.

An ihre Anwesenheit in meinem Leben habe ich mich schneller gewöhnt, als ich zugeben will.

Wieder hörte ich Schritte im Haus und diesmal wurden sie lauter als bisher.

Es kommt jemand in meine Richtung.

Holz knarrte und durch den Lichtstreifen unter der Tür konnte ich sehen, dass jemand vor meiner Tür vorbeiging, langsamer wurde, aber dann weiterging. Angespannt lehnte ich mich zurück an den Heizkörper und starrte an die Decke.

Trotz der unkomfortablen Situation wurde ich irgendwann müde und nickte in einen unruhigen Halbschlaf weg.

Laute Schritte weckten mich aus meinen schrecklichen Träumen. Verwirrt und orientierungslos sah ich mich im Raum um und wusste erst nicht, wo ich war.

Schnell kehrten meine Erinnerungen an die letzten Stunden zurück.

Die Tür wurde aufgeschlossen und mit Schwung aufgestoßen. Künstliches Licht strömte in den Raum und mit einem Knall flog die Tür an die Wand und schwang zurück. Kurzzeitig war ich geblendet und schloss die Augen. Ich konnte die Silhouette des Mannes in der Tür erkennen und ich tippte auf den Typ, der mich am Platz vor dem Buckingham Palace entführt hatte.

Gleich werde ich erfahren, wie es weitergeht.

Ein ungutes Gefühl machte sich in mir breit und mein Magen knurrte vor Hunger. Langsam blinzelte ich durch die Wimpern, weil ich Schritte hörte und riss die Augen schlagartig auf, als ich merkte, dass der Typ schnell auf mich zukam. An der Art seines Ganges erkannte ich, dass er mir nicht wohl gesonnen war. Wie erwartet kassierte ich ohne Vorwarnung einen Schlag in die Magengegend. Keuchend entwich mir die Luft aus den Lungen und Sterne tanzten vor meinen Augen. Mein Körper kippte zur Seite und das Seil an meinen Handgelenken schnitt schmerzhaft in meine empfindliche Haut.

Was ist sein Scheißproblem?!

Wütend starrte ich den Kerl an, der sich über mir aufbaute und meinen Blick hasserfüllt erwiderte. »Wo sind deine Freunde?«, fragte er mich provokativ. »Hast du nicht gesagt, dass sie kommen werden?« So gut ich konnte, rappelte ich mich auf und reckte das Kinn arrogant in die Höhe.

Er kann mich nicht töten, wenn er das tun würde, würde er neben Mayrens Rache auch die der anderen Jäger auf sich ziehen.

Ich spuckte ihm vor die Füße und wartete seine Reaktion ab, die prompt als weiterer Tritt in meine Rippen folgte. »Warum seid ihr Pisser so scheiße arrogant?«, fauchte er und ich kippte durch seinen Tritt erneut auf die Seite.

Fuck!

Das Atmen fiel mir immer schwerer und meine Atemzüge waren flach und kurz, weil meine Lunge sonst von innen an die schmerzenden Rippen pressen würde.

Der Typ ist ein unglaublicher Choleriker.

Ein weiterer Tritt folgte, ließ die Sterne vor meinen Augen erneut tanzen und trieb mir einen schmerzerfüllten Schrei auf die Lippen. Dumpf hallte er für einen Moment im Raum wider.

»Euch sollte man jeden Knochen brechen, den ihr im Körper habt, soll ich das tun? Soll ich?«

Ich schüttelte den Kopf und hielt meine gefesselten Hände so gut es ging vor meinen Körper.

Er würde mich aus Hass krankenhausreif schlagen.

»Jetzt keine großen Worte mehr?!« Er packte mich am Haaransatz und zog mich daran in eine sitzende Position zurück. Eine unglaubliche Wut wurde in meinem Inneren entfacht und in diesem Moment wünschte ich mir, meinem Gegenüber die Faust ins Gesicht schlagen zu können. Die aussichtslose Lage schien mein inneres Feuer anzufachen, aber ich konnte mich nur auf böse Blicke beschränken.

»Sag schon, du Pisser«, fuhr er mich an. »Was hast du getan, um bei Grey zu sein? Was hast du getan, um dir ihren Schutz zu verdienen?« Fieberhaft überlegte ich nach einer Antwort, die nichts verriet, aber dennoch eine Aussage war.

Reden, ohne etwas zu sagen, wie Mayren es so gut kann.

Mein Schädel brannte und ich spürte, wie er mir einzelne Haare ausriss. »Wenn du nicht weißt, welche Verbindung ich zu Zero habe, hast du in unserer Welt einiges verpasst.« Dazu zwang ich mich, ein hinterhältiges, verhöhnendes Lächeln aufzusetzen.

Es ist ein Bluff, aber vielleicht wirkt er.

Tatsächlich. Ein seltsames Funkeln erschien in seinen Augen, aber in seiner Mimik änderte sich nichts. Impulsiv löste er seinen Griff aus meinen Haaren und mit dem Hinterkopf stieß ich schmerzhaft gegen den kantigen Heizkörper. Mit unterdrücktem Stöhnen versuchte ich den Aufprall mir möglichst nicht anmerken zu lassen und spielte meine triumphierende Rolle. Mein Entführer starrte mich mit einer Mischung aus Wut und leichter Verwirrung an, aber schwieg.

»Natürlich weiß ich, was du mit Zero zu schaffen hast«, knurrte er und funkelte mich wütend von oben herab an.

Ach ja? Dann weißt du mehr als ich.

»Grey und Preto werden dich nicht rechtzeitig finden. Morgen wirst du abgeholt, dich wird jemand töten und Zeros Spiel ist vorbei.« Sein Fuß zuckte kurz und ich fürchtete, dass ich erneut einen Tritt kassieren würde, aber meine Vorahnung blieb aus.

Scheiße, May, unsere Zeit läuft ab.

»Ich würde dir gerne ein paar Knochen brechen und die Aufnahmen deiner Schmerzensschreie an deine Freundin senden.« Er beugte sich nah zu mir herunter. »Meinst du nicht, dass sie sich über deine Abschiedsworte freuen würde?« Ein fieses Grinsen breitete sich auf seinen Zügen aus und sein alkoholgetränkter Atem strich unangenehm über mein Gesicht.

Du elender Wichser!

Dann erinnerte ich mich an eine Lektion, die ich im Nahkampf gelernt hatte.

Neben Schlägen gibt es Tritte, Ellenbogenschläge und im Notfall auch die Kopfnuss.

Ich folgte meiner inneren Wut und schob ruckartig meinen Kopf nach vorne. Mit meiner Stirn traf ich frontal seine Nase und Sekunden später spürte ich, wie heißes Blut über meine Stirn lief und auf den Boden tropfte.

Ekel stieg in mir auf und gleichzeitig war ich froh über meinen Treffer. Das Gefühl war berauschend, als der Typ vor Schmerz nach hinten taumelte und sich seine Hand vors Gesicht hielt, um den Blutfluss zu stoppen. »Du dreckiges …!«, brüllte er, und ich wartete grinsend auf das beleidigende Ende seiner Aussage.

»Dafür wirst du *bluten!!*« Fluchend stolperte er aus dem Zimmer und zog mit einem Knallen die Tür hinter sich.

Diese rebellische Tat werde ich später bereuen.

Die Konsequenz war mir zwar bewusst, aber ich hatte es satt, von den anderen als schwaches Opfer angesehen zu werden.

Selbst wenn sie mich ausliefern, ich werde bis zum Schluss kämpfen!

Griesgrämig saß ich in meiner unbequemen Haltung vor dem Heizkörper und starrte geradeaus. Zu den Schmerzen in meinen Rippen und an den Handgelenken hatten sich Rückenschmerzen gesellt, aber ich hatte beschlossen, die Situation erhobenen Hauptes durchzustehen. Meine Gedanken waren klarer denn je und ich wartete darauf, dass meine Entführer zurückkamen.

Bastian und Mayren werden mich finden! Ich werde überleben!

Diese Sätze hatte ich die letzten Stunden immer wiederholt und sie waren mein inneres Mantra geworden. Es gab mir Hoffnung und ich wusste, dass die beiden alles tun würden, um sie zu erfüllen. Meine Augen juckten vor Müdigkeit und mein Magen gab durch wütendes Knurren sein Bedürfnis kund.

Durchhalten, ich muss durchhalten. Sobald er mich hier rausholt und die Übergabe an einen der Jäger beginnt, muss ich handeln!

Das aussichtslose Zerren und Ziehen an meinen Fesseln führte mir vor Augen, dass ich keinen eigenen Weg hier herausfinden konnte. Mir blieb nichts anderes übrig, als zu warten.

Lieber soll er mich auf der Straße erschießen, als dass Zero es schafft, mich durch einen seiner Jäger töten zu lassen.

Je länger ich über die Sache nachdachte, umso sicherer war ich mir, dass es die richtige Entscheidung sein würde.

Der Kerl würde es nicht wagen, Noah oder die anderen anzugreifen. Wenn durch die Medien bekannt wird, dass ich erschossen wurde, werden sie gewarnt sein und Mayren hat die nötige Spur, um meine Entführer zu finden.

So wie ich Mayren einschätzte, war ich mir sicher, dass sie meinen Tod nicht ungerächt lassen würde.

Ebenso wenig wird sie sein Gesicht vergessen.

Ich war mich sicher, dass egal was passiert, mein Entführer dem Tod geweiht war.

Und das auf die schmerzhafteste Art und Weise, die Mayren zu bieten hatte.

Missmutig starrte ich auf meine gefesselten Hände und bemerkte die feinen getrockneten Rinnsale von Blut auf meiner Haut. Auch das verspritzte Blut von meiner Kopfnuss war auf meinem Gesicht getrocknet und spannte unangenehm, aber ich sah auf, als ich wieder das Holzknarren hörte.

Es geht los ...

Meine Vorahnung war richtig, der Schlüssel wurde unsanft im Schloss gedreht und die Tür mit Schwung aufgestoßen.

»Guten Morgen«, begrüßte ich meinen Entführer selbstbewusst.

Ich werde überleben ... May und Basti werden mich finden!

Er kam schnell näher. »Wir gehen, du Pisser.«

Mayren ... bitte ...

Ich ließ mir meine Verzweiflung nicht anmerken, sondern reckte ihm das Kinn entgegen. An einem Zucken seiner Mundwinkel erkannte ich, dass er etwas anfügen wollte, aber verkniff sich seine Worte. Mit einem schnellen Griff zückte er seine Schusswaffe und mit der anderen Hand ein Messer.

»Ich schneide dich los, wenn du eine Dummheit begehst, erschieße ich dich und schicke Grey deine Einzelteile zu.«

Der Typ ist ein Sadist.

Absichtlich schnitt seine Klinge meine Haut leicht ein, als er mich von dem Seil befreite. Erleichtert rappelte ich mich in eine angenehmere Position auf und rieb sanft die verletzte Haut an meinen Handgelenken. Sorgfältig mied ich die blutigen Krusten, die einen exakten Verlauf meiner einstigen Fesseln nachzeichneten und bewiesen, wie sehr ich an ihnen gezerrt hatte.

Langsam stand ich auf und streckte meine Beine, auch sie waren von der eingeschränkten Bewegungsfreiheit in den letzten Stunden eingeschlafen und unangenehm steif. Abfällig musterte mich mein Entführer. »Du siehst ekelhaft aus«, knurrte er missbilligend und ich begnügte mich damit, dass ich ihm einen wütenden Blick zuwarf.

Woran das wohl liegt? Vielleicht daran, dass ich seit einer Weile in diesem ekelhaften Raum saß?

Aus einer seiner Hosentaschen zog mein Entführer ein dreckiges Halstuch und warf es mir zu. »Umbinden.«

Ich fing das grüne Tuch und band es mir nach kurzem Zögern um den Kopf.

Der Stoff roch unangenehm und war merkwürdig klamm. Ich unterdrückte den Drang, es mir angewidert vom Gesicht zu reißen und erhielt den ersten Stoß mit dem Lauf der Waffe in meine Rippen, was mir ein schmerzerfülltes Aufstöhnen entlockte.

Ich habe so einen Hass auf diesen Menschen!

Bisher hatte ich nie einem anderen Menschen den Tod gewünscht, aber das hat sich nun geändert.

Von Zero ganz abgesehen!

Langsam stolperte ich voran und erwartete jeden Moment auf ein Hindernis zu stoßen.

»Jetzt links«, kam die geknurrte Anweisung und ich drehte mich zur genannten Seite.

Von dieser Seite hörte ich immer die Schritte, da müssten die Stufen sein.

Mit den Händen tastete ich nach einem Handlauf und überstand so die Treppe unbeschadet. Unten angekommen kassierte ich ein Hieb mit dem Waffenlauf, wurde am Kragen gepackt und unsanft voran geschoben. »Lauf nicht so langsam.«

»Ich sehe nichts, falls es dir nicht aufgefallen ist!« Meine Worte waren in einem spöttischen Unterton und wie erwartet kassierte ich einen unangenehmen Stoß, allerdings in meinen Rücken.

So ein Idiot!

»Werd nicht frech!«

Arschloch!

Neben mir öffnete er eine Tür und stieß mich in den Raum dahinter. »Du hast eine Minute, um dich zu waschen!«, war die Anweisung und knallend wurde die Tür geschlossen.

Sofort zog ich die Augenbinde herunter und sah mich in dem kleinen Badezimmer ohne Fenster um. Meine einzige Lichtquelle war eine einzelne, nackte Glühbirne, die an ihrem Kabel hing. Schnell ging ich zur Toilette und erleichterte mich, bevor ich an das Waschbecken trat und mich entgeistert im Spiegel ansah.

Scheiße ...

Dunkle Schatten hingen unter meinen Augen und Blut war auf meiner Stirn und teilweise auf dem Rest meines Gesichts verschmiert. Ich wirkte wie aus einem Horrorfilm entstiegen.

So wie Mayren in der Nacht, als sie den ersten Angreifer getötet hat ...

Ich drehte den Wasserhahn auf, wusch mein Gesicht und trank anschließend wenige Schlucke, bis die Tür aufgerissen wurde. Wasser tropfte mir vom Kinn und ich starrte den Typ verärgert an. Dunkelblaue Hämatome prägten sein Gesicht und seine schiefe Nase warf einen Schatten auf seine Wangen.

Den Kopfstoß habe ich gut platziert!

»Augenbinde auf!«, raunte der Typ mich an und ich blickte in den Lauf der Waffe.

Mayren und Bastian werden kommen ...

Mit dem Saum meines Shirts wischte ich mein Gesicht trocken und zog die Augenbinde auf meine Augen.

Unsanft griff er nach meinem Arm und ich spürte, wie er dieselbe empfindliche Stelle traf, die am Vortag auch schon unter seinem Griff gelitten hat. Der Kerl zog mich hinter ihm her, noch eine Treppe nach unten und einen weiteren Flur entlang. Teilweise hörte ich Gespräche von anderen Leuten, aber in meinen Ohren rauschte das Blut und ich verstand kein Wort.

Im schlimmsten Fall werde ich London verlassen und an einen anderen Jäger verkauft und ... sterben.

Ich wollte die Panik nicht zulassen, aber sie breitete sich in meinen Gedanken aus und kalte Angst umfasste mein Herz.

Meine Entscheidung steht! Lieber soll er mich töten, als ein anderer Jäger die Kohle für mich kassieren.

Mayrens Gesicht erschien vor meinem inneren Auge.

Noch habe ich Hoffnung, dass sie rechtzeitig auftaucht.

Wir stoppten plötzlich und ich kassierte einen weiteren Hieb in meine Rippen. Vor Schmerz zuckte ich zusammen, aber mein Gegenüber schien das nicht zu interessieren.

»Wir gehen auf die Straße und du nimmst deine Augenbinde ab«, erhielt ich meine Anweisungen. »Vor dem Haus steht der Wagen und du wirst dich auf die Rückbank setzen und die Schnauze halten, klar? Wenn du einen Passanten ansprichst oder um Hilfe bittest, werde ich dich auf der Stelle töten und jeden Menschen in deinem Umfeld.« Kurz wartete er, aber ich schwieg. »Ist das klar?«

Knapp nickte ich und zog mir das Tuch von den Augen.

Würde er wirklich fremde Leute erschießen? Das würde das Ende seines Clans bedeuten!

Die Cops werden das entsprechend verfolgen ... obwohl,
wenn sie ohnehin alle geschmiert sind!

Das grelle Sonnenlicht blendete mich, als der Kerl mich auf die Straße führte. Am liebsten wäre ich kurz stehen geblieben, um mich an die Helligkeit zu gewöhnen, aber mein Entführer stieß mich unsanft voran.

Er kann mich hier nicht töten!

»Los«, knurrte er schlecht gelaunt und mit zögernden Schritten ging ich die kleine Treppe zur Straße hinunter.

London ist laut Ian extrem gut vernetzt ...

Auf der letzten Stufe stolperte ich, aber fing mich rechtzeitig. Mit schnellen, unauffälligen Blicken suchte ich nach einer Überwachungskamera. Sofort bemerkte ich das bereitstehende Auto am Straßenrand, dessen Hintertür geöffnet war. Mein Herz schlug schneller, aber ich war fest entschlossen, mein Leben nicht kampflos zu verlieren.

»Wo bringt ihr mich hin?«, versuchte ich ihn abzulenken, während ich weiter nach einer Kamera suchte.

Hier muss *eine sein.*

Mein Puls stoppte gefühlt für einen Schlag, als ich eine Kamera an einem kleinen Supermarkt entdeckte und ich starrte direkt hinein.

Fuck, Ian! Bitte!

Der Druck an meinen Rippen wurde mit jedem Schritt erhöht und die Anspannung meines Entführers ging auf mich über.

Mein Entführer versuchte sich an einem Lachen. »Es geht nach Frankreich, einer deiner Jäger wartet auf dich.«

Kurz vor der geöffneten Wagentür blieben wir stehen. »Steig ein.« Vor Angst schlug mir mein Herz bis zum Hals und machte mir das Atmen schwer.

Lass es keine dumme Idee sein.

»Nein.« Stur sah ich in die Kamera. Mit jeder Sekunde meines Widerstands wuchs meine Angst, aber auch die Chance, dass Ian und somit Mayren mich fanden. »Bring mich um.«

Zischend sog mein Entführer Luft ein und schlug mit dem Lauf in meine Rippen. Er traf genau die Stelle, auf die er zuvor getreten hatte und schmerzverzerrt verzog ich mein Gesicht. »Steig. Ein.« Er betonte jedes Wort einzeln und ich hörte deutlich die Feindseligkeit aus seiner Stimme.

»Bring mich hier um oder ist dein Clan auf mein Lösegeld angewiesen?« Ich ignorierte seinen Befehlston, aber plötzlich beobachtete ich, dass ein kleines rotes Licht an der Kamera aufleuchtete und mehrmals hintereinander blinkte.

Ist das ein Zeichen für mich?

Ich konnte deutlich seine Atemzüge hören und das Klicken der Sicherung. »Die Anweisung war, dass ich dich *lebendig* zu ihm bringe. Sterbend ist *auch* lebendig. Such dir aus, wie du deine letzten Stunden verbringen willst. Leidend oder lebend.« Zähneknirschend wägte ich meine Optionen ab.

Angenommen May und Bastian haben mich gefunden, dann müssten sie mich an einem abgelegenen Ort befreien.

Wut pumpte mit meinem Blut durch die Adern und hasserfüllt sah ich in sein Gesicht, dass von meinem Veilchen gesäumt war. »Blau schmeichelt deinen Augen.«

Ohne auf seine Antwort zu warten, setzte ich mich auf die Rückbank und hörte sein wütendes Schnauben. Hinter dem Steuer saß derselbe Typ wie am Vortag. Ich warf ihm nur einen angewiderten Blick zu und kassierte im nächsten Moment einen Schlag meines Entführers in die Rippen.

Mit einem Schmerzensschrei kippte mein Kopf zur Seite und ich hielt mir meine Hände an die Rippen, die empfindlich pulsierten.

»Wag es nicht frech zu werden, Rookie!«

Meine Atemzüge kamen flach und zischend, aber ich traute mich zu keinem weiteren Kommentar.

Warum nennt er mich Rookie? *Ich gehöre zu keinem Clan!*

Brummend wurde der Motor angelassen und wir fuhren aus der Parklücke.

Bis Frankreich sind es einige Kilometer. Ich glaube daran, dass sie mich finden!

So gut ich konnte, wandte ich mich von meinem Entführer ab und schaute aus dem getönten Fenster. Schützend hielt ich meine Hände an meine Rippen und dachte kurz, dass ich einen meiner Rippenbögen in einem schiefen Winkel ertastete, als ich erneut darüberstrich, stellte es sich als Irrtum heraus.

Hauptsache kein Bruch.

Die Haut fühlte sich ungewöhnlich heiß und empfindlich an und ich zog mein Shirt zurecht.

»Ich kann dir gerne noch mehr Schläge verpassen«, bot mein Entführer mir an, aber ich ignorierte ihn.

Mein Blick war aus dem Fenster gerichtet und ich sah zu, wie wir London langsam, aber sicher verließen. Der Fahrer beschleunigte auf einen Highway und brachte uns aus dem Trubel der Stadt.

Eine halbe Stunde später fuhren wir auf eine Landstraße.

Hat es funktioniert oder ist mein Plan nach hinten losgegangen?

Hoffnungslosigkeit legte sich wie eine schwere Decke über meine Gedanken und drohte meinen letzten Hoffnungsfunken zu ersticken. Die Kraft zu rebellieren war mir vergangen, aber aus dem Nichts ließ mich ein unbehagliches Gefühl aufsehen. Irritiert sah ich aus dem Fenster.

Dieses Gefühl ... es ist wie gestern vor dem Buckingham Palace.

In meinem Sichtradius war niemand zu erkennen, aber dann überholte uns ein Motorrad mit leicht überhöhter Geschwindigkeit. Für einen kurzem Moment wurde der Fahrer auf Höhe meines Fensters langsamer und ich musterte ihn.

Es war eine schwarze, hochmotorisierte Kawasaki Ninja und eine Person in passend dunkler Schutzausrüstung saß darauf. Sofort erkannte ich den dunklen Helm des Fahrers.

Bastian?

Ich versuchte mir nichts anmerken zu lassen, denn unser Fahrer beobachtete das Motorrad misstrauisch, aber im nächsten Moment jaulte der Motor laut auf und das Bike schoss an uns vorbei und entfernte sich auf der Straße vor uns.

»Scheiß Motorradfahrer«, knurrte der Fahrer und der andere stimmte ihm mit einem Grunzen zu.

Nur wenige Minuten später warf er einen Blick in den Rückspiegel und runzelte die Stirn. Unwillkürlich ergriff dieses undefinierbare Gefühl Besitz von mir und ein Fluch meines Nebenmanns bestätigte meine Intuition.

Bevor ich mich ebenfalls umdrehen konnte, hörte ich das Grollen eines Motors hinter mir. Im nächsten Moment knallte es und ich wurde in meinen Sicherheitsgurt geschleudert.

Fuck! Was war das?

Im selben Moment tauchte der Motorradfahrer vor uns auf und lenkte seine Maschine einhändig, um während des Fahrens mit einer Waffe auf uns zu zielen.

»Fuck!«, brüllte mein Nebenmann, festigte seinen Griff um die Waffe und starrte mich wütend an. Sein Finger zuckte zur Sicherung, aber gleichzeitig hörte ich das Aufheulen des Motors hinter uns und erneut erschütterte ein Knall den Innenraum des Wagens.

Irgendjemand fährt uns hinten drauf, um Ablenkung zu schaffen!

Der Sicherheitsgurt drückte mir schmerzhaft gegen die Rippen, aber ich war froh, dass ich ihn angelegt hatte und nicht, wie mein verhasster Entführer, nach vorne geschleudert wurde und mit der Rückseite des Beifahrersitzes Bekanntschaft machte.

Der Fahrer fluchte, während wir weiterhin unter Bastians Beschuss standen. Mit einem Rucken des Lenkrades versuchte er Bastians Schüssen auszuweichen, aber mit einem unerbittlichen, lauten Reißen platzte der Vorderreifen.

Sofort kam der Wagen ins Schlingern und panisch griff ich nach dem Griff an der Tür. Der Geruch von verbranntem Gummi stieg mir in die Nase und ich hörte, wie die Bremsen verzweifelt quietschten.

Fuck!

Ich schloss die Augen und klammerte mich mit aller Kraft an den Griff, während der Gurt mich an den Sitz fesselte.

Verdammt!

Für einen kurzen Moment war der Wagen fast schwerelos, dann fielen wir und blieben mit einem abrupten Aufprall liegen. Die Airbags auf der Fahrerseite platzten auf, Metall knirschte lautstark und der Motor erstarb mit einem Grummeln. Der Ruck trieb mir Tränen in die Augen und mein Magen protestierte mit Übelkeit gegen die Einwirkung der Kräfte. Irgendwo hinter uns hörte ich weiteres Quietschen von Bremsen und ich öffnete die Augen.

Der Fahrer lag gegen das Steuer gelehnt und Blut tropfte aus seinem Mund auf den schlaffen Airbag unter ihm. Die Schwerkraft drückte mich in den Sicherheitsgurt und als ich den Kopf leicht hob und aus dem Fenster sah, bemerkte ich, dass wir im Graben neben der Schnellstraße gelandet waren. Sofort sah ich zu meinem Feind neben mir. Er war in den Fußraum gerutscht und hielt sich den Kopf. Der Aufprall hatte ihn außer Gefecht gesetzt und seine Waffe in den Fußraum des Beifahrersitzes geschleudert.

Kurz unterdrückte ich ein Stöhnen und tastete nach dem Anschnaller.

Scheiße! Ich glaube ich hatte wirklich Glück bei dem Crash.

Klickend gab der Gurt nach und ich stürzte ungeschickt nach vorne auf die Rückseite des Fahrersitzes, was mir ein Seufzen entlockte. Draußen hörte ich Stimmen und fast zeitgleich wurden beide Türen der Rückbank aufgerissen.

»Fuck, Joshua!«, hörte ich Bastians besorgte Stimme. »Geht es dir gut?«

Ich versuchte mich so gut es ging aufzurappeln und spürte, wie Bastians Hände nach mir griffen und mich stützen und mir aus dem Auto halfen. »Ja, geht schon«, murmelte ich matt und hörte, wie schwach meine Stimme klang. »Ich war angeschnallt, hab durch den Crash nichts abbekommen.« Erstaunt stellte ich fest, dass keine neuen Schmerzen zu den bestehenden hinzugekommen waren.

Neben mir wurde mein Entführer aus dem Auto gezerrt, deutlich brutaler als ich.

»Er hat abgebremst, bevor der Reifen geplatzt ist.«

»Mayren würde mich *umbringen*, wenn dir etwas passiert wäre«, entgegnete Bastian besorgt und löste seinen Griff um mich.

»Ja, das würde sie«, hörte ich eine fremde weibliche Stimme von der anderen Seite und ruckartig wandte ich ihr meinem Kopf zu.

Ich dachte, das sei Mayren ...

Stattdessen begegnete ich einem Paar bernsteinfarbene Augen. Die Frau, zu der die Augen gehörten, war wenige Jahre älter als ich und trug ihre Haare zu einem welligen Bob geschnitten.

Mein Entführer stand mit dem Rücken zu Karosserie und sie presste ihm ihre linke Hand, die in einem blauen Spitzenhandschuh steckte, ins Gesicht.

Perplex sah ich sie an.

Wer ist das?

Der Ausdruck in ihren Augen verursachte mir eine Gänsehaut und zum ersten Mal verstand ich, was Mayren meinte, als sie sagt, dass sie einen Killer am Blick erkennen könne. Mich erstaunte, dass mein Entführer sich nicht rührte.

»Schön dich kennenzulernen, Joshua«, sagte sie und lächelte mich an. »Ich bin Kaja Verde.«

Zurückhaltend nickte ich ihr zu.

Ein schmerzerfülltes Stöhnen aus dem Mund des Mannes zog meine Aufmerksamkeit auf ihn.

»Beeile dich Kaja, wir sind unter Zeitdruck«, warf Bastian ein. Sie lächelte unseren Gegner spöttisch an.

»Keine Sorge, mein Gift wirkt schnell, was nicht heißt, dass er nicht leiden wird.«

Der Handschuh ... ist vergiftet?

Kraftlos fiel sein Kopf zurück und schlug mit einem gedämpften *Gong* auf dem Dach des Wagens auf. Ein schwaches Stöhnen kam aus seinem Mund und nur wenig später rutschte er am Wagen hinunter.

»Sag ich doch.« Kaja bückte sich und verschwand aus meinem Sichtfeld. Wie von allein bewegten sich meine Füße und ich umrundete das Auto an der Rückseite.

Was macht sie mit ihm?

Kaja beugte sich über dem Mann, ein dunkelblaues Sommerkleid umspielte ihren Körper in einer perfektionistischen Eleganz und weiterhin presste sie ihre linke Handfläche auf sein Gesicht. An einigen Teilen hatte sich bereits ein roter Ausschlag ausgebreitet. Bewegungslos war er auf dem Boden zusammengebrochen und mit riesigen Pupillen starrte er seinen Todesengel an.

»Spürst du die Schmerzen? Üblicherweise setzen sie nach der Lähmung deiner Muskeln bald ein«, murmelte sie leise und strich ihm in einer langsamen Grausamkeit über das Gesicht. »Mit den *Georgiern* legt man sich nicht an, verstanden?« Die letzten Worte waren eine hasserfüllte Drohung und sie richtete sich auf, um auf den sterbenden Mann hinabzusehen. »Schönes Ersticken.«

»Was war das für ein Gift?«

Ein diabolisches Lachen huschte über ihre Lippen und mit einer stolzen Miene sah sie auf ihren Handschuh. »Die Grundsubstanz beruht auf meiner Lieblingspflanze«, erzählte sie hochmütig. »Der Blaue Eisenhut ist eine der giftigsten Pflanzen Europas und kann sogar bei bloßem Hautkontakt sein Gift entfalten. Es ist kein schöner Tod, sehr schmerzvoll und vollständig lähmend bis zur Erstickung.«

Ich musste schlucken.

Eine grausame Art zu sterben, aber ... hatte er das nicht verdient?

Erstaunlicherweise empfand ich kein Mitleid, als ich an meine Entführung und die Gefangenschaft dachte. Eine kalte Stimme in meinem Hinterkopf fand, dass er es verdiente.

Mit der rechten Hand fuhr Kaja sich durch ihre Haare und die Spitzen der Locken wippten. Durchdringend musterte sie mich und legte ihren Kopf leicht schief. »Du siehst so … gewöhnlich aus.« Ihre Augen funkelten in einem gefährlichen Schimmer, während ihr Lächeln kälter wurde. »Und dennoch bist du in einigen Kreisen aktuell der beliebteste Junge der ganzen Stadt.«

Gewöhnlich? Ich schätze, das ist ein Kompliment?

Schweigend beobachtete ich sie.

»Kaja, die Zeit.« Bastians Worte wurden von einem ungeduldigen Auf- und Zuklappen eines Zippos begleitet.

Theatralisch verdrehte Kaja die Augen. »Jaja, setz den Kerl ins Auto. Ich kümmere mich um den anderen.«

»Wo ist Mayren?«, fragte ich die beiden fordernd und ließ meinen Blick schweifen. Unser Wagen war von der Straße abgekommen und steckte mit der Spitze in einem Graben. Leichte Rauchkringel wanden sich aus der verbeulten Motorhaube hervor.

Oben an der Straße stand die schwarze Kawasaki von Bastian und ein grauer Mercedes, dessen Stoßstange eingedellt und zerkratzt war. Mayrens schwarzer Audi war nicht zu sehen.

Kaja ging dicht an mir vorbei, aber streifte mich nicht. Aus Angst vor ihrem Handschuh wich ich ein Stück zurück.

»Mayren ist auf dem Weg, sie müsste gleich hier sein«, erklärte Kaja mir im Vorbeigehen und ballte ihre linke giftige Hand kurz zur Faust und entspannte sie wieder. »Basti, zündel ruhig. Mein Gift muss ihn nur lähmen.«

Ich drehte mich zur Straße um.

Mein Hass für diese Menschen ist präsent, aber ich will sie nicht sterben sehen.

»Geh hoch, Joshua.« Bastian gab mir einen leichten Schubs. »Wenn du ein Auto siehst, wimmel sie ab.« »Alles klar.« Wie auf Autopilot stapfte ich den bewachsenen Hang hinauf. Hohe Gräser waren von dem Crash plattgewalzt worden und abgeknickter Herbstlöwenzahn schwanke sanft im Wind. Hinter mir hörte ich die Bewegungen von Kaja und Bastian und ihre Stimmen, wie sie sich gegenseitig Anweisungen zuriefen.

Sie bringen sie um ...

Die Erschöpfung der letzten Stunden brach über mir zusammen und ich ließ mich hinter dem Mercedes auf den staubigen Asphalt fallen. In meinen Rippen pulsierte der Schmerz und erst jetzt wurde mir bewusst, dass ich das grüne Tuch noch um meinen Hals trug. Wütend riss ich es mir vom Körper und blickte auf, als am Ende der Straße ein Wagen auftauchte.

Der Wind trieb das Motorgrollen heran und unwillkürlich sprang ich auf. Ich würde das Auto auf jede Entfernung erkennen.

May!

Unbeholfen hob ich meine Hand und dachte, dass ich eine erneute Beschleunigung des Wagens hörte. Gleichzeitig ertönte ein plötzliches Zischen und ich sah zu Bastian und Kaja. Feuer hatte das Wageninnere erfasst und breitete sich aus, hell loderten die Flammen.

Reifen quietschten und wenige Sekunden später hielt der schwarze Audi neben mir. Der Motor erstarb und Mayren stürzte aus dem Wagen. Ihre grünen Augen leuchtenden besorgt und suchten sofort den Blickkontakt zu mir. Ihr Gesicht war ernst und dunkle Schatten hingen unter ihren Augen.

Sie sieht so müde aus ...

Trotz, dass sich mein Puls bei ihrem Anblick beschleunigte, konnte ich nicht abschätzen, wie ihre Stimmung sein könnte.

War sie sauer, wütend, enttäuscht?

Ihre blassen Wangen in Kombination mit dunklen Schatten ließen sie fast kränklich erscheinen. Mit schnellen Schritten stürmte sie auf mich zu und schlang ihre Arme um meinen Nacken.

»May.« Meine Stimme war kaum mehr als ein Seufzen, als ich sie an mich zog und die Augen schloss. Sofort stieg mir ihr Duft in die Nase und die letzte Anspannung fiel von mir ab. Die körperliche Nähe zu ihr ließ eine Gänsehaut auf meinen Armen entstehen.

Ich bin in Sicherheit!

Mein Herz schlug schneller und in diesem Moment wusste ich, dass meine Gefühle für sie nie weg waren. Dass ich sie verdrängt hatte, aber niemals vergessen.

Ich wollte die Person für sie sein, die ihr Sorgen abnimmt und keine bereitet, so wie es in den letzten Stunden der Fall gewesen war. Die Geräusche um uns herum schienen zu verschwinden, ich drückte sie enger an mich und vergrub meine Nase in ihren Haaren, ohne die Augen zu öffnen.

»Ich wusste, dass du kommst«, flüsterte ich und ihre Hände wanderten meinen Rücken hinauf und verkrampften sich in dem Stoff meines Shirts.

»Fuck, Joshi …« Sie klang erstickt und ihr warmer Atem kitzelte mich am Ohr.

Warum kann ich nur daran denken, sie zu küssen?

Obwohl ich es nicht für möglich hielt, beschleunigte sich mein Puls, als ich diesen Gedanken manifestierte und mir vorstellte, wie sich ihre Lippen auf meinen angefühlt hatten. Die Zeit schien still zu stehen und wie eine Droge sog ich den Moment in mir auf. Ich konnte nicht sagen, wie lange wir dastanden und einander umklammerten, als sie etwas sagte.

»Es tut mir so leid. Ich hätte besser aufpassen müssen.«

»Gib dir nicht die Schuld dafür.«

Ihre Hände lösten sich hinter meinem Rücken und legten sich um mein Gesicht. »Bist du verletzt?«, fragte sie besorgt, aber ich schüttelte sofort den Kopf, unwissend ob ich vielleicht doch verletzt war. Ihre rechte Hand wanderte höher und vorsichtig strich sie mit ihrem Daumen über den kleinen Cut, den ich am Haaransatz hatte. »Was haben sie dir angetan?« Langsam löste sie ihre Hände von meinem Gesicht und umfasste meine Handgelenke. Ihr Ausdruck verdunkelte sich, als sie die roten Striemen sah, die meine Fesseln hinterlassen hatten.

Eine Mischung aus Angst und Selbsthass schimmerte in ihren Augen. »Ich hätte nicht so nachlässig sein dürfen …« Mayrens Atem stockte und sie verschränkte die Finger ihrer rechten Hand mit meiner linken.

»Sie haben mich eingesperrt und geschlagen ...«, antwortete ich leise und schaute in den Graben, wo das Feuer mittlerweile heller und höher im Wageninnere flackerte. »Einer von Zeros Jägern hat ihnen den Auftrag gegeben mich auszuliefern. Wir waren auf dem Weg zu einer Übergabe.«

»Das wird dieser Drecksclan büßen.« Blanke Wut flackerte in ihr auf und ihre Augenbrauen verzogen sich. »Hätten sie dir etwas angetan ...« Sie beendete ihren Satz nicht, sondern ließ ihn verklingen und wandte sich zu ihren Freunden, die auf dem Weg zu uns waren.

Kaja beobachtete mich aus ihren durchdringenden Augen und eine Skepsisfalte hatte sich zwischen ihren Augenbrauen eingekerbt.

Dunklere Rauchschwaden stiegen mittlerweile aus dem brennenden Wagen hervor, im Inneren konnte ich die Umrisse der beiden Körper erkennen. Keiner der beiden bewegte sich.

Sie sind bei Bewusstsein ... zumindest nach dem, was Kaja gesagt hat.

»Ian weiß, wo deren Hauptquartier ist«, verkündete Bastian, als er und Kaja zu uns auf die Straße traten. »Sie nennen sich *Duskvein*.«

»Sie wollten Joshua an einen anderen Jäger verkaufen«, erklärte Mayren schnell. »Über sie werden wir einen Jäger erfahren und dann auslöschen.«

Kaja zupfte an dem Saum ihres Handschuhs. »Du hast einen Krieg versprochen, May. Wir werden ihnen beweisen, was es heißt den Georgiern zu widersprechen.«

»Dann los.« Mayren deutete mit einem Kopfnicken auf die Autos.

»Auf ein Wort«, sagte Kaja schnell, packte mich am Handgelenk und zog mich aus Mayrens Griff zu dem silbernen Mercedes.

Erschrocken stolperte ich ihr einige Schritte hinterher und sah panisch auf unsere Hände. Es war der rechte Handschuh, der unvergiftete.

Als wir wenige Meter gegangen waren, drehte sie sich zu mir um und senkte die Stimme. »Du hast eine Wirkung auf May, wie sie jemand anderes vor Jahren hatte, aber ich lasse nicht zu, dass du sie ausnutzt, verstanden?« Ihre Stimme war eiskalt. »Aconitum ist nicht das Schlimmste, was ich an Giften zu bieten habe und ich beschütze meine Freunde mit allem, was ich habe.« Zur Veranschaulichung hob sie ihre behandschuhte linke Hand und deutete mit dem Zeigefinger auf mich, erst dann ließ sie mein Handgelenk los. Ihre mehr oder weniger versteckte Drohung hatte den gewünschten Effekt, obwohl ich den Hintergrund nicht genau verstand.

Bezieht Kaja sich auf eine Ex-Beziehung von Mayren? Diesen Paul?

Mit einem Nicken bestätigte ich Kaja, dass ich ihre Drohung verstanden hatte und sofort breitete sich ein sanftes Lächeln auf ihrem Gesicht aus. »Gut, dass wir uns einig sind. Geh zu May, sie wird dich heimfahren.«

Verwirrt drehte ich mich zu Mayren um, die Kaja mit einer hochgezogenen Augenbraue musterte aber schwieg.

Sie verharrte unbewegt an der Stelle, wo Kaja sie und Bastian zurückgelassen hatte.

Als unsere Blicke sich begegneten und ich auf sie zu ging zuckten ihre Mundwinkel aufmunternd. »Lass uns nach Hause gehen, okay?«

Kapitel 37

London – Stadtteil Kensington – Mayrens Wohnung
Freitag, 24. September – Mayren

Ich hätte nicht so nachlässig sein dürfen ...

Nervös rieb ich mit den Daumen über meine Schläfen und versuchte die erdrückenden Schuldgefühle wegzumassieren, es gelang mir nicht. Ich hörte, wie im Bad die Dusche abgedreht wurde und sah unruhig in den Flur.

Ich habe jämmerlich versagt ... ich hoffe, dass Kaja und Bastian meine Grüße in der Intensität ausrichteten, wie ich es selbst getan hätte. Mein Hass ist endlos auf diese Duskvein-Idioten.

Das Klicken des Türschlosses erklang und Joshua trat auf den Flur, bevor er ins Wohnzimmer kam.

Mein Herz schlug bis zum Hals und ich hatte Angst vor seinen ersten Worten.

Vor Ort war er erleichtert mich zu sehen, aber seitdem ist Zeit vergangen, in der er sich Gedanken machen konnte.

Mit einem unsicheren Lächeln deutete ich auf die Sandwiches vor mir auf dem Tisch. »Hast du Hunger?«

Langsam nickte er und sein knurrender Magen unterstrich die Worte. »Und wie.« Seine Haare waren vom Duschen noch feucht und standen ungebändigt von seinem Kopf ab, aber der Blässe war etwas Farbe gewichen. Er nahm mir gegenüber Platz und griff nach einem Sandwich.

»Wie … fühlst du dich?«, fragte ich vorsichtig, aber mied seinen Blick.

Ich hörte ihn kauen und schlucken. »Mach dir keine Sorgen um mich«, meinte er leise. »Ich komme klar.«

Lügt er, damit ich mir keine Sorgen mache?

»Was werden Bastian und Kaja mit ihren machen?« Sein Blick war ungewöhnlich kalt und ich war mir unsicher, wie ich ihm antworten sollte.

»Nach deiner Entführung haben wir diesen Clan angerufen und darüber informiert, dass deine Entführung einer Kriegserklärung uns gegenüber gleichkommt … sie haben deiner Auslieferung jedoch nicht zugestimmt … Wir müssen Worten entsprechend Taten folgen lassen.«

Joshua nickte nachdenklich und ich zögerte.

»Ihr werdet sie auslöschen, oder?«

»Ja, werden wir … Eine ausgesprochene Drohung müssen wir umsetzen. Anzeichen von Schwäche wären in der jetzigen Situation fatal. Vieles in unserer Welt funktioniert über Rache, auch in diesem Fall.«

Es ist grausam so über Menschenleben zu entscheiden, aber leider notwendig.

Joshua hatte das erste Sandwich aufgegessen und erwiderte mein verständnisvolles Nicken. Für einen Moment saßen wir uns schweigend gegenüber. »Sie haben es verdient«, sagte er und griff nach dem nächsten belegten Brot. Seine Kälte erstaunte mich. »Lange verstand ich nicht, wo du den Unterschied zwischen deiner und meiner Welt ziehst … ich glaube, ich habe es jetzt verstanden.«

Bringt ihn das nicht automatisch weiter in meine Welt?

Joshua biss eine Ecke des Brotes ab. »Was ist passiert, nachdem wir getrennt wurden?«

Nachdenklich rieb ich mir die Augen, ließ die letzten Stunden Revue passieren und verdrängte mein schlechtes Gewissen. »Dein Entführer hat diesen einen Cop auf mich gehetzt ...«, begann ich meinen Teil zu erzählen. »Dank deiner Warnung konnte ich schnell genug reagieren und in der Menge untertauchen, aber ich verlor dich dadurch aus dem Blick. Hätten sie mich erwischt, würde ich jetzt im Knast sitzen.« Ich räusperte mich und versuchte etwas in Joshuas Augen zu lesen, aber er sah mich so einfühlsam an, dass ich ins Stocken kam. Verlegen schlug ich die Augen nieder und für einen kurzen Moment kehrte die Verzweiflung zurück. »Du kannst dir nicht vorstellen, welche Vorwürfe ich mir gemacht habe. Hätte Ian dich nicht über die Kameras gefunden ...« Meine Stimme wurde leiser.

»Ich hatte gehofft, dass er es über diesen Weg schafft.« Joshua aß das letzte Stück seines Sandwiches. »Mir ist in Erinnerung geblieben, dass er meinte, dass die Stadt so gut verkabelt ist.«

Er griff über den Tisch und legte seine Hand auf meine. Augenblicklich bildete sich eine Gänsehaut in meinem Nacken und schmerzhaft krampfte sich mein Herz zusammen, als ich seinem Blick begegnete.

Er hätte sterben können ...

»Mir geht es gut. Bitte hör auf, dir Vorwürfe zu machen.«

Joshua schien mir anzusehen, dass ich die Sorgen nicht einfach vergessen konnte.

»Du hättest wegen *meines* Fehlers sterben können.« Meine Stimme zitterte verzweifelt und ich wurde mir bewusst, dass ich mich ihm gegenüber so verletzlich zeigte wie selten jemandem zuvor. »Ich habe dir so oft gesagt, dass ich dich beschütze und wenn es drauf ankommt, versage ich.«

Es gibt keine Worte, um den Fehler zu entschuldigen. Joshua steht unter meiner Verantwortung und ich habe seinen Schutz vernachlässigt.

Wir sahen uns an, ohne das jemand sprach.

»Versprich mir …«, begann er seinen Satz.

Alles!

»Dass du mich trainierst. *Ernsthaft* trainierst, um mich besser auf deine Welt vorzubereiten.«

Sofort nickte ich, froh darüber, dass er mir keine Vorwürfe machte. »Versprochen.«

Er drückte meine Hand leicht und ließ sie dann los, seine Berührung hinterließ ein angenehmes Kribbeln auf meiner Haut. »Erzähl weiter«, forderte er mich auf und nahm ein neues Sandwich. Für einen kurzen Moment sah ich auf meine Hand und fühlte Joshuas Wärme nach, die seine Hand hinterlassen hatte.

Ich habe ihn vermisst …

Nach wenigen Sekunden besann ich mich und sprach weiter. »Nachdem ich mich in die Menge zurückgezogen hatte, suchte ich einen Weg außen herum. Gleichzeitig konnte ich Ian und Bastian nicht erreichen.«

Die pure Verzweiflung, die in dem Moment in mir aus-
brach, kroch mir den Nacken hoch und schnürte mir den
Hals zu.

Noch nie in meinem Leben hatte ich so eine Angst ...

»Als ich endlich auf der anderen Seite ankam, war von
dir nichts mehr zu sehen, aber ich fand dein Handy in einer
Mülltonne.«

Meine Worte wurden vom Schlüssel im Türschloss unterbrochen und Bastian und Kaja traten selbstbewusst in den
Flur. Mit einem grimmigen Nicken bestätigten sie mir, dass
die Mission erfolgreich ausgeführt wurde.

*Sehr gut ... das sollte in London unsere Entschlossenheit
unterstreichen.*

Joshua drehte sich ebenfalls zu den beiden um, ein kleines
Lächeln erschien auf seinen Lippen.

»Der Bau ist leergefegt«, verkündete Bastian kalt, als er
und Kaja sich zu uns setzten. »Es waren weitere acht Leute
im Haus, keiner hat überlebt.«

Grausame Genugtuung machte sich in mir breit. »Danke
euch.«

»Wir haben einen Namen gefunden«, verkündete Kaja
zufrieden, während sie an dem Saum ihres Handschuhs
zupfte. »Sie wollten Joshua an Timéo Dupont verkaufen und
waren auf den Weg nach Nizza, wo dieses Schwein sitzt. Ian
ist bereits informiert und konnte uns mitteilen, dass Timéo
Nizza seit der Ausschreibung nicht verlassen hat.«

Mein Kiefer knackte unwillkürlich, als ich meine Zähne
aufeinanderbiss.

Dieses Arschloch! Er bezahlt Söldner, um den Auftrag von Zero zu erledigen? Feigling!

Schweigend und kauend, sah Joshua zwischen uns umher. Sein Blick ruhte etwas länger auf Kajas Handschuhen, ihre Hände hatte sie gegeneinandergepresst.

»Was haben sie dir angetan?«, fragte Bastian an Joshua gewandt. »Hast du ihm erzählt, was bei uns in der Zeit passiert ist?«

Ich schüttelte den Kopf. »Wir haben gerade angefangen. Ich habe erzählt, wie ich sein Handy gefunden habe.« Mit einem Kopfnicken deutete ich auf die Theke mit den Barhockern, wo es lag. »Nachdem ich es aus dem Müll gefischt hatte, fand ich Bastian wieder.«

»So ein kleiner Wicht von dem Clan hat versucht, mich abzulenken«, warf Bastian wütend ein und sein Gesicht nahm einen bedrohlichen Ausdruck an. »Genau diesen *Idioten* habe ich in diesem Rattennest der Duskvein gefunden und ihm eine entsprechende Lektion erteilt.« Seine Fingerknöchel knackten, als er sie knetete. »Der Typ von mir und der Entführer haben zusammengehört, aber als ich ihn abgeschüttelt hatte, bemerkte ich die verpassten Anrufe …«

Beschämt nickte ich, als ich die Situation durchdachte. »Mit Ians Hilfe verfolgten wir deine Spuren und ordneten deinen Entführer den Duskvein-Clan zu«, fuhr ich fort. »Wir nahmen Kontakt zum Anführer auf und erklärten ihm …«

Bastian fiel mir ins Wort. »Die Lage *erklärt?*«, fragte er. »May, du hast ihm mit der Zerstörung seines *kompletten Daseins* gedroht, wenn sie Joshua etwas antun.«

»*So* schlimm war es nicht.«

Unter dem Umstand waren meine Worte lasch gewählt.
Hätte die Zeit nicht gegen uns gespielt, wäre es eine andere
Situation gewesen.

»Es *war* schlimmer«, sagte Bastian trocken und herausfordernd legte ich den Kopf schräg.

»Wir müssten Stärke bewahren, jetzt mehr als je zuvor«,
rechtfertigte ich mich kühl.

Kaja schaltete sich in unser Gespräch ein. »Die Gerüchte
sind mittlerweile verbreitet. Wir rücken ins Scheinwerfer-
licht und es ist besser, wenn wir für unser hartes Durchgrei-
fen bekannt sind, als etwas anderes. Sie sollen uns ruhig
fürchten.«

»So ist es«, entgegnete ich, bevor ich weitererzählte. »Ian
konnte das Auto verfolgen, aber verlor es nach einer Weile
und Bastian rief aus dem Grund nochmals den Duskvein-
Clan an und betonte, dass deine Sicherheit essenziell für
jede Verhandlung ist.« Unbehaglich lehnte ich mich im Sessel zurück und zog meine Beine in einen Schneidersitz.

Joshua nickte. »Ihr habt mit den Anrufen meinen Markt-
wert erhöht?«

»Sozusagen«, gab Bastian zu. »Das Wichtigste war, dass
du am Leben bleibst und das konnten wir erreichen, während wir mit der Suche fortfuhren.«

»Gegen Abend kam ich in London an und fand dieses Chaos
vor«, sagte Kaja und deutete auf die Theke, wo zerknautschte
Stadtkarten, lose Blätter mit Informationen und Bastians und
mein Laptop in einer ungewohnten Unordnung herumlagen.

»Aber wir spürten einen Informanten auf, der uns eine weitere, mehr oder weniger freiwillige, Quelle nannte und Mayren und Bastian brachen auf.«

Ich richtete mich in meinem Sessel auf und übernahm das Wort. »Wir fanden den Kerl ziemlich schnell ...«

Joshua zog fragend eine Augenbraue hoch. »Ihr habt ihn *gefunden?*«

»Ja ...«, meinte ich kleinlaut. »Wir haben ihn in seinem Bett angetroffen, schlafend und nicht gerade begeistert von unserem Besuch, aber naja ...«

Bastian unterdrückte ein Lachen und Kaja grinste erheitert.

»Zu meiner Entschuldigung: Wir haben versucht, auf eine freundliche Art an Informationen zu kommen, allerdings weniger erfolgreich.« Ich zuckte mit den Schultern und dachte an das schummrige, stickige Schlafzimmer und den hageren Mann, der gefesselt auf einem Holzstuhl saß. Sein hasserfüllter Blick, den ich kalt erwiderte und beharrlich nach meinen gewünschten Informationen bohrte.

Er hätte uns die Informationen freiwillig geben können ...

»Dieser Informant grenzte den Standort des anderen Clans aber nur ein, den genauen Standort wusste er nicht«, erklärte ich und musste an die Art denken, die mich zu diesem Tipp brachte, das Knacken der Fingerknochen und gedämpfte Schmerzensschreie durch einen Knebel. Es ließ mich kalt, jetzt wie vor ein paar Stunden. »Somit wussten wir den Radius und brachten uns in Stellung, während Ian dauerhaft alle Kameras überwachte.

Da wir dich weder irgendwo ankommen noch gehen sahen, lag die Vermutung nahe, dass du irgendwo warst.« Ich beobachtete, wie Joshua nach einem weiteren Sandwich griff.

Bastian übernahm. »Da es langsam hell wurde, rechneten wir damit, dass sie dich bald an einen anderen Ort bringen würden und somit aus unserer Reichweite.«

Joshua strich sich einen Krümel von seiner Hose und nickte nachdenklich, während er Bastians Worten folgte.

»Ian fand dich schließlich auf einer seiner Kameras. Bastian und ich waren von deinem Standort nicht so weit entfernt und begannen mit der Verfolgung«, beendete Kaja die Erzählung unserer Ereignisse.

Kurz sagte keiner etwas und nur der Verkehr von draußen trug zur Geräuschkulisse bei.

Joshua unterbrach die Stille: »Danke, dass ihr mich gesucht habt.« Dabei sah er mich an. »Mein Vorschlag mit der Demo und war leichtsinnig. Dieser Typ hat gedroht, alle zu erschießen, wenn ich um Hilfe rufen sollte.«

Er zögerte und sein Blick verlor sich an einem Punkt, der lediglich für ihn sichtbar war und er erzählte seine Sichtweise seit unserer Trennung. Von dauerhaften Schlägen auf seine Rippen, seiner Bewusstlosigkeit nach dem Schlag auf den Kopf und von dem dunklen, muffigen Raum, in dem er gefesselt vor dem Heizkörper saß.

Hasserfüllt ballte ich meine Hände zu Fäusten und Wut kochte in mir siedend heiß hoch.

Ich hätte so gerne meine Drohungen selbst umgesetzt!

Ich konnte den Gedanken vor Wut nicht fertig denken und war froh, dass der Clan von Bastian und Kaja ausgelöscht wurde. Zähneknirschend hörte ich zu, als er beschrieb, wie er in dem Raum geschlagen wurde, wie sie ihn holten und unsanft auf die Straße bugsiert hatten, bis sich unsere Geschichten zusammenschlossen.

Meine Fäuste zitterten vor Wut und ich war froh, dass Bastian zuerst das Wort ergriff.

»Wie fühlst du dich?«, fragte er. »Stehst du unter Schock?« Seine Worte wirkten plump und stumpfsinnig und ich warf Bastian einen tadelnden Blick zu.

Kann man so was nicht weniger direkt fragen?

Joshua nickte. »Mir ist bewusst geworden, dass manche Dinge auf eure Art richtig laufen.« Er räusperte sich. »Es hat etwas gedauert, bis ich den Unterschied unserer Welten verstanden hatte … aber mit Vernunft und Moral geht es nicht.«

Zustimmendes Schweigen von allen Seiten folgte.

»Unsere Welten sind nicht vergleichbar«, sagte Kaja schlicht und griff ebenfalls nach einem belegten Brot. »Moral gibt es nicht, außer du bist lebensmüde und Vernunft … naja … In unserer Welt helfen nur Bündnisse und Blut.« Sie biss von dem Sandwich ab und zuckte mit den Schultern.

Wo sie recht hat, hat sie recht.

»Wie sehen deine Rippen aus, sollen wir sie untersuchen lassen?«, fragte ich mit Restbesorgnis in der Stimme und Joshua zog als Antwort den Saum seines weißen Shirts hoch.

Zischend sog ich die Luft ein, als er mehrere rote Flecken auf beiden Rippenseiten entblößte.

»Es ist kein Bruch darunter, nur Prellungen«, erklärte er und strich sich über seine Rippen. »Die nächsten Tage wird es blau werden und abheilen.«

Missmutig wechselte mein Blick zwischen seinem Gesicht und den Rippen.

Sie haben ihre Strafe bekommen ...

Dies war der einzige Gedanke, der mich beruhigte.

»Solange es kein Bruch ist, bist du bald fit«, sagte Kaja nach einem Blick auf Joshuas Oberkörper und schob sich die letzte Ecke ihres Brotes in den Mund. »Wir sollten uns besser auf morgen vorbereiteten. Die Bellucci-Familie hat uns Waffenruhe versprochen, aber wir haben trotzdem genug zu tun.«

Der plötzliche Themenwechsel gefiel mir nicht, aber ich musste Kaja zustimmen.

»Hier sind die Einladungen.« Bastian holte die elfenbeinfarbenen Umschläge von dem Chaos der Theke und reichte jedem einen Umschlag. »Sie haben uns zur Verlobung der Clanchef-Tochter eingeladen.«

Joshua öffnete, zusammen mit Kaja, die Umschläge und sie zogen die Einladungen heraus. Stirnrunzelnd musterte er das Liebespaar auf der Einladung.

Ich hatte die Karte mehrmals gelesen, weswegen ich meinen Umschlag geschlossen auf den Tisch legte.

»Der Dresscode ist Black Tie«, verkündete Kaja erfreut und drehte die Karte um. »Ich besorge die Smokings und Kleider für uns, May.«

Abendgarderobe, großartig ...

»Der entscheidende Punkt ist«, überging ich Kajas Freude der schicken Kleidung, »wir wissen nicht, was die Belluccis wollen.« Gezielt suchte ich Bastians Blick. »Sie werden es nicht nur der Rache wegen tun und wir sollten uns darauf vorbereiten. Egal wie der Abend endet ... wir müssen London morgen verlassen.«

Joshua muss London morgen verlassen, seine Sicherheit ist oberstes Gebot.

Bastian nickte zustimmend. »Ich weiß nicht, was die Belluccis als Gegenleistung von uns verlangen werden, aber der Gefallen mit Silas wird definitiv nicht reichen.«

Nachdenklich biss er sich auf seine Unterlippe und fuhr sich durch die Haare. »Eine gewisse Summe an finanziellen Mitteln haben wir verfügbar, aber selten geht es um das.« Bei seinen Worten deutete er auf mich und Kaja.

»Sie wissen von dir«, meinte ich an Joshua gewandt. »Was für mich ein Zeichen dafür ist, dass sie in dieser Hinsicht eine Forderung stellen werden. Es ist keine Option deine Sicherheit in irgendeiner Weise zu riskieren.« Mit einem Seufzen streckte ich meine Beine aus.

»Sie können von dir eine Schuldmünze fordern, May«, schlug Bastian tonlos vor.

Das ist keine Option.

Widerstrebend nickte ich.

»Was ist eine Schuldmünze?«, fragte Joshua stirnrunzelnd.

Ich atmete tief ein. »Es ist eine Versicherung, die ich ihnen anbieten kann. Meine Schuld für einen Dienst ihrer Wahl, zu einer Zeit ihrer Wahl.«

Joshuas Miene wurde nachdenklich und besorgt. Er schien zu verstehen, dass eine Schuldmünze je nach Umstand eine große Gefahr darstellte.

»Ich habe noch nie eine vergeben«, fügte ich an. »Und ich habe es auch nicht vor.«

»Schuldmünzen sind die letzte Option«, gab Kaja ihre Meinung kund und verzog den Mund. »Silas ist es nicht wert, eine herzugeben.«

Das stimmt. Mit Hilfe der Belluccis könnten wir ihn einfacher töten, aber wir würden es auch aus eigenem Antrieb schaffen.

»Wir haben keine Ahnung, was sie als Bedingung nennen könnten«, resignierte ich, stand auf und ging ein paar Schritte Richtung Fenster. Mit verschränkten Armen stand ich da und starrte auf den Haufen Chaos auf der Küchentheke.

Ich hasse es, unvorbereitet in ein Treffen der morgigen Art zu gehen.

Kapitel 38

London – Stadtteil Kensington – Mayrens Wohnung
Freitag, 24. September – Joshua

Mit leerem Blick starrte ich an die Decke meines Zimmers und versuchte etwas Schlaf nachzuholen, aber sobald ich die Augen schloss, fühlte ich mich in den dunklen Raum zurückversetzt. Ich roch den muffigen Geruch des Teppichs und meine Hände fühlten sich gefesselt an. Bleierne Müdigkeit lastete auf meinen Augen und drückte mir die Lider zu, aber ich kämpfte dagegen an.

Wird das jemals besser?

Auf diese Frage würde ich vermutlich erst im Laufe der Zeit eine Antwort finden. Erneut ließ ich das Gespräch von vorhin Revue passieren.

Ich wäre tot, wenn die drei mich nicht gefunden hätten.

Bei dem Gedanken musste ich schlucken.

Dieser Timéo hätte mich umgebracht und das Kopfgeld auf mich kassiert. Mays Auftrag wäre vorbei, ebenso wie mein Leben.

Meine Entführung hat mir beigebracht, dass ich mich mehr auf das Hier und Jetzt konzentrieren sollte und weniger auf das *was-wäre-wenn-Szenario*. Also dachte ich an das bevorstehende Event bei der Clan-Familie, die unsere Verbündeten werden konnten. Oder unsere Feinde, wenn sie Dinge als Gegenleistung forderten, die für Mayrens Clan unmöglich zu erfüllen waren.

Gedankenverloren drehte ich mich auf die Seite und starrte aus dem Fenster in das Grün des Parks, dessen Schönheit mich erneut kalt ließ. Langsam versank ich in meinen Gedanken, bis mich ein leises Klopfen aus meinen Tagträumen riss.

Ich rollte mich auf meinen Rücken. »Ja?«

Vorsichtig wurde sie geöffnet und Mayren kam rein. Sie wirkte ausgeruhter und hatte ihre blonden Haare zu einem Zopf geflochten. »Du schläfst ja gar nicht«, meinte sie und machte ein gespielt anklagendes Gesicht. Leise schloss sie die Tür hinter sich und blieb zögerlich stehen. »Willst du Gesellschaft?«

»Gerne.« Ich rutschte auf dem Bett zur Seite, um ihr Platz zu machen.

Sie legte sich neben mich und sah ebenfalls an die Decke. »Welche Gedanken halten dich vom Schlafen ab?«

Ich ließ mir Zeit mit meiner Antwort. »Sobald ich die Augen schließe, fühle ich mich an diesen Ort zurückversetzt«, erzählte ich wahrheitsgemäß, ohne den Blick von der Decke zu lösen. »Der Gedanke, dass ich wieder da bin …«

Es macht mir eine Heidenangst.

Aber das wollte ich ihr nicht sagen.

Mayren bewegte sich nicht und ich ahnte, dass in ihrem Kopf Vorwürfe ihren Lauf nahmen. Ihre Hand streifte meine, als sie das Kopfkissen unter ihrem Kopf aufschüttelte. »Ein Erlebnis wie dieses hinterlässt seine Spuren«, murmelte sie nachdenklich. »Wenn du reden möchtest, bin ich gerne für dich da.«

Ein leichtes Lächeln schlich sich auf meine Lippen.

Ich bin befreundet mit einer Auftragskillerin.

Was für ein befremdlicher Gedanke. »Danke.«

Aber ich will nicht nur mit ihr befreundet sein ... Damals hätte sie zu einem Date ja gesagt, gilt das immer noch?

Nur ihre bloße Nähe ließ mein Herz schneller schlagen und ich streckte meine Hand nach ihrer aus. Ohne zu zögern, erwiderte sie meine Geste.

Diese Gefühle ... sie trüben meine Sinne. So wie ich Mayren einschätze, wird sie das auch so empfinden und trotzdem ...

Neben mir hörte ich Mayren gähnen. »Seit deiner Entführung habe ich kaum geschlafen. Ich wollte mich nicht eine Sekunde hinsetzen und wertvolle Zeit vergeuden.«

Sie musste ebenso müde sein wie ich.

»Die Drohung von dem Kerl, dass er dich vor meinen Augen erschießt und ich dir beim Verbluten zuschauen muss, war ... *grausam* ...« Kurz zögerte sie. »Ich habe viele Menschenleben genommen, auf eiskalte Art und so vielen Menschen beim Sterben zugesehen, aber ich werde alles dafür tun, damit dir das nicht passiert.« Sie klang entschlossen und ich lauschte stumm ihren Worten, als sie fortfuhr. »Mein Clan wurde lange unterschätzt und trotzdem haben wir uns einen Namen gemacht und sind in einer guten Verhandlungsposition.«

Dankbar drückte ich ihre Hand, aber dann überrannten mich die Gefühle und ich zog sie an mich. Im ersten Moment schien sie überrascht zu sein, aber schnell folgte sie meiner Bewegung und ich legte meinen Arm um sie.

Ihr Kopf ruhte auf meiner Brust und ihre Hand strich sanft über meine verletzten Rippen, die unter dem Shirt verborgen waren. Ihre Worte und ihre Reaktion auf unseren Körperkontakt machten mir Mut.

»Ich habe immer gedacht, dass es solche Wendungen wie in meinem Leben nur in Filmen gibt«, gestand ich und strich vorsichtig über Mayrens Scheitel. Die Wärme ihres Körpers drang durch meine Kleidung und vertrieb die Angst, die ich noch vor ihrer Anwesenheit gespürt hatte. »Und nun bin ich mittendrin ...«

»Das ist nur dem Auftrag von Zero geschuldet. Jemand aus deiner Welt hätte im Normalfall keine Berührungspunkte mit unserer Welt, außer du forderst es aktiv heraus.«

Ohne Zero wäre mein Semester normal abgelaufen, ich wäre im Frühling nach Hause zurückgekehrt und mein Leben wäre einfach weitergegangen.

»Beneidest du andere um die Normalität in ihrem Leben?«, fragte ich sie offen und sie dachte kurz nach, bevor sie antwortete.

»Ich bin zu tief in meiner Welt verwurzelt, um mir darüber Gedanken zu machen«, wich sie meiner Frage aus. »Die letzten Tage mit dir haben mir das bewiesen ... Ich gehöre in diese Welt ... Für mich gibt es keinen Weg, um zu entkommen.«

Nachdenklich runzelte ich die Stirn.

Kaum vorstellbar dauerhaft unter Gefahr zu leben. Ist das das Leben, was mich die nächsten Wochen erwartet?

Diese Vorstellung war mir nicht geheuer.

»Hast du keine Angst vor dem Tod oder einer Ergreifung?«
Erneut strich ich ihr über den Kopf und sie seufzte leise.

Was wäre passiert, hätten wir uns unter normalen Bedingungen kennengelernt ...?

»Vor dem Tod habe ich keine Angst«, entgegnete sie und schüttelte den Kopf leicht, ohne den Kopf zu heben. »Ich stehe seit vielen Jahren dauerhaft im Kontakt mit dem Tod und war selbst auf seiner Schwelle ... gezwungenermaßen ist man deswegen auch mit Gedanken zum eigenen Tod beschäftigt.« Kurz überlegte sie, bevor sie fortfuhr. »Und wegen der Polizei ...« Sie strich sich eine Strähne aus der Stirn. »Es gab genug Leute, die meinem Clan auf der Spur waren, aber wir konnten das bisher abwenden. Bei unseren Aufgaben liegt Gründlichkeit immer an oberster Stelle.« Sie drehte sich auf die Seite und sah mich an. »Es ist kein schönes Gefühl, wenn du weißt, dass jemand deine Taten verfolgt.«

Für einen langen Moment schwiegen wir und genossen die Nähe des anderen.

»Wie geht es deinen Handgelenken?«, fragte Mayren und ihre Stimme klang belegt.

Ich streckte ihr meine Hände hin und bemerkte selbst, wie deutlich die roten Striemen auf meiner Haut hervorstachen. Mayren strich sanft über die Hämatome und den gebildeten Schorf. Das Gefühl von ihrer Haut auf meiner verursachten mir eine Gänsehaut. Nach kurzer Zeit ließ sie mich los und ich zog meine Hände zurück.

»Deine Entführer sehen schlimmer aus.«

»Zurecht.«

Die hätten mein Leben für kleines Geld verkauft.

Mayren nickte. »Hasse das Spiel, nicht den Spieler. Sie auszulöschen war eine Notwendigkeit.«

Bis Donnerstag verstand ich Mayrens Denkweise nicht, aber jetzt tue ich es. Ihrem Clan wurden schlimme Dinge angetan und dass sie Rache an Zero will, ist verständlich.

»Was ist für dich Normalität im Leben?«, fragte Mayren plötzlich wehmütig. »Erzähl mir, warum ich sie vermissen würde.«

Obwohl wir vor wenigen Tagen bereits so ein Gespräch führten, hatte ich ihr damals von Dingen erzählt, die mir besonders vorkamen. So erzählte ich ihr von gewöhnlichen Erlebnissen. Von meinen Freuden, von Fußballspielen in Stadien und von der Uni, die ich in Berlin besuchte.

Von banalen, nebensächlichen Dingen, wie der Suche nach Ostereiern, lauen Sommernächten am Baggersee und der Reise nach meinem Schulabschluss.

Sie stellte viele Rückfragen und als es draußen zu dämmern begann, fielen wir in einen tiefen und traumlosen Schlaf.

Kapitel 39

London – Stadtteil Kensington – Mayrens Wohnung
Samstag, 25. September – Joshua

Zögernd stand ich vor dem Kleidersack meines Anzuges und starrte für einige Sekunden auf den Reißverschluss, bevor ich geräuschvoll ausatmete und ihn mit zitternden Fingern öffnete.

Es wird alles gut.

Über einem hölzernen Kleiderbügel hing ein schwarzes elegantes Jackett und die passende Hose. Auf einem weiteren Bügel ein weißes Hemd und eine royalblaue Fliege. Ungläubig strich ich mit den Fingerspitzen über den Stoff des Anzugs.

Ich hatte noch nie ein so teures Kleidungsstück an.

Als Kaja mir den Kleidersack in das Zimmer gehängt hatte, zupfte sie mit einem Zwinkern das Preisschild ab. »Mayren zahlt«, war ihr einziger Kommentar, während ich schockiert auf die Zahlen starrte.

Der Anzug liegt definitiv außerhalb meines Budgets.

Vorsichtig knöpfte ich die Leiste vom Hemd auf, weich floss mir der Stoff durch die Finger und ich zog das Hemd über meinen nackten, von Hämatomen überzogenen Oberkörper. Es passte perfekt.

Woher wusste Kaja meine Größe?

Ich erinnerte mich an Kajas Perfektionen und akzeptierte dies als Antwort.

Sie wird bei dem Kauf eines Anzuges nichts dem Zufall überlassen.

Mit einiger Schwierigkeit knöpfte ich meine Hemdärmel zu und zog vorsichtig die Hose vom Bügel.

Nachdem ich den Gürtel der Hose schloss, zog ich das Jackett über, was den Anzug vervollständigte. Mit zitternden Fingern schloss ich die Fliege um meinen Hals, richtete vor dem großen Spiegel meinen Kragen und betrachtete mich kurz.

Das ist ein ungewohnter Anblick.

Der Anzug verlieh mir ein fremdes, elegantes Aussehen und die Farbe der dunkelblauen Fliege betonte das Blau meiner Augen. Mein Herz schlug schnell in meiner Brust und meine Aufregung nahm zu.

»Alles wird gut«, sprach ich mir selbst Mut zu und atmete tief durch. Ich zupfte an meinem Jackett und schloss den Knopf. »Es wird alles gut gehen …«

Nach einigen Atemzügen schnappte ich mir meinen Rucksack und ging in den Flur. Neben der Tür waren bereits die Gepäckstücke von Kaja, Mayren und Bastian gestapelt und ich stellte meinen Rucksack daneben. Ich hörte Stimmen aus dem anliegenden Raum und folgte ihnen ins Wohnzimmer.

Kaja saß elegant auf der Lehne des Sessels, trug ein rostrotes Kleid und passende Spitzenhandschuhe. Sie lächelte mir aufmunternd zu.

Sie trägt immer diese Handschuhe. Hat es eine Bedeutung?

Bastian saß auf dem anderen Sessel. Passend zu Kajas Kleid, war seine Fliege in der gleichen Farbe gewählt worden.

»Der Anzug sitzt sehr gut«, stellte Kaja zufrieden fest. »Kannst du dich gut drin bewegen?«

Ich strich den Stoff vom Jackett glatt und setzte mich auf das Sofa. »Ja, woher kennst du meine Größe?«

Sie zuckte belustigt mit den Schultern. »Erfahrung.«

Ich zog eine Augenbraue hoch, aber sie führte ihre Worte nicht weiter aus.

Mayren kam aus der Küche, sie trug ihre Glock und einen Dolch in der Hand. Ein dunkelblaues, langes Kleid betonte ihre makellose Figur und einen ausgeschnittener Beinschlitz ließ ihr genug Bewegungsfreiheit.

Wow! Sie sieht atemberaubend aus ...

Ich musste daran denken, dass ich sie die ganze Nacht im Arm gehalten hatte und wir erst gemeinsam am Morgen aufgewacht waren und es jagte mir ein angenehmes Kribbeln durch den Körper.

Mayrens Haare waren zu einem eleganten Knoten hochgesteckt und ihr schlichtes Abend-Make-up betonte ihre Gesichtszüge vorteilhaft. Sie sah mich an und lächelte. »Der Anzug steht dir sehr gut.«

»Danke«, stammelte ich verlegen. »Das Kleid sieht großartig an dir aus.«

Ihr Kleid und meine Fliege ...

Ich warf Kaja einen schnellen Blick zu, aber sie tippte eine Nachricht und ignorierte mich.

An dem Zucken ihrer Mundwinkel erkannte ich jedoch, dass sie es genau wahrnahm.

Mayren setzte sich neben mich auf das Sofa.

»Gut, wir kennen den Ablauf«, begann sie ernst. »Ich werde Joshua den Abend über nicht von der Seite weichen, es wäre mir recht, wenn ihr in Sichtnähe bleibt.«

»Kaja und ich werden uns darauf konzentrieren Informationen zu sammeln«, sagte Bastian. »Es werden einige Vertreter aus unserer Welt da sein und wir sollten diesen Moment nutzen.«

Sie nickte. »Danke. Würdet ihr es mir überlassen, die Verhandlungen mit den Belluccis zu leiten?«

Zustimmend neigten Bastian und Kaja die Köpfe. Beide wirkten nachdenklich, aber entspannt. Ihnen machte es nichts aus, dass wir uns gleich an einen Ort begaben, an denen mehrere andere Killer waren, die nichts mit ihrem Clan zu tun hatten.

Es gibt einen Waffenstillstand ... es wird nichts passieren! Mayren und die Belluccis haben diesen Vertrag unterzeichnet.

Mit einer spielerischen Bewegung ließ Mayren den Dolch in ihrer Hand rotieren. »Ich denke, dass wir auf dem direkten Weg hinfahren können. Unsere Wohnung werden wir nach heute Abend nicht mehr nutzen.«

Mit gemischten Blicken sah ich mich im Wohnzimmer um. Seit Beginn der Gefahr war dies für mich ein Rückzugsort, an dem ich mich sicher fühlte. Der Gedanke, diesen Ort zu verlassen, stimmte mich traurig.

Bastian stand auf und ballte entschlossen seine Fäuste. »Dann gehts los?«

»Ich bin bereit, wenn ihr es seid.« Kaja erhob sich elegant und strich in einer beiläufigen Geste über ihr Kleid.

Mayren folgte ihren Bewegungen. Ein Funkeln lag in ihren Augen und ihr Gesicht hatte einen entschiedenen Ausdruck angenommen. »Dann lasst uns heute den ersten Nagel in Silas Sarg schlagen.«

Mein Herz setzte kurz aus, aber ich tat es den anderen gleich und versuchte meine Aufregung herunterzuschlucken.

Mayren sah mich schuldbewusst an, als sie ein Holster an ihrem Oberschenkel befestigte und den Dolch hineinschob. »Lieber man hat, als man hätte.«

Kapitel 40

London – Stadtteil Kensington – Tiefgarage
Samstag, 25. September – Mayren

Mit einem dumpfen Geräusch schloss Joshua die Autotür und schnitt die Geräusche der Tiefgarage ab. Aufmunternd lächelte ich ihm zu und hoffte, dass es ihm etwas Anspannung nahm.

Die Entführung steckt ihm noch schwer in den Knochen. Ich bin froh, dass er gestern nach unserem Gespräch Schlaf finden konnte.

Ich versuchte, das angenehm warme Gefühl in meinem Magen zu verdrängen, das ich empfand, als ich auf seiner Brust lag und seine Berührungen spürte.

Dieser Moment war so schön ... ich war froh, dass wir ihn hatten.

Ich ließ den Motor an und einige Parklücken weiter links von uns antwortete das Grollen von Kajas Mercedes.

»Ich bin aufgeregt«, gestand Joshua mir. Mit unsicheren Fingern nestelte er am Saum seiner Ärmel herum.

»Mich hätte es gewundert, wenn es nicht so wäre«, meinte ich und beobachtete, wie Kaja unseren Weg kreuzte und auf die Ausfahrt zufuhr. Ihre Stoßstange wurde heute gerichtet, während sie unsere Kleider in der Stadt abgeholt hatte. Danach legte sie mir mit einer hochgezogenen Augenbraue die Rechnung vor. Im Vorbeifahren nickte sie uns zu und ich folgte ihr mit dem Audi.

Ein weiterer Motor wurde angelassen und im Rückspiegel sah ich, wie Bastian, im Anzug und mit schwarzem Motorradhelm, uns auf seiner Kawasaki folgte. Als Kolonne fuhren wir auf die Hauptstraße.

»Kaja hat mich vorhin gefragt, wie es um meine Tanzkünste steht …«, fuhr er zögerlich fort. »Ich werde das nicht brauchen, oder?«

Ich musste mir ein Lächeln verkneifen. »Es wird bestimmt getanzt werden, aber mach dir keine Sorgen, du musst nicht tanzen. Mich wundert es, dass Kaja dich nicht gezwungen hat, deine Kenntnisse zu vertiefen.«

»Davor wurde ich zum Glück verschont, aber hätte sie mehr Zeit gehabt, sähe es bestimmt anders aus.« Er verschränkte seine Finger. »Ich beherrsche die Grundschritte, aber hoffe, dass ich sie nicht brauche.«

»Schade, ich hatte auf einen Tanz gehofft.« Verlegen wich ich seinem Blick aus.

Ich mag ihn mehr, als ich sollte …

Der Gedanke lag mir seit einigen Tagen schon im Hinterkopf und machte mir Angst.

Das letzte Mal, als ich das gefühlt hatte, hat es schrecklich geendet. Paul hat mich sehr geprägt …

Wie so oft schob ich den Gedanken beiseite.

»In diesem Fall werde ich es versuchen müssen?«, erwiderte Joshua meinen Flirtversuch und unwillkürlich grinste ich. »Du darfst dich aber nicht beschweren, wenn ich dir auf die Füße trete.« Er lachte und ich spürte seine Aufregung schwinden.

»Meine Schuhe haben leider keine Stahlkappen«, kicherte ich und er stimmte mit ein, während ich den Blinker setzte und hinter Kaja auf den Highway fuhr.

Sie trat aufs Gas und ich tat es ihr gleich. Die Geschwindigkeit drückte uns sanft in die Sitze und links von uns flogen die Lkws förmlich vorbei.

»Wohin werden wir gehen, wenn der Abend vorbei ist?«

Ich ließ mir Zeit mit der Antwort und schaute in den Rückspiegel, um mich zu vergewissern, dass Bastian hinter uns war. »Schwierig … Es hängt davon ab, was der Abend ergibt«, erklärte ich vage. »Wahrscheinlich werden wir das erst kurzfristig beschließen können.« Nachdenklich strich ich mir eine lockere Haarsträhne hinter mein Ohr.

Wenn die Belluccis einer Zusammenarbeit zustimmen, werden sie es vermutlich nur unter der Prämisse tun, dass ich dabei bin. Immerhin bin ich die Initiatorin von allem.

Mit einem kurzen Seitenblick sah ich Joshua an, bevor ich Kajas Rücklichtern in angemessenem Abstand folgte.

Bei einer erfolgreichen Verhandlung werden sich unsere Wege heute Abend vorerst trennen.

Der Gedanke schmerzte mich, weil ich erst feststellen musste, wie sehr ich seine Nähe wollte, wie sehr ich mich danach sehnte.

Warum fühlt sich diese Entscheidung so verdammt falsch an, obwohl sie rein objektiv richtig ist? Wir müssen Joshua aus der Stadt und der Gefahrenzone bringen.

»Verstehe …«, murmelte er leise, klappte seine Sonnenblende herunter und überprüfte den Sitz seiner Fliege.

Zögerlich beobachtete er mich und ich spürte, dass er eine Frage auf den Lippen hatte, sich aber nicht traute, sie zu stellen.

»Was liegt dir auf dem Herzen?«

Kurz dachte Joshua nach. »Wie kann ich mir den Ort vorstellen, an dem ihr aufgewachsen seid?«

Ich verzog meinen Mund zu einem schiefen Lächeln. Die Frage hatte ich bereits erwartet und mir eine Antwort zurechtgelegt. »Vor einigen Jahren war es kein schöner Ort ...«, gestand ich, während ich an die Vergangenheit zurückdachte. »Mit der Übernahme von uns und der Bildung unseres Clans veränderte sich das, heute dient es für uns als Rückzugsort und Lebensmittelpunkt vieler. Ian zum Beispiel, er verlässt den Ort nur selten, weil er sich auf die Nachforschungen spezialisiert hat und nicht auf ... das, was ich tue.« Ich schluckte und dachte an den Ort, der mir meine unschuldige Kindheit genommen hatte und mich zu der Person formte, die ich heute war.

Es liegen so viele Jahre zwischen der damaligen Situation und der jetzigen ... So viele Leben, die dafür gegeben wurden.

»Das Gelände ist von einem riesigen Wald umgeben, der die Gebäude von der Zivilisation abschirmt. Immerhin sollte niemand wissen, was an diesem Ort getrieben wurde, die Waldanlage beläuft sich auf 13 Hektar und bis zum nächsten Dorf sind es mehrere Kilometer.« Ich trommelte mit den Fingernägeln auf das Lenkrad. »Das kleinere Gebäude war für uns als Unterkunft gedacht.

Wir wurden in Schlafsälen zu hunderten zusammenge-
pfercht, während das andere Gebäude als Haupthaus diente.
Die Klassenzimmer, Küche und Trainingsräume und alles
andere war dort.«

Joshua musterte mich gespannt, aber traute sich nicht eine
Rückfrage zu stellen.

»Unser tägliches Leben bestand aus Training, Unterricht
und dem nackten Kampf ums Überleben. Bringst du deine
Leistungen nicht, wirst du aussortiert.«

Ian ... es hätte nicht viel gefehlt.

Für einen kurzen Moment schweiften meine Gedanken in
die dunkle Vergangenheit, bevor ich mich sammelte. »Je älter wir wurden, desto mehr wurden wir auf spezielle Waffen
oder potenzielle Auftragsarten vorbereitet. Ebenso wurde die
Grenze unserer Moral verschoben und wir stumpften ab.«

Im Konvoi bogen wir ab und fuhren auf eine Landstraße.

»Als ich zehn war, wurde meine Spezialisierung festgelegt
und auf Messer«, ich klopfte leicht auf den versteckten
Dolch an meinem Oberschenkel, »und Handfeuerwaffen
spezialisiert. Kajas und meine Ausbildung wurden in die
Richtung eines Attentäters gelenkt, Bastian in die eines
Snipers. Gleichzeitig beschäftigte sich Kaja mehr mit ihren
Giften und Bastian und ich uns mit Kontaktsport.« Ich hatte
Angst vor der Ablehnung, die ich in Joshuas Augen vermutete und wich ihm aus. »Ich kann dir garantieren, dass es nur
organisatorisch einer Schule gleichkam. Jeden von uns hat
das auf seine eigene Art gebrochen und es gibt nicht wenige,
die den Freitod vorgezogen haben.«

Joshuas anhaltendes Schweigen verunsicherte mich.

Warum sagt er nichts? Egal was ...

Die Musik aus dem Radio drängte unangenehm in den Vordergrund und füllte das Schweigen zwischen uns. Angespannt sog ich die Luft ein.

»Das ist mit Abstand das Grausamste, was ich jemals gehört habe«, sagte er tonlos. »Ich hoffe, die verantwortlichen Leute haben ihre gerechte Strafe bekommen ...?«

Seine Worte erleichterten mich.

Er verurteilt mich nicht dafür, was ich bin.

»Bis auf Zero, ja.« Ich wollte kein Mitleid von ihm, aber ich wollte, dass er meine Beweggründe verstand und nachvollziehen konnte, warum ich das Monster geworden war, was ich heute bin. Weitere Worte sprangen mir auf die Zunge. »Ein solcher Ort wird in unserer Welt *Fabrik* genannt, er ist ein Werk für Killer, Attentäter, Schmuggler und alles andere, was gegen das Gesetz und moralische Prinzipien verstößt. Maximal 30 % aller Kinder, die in ein Werk gebracht werden, überleben diese Ausbildung und werden am Ende wie Ware verkauft.« Ich spürte, wie er mich ansah.

Seine Stirn war gerunzelt und in seinem Blick konnte ich verschiedene Gefühle ablesen.

Er bemitleidet mich nicht, er ist angewidert von der Art, wie ich zu dem Monster wurde.

»Das ist *krank* ... Ich denke nicht, dass du oder jemand anderes aus deinem Clan euch Vorwürfe machen solltet, ihr wart Kinder ...« Seine Stimme verklang und er wirkte machtlos.

»Wir sind das Produkt, zu dem wir geformt wurden.«

»Was macht das mit dir, May?«, fragte er mich vorsichtig, als hätte er Angst, etwas Falsches zu sagen.

Nachdenklich runzelte ich die Stirn, da ich nicht verstand, auf was er hinauswollte. »Wenn du einen Psychologen fragst, würde ich als Paradebeispiel für einen Psychopathen gelten«, meinte ich trocken. »Obwohl es falsch klingt, aber ich bin mit mir im Reinen, wenn du das meinst?«

Joshua schwieg und ich wusste nicht, ob ich seine Frage ausreichend beantwortet hatte. Wieder breitete sich nachdenkliches Schweigen aus und ich folgte Kajas Mercedes aus der Stadt.

»Du bist keine Psychopathin«, sagte er nach einigen Sekunden Nachdenken. »Und glaub mir das, ich habe einige Semester Medizin studiert.«

Überrascht über seine Aussage sah ich ihn an und er zwinkerte mir zu. Unbewusst munterten mich seine Worte auf. Bisher war egal, was andere von mir dachten, aber bei ihm war es anders.

Alles an ihm ist anders, als ich es erwartet habe.

»Danke«, sagte ich leise und es ging fast im angekündigten Song vom Radiomoderator unter.

Joshua erwiderte mein Lächeln aufrichtig und ich wusste, dass er es gehört hatte.

»Als du vorhin von dem Ort in Georgien geredet hat … hast du in der Gegenwart gesprochen … habe ich das richtig verstanden, dass ihr …?« Er sprach seine Frage nicht aus.

»Ja … wir nutzen es als unser Hauptquartier.«

Joshua nickte, aber hakte nicht nach und so fuhren wir wieder einige Minuten schweigend im Konvoi, bis wir auf eine private Straße zum Grundstück der Belluccis einbogen. Der Saum der Straße wurde mit riesigen durchsichtigen Luftballons geschmückt, die durch Lichterketten leuchteten. Sie verbreiteten in dem abendlichen Licht der untergehenden Sonne ein leichtes, feierliches Glühen. Abgerundet wurde die Dekoration durch Oliven- und Eukalyptussträucher. Am Ende der Auffahrt kam eine beleuchtete Villa in Sichtweite, die nicht weniger prächtig geschmückt war.

Gezielt fuhren wir auf den Parkplatz zwischen die anderen Nobelwagen.

Den Belluccis muss es gut gehen, der vorhandene Fuhrpark ihrer Gäste ist Unmengen an Geld wert.

Kurz ließ ich den Blick über die Porsches, Maseratis und deutlich teurere Audis gleiten, bevor ich den Motor ausstellte und Joshua ansah. »Bist du bereit?«, fragte ich und er nickte, seine Augen war auf die Luxusautos gerichtet.

»Ja«, entgegnete er, bevor wir gleichzeitig ausstiegen.

Ein leichter, kühler Wind fuhr über mein Gesicht und meine lockeren Haarsträhnen flatterten. Bastian war bereits von seinem Motorrad gestiegen und richtete sich seine Haare im Seitenspiegel, während Kaja elegant an unsere Seite schritt.

»Ein großartiges Haus«, kommentierte sie das Gebäude. »Jedoch ist diese moderne Architektur einfallslos und glatt.«

Einige Kieselsteine auf der gepflasterten Straße knirschten unter meinen Sohlen, als ich das Auto umrundete, um zu Joshua ging. zu gehen.

Ich nahm seinem Arm und er erwiderte mein Lächeln. Mit einem letzten Blick auf Kaja und Bastian vergewisserte ich mich, dass sie bereit waren und geschlossen gingen wir zur Eingangstür, wo wir bereits von Angestellten erwartet wurden.

Kapitel 41

Umland London – Villa der Belluccis
Samstag, 25. September – Mayren

»Guten Abend.« Ein Mann und eine Frau begrüßten uns mit einem Lächeln höflicher Diskretion. »Willkommen auf der Verlobungsfeier von Bianca Bellucci und Adam Delevare. Darf ich bitte Ihre Einladungen sehen?«

»Selbstverständlich.« Kaja reichte ihr unsere vier Karten, die mit flüchtigen Blicken überflogen wurden.

»Vielen Dank und einen schönen Abend«, antwortete die Frau und der Mann öffnete uns einladend die Tür. Das Haus war von innen genauso unglaublich wie von außen. Beim Bau wurde viel mit Betonelementen gearbeitet, aber auch mit hochwertigen dunklen Holzbalken und -akzenten. Zur Feier der Verlobung war jede freie Stelle mit Blumen geschmückt und ein angenehmer Duft lag in der Luft.

»Wow«, murmelte Bastian hinter uns bewundernd. »Muss sich lohnen, in diese Familie einzuheiraten.«

»Guten Abend, darf ich sie zur Feier in den Garten geleiten?« Wir wurden direkt von einer weiteren Angestellten abgefangen, die uns mit einer entsprechenden Geste auf das Ende des Eingangsbereichs verwies.

Ich nickte. »Gerne.«

Joshua sah sich schweigend um und aufmunternd drückte ich seinen Arm.

»Keine Sorge«, flüsterte ich, als wir der Angestellten folgten. Vorbei an einer beeindruckenden Treppe aus dunklem Holz, die ins Obergeschoß führte und weiteren geschlossenen Türen. Die angenehm sanften Töne eines Flügels hallten durch den Flur und wurden lauter, je näher wir dem Garten kamen. Als wir durch eine deckenhohe Glastür in den prächtigen Garten traten, setzte der klare Klang einer Geige ein und schaffte eine angenehme Atmosphäre.

Mittig war ein modernes weißes Zelt aufgestellt und wurde von unzähligen Lichterketten erhellt. Mehrere längliche Tische waren für das Abendessen vorbereitet worden und über der Tanzfläche schillerte eine Diskokugel. Die Terrasse war mit Betonplatten gepflastert und jede freie Stelle war mit Blumengestecken in weißen und hellblauen Tönen geschmückt.

Hinter mir hörte ich Kaja entzückt etwas über Rittersporn und Skabiosen murmeln.

Die meisten Gäste waren bereits eingetroffen und hatten sich an den verschiedenen Stehtischen im Garten verteilt. Wir wurden von einhundert Augenpaaren begutachtet und mit flüchtigen Blicken suchte ich nach vertrauten Gesichtern.

Auf den ersten Blick kenne ich niemanden.

»Mischen wir uns unters Volk, oder?«, flüsterte Bastian und ich nickte bestätigend.

»Wir sehen uns später.« Kaja hakte sich bei Bastian unter und elegant schritten die beiden nach links davon.

»Komm, wir sehen uns auch etwas um«, sagte ich zu Joshua und schaute mich unter der feiernden Menschenmenge um.

Weder das verlobte Paar noch jemand anderes von unseren Ansprechpartnern scheint da zu sein. Wir werden uns vermutlich noch etwas gedulden müssen.

»Was machen wir, May?«

»Wir sehen uns in Ruhe um, während Kaja und Bastian Informationen sammeln.« Kurz sah ich über die Schulter zu den beiden und musterte die beiden Männer, neben denen sie stehengeblieben waren. »Bisher sehe ich niemanden der Entscheidungsträger. Wir müssen noch etwas Zeit totschlagen. Es ist eine Verlobungsfeier, du ziehst ein Gesicht, als wäre es eine Beerdigung.«

Ein nervöser Ausdruck huschte kurz über sein Gesicht. »Der Ausgang der Feier bestimmt, ob meine Beerdigung früher oder später stattfindet.«

Tadelnd begegnete ich seinem Galgenhumor mit einer hochgezogenen Augenbraue. »Und ich dachte, dass du mehr Vertrauen in mich hast«, spottete ich, woraufhin er grinste.

»Dann lass uns gehen«, meinte Joshua und bot mir seinen Arm an, wie Bastian vorhin bei Kaja.

»Sehr gerne, Mr. Winter.« Ich ergriff seinen Arm und wir schlenderten auf der rechten Seite der Terrasse den Garten hinunter. Beeindruckt musterte ich den riesigen Holzbogen, an dem mehrere Blumengestecke befestigt waren und ihren sanften Duft verströmten.

Eine Fotobox war davor platziert worden und einige junge Frauen posierten. Eine der Frauen in einem figurbetonten Kleid musterte interessiert Joshua und mich.

Ein kleines Lächeln erschien auf ihren Lippen und sie beugte sich zu einer ihrer Freundinnen und flüsterte ihr etwa ins Ohr.

Sie scheinen zu wissen, wer Joshua ist.

Ich hielt den Augenkontakt mit den Frauen und reckte herausfordernd das Kinn.

Wie viel wissen sie über Joshua oder was glaubt sie, zu wissen?

»Darf ich Ihnen ein Glas Champagner anbieten?«, fragte uns ein entgegenkommender Kellner höflich und präsentierte ein Tablett mit gefüllten Sektgläsern.

Mit einem Kopfschütteln lehnte ich ab. »Nein, danke. Nicht für mich.«

»Für mich auch nicht«, schloss Joshua sich an.

»Mein Kollege an der Bar bietet Ihnen gerne etwas Alkoholfreies an«, fügte er freundlich an und ging weiter.

»Du trinkst keinen Alkohol, oder?«, fragte Joshua neugierig, als wir vor der Fotobox und den kichernden Frauen abbogen und in den Garten gingen.

»Nein«, antwortete ich ehrlich. »Bisher erst einmal, und das war, nachdem wir unseren Clan gegründet hatten.« Ich erinnerte mich gut an den Abend.

An alle guten Gefühle und an die schlechten.

»Das Gefühl des Betrunkenseins mag ich nicht. Ich will mich immer auf meine Sinne verlassen können.«

»Spielst du auf letzten Freitag an?«, fragte er mit einem zerknirschten Gesichtsausdruck.

»Mir ging es nie nur um das Trinken, sondern um das gesellschaftliche Zusammensein, was damit verbunden war.«

Interessiert legte ich den Kopf schräg.

Ja ... die Gesellschaft mit den anderen war auf eine unbekannte Art schön.

Wir kamen an der Bar an und wurden freundlich begrüßt.

»Was darf ich Ihnen anbieten?«, fragte der Barkeeper.

»Etwas alkoholfreies bitte«, bestellte Joshua für uns beide Getränke.

»Ich habe einen hervorragenden alkoholfreien Champagner«, bot der Barkeeper an und zeigte uns eine grüne Flasche. »Er besticht besonders durch eine leichte Vanillenote.«

»Sehr gerne«, sagte Joshua und nahm die beiden Gläser entgegen. Mit einem Lächeln bedankte ich mich und sah am anderen Ende des Gartens, wie Luca zu Kaja und Bastian trat und sie in ein Gespräch verwickelte. Mit einem leichten Nicken deutete ich auf die drei und wir schlenderten von der Bar in das Innere des Gartens.

»Scheint, als hätte Luca unsere Freunde gefunden«, murmelte ich leise und stieß mit Joshua an, bevor wir einen Schluck des Getränks nahmen.

Es war nicht nach meinem Geschmack, aber ich zwang mich, es mir nicht anmerken zu lassen.

Was soll da drin nach Vanille schmecken?

»Was war dein Eindruck von ihm, als ihr den Vertrag unterzeichnet habt?«, fragte Joshua, als wir an einem Stehtisch stehenblieben, und stellte sein Glas ab.

Ich erinnerte mich nur ungern an den Tag zurück. »Ich weiß nicht, was ich von ihm halten soll …« Unentschlossen drehte ich das Glas zwischen meinen Fingern und beobachtete meine Freunde, wie sie mit ihm redeten. »Ich würde sagen, dass ihm Disziplin fehlt …«

»Bastian meinte, dass er sich nicht sicher ist, ob Luca seinem Clan zu 100% loyal gegenüber ist«, warf Joshua gedämpft ein.

»Ja, das Gefühl habe ich auch.«

Erneut nippte ich an meinem Getränk und verzog leicht den Mund.

Es wundert mich wenig, dass Bastian und ich denselben Eindruck von Luca haben …

Im nächsten Moment verabschiedeten sich Kaja und Bastian von Luca, sahen sich suchend um und kamen auf uns zu.

Vielleicht hat Luca ihnen etwas für heute verraten?

Zwischen den hellen Tönen der Hochzeitsdekorationen stach Kajas rostfarbenes Kleid auffällig hervor und einige Gäste drehten sich nach ihr um.

Beide waren mit Getränken ausgestattet worden, die sie bisher nicht angerührt hatten.

»Was hat Luca erzählt?«, fragte ich schnell.

»Unsere Verhandlungspartner kommen mit dem Paar und müssen erst offizielle Punkte erledigen, bis wir dran sind«, erklärte Bastian und stellte sein Glas zu Joshuas, der nach dem ersten Schluck keinen weiteren mehr genommen hatte.

Kaja verzog das Gesicht. »Es war abzusehen, dass wir uns gedulden müssen.«

Sie fuhr sich in einer eleganten Bewegung durch die Haare. »Die Verhandlungen sind für die Belluccis bestimmt die Kirsche auf der Verlobungstorte.« Sie zog vielsagend eine Augenbraue in die Höhe.

»Was habt ihr entdeckt?«, fragte Bastian interessiert.

»Da hinten ist eine Fotobox und die Bar«, sprang Joshua für mich ein, da ich einen Schluck von dem alkoholfreien Champagner nahm.

Bah, wer produziert und verkauft so was? Haben die Produzenten ihr Produkt selbst probiert?

»Und ihr?«, fragte er.

»Nur die Candybar, den armen Kerl am Flügel und die Geigerin«, sagte Bastian lachend und deutete auf ein kleines Podest, auf dem ein majestätischer weißer Flügel stand und ein Pianist gefühlvoll spielte. Über den Flügel waren mehrere Lichterketten gespannt und in der Dämmerung brachte das ein unglaubliches Ambiente mit sich. Die Geigerin trug ein elegantes Kleid, passend zum Pianisten, und spielte mit geschlossenen Augen.

»Mayren kann im Übrigen Klavier spielen. Wusstest du das, Joshua?«, fragte Bastian mit einem Feixen im Gesicht und ich warf ihm einen tadelnden Blick zu.

»Wirklich?«, hakte er sofort nach und seine Augen funkelten interessiert.

»Es ist ewig her«, versuchte ich seine Erwartungen zu dämpfen. »Jeder von uns musste ein Instrument lernen, weil man als Attentäter seinen Opfern manchmal gefallen muss, um an sie ranzukommen. Kaja ist eine Göttin an der Geige.«

»Wir reden gerade nicht über mich«, warf Kaja ein und grinste mich über ihren Gläserrand an.

Joshuas Erwartungen waren nicht im Geringsten gedämpft. »Du musst etwas spielen!«

»Auf keinen Fall«, wehrte ich ab und zupfte an dem Beinausschnitt meines Kleides herum. »Ich habe lange nicht mehr gespielt.«

»Ich wäre auch dafür, dass Mayren etwas spielt, aber ich glaube, dass es endlich spannend wird«, fügte Kaja nachdenklich an. »Seht, wer da kommt.«

Passend zum Auftritt wurde eine andere Melodie angeschlagen und ein Raunen ging durch die Gäste. Erwartungsvoll drehten wir uns zur Terrasse um, wo das verlobte Pärchen erschien. Bianca Bellucci hatte schwarze Haare, die ihr in leichten Wellen über die Schultern flossen und trug ein cremefarbenes Kleid und passende hohe Schuhe. Sie war eine natürliche Schönheit und strahlte über beide Ohren. Ihr Zukünftiger trug einen hellgrauen Anzug und führte sie am Arm aus dem Haus. Sie blieben kurz auf der Terrasse stehen, und als die Musiker eine romantische Melodie anstimmten, schritten sie langsam über die Wiese in Richtung des Festzeltes. Die Gäste jubelten und klatschten und wir stimmten ebenfalls in einen höflichen Applaus ein.

Sie halten viel von einem großen Auftritt.

Nach dem künftigen Ehepaar waren andere Personen in Sichtweite gekommen, die sich im Hintergrund hielten, um dem Paar den großen Auftritt zu gewähren.

Ein Mann, etwa 60 Jahre alt, stand auf der anderen Seite der Glastür und wurde von zwei jüngeren Männern, vermutlich seinen Söhnen, flankiert.

»Da ist er, oder?«, flüsterte ich in unsere kleine Runde und deutete mit einem möglichst unauffälligen Kopfnicken in Richtung des Hauses.

Bastian bestätigte meine Vermutung. »Giovanni Bellucci.«

Kaja wirkte zufrieden mit der Entwicklung, während Joshua nervös nach seinem Glas griff und einen Schluck nahm.

Bastian fuhr fort. »Die beiden Männer bei ihm sind seine Söhne Nicolai und der andere hieß glaube ich Federico.«

Bianca und Adam waren zwischenzeitlich auf der Tanzfläche im Festzelt angekommen und die Melodie ging sanft in die Töne eines bekannten Liebesliedes über und die beiden tanzten einen langsamen Walzer. In gemächlichen Schritten glitt das Paar über die hölzerne Tanzfläche und einige *Ohhs* und *Ahhs* konnte ich aus der Menschenmenge hören, die verzaubert den Tanz der beiden Liebenden beobachtete. Nachdem die Musik im Refrain angekommen war, teilte sich das Paar auf und holte jeweils einen anderen Tanzpartner hinzu, um die Tanzfläche zu füllen.

Währenddessen warf ich einen interessierten Blick über die Schulter zu Giovanni Bellucci, der mittlerweile mit seinen Söhnen auf dem Weg über die Grünfläche war. Eine autoritäre Ausstrahlung ging von ihm aus und ich hatte Respekt vor diesem Mann.

Seine Augen begegneten meinen und ich nickte ihm höflich zu, was er gleichermaßen erwiderte.

Die Söhne antworteten auf meine Geste gleichermaßen.

Solange wir hier sind, haben wir keine Eile. Das Hausrecht der Belluccis schützt Joshua. Ob die Verhandlung gleich oder in drei Stunden stattfindet, macht wenig Unterschied.

Ich drehte mich zur Tanzfläche und mir fiel auf, dass Joshua meinem Blick gefolgt war.

»Das ist er also …«, sagte er leise.

»Gemäß der Höflichkeit warten wir, bis er auf uns zukommt. Wie Kaja schon meinte, will er bestimmt die Verlobung feiern, bevor wir dran sind.«

Kaja stellte ihr volles Glas auf dem Stehtisch vor uns ab. »Da wir Zeit haben und die Tanzfläche eröffnet ist …« Sie sah Bastian auffordernd an. »Komm, lass uns tanzen gehen.«

Mit einem Grinsen bot er Kaja seinen Arm an. »Los geht's«, flötete er freudig, sie hakte sich unter und gemeinsam zogen sie in Richtung der Tanzfläche davon.

Sollen wir auch tanzen gehen?

Ich drehte den Stiel des Glases nachdenklich in meiner Hand und beobachtete Bastian und Kaja. Ihr Kleid flog um sie herum und sie lachte breit. Beide hatten Spaß und unmittelbar beneidete ich Kaja um ihre offene und unbeschwerte Art, mit der sie ihre Führungsrolle im Clan perfektioniert hatte.

Wenn Kaja etwas tut, wirkt es immer leicht, perfekt und unbeschwert …

»Entschuldigung«, sprach plötzlich eine Frau Joshua an. Es war die, die ihn aus der Fotobox beobachtet hatte.

Überrascht schaute ich auf.

Sie wird nicht versuchen, vor mir Informationen aus ihm zu bekommen?

»Würdest du mit mir tanzen?«, fragte sie ihn und schenkte ihm ein breites Lächeln.

Perplex starrte er sie an. »Nett, dass du fragst, aber ich ähm …«, er stockte und sah mich unsicher an, »… habe bereits meine Tanzpartnerin gefunden.« Sanft legte er mir seinen Arm um die Taille.

Die Frau warf mir einen undefinierbaren Blick zu und lächelte Joshua an, nicht mehr so breit wie davor. »Schade, aber ich hätte mich geärgert, hätte ich nicht gefragt.«

Ich war erstaunt, wie gut sie seinen Korb annahm.

»Einen schönen Abend euch beiden«, sagte sie, bevor sie sich umdrehte und zu ihren Freundinnen zurückging.

»Damit habe ich nicht gerechnet«, gab ich positiv überrascht zu, leerte mein Glas und stellte es zu seinem.

»Sollen wir?«, fragte er unsicher. »Hast du deine Stahlkappen rausgeholt?« Er streckte mir eine Hand entgegen und ich nahm sie.

Bei unserer bloßen Berührung setzte mein Herz einen Schlag aus. Bevor ich darüber nachdenken konnte, hatten wir einen Platz auf der Tanzfläche gefunden und ich legte meine linke Hand auf seine Schulter, während er seinen rechten Arm um meine Taille schlang. Er war mir so nah und ich roch den angenehmen Duft seines Parfüms. Mein Herz schlug schneller, als er den ersten Tanzschritt machte und mich mit sanftem Druck führte.

Sein Gesicht war konzentriert und ich sah ihm an, dass er in seinem Inneren mitzählte, um nicht aus dem Takt zu kommen. Nach einigen Wiederholungen in der Schrittfolge wurde er sicherer und wirkte nicht mehr verkrampft, bis er mir das erste Mal auf den Fuß trat.

»Entschuldigung«, murmelte er schnell, aber ich tat so, als wäre nichts.

»Du machst das gut«, erklärte ich ihm erstaunt und er warf mir einen spöttischen Blick zu.

»Als *gut* würde ich es nicht bezeichnen, höchstens als *okay*. Du kannst tanzen, Klavier spielen und sprichst … wie viele Sprachen?«

»Vier«, antwortete ich ihm in einer Drehung und lächelte ihn schief an. »Russisch, Spanisch, Englisch und Schwedisch …«

»Irgendwie beeindruckt und frustriert mich das gleichermaßen … gibt es etwas, was du nicht kannst?«

Das Lied endete und der Pianist stimmte etwas Schnelleres an.

Konzentriert biss Joshua sich auf die Unterlippe, um sein Tempo an das der Musik anzupassen.

»Natürlich«, sagte ich ohne Umschweife. »Ich bin bei weitem nicht perfekt. Kochen ist absolutes Neuland für mich oder Fahrradfahren.«

»Du kannst nicht *Fahrradfahren?*«, stieß Joshua erstaunt aus und sah mich mit großen Augen an, während wir eine leichte Drehung tanzten.

Ich schenkte ihm ein Lächeln. »Das war nie relevant für mich.«

»Okay, lass uns einen Deal machen«, schlug er vor und zwang sich ernst zu schauen. »Du bringst mir Selbstverteidigung bei und ich dir dafür das Fahrradfahren … und wenn alles vorbei ist … lernen wir zusammen, wie man kocht.« Seine Stimme klang verlegen und Röte trat auf seine Wangen.

Wenn alles vorbei ist …

Mit ebenfalls ernster Miene nickte ich ihm zu. »Deal.«

»Ich bringe dir so viel bei, wie ich kann«, fügte er belustigt an und ich unterdrückte ein Kichern.

Es ist schön, mit ihm normale Gespräche zu führen. Es macht mich … glücklich.

Für einige Tanzschritte sahen wir uns an und es war, als würde die Welt um uns herum verschwinden und nur wir schienen für diesem Moment zu existieren.

Nur wir und die Musik.

Obwohl ich unsere erste Begegnung zunächst bereute, war ich froh, Joshua kennengelernt hatten und mich dazu entschied ihn zu schützen.

Er ist es wert.

»Vor ein paar Tagen war ich davon überzeugt, dass ich die nächsten Wochen nicht überleben werde«, begann er leise, ohne unseren Tanz zu unterbrechen. »Und nun stehen wir auf der Feier eines anderen Clans und tanzen.« Joshuas Blick schweifte über die anderen Tanzpaare. »Es ist verrückt, wie mein Leben aus den Fugen geraten ist.«

Ich erkannte die Melancholie in seinem Blick, aber wusste gleichzeitig, dass er daran glaubte, dass wir aus der Situation lebend herauskommen konnten. Er hatte keine Angst mehr vor dem Tod, er war bereit, ihm in die Augen zu schauen und zu kämpfen.

Seine Einstellung hat sich geändert. Joshua ist nicht mehr der Medizinstudent, der er einmal war.

»Zu Beginn des Auftrags hatte ich mit etwas anderem gerechnet«, gestand ich und suchte seinen Blick. »Die Entscheidung ist richtig. Es wäre falsch, dich zurückzulassen und meiner Wege zu ziehen.« Verlegen biss ich mir auf meine Unterlippe und suchte nach den richtigen Worten, um mich zu erklären. »Auch ich habe einen moralischen Kompass, ob du es glaubst oder nicht.« Ich zwinkerte ihm zu.

Er musste grinsen, schob mich in eine Drehung und zog mich zurück in seine Arme. Sein Blick begegnete meinem und mit einem Schlag kehrte die Spannung, die seit dem ersten Tag zwischen uns geherrscht hatte, doppelt so stark zurück.

Fuck! Ich habe wirklich Gefühle für ihn, die über ein normales Niveau hinausgehen ...

Ich sah, wie seine Pupillen sich zusammenzogen, für einige Sekunden starrten wir uns gegenseitig an und tanzten schweigend unsere Schritte zur Musik. Er zog mich näher an sich für eine enge Drehung, aber ließ mich nicht mehr los und seine Haut kribbelte unter meinen Fingern.

Ich will nie wieder diesen Abstand zwischen uns haben ...

Der Moment fühlte sich an wie der vergangene Freitag-abend vor unserem Kuss, aber ich war mir unschlüssig und wusste, dass hier nicht der richtige Zeitpunkt wäre, um ihn erneut zu küssen.

Es ... wäre unangemessen ...

Ich spürte, wie das Blut in meine Wangen schoss und ich rot anlief.

Auch seine Wangen wurden rot und er unterbrach verlegen unseren Blickkontakt.

Ob er dasselbe denkt wie ich?

Die letzten Takte wiegten wir schweigend miteinander über die Tanzfläche, sahen uns mit verlegenen Blicken an und wichen einander wieder aus, bis der Song endete und Joshua sanft meine Hand losließ. »Gehen wir etwas trinken?«

Warum musste ich Gefühle entwickeln ...? Ich will nicht von der Tanzfläche verschwinden, weil dann auch seine Hand von meinem Körper verschwindet ...

Für einen kurzen Moment kämpfte ich gegen den Gedanken an, meine Hand an seiner Schulter den Nacken hochwandern zu lassen und wie bei unserem ersten Kuss dort zu verschränken, aber entgegen meinen Gedanken nickte ich nur.

Wir schlängelten uns zwischen den tanzenden Paaren hindurch und verließen das Zelt. Meine Schulter fühlte sich kalt und verlassen an, als er seine Hand von mir löste, aber schnell fand ich zurück zu meiner gewohnten Form, als ich sah, dass Giovanni Bellucci auf uns zusteuerte.

»Mayren Grey und Joshua Winter«, begrüßte er uns mit einem süffisanten Lächeln.

Seine Söhne folgten ihm in geraumen Abstand und ich musterte sie interessiert. In ihrer sportlichen Statur ähnelten sie sich und waren unverkennbar Brüder. Einer der beiden trug seine Haare in einem ordentlichen Dutt, während der andere einen kurzen, modernen Schnitt bevorzugte.

Schnell wandte ich mich dem Chef der Gruppe zu und erwiderte seine Begrüßung. »Giovanni Bellucci. Vielen Dank für die Einladung.«

Er machte eine großmütige Geste mit den Händen und zeigte sein Pokerface-Lächeln. »Es freut mich, Sie persönlich kennenzulernen. Ihr Ruf eilt Ihnen voraus, Miss Grey.«

Dankend neigte ich meinen Kopf und beobachtete seine Gesichtszüge.

Giovanni wirkte freundlich, aber ich wusste, dass der erste Eindruck täuschen konnte. Er machte ein Handzeichen zu seinen Söhnen. »Darf ich Ihnen meine Söhne vorstellen? Das ist Nicolai.«

Der Langhaarige.

»Und Federico.«

»Sehr erfreut«, sagte Nicolai, während sein Bruder freundlich nickte.

»Das gilt auch für uns«, entgegnete ich.

Auffällig glitt Giovannis Blick an mir vorbei und zu Joshua. »Auch Sie sind in diversen Kreisen momentan in aller Munde, Mr. Winter.«

Joshua ließ sich von Bellucci nicht einschüchtern. »Ich werte das als Kompliment«, sagte er reserviert.

Giovanni neigte den Kopf.

»Mit Miss Grey haben Sie eine der fähigsten Damen unserer Welt an Ihrer Seite«, umschrieb er meine Tätigkeit wohlwollend und ich verkniff mir bei der Beschreibung ein Lächeln. »Ich hoffe, Sie haben etwas Geduld mit mir, sobald wir unser Gespräch starten können, werde ich einen meiner Söhne schicken.«

»Selbstverständlich«, antwortete ich und er ging, gefolgt von seinen Begleitern, zur Tanzfläche und mischte sich unter die Gäste seiner Tochter. Ohne uns abzusprechen, warteten wir einen kurzen Moment, bevor wir gemütlich weiter schlenderten.

»Ziemlich diplomatisch«, stellte Joshua fest und heftete seinen Blick auf die Bar vor uns. »Was denkst du, wie er sich auf diese Verhandlungen vorbereitet?«

Ein leichter Windstoß strich mir über das Gesicht und ließ mein Kleid leicht flattern. Reflexartig strich ich den Stoff glatt. »Er wird das gleiche getan haben wie wir. Nachforschungen angestellt und unseren Hintergrund mit Silas erfahren. Da er von dir weiß, weiß er, dass wir uns gegen den Auftrag gestellt haben. Er muss abwägen, was er will und inwiefern er etwas von uns fordern kann. Was könnte uns verärgern oder was könnten wir ihm bieten?«

Der Barkeeper begrüßte uns mit einem höflichen Lächeln. »Guten Abend, was darf ich Ihnen anbieten?«

Wir bestellten zwei Wasser und wenig später bekamen wir zwei Gläser mit Wasser und Minze. Langsam schlenderten wir an einen verlassenen Stehtisch, etwas abseits vom Trubel.

»Dieses Abwarten, was er fordert, ohne sich vorbereiten zu können, ist ätzend.«

»Ja, leider ...« Ich nahm einen kleinen Schluck. »Jedoch wird auch Bellucci klar sein, dass er uns nicht zum Feind haben möchte. Spätestens seit gestern weiß dies ganz London. Obwohl unser Clan jung ist, sowohl unsere Gründung als auch unser Altersdurchschnitt, sind wir kein Clan, mit dem man sich anlegen sollte.« Schulterzuckend beobachtete ich wie Bastian und Kaja ihren Tanz beendeten und die Tanzfläche verließen.

Zielstrebig kamen die beiden auf uns zu, Kaja grinste breit.

Kaja, bitte spar dir alle Kommentare.

Ich strich mir eine lockere Strähne hinter mein Ohr.

Das spontane Gespräch mit Giovanni Bellucci hat mich aus meiner Verlegenheit befreit, aber ändert nichts an meinen Gefühlen.

»Erst behauptet er, er könne nicht tanzen und dann sieh ihn dir an«, lachte Bastian, an Joshua gewandt.

»Wir haben gesehen, dass Giovanni Bellucci euch abgepasst hat«, sagte Kaja forschend. »Was wollte er?«

Wieder nahm ich einen Schluck Wasser, bevor ich antwortete. »Er schickt einen seiner Söhne, wenn er bereit ist. Außerdem spricht scheinbar halb London über Joshua.«

Kapitel 42

Umland London – Villa der Belluccis
Samstag, 25. September – Joshua

Es war mir nicht geheuer, dass halb London mein Gesicht kannte und auf der Suche nach mir war. Die Sicherheit, die Mayren, Bastian und Kaja ausstrahlten, wirkte jedoch beruhigend auf mich. Unauffällig warf ich Mayren einen Seitenblick zu, den sie nicht wahrzunehmen schien, da sie sich mit Kaja unterhielt. Ich musste an unseren Tanz denken, an das Gefühl, das ich empfand, als ich sie nach der Drehung an mich zog. Mein Herz schlug schmerzhaft, als ich daran dachte und zur Ablenkung ließ ich meinen Blick durch den Garten schweifen.

Warum musste ich mich in diese Frau verlieben?

Nachdenklich wischte ich mit dem Daumen über mein Glas und trank einen Schluck, bevor ich mich auf das Gespräch meiner drei Killer konzentrierte.

»Es ist egal, was in London nach diesem Abend passiert«, sagte Mayren und eine kleine Falte bildete sich an ihrer Nasenwurzel. »Nach dieser Verhandlung werden wir Joshua aus der Stadt bringen und Silas mithilfe der Belluccis aus dem Weg räumen.« Sie drehte sich zu mir und lächelte aufmunternd, automatisch erwiderte ich es.

»Was passiert, wenn die anderen Leute nicht an mich rankommen und nach meiner Familie oder meinen Freunden in Deutschland suchen?«

Es war eine Frage, die mir schon länger auf der Seele brannte und ich wollte sichergehen, dass die wenigen Leute aus meinem alten Leben, nicht in die Sache hineingezogen wurden.

Mayren sah zu Kaja und Bastian, die miteinander Blicke tauschten.

Bastian antwortete nach einigen Sekunden, aber ihm schien seine Aussage selbst nicht zu gefallen. »Ich denke, dass du ihnen etwas der Wahrheit sagen solltest, damit sie sich vorbereiten können …« Sein Blick war ernst und seine dunklen Augenbrauen nachdenklich zusammengezogen.

Was soll ich meiner Tante und meinem Onkel erzählen?

»Denkt ihr, dass mein Onkel irgendeine Aussage von mir akzeptiert?« Ich stellte mir vor, wie ich dieses Gespräch führen sollte und schüttelte den Kopf. »Selbst wenn ich lüge … was soll ich ihnen sagen?«

»Halte dich bedeckt, was eine genaue Aussage angeht«, meinte Kaja ernst. »Wichtig ist nur, dass sie gewarnt sind. Auf die Wahrheit oder andere Ausreden würde ich verzichten.« Ihre Miene war kalt und passend dazu verstummte die Musik.

Eine verstärkte Stimme schallte über die Feier und stammte von dem verlobten Paar. »Liebe Gäste, vielen Dank für euer zahlreiches Erscheinen und dass ihr mit uns feiert. Wir sind unendlich froh, dass wir diesen Tag zusammen mit euch gestalten können.«

Eine Berührung zog meine Aufmerksamkeit von der Rede weg.

Mayren nahm meine Hand und drückte sie sanft. »Versteh Kaja nicht falsch«, flüsterte sie und ich war mir unsicher, ob Kaja sie nicht hören konnte oder absichtlich überhörte. Ich verschränkte ihre Finger in meinen und Wärme strömte durch meinen Körper. Ich konnte meinen Blick nicht von Mayren lösen. Im gelb-orangenen Licht der vielen Lichterketten leuchtete ihre Haut braun gebrannt und der Lichtschein spiegelte sich in ihren Augen wider.

Sie gibt mir Kraft, aber reicht das, um meine ganze Familie und alles, was mir bleibt, hinter mir zu lassen?

Das verlobte Paar schien mit ihrer kurzen Ansprache ans Ende gekommen zu sein. »…Wir wollen euch einladen, dass ihr mit uns esst und feiert.« Adam reichte das Mikrofon an seine Verlobte Bianca. »Aus diesem Grund werden die Kellner euch mit allerlei leckeren Happen versorgen, bevor wir das Buffet eröffnen. Danke fürs Zuhören und einen schönen Abend für uns alle.« Applaus ertönte und widerwillig löste ich meine Hand aus Mayrens, um einzustimmen.

Wie auf Knopfdruck strömten die Kellner aus dem Haupthaus und verteilten Fingerfood von großen silbernen Tabletts.

»Wir gehen ein Stück.« Auffordernd sah sie mich an und wir schlenderten von Kaja und Bastian weg. »Es tut mir leid, wie sich das Ganze entwickelt«, gestand sie mit einem unglücklichen Ausdruck. »Es wird kein Trost sein, aber du kannst sie retten … keiner von uns hatte diese Möglichkeit.«

Ich verstand, warum Kaja diesen Ton angeschlagen hatte.

Kaja hat ihre Familie ähnlich verloren wie May …

»Es ist ein Trost«, gestand ich ihr. »Ein sehr kleiner …«

Sie nickte verständnisvoll und wir setzten uns auf eine Bank am Rande des Geschehens. Mayren schlug ihre Beine übereinander und ihre Fußspitze streifte beiläufig mein Schienbein. »Leider ist es nötig, wenn du sie beschützen willst«, begründete sie ihre Worte. »Sie könnten sich vorbereiten und schützen. Gerüchte in unserer Welt verbreiten sich schnell.«

Natürlich haben sie recht ... es ist unrealistisch, dass mein Leben in den nächsten Wochen normal weitergeht.

Nervös fuhr ich mir durch die Haare, griff in meine Tasche und holte mein Handy raus. Mein Herz schmerzte bei dem Gedanken, dass ich meine letzten Verbindungen zu meinem alten Leben vorerst abbrechen würde. Hilfesuchend sah ich Mayren an und entsperrte mit zitternden Fingern mein Display. »Was soll ich ihnen sagen?«

Ihre Miene war ernsthaft nachdenklich. »Hätte ich die Chance, meiner Familie etwas zu sagen ...«, begann sie leise und ihr Blick driftete ab, »... würde ich ihnen sagen, dass ich sie liebe und sie mir unglaublich fehlen. Dass ich dankbar bin für alles, was sie für mich getan haben und dass ich sie niemals vergessen werde.« Purer Schmerz lag in Mayrens Augen und ihre offene Verletzlichkeit verursacht mir eine Gänsehaut. »Ich würde alles dafür tun, um sie wieder zu bekommen, aber das Einzige, was mir bleibt, ist die Rache an Zero.« Sie atmete geräuschvoll ein. »Was nicht viel ist.« Mit einem Seufzer strich sie über ihr dunkelblaues Kleid.

Ihre Worte riefen mir den Schmerz in Erinnerung, den ich gefühlt hatte, als meine Mutter starb.

Es ist meine Pflicht, sie zu warnen und zu schützen. Ich will nicht, dass ihnen etwas passiert.

Ohne nachzudenken, suchte ich den Kontakt meiner Tante und wählte ihre Nummer. Mein Herzschlag wummert schmerzerfüllt in meiner Brust und ich hatte das Gefühl, mich übergeben zu müssen, als ich das Handy an mein Ohr hielt. Es tutete in der Leitung und fast rechnete ich damit, dass sie meinen Anruf nicht annahm, aber es klickte und ich hörte ihre freundliche Stimme.

»Hallo Joshua«, sagte sie fröhlich und diese gute Laune versetzte mir einen schmerzhaften Stich in der Brust. »Wie geht es dir? Ich habe nicht mit deinem Anruf gerechnet.« Sie klang vergnügt und im Hintergrund hörte ich das Radio laufen.

»Hallo Judith.« Meine Stimme klang hölzern und erstarb.

Was sage ich nun ...?

Ein betretenes Schweigen trat zwischen uns ein.

»Ist alles gut bei dir?«, fragte meine Tante besorgt, aber selbst dann wollten keine Worte aus meinem Mund kommen.

Mayren legte ihre Hand auf meine und drückte sie leicht. Diese kleine Geste gab mir Mut, meine Worte zu finden. »Ist Tom da?«

Ich bin mir sicher, dass er den Ernst der Lage erkennen würde.

»Nein, er ist mit ein paar Arbeitskollegen weggegangen. Joshua, was ist passiert? Steckst du in Schwierigkeiten?«

Ich wusste, sie konnte es nicht sehen, aber nickte. »Ja, ich stecke *richtig* tief in der Scheiße.«

Kurz hörte ich keine Reaktion, dann sagte sie energisch: »Was ist los? Wir können dir einen Flug nach Hause buchen! Gleich morgen früh! Du kommst nach Hause und wir können alles klären.« Judith wusste sofort, dass ich es ernst meinte und nicht in etwas reingeraten war, das ich selbst verursacht hatte.

»Das geht nicht.« Der Schmerz in meiner Brust wurde stärker und ich atmete stockend aus. »Bitte hör mir zu.«

Das ist es vorerst ... Das Ende meines alten Lebens ...

Ich blickte Mayren an, die weiterhin ihre Hand auf meiner liegen hatte und mich mitfühlend ansah. Mein Schmerz war ihr Schmerz, das wusste ich in diesem Moment. »Ich kann nicht nach Hause kommen.«

Judith unterbrach mich. »Dann kommen wir zu dir!«, sagte sie. »Joshua, *wo* bist du? Bleib da, wir sind morgen bei dir.«

Wieder schüttelte ich den Kopf. »Nein!«, beharrte ich und meine Stimme wurde fester. »Es geht nicht!« Ich hielt mich an Kajas Vorschlag und nannte keine Gründe. »Ich werde für eine gewisse Zeit untertauchen und bitte sucht nicht nach mir.«

Judith am anderen Ende der Leitung schniefte und ich hörte, wie die Musik leiser wurde. »Joshua, du darfst über so was *keine* Scherze machen«, forderte sie und ich hörte, wie eine Tür ins Schloss fiel. »Tom kann mit sofortiger Wirkung Polizeischutz anfordern, ich bin auf dem Weg zu ihm, wir werden das regeln können.« Sie schluchzte erneut und ich musste mich zusammenreißen, um es nicht auch zu tun.

Ein Brennen hatte sich hinter meinen Augen festgesetzt, und ich schloss sie. »Nein, Judith, bitte ...« Meine Tante schwieg und ich sprach weiter. »Das ist keine Option.« Dabei sah ich Mayren an.

Sie nickte mit festem Blick und drückte meine Hand als stummes Versprechen.

»Ich bin euch dankbar für *alles*, was ihr für mich getan habt, nachdem meine Mutter starb.« Mit jedem Satz wurde ich sicherer, was ich sagen wollte.

Am anderen Ende der Leitung wurde Straßenlärm hörbar und ich wusste, dass sie auf dem Weg zu Stammkneipe meines Onkels war, in der er öfters mit seinen Kollegen am Wochenende ein Bier trank.

»Joshua, *nein!* Leg jetzt nicht auf«, rief meine Tante aufgelöst. »Bitte erklär mir, was los ist, wir können dir bestimmt *irgendwie* helfen.«

»Das geht nicht ... bitte passt auf euch auf, ich ...« Meine letzten Worte kamen stockend. »Ich habe euch wirklich lieb.« Langsam ließ ich mein Handy sinken und hörte, dass Judith etwas erwiderte, aber ich verstand es nicht mehr. Dann legte ich auf und starrte auf das Display.

Das war der schlimmste *Anruf, den ich jemals gemacht habe.*

Nach zwei Atemzügen blitze mein Display auf und Judith rief mich zurück. Ich wartete, bis der Anruf von meinem Bildschirm verschwand und öffnete den Chat mit meinen Freunden aus der Heimat.

Auch ihnen bin ich einen Abschied und eine Warnung schuldig.

Während ich tippte, tauchte ein zweiter Anruf meiner Tante auf, aber ich ignorierte ihn und sendete die Nachricht ab.

> *Hallo Jungs,*
> *ich werde für ein paar Tage nicht erreichbar sein.*
> *Danke für eure Freundschaft und alles, was ihr jemals für mich getan habt.*

Der Anruf meiner Tante verschwand vom Bildschirm und wurde eine Sekunde später durch einen meines Onkels ersetzt, den ich ebenfalls nicht beachtete. Mit einem leisen, abschließenden Klicken sperrte mein Display.

Joshua Winter existiert nicht mehr. Mit dem Anruf und der Nachricht an meine Freunde hatte ich den Kontakt zu meinem alten Leben beendet.

»Hier.« Ich reichte Mayren mein Handy. »Ich glaube, das brauche ich nicht mehr.« Sie nahm mir das Telefon aus der Hand, aber ich konnte sie nicht ansehen und starrte auf die Wiese vor mir.

In meinem Inneren tobte ein Kampf meiner Gefühle und ich versuchte, sie unter Kontrolle zu bringen, bevor ich irgendeinen anderen Menschen ansehen konnte. Aus dem Augenwinkel sah ich, dass Mayren die SIM-Karte aus dem Handy nahm und sie zerstörte.

Ich kämpfte mit Übelkeit und einem schlechten Gewissen, wie ich meine Tante im Trüben zurückließ und ertrug diesen Gedanken sehr schlecht. »Kannst du mich bitte kurz allein lassen?« Ausdruckslos starrte ich auf das Gras vor mir. Alles war zu viel für mich.

Mayren schien zu zögern, bevor sie aufstand und mich einem einfachen »Okay« antwortete. Für einen Moment ließ sie ihre Hand auf meiner Schulter verweilen, ungesagte Worte lagen in der Luft, aber sie ging und ließ mich mit meinen erdrückenden Gedanken zurück.

Schmerzhaft schlug mein Herz in meiner Brust und ich versuchte durch ruhiges Atmen meinen Puls zu kontrollieren und herunterzufahren.

Es war die richtige Entscheidung, auch wenn es sich nicht so anfühlt.

Ich richtete mich auf und lehnte mich an der Bank an. Der Garten war mittlerweile von hunderten Glühbirnen der Lichterketten in ein goldenes Leuchten getaucht worden und strahlte etwas Magisches aus.

Sie werden mich für diese Entscheidung hassen ...

Der Gedanke, dass meine Tante tränenüberströmt in die Bar meines Onkels gestürmt war und von meinem Anruf erzählt hatte, brach mir das Herz.

Und ihres sicher auch, aber wenn sie gewarnt sind ... dann habe ich die Hoffnung, dass ich nach allem zu ihnen zurückkehren kann.

Aber um mein altes Leben zurückzubekommen, muss ich erst alles überleben.

Ein letzter schwerer Atemzug kam aus meinen Lungen und ich sah zu Mayren und den anderen.

Bastian beobachtete mich und seine Mundwinkel zucken kurz, als unsere Blicke sich begegneten.

Ich habe einige der fähigsten Leute ihrer Welt an meiner Seite, meine Chancen zu überleben sind nicht schlecht und wenn ich zu Hause bin ...

Keine Worte werden das Unheil entschuldigen können, was ich angerichtet hatte, das war mir klar, deswegen dachte ich den Gedanken nicht zu Ende.

Es wird gut sein, London endlich zu verlassen ...

Langsam ebbte das Rauschen in meinen Ohren ab und mein Herzschlag beruhigte sich. Die Geräuschkulisse der Feier erfüllte den Garten und die sanften Töne des Klaviers und der Geige klangen harmonisch in der warmen Sommernacht.

Vor zwei Wochen war mein Leben normal und jetzt ein verzerrtes Bild von allem. Alles, was mir bleibt, sind diese drei Leute, die zwischen mir und dem Tod stehen.

Wieder atmete ich durch und ein Seufzer entfuhr mir, mit dem ein kleiner Teil der Last von meiner Brust abfiel.

Das ist nun mein Leben.

Ich stand auf und ging langsam zu den anderen hinüber. Mit jedem Schritt fühlte ich mich ein Stückchen besser und verdrängte das Gespräch mit meiner Tante. Als ich am Tisch der anderen ankam, reichte Kaja mir eines ihrer Häppchen, die auf einem kleinen Teller vor ihr lagen.

Ich wertete das als Aufmunterung, während Bastian mir zunickte.

Dankend nahm ich die kleine Brötchenhälfte mit einer dicken Scheibe Weichkäse und Erdbeeren an.

Mayren schwieg und ich war mir sicher, dass sie nicht wusste, welche Worte angemessen wären. Ihre Augen suchten vorsichtig meine und für den Moment, als ich sie ansah, schien alles vergessen. All die Schwere, die auf meinem Herzen lastete, nahm sie mir in diesen einem Moment ab.

»Alles okay?«, fragte sie leise.

»Nicht wirklich«, sagte ich ruhig zwischen zwei Bissen und meinte es so, wie ich es sagte.

Mayren nahm meine Aussage mit einem leichten, verständnisvollen Nicken auf.

»Ich habe mit Ian gesprochen.« Kaja reichte mir erneut ihren Teller, damit ich mir ein weiteres Häppchen nehmen konnte.

Dankend nahm ich mir ein Brötchen.

»Er wird jemanden ansetzen, der deine Familie und deine engsten Freunde überwacht und bei drohender Gefahr anonym die Behörden informiert.« Kaja zupfte sich nachdenklich an dem Saum ihrer Handschuhe. »Wir halten uns eigentlich immer von so etwas fern, aber in diesem Fall würden wir eine Ausnahme machen und die betreffenden Gefährder ausschalten.«

»Danke, Kaja.«

»Das Gespräch mit deiner Tante war sicherlich nicht einfach, aber es war nötig, um sie zu schützen.« Sie wirkte bestimmt und ich erinnerte mich an Mayrens Worte, dass jeder von ihnen gerne die Chance gehabt hätte, seine Familie zu warnen.

»Ich weiß, dass es richtig war«, antwortete ich ihr und bestätigte ihre Aussage mit einem Nicken. »Es ist schwer, seine Familie und sein altes Leben hinter sich zu lassen.«

»Du hast *uns*«, sagte Bastian plötzlich. »Auch wenn wir nicht deine leibliche Familie sind.«

Mir entging nicht, dass Mayren ruckartig ihren Kopf zu Bastian wandte und ihn mit gemischten Blicken ansah. Er ignorierte sie und sein freundlicher Blick gab mir Hoffnung.

»Danke«, sagte ich in die Runde. Jetzt, da ich wusste, dass Ian über meine Familie wachte, fühlte ich mich besser. Aus der tanzenden Menge löste sich Federico Bellucci und kam zielgerichtet zwischen den Kellnern auf uns zu.

Gehen die Verhandlungen los?

Erwartungsvoll drehte Kaja sich nach einem Murmeln von Bastian um. »Guten Abend«, begrüßte uns der Sohn von Giovanni Bellucci höflich. Er wirkte freundlich, aber ich erinnerte mich, mit wem und zu welchem Zweck auf dieser Veranstaltung war.

Und für wen ich Gefühle entwickelt hatte.

»Wir sind so weit. Würdet ihr mir bitte folgen?«

Kapitel 43

Umland London – Villa der Belluccis
Samstag, 25. September – Mayren

Entschlossen straffte ich meinen Rücken, als wir dem Sohn von Bellucci in die Villa folgten. Bastians Kommentar, dass Joshua uns hatte, beunruhigte mich. Natürlich standen wir hinter ihm, aber Bastian beabsichtigte mit der Aussage etwas anderes.

Wir können ihn nicht in unseren Clan aufnehmen. Er muss nach dem Abschluss von allem die Möglichkeit haben, in sein altes Leben zurückzukehren.

Meine Absätze, zusammen mit denen von Kajas, hallten im Flur des Hauses wider, aber statt zum Ausgang bogen wir zur elegant geschwungenen Holztreppe ab und gingen in das obere Stockwerk.

Joshua hat mit seiner Familie gebrochen, um sie zu beschützen.

Der Schmerz in seinem Blick war förmlich greifbar, als er das Gespräch mit seiner Tante geführt hatte.

Kaja hatte dennoch recht. Jeder von uns wäre über ein Gespräch dieser Art dankbar gewesen. Die einzige Familie, die wir jetzt haben, ist unser Clan.

Im oberen Stockwerk war die Architektur wie im unteren. Eine gewaltige Glasfront erlaubte die Sicht in den romantisch beleuchteten Garten und auf die feiernden Leute. Dafür hatte ich keinen Blick, sondern folgte den anderen zu einem Zimmer, dessen Tür als einzige einen Spalt geöffnet war. Ein Lichtstrahl fiel in den spärlich beleuchteten Flur und je näher wir kamen, umso deutlicher konnte man Stimmen vernehmen.

Der Sohn stieß die Tür auf und geleitete uns ins Zimmer, hinter uns wurde die Tür von ihm geschlossen. Wir standen im Arbeitszimmer von Giovanni Bellucci, der an einem riesigen Schreibtisch aus Glas saß und interessiert aufsah. Hinter ihm türmte sich eine gewaltige Bücherwand über die gesamte Länge des Raumes. Ich erkannte einige Klassiker, aber las auch Aufschriften, dessen Sprache ich nicht verstand.

Der langhaarige Sohn stand neben seinem Vater und deutete auf den Bildschirm vor ihm.

Nicolai ...? Hieß er so?

Als er uns sah, ließ er seinen Arm sinken. Ein freundliches Lächeln folgte und er grüßte Bastian und Kaja. »Guten Abend«, begrüßte Giovanni uns und Nicolai lehnte sich zurück und beendete damit das Gespräch. »Ich habe euch meine Söhne noch nicht vorgestellt«, begann er an Kaja und Bastian gewandt. Er wiederholte das Prozedere des Vorstellens. »Das ist Federico.«

Dieser nahm an der Seite seines Vaters seinen Platz ein und er warf Kaja das erste Grinsen zu, was ich auf seinem Gesicht sehen konnte.

»Und Nicolai.« Er nickte ebenso freundlich in die Richtung von Kaja und Bastian, wie bei uns vorhin.

Nicolai scheint eine größere Rolle in dem Clan zu spielen, er hat eine andere Ausstrahlung als sein Bruder.

Der Bellucci-Clan wird auch in der Zukunft familienge-führt bleiben.

»Bitte, nehmt Platz«, sagte Giovanni und deutete auf die zwei Sessel, die vor seinem Tisch standen.

Kaja und ich warfen uns einen kurzen Blick zu und setzten uns, während Bastian und Joshua hinter uns stehen blieben.

»Ich denke, wir brauchen uns nicht vorstellen?«, fragte ich ruhig, um dem Beginn des Gesprächs einzuläuten.

Giovanni lächelte amüsiert, aber seine Augen blieben kalt. Er musterte mich und meine Begleiter mit einem kühlen Glanz. »Nein, das wird nicht nötig sein«, gab er zu. »May-ren Grey, Ihr Name hat mittlerweile in London die Run-de gemacht, ebenfalls wie Ihrer Mr. Winter.« Eindringlich musterte er Joshua hinter mir. »Sehr interessant, was man sich so erzählt.«

Er kann nicht mehr wissen als das Offensichtliche und das ist, dass Joshua als Zielperson für Zeros Spiel ausgewählt wurde und nicht tot ist, sondern bei mir und meinem Clan.

Mit einem entspannten Lächeln entgegnete ich das von Giovanni.

Du gibst vor, viel zu wissen, aber weißt nur die Hälfte.

»Und selbstverständlich sind auch Ihre Namen keine Unbekannten, Miss Verde und Mr. Preto.«

Kaja und Bastian sahen ebenfalls unbeeindruckt aus.

Mit einer beiläufigen Bewegung strich ich über mein Bein und fühlte dabei den Griff meines Dolches, der im Holster an meinem linken Oberschenkel steckte, dann schlug ich mein rechtes Bein über mein Linkes.

»Ich dachte immer, dass euer Clan Zero treu untersteht, habe ich mich damit getäuscht?« Ein listiges Funkeln tauchte in seinen Augen auf.

Da sind wir beim Verhör gelandet.

»Unser Clan ist *niemandem* treu ergeben, außer sich selbst«, stellte ich neutral klar. »Zu Zero führen wir keine Beziehung, außer die geschäftliche.«

Wir sind alle ursprünglich aus Zeros Werk, aber stehen definitiv nicht in seiner Treue, ganz im Gegenteil.

»Wir nehmen Aufträge von vielen Auftraggebern an und Zeros Spiel ist eine attraktive Einnahmequelle, das ist bekannt.«

Bellucci lehnte sich nach vorne und faltete die Fingerspitzen aneinander. »Das stimmt … und dennoch … *interessant.*« Sein Blick blieb neugierig an Joshuas Gesicht hängen und ich hoffte, dass er Haltung bewahrte. »Luca spricht in hohen Tönen von Ihnen, Mr. Preto«, erzählte Bellucci und sah zu Bastian, der hinter Kaja stand. »Das war der Grund, warum wir persönlich mit euch sprechen wollten.«

Bastian neigte leicht den Kopf. »Es freut mich, dass ich einen guten Eindruck hinterlassen konnte.« Interessiert beobachtete ich die Söhne, die bei der Verhandlung passiv agierten. »Auch der Bellucci-Clan ist mir positiv in Erinnerung geblieben.«

Der Vater übernimmt die komplette Verhandlung. Welche Rollen nehmen die beiden in dem Clan ein?

»Aus diesem Grund war ich sehr erfreut, als Luca uns die Zusammenarbeit mit euch vorschlug.«

Ich nutzte die Situation, um zum Punkt der Verhandlungen vorzudringen. »Luca teilte uns mit, dass sich Ihre Familie im Streit mit Silas Brown befindet. Da wir ebenfalls eine gewisse Streitigkeit mit ihm haben, wäre es möglich, dass wir dieses Problem in einer Zusammenarbeit lösen«, stellte ich klar unser Ziel in den Mittelpunkt und hoffte, dass die Belluccis ihre Forderung stellten.

Was erwartet ihr von uns?

Mir entging nicht, dass die Söhne Nicolai und Federico sich vielsagende Blicke zuwarfen.

Was hat Silas getan, um diesen Clan zu verärgern? Ich würde gerne fragen, aber das könnte einen wunden Punkt treffen.

»Inimicus inimicus meus est amicus meus«, meinte Bellucci.

,Der Feind meines Feindes ist mein Freund', ich weiß.

Kaja neben mir zupfte sich am Saum ihres Handschuhes und schlug ebenfalls elegant die Beine übereinander, sie strahlte Ruhe und Gelassenheit aus.

Giovanni lehnte sich in seinem Sessel zurück und betrachtete Joshua hinter mir. »Grundsätzlich haben wir großes Interesse daran, dass Silas Brown von der Bildfläche verschwindet«, gestand er. »Aber ich verstehe nicht, warum er bei euch ist.« Mit diesen Worten deutete er auf Joshua. »Miss Grey, obwohl wir keine Freunde von Zero sind, sind wir interessiert daran, warum Sie sich nach fünf Jahren dagegen entscheiden, eine Zielperson zu töten?« Ein listiges Blitzen huschte über sein Gesicht und mit ruhiger Gelassenheit richtete ich mich im Sessel auf.

Sie haben ihre Hausaufgaben gemacht, interessant, dass er von allen fünf Jahren weiß. Im ersten Jahr konnte ich gesundheitsbedingt nicht teilnehmen.

»Ich denke *nicht*, dass es für die Verhandlungen über Silas relevant ist …«, begann ich, aber wurde von Bellucci unterbrochen.

»Doch, meine Liebe, das ist für uns sogar *sehr* relevant.« Langsam klopfte er mit seinen Fingerspitzen auf die Glasplatte seines Tisches.

Die Unterbrechung brachte mich nicht aus der Ruhe und ich erwiderte ein gespieltes Lächeln. »Ich denke, Sie vergessen, mit wem Sie hier reden«, sagte ich kühl und reckte das Kinn.

Es wird Zeit, dass ich Stellung beziehe! Nur weil wir jünger sind, sollte er nicht vergessen, dass wir hier von Clanchef zu Clanchef sprechen.

»Legen Sie mir auch Begründungen für Ihre Entscheidungen dar und warum Sie im Streit mit Brown liegen?« Meine Stimme war kalt und ein Hauch von Wut schlich sich darin ein.

Wir sind keine gewöhnlichen Handlanger.

Giovanni wirkte für einen Moment irritiert, dann legte sich ein belustigter Ausdruck über sein Gesicht. Seine Söhne hingegen wirkten angespannt und wechselten erneut Blicke aus.

Sie haben Angst, dass unsere Verhandlungen scheitern. Das bedeutet, dass sie Silas tot sehen wollen. Das ist gut für uns.

Kaja spiegelte meine Körperhaltung perfekt und ließ die beiden Söhne nicht aus den Augen.

»Nun gut«, sagte Giovanni und lehnte sich in seinem Bürostuhl zurück. Für einige Momente blickte er zwischen uns vieren umher und schien seine nächsten Worte genau abzuwägen.

»Wenn kein Interesse an einer künftigen Zusammenarbeit mit unserem Clan besteht, werden wir das gerne im Hinterkopf behalten«, sagte Bastian ruhig und in einem kontrollierten Ton. Fast klang es gleichgültig.

Er versucht den Belluccis Druck zu machen. Sie wissen, dass wir den Duskvein-Clan ausgelöscht haben. Wenn die Verhandlungen unter einem schlechten Ergebnis ausgehen, verlassen wir das Haus der Belluccis mit keinem guten Verhältnis.

Kurz fürchtete ich, dass wir mit Bastians Drohung zu weit gegangen waren, aber Bellucci lenkte ein.

»Nein, es ist nicht meine Absicht, dass wir einander zum Feind haben, ich war *irritiert*, wie diese Lage zustande kam.« Wieder lehnte er sich im Stuhl vor und musterte Bastian interessiert, als würde er ihn zum ersten Mal sehen. Dann sah er mich an. »Nun gut«, wiederholte er. »Wir haben *wirklich* großes Interesse, Silas aus dem Weg zu räumen. Er hat uns eine Person aus unserer Familie genommen, die ein Loch hinterlassen hat. Bisher haben wir noch keine Möglichkeit auf Rache gefunden …«

Interessant …

Prüfend ließ ich meinen Blick zwischen Giovanni und seinen Söhnen schweifen.

Wen hat Silas getötet? Die Mutter und Giovannis Frau?

Bevor ich mir jedoch weitere Gedanken dazu machen konnte, fuhr Giovanni fort. »Eine Zusammenarbeit ist jedoch mit Bedingungen verbunden.«

Das war uns bewusst, nun wird es spannend.

Ich nickte und zog fragend eine Augenbraue hoch. »Welche Bedingungen?«

Ein schmales Lächeln erschien auf seinen Lippen und verblieb dort. »Ganz einfach, Miss Grey«, begann Bellucci und nahm seine Hand zur Aufzählung. »Selbstverständlich werden Sie uns auf der Jagd nach Brown begleiten.« Finger Nummer eins stellte sich auf.

Wie erwartet, keiner von uns will das Risiko allein tragen.

»Wir wollen uns mit dem Clan der Georgier gut stellen, nicht zuletzt, weil ich vermute, dass ihr auf einen offenen Konflikt mit Zero zusteuert.« Finger Nummer zwei folgte.

Interessanter Gedankengang von ihm.

»Wir alle wissen, dass Zero eine gewisse Rolle in unserer Welt einnimmt und, dass dafür Ersatz gefunden werden muss …« Er sah mich wissend an, aber ich setzte mein Pokerface auf, um ihm keinen Hinweis auf eine Antwort zu liefern. »Im Falle, dass das so passiert, möchte ich, dass ihr euch daran erinnert, dass die Familie Bellucci euch auf dem Weg dahin unterstützt hat. Es gibt viele Möglichkeiten, wie die Belluccis im Falle einer Machtergreifung die Georgier unterstützen können und wir erwarten eine gewisse … Einflussnahme.«

Denkt er, wir wollen Zeros Geschäfte in unserer Welt übernehmen? Wir wollen ihn tot sehen, aber danach?

Das war ein Punkt, über den wir uns nie Gedanken gemacht hatten, weil wir nie eine Angriffsfläche bei Zero fanden.

Wenn wir Zero töten, können wir Teile seiner Geschäfte übernehmen ... hat unser Clan die Stärke, diese Stelle einzunehmen?

Mein Pokerface musste auch diese Unwissenheit abdecken.

Sie wollen über uns Einfluss in unserer Welt gewinnen.

Er ließ seine Hand sinken und ich ahnte, dass er alle seine Forderungen gestellt hatte. Es waren nur zwei, aber die Gewichtung der zweiten Bedingung wog umso schwerer.

»Außerdem möchte ich einen *Rat* aussprechen: Da euer Freund«, er deutete mit einem Kopfnicken auf Joshua, »bisher keinem Clan angehörig ist, ist er Freiwild. Die Georgier schützen ihn, aber andere Killer würde es mehr abschrecken, wenn er selbst ein Georgier wäre.« Er machte eine bedeutungsvolle Pause. »Zwei Millionen ist viel für einen *einfachen* Menschen, zwei Millionen für einen der *Georgier?*« Er machte eine vage Geste mit den Händen. »Das sieht ganz anders aus.«

Nein! Erst Bastian und nun Bellucci. Joshua gehört nicht in einen Clan.

Da es ein Rat war und keine Bedingung, war dies für die Verhandlung irrelevant.

Alle anderen Punkte sind erfüllbar.

Mit einem schnellen Blick zu Kaja vergewisserte ich mich, dass sie den Punkten der Verhandlung zustimmte.

Sie neigte ihren Kopf und zog ihren Mundwinkel zu einem leichten Lächeln, bevor es in einem Sekundenbruchteil verflogen war.

Kaja stimmt zu.

Bastians Mundwinkel zuckte kurz und daran erkannte ich, dass er ebenfalls zustimmte.

Aus dem Augenwinkel konnte ich Joshua sehen, der die Gespräche interessiert verfolgte. Sein Gesichtsausdruck konnte ich nicht genau deuten, aber dann drehte ich mich zu den wartenden Belluccis.

»Bastian und ich werden bleiben und zusammen mit deinen Leuten Silas verfolgen. Nachdem alles erledigt ist, werden die Familie Bellucci und wir ein freundschaftliches Verhältnis pflegen und bei ... *weiteren* Projekten hinzuziehen.« Mit Absicht umschrieb ich unsere weiteren Pläne, da ich nicht aussprechen wollte, dass unser Clan wirklich die offene Konfrontation mit Zero suchte.

Ja ... wir wollen die Rache und mit der damit einhergehenden Einflussnahme könnten wir Zero Macht abjagen.

Ich atmete tief durch.

Mit den Einflüssen könnten wir andere Kinder vor einer Kindheit wie unserer bewahren.

»Für den Rat bin ich dankbar, aber wir werden selbst abwägen, wer ein Mitglied unseres Clans wird und wer nicht.«

Giovanni grinste amüsiert, aber unterbrach mich nicht.

»Bezüglich der möglichen Projekte erwarten wir im Umkehrschluss eine offene Kommunikation zwischen unseren befreundeten Clans.«

Es war eine klare Forderung von unserer Seite, da mehr Augen in unserer Welt deutliche Vorteile für Joshuas Sicherheit brachte.

Bellucci lächelte zufrieden. »Das ist kein Problem«, sagte er und lehnte sich entspannt in seinen Stuhl zurück.

»Sehr gut«, antwortete ich gelassen. »Also haben wir eine Abmachung?«

Giovanni sah kurz zu seinen Söhnen und diese nickten geschlossen. »Miss Grey, wir haben einen Deal«, sagte er feierlich und stand von seinem Stuhl auf, um seine Hand über den Tisch zu reichen.

Kaja und ich erhoben uns beinahe zeitgleich und ich streckte ihm meine Hand entgegen. Sein Händedruck war angenehm fest, als wir unseren Pakt besiegelten.

»Sehr gut«, sagte er, als wir unsere Hände voneinander lösten. »Wie ihr sicher verstehen könnt, wollen wir den heutigen Abend in Ruhe feiern. Meine Tochter hat sich sehr darauf gefreut, aber morgen …« Er deutete mit seinem Finger auf mich. »Morgen werden wir mit der gemeinsamen Jagd auf unser Ziel beginnen.« Er drehte sich zu seinen Söhnen um. »Federico, unsere Gäste werden diese Nacht hierbleiben.« Der angesprochene Sohn trat einen Schritt vor. »Bitte zeig ihnen unsere Gästezimmer.«

Federico nickte, drehte sich um und ging schweigend zur Tür.

Zum ersten Mal, seit wir den Raum betreten hatten, sah ich Joshua an. Sein Blick war sanft, als er meinem begegnete und ein erleichtertes Lächeln stand in seinem Gesicht.

Es wird für ihn besser sein, wenn er diesen Druck von London hinter sich lassen kann.

»Danke«, sagte ich zum Abschied zu Giovanni, der wieder hinter seinem Tisch Platz genommen hatte.

Ein gütiger Ausdruck hatte sich auf seinem Gesicht breit gemacht. »Ich bin froh, dass wir mit dem Feind meines Feindes eine geschäftliche Beziehung aufbauen können.« Mit einem Nicken entließ er uns.

Nicht nur du. Im Angriff auf Silas macht das viele Dinge einfacher.

»Bitte folgt mir.« Federico hielt uns auffordernd die Tür auf. Er schien nach den Verhandlungen entspannter zu wirken.

Kaja und Bastian gingen voran und Joshua und ich folgten ihnen wie auf dem Herweg.

»Es ist schön, dass wir euren Clan als Verbündeter auf unserer Seite haben«, meinte Federico, bevor wir ihm den Flur hinab folgten und vor zwei Türen stehen blieben. »Das sind unsere Gästezimmer. Richtet euch gerne ein. Meine Schwester würde sich freuen, wenn ihr nachher mit uns feiert.« Er wartete kurz auf eine Rückfrage, bis Bastian ein kurzes »Danke« entgegnete.

Federico neigte höflich den Kopf, drehte sich wieder um und kehrte in das Arbeitszimmer seines Vaters zurück.

Bastian deutete mit einem Kopfnicken nach drinnen. »Wir sollten uns kurz besprechen …«

Kapitel 44

Umland London – Villa der Belluccis
Samstag, 25. September – Mayren

»Wir streben danach, Zero zu *ersetzen?*« Kajas Tonfall war fragend und sie zupfte sich an den Haarspitzen. »Es war bisher immer unsere Absicht, ihn zu töten, um uns zu rächen, nie davon in seine Fußstapfen zu treten.«

Kaja, Joshua und ich hatten auf dem Rand des Bettes platzgenommen, Bastian saß auf einem Stuhl uns gegenüber.

Er knackte seine Fingerknöchel und legte nachdenklich den Kopf schräg. »Warum nicht? Vielen anderen Clans wie den Belluccis wird bewusst werden, dass wir einen Konflikt mit Zero haben und dass der Ausgang diese Form annehmen kann. Das ist eine Taktik, mit der wir Allianzen bilden können!« Er rieb sich seinen Bart und sah mich durchdringend an. »Zero hat genug Feinde, die ihn abdanken sehen wollen, und es gibt genug andere Clans, die ebenfalls nach Macht streben.« Er biss sich abwägend auf seine Unterlippe.

»Wenn wir herausfinden können, wer bereit ist sich im Austausch gegen Macht auf unsere Seite zu schlagen ...« Kurz zögert er, bevor er mich mit einem intensiven Blick ansah. »May, unter diesen Bedingungen könnten wir das schaffen.« Ich runzelte meine Stirn.

In erster Linie ging es mir um Rache an Zero und um Joshuas Schutz, aber eine Machtübernahme dieser Art ... würde ganz neue Dimensionen annehmen.

»Kaja, was sagst du dazu?«, fragte ich sie.

Sie trommelte mit ihren Fingerspitzen konzentriert auf ihr Knie. »Wir könnten einer der mächtigsten Clans werden, wenn der Plan gelingt«, sagte sie. Diesen Gedanken schien sie mit gemischten Gefühlen aufzunehmen. »Ich denke, dass Bastian recht hat. Zusammen mit anderen Clans können wir nötige Kapazitäten aufbringen, um eine derartige Verwaltung zu bewerkstelligen.«

Nachdenklich lehnte ich mich nach vorne und stützte die Ellenbogen auf meine Knie auf.

Ist es realistisch, dass wir das hinbekommen? Wenn es so läuft, wie Bastian es sich vorstellt, werden andere Clans sich uns anschließen.

Plötzlich brannte Entschlossenheit in meiner Magengegend. »Wir könnten so viele Kinder vor den Fabriken retten …«

Außerdem könnte Joshua sicher in sein altes Leben zurückkehren, ohne dass er etwas befürchten muss. Unsere Aufgaben würden sich grundlegend verändern und … wir würden einen enormen Einfluss gewinnen …

Mit Schwung richtete ich mich auf und ballte entschlossen die Fäuste. »Dann lasst uns Zero vom Thron stoßen«, sagte ich mit einem Nicken zu Bastian.

Schweigend beobachtete Joshua uns und für einen Moment herrschte Stille, als uns bewusst wurde, welchen Weg wir gerade gewählt hatten.

Die Mission, die mit einem einfachen Foto von Joshua begann, wird zur größten Operation, die unser Clan jemals gesehen hat!

Kaja umarmte mich impulsiv von der Seite. »Wir *werden* es schaffen, dieses Schwein endlich seiner gerechten Strafe zuzuführen.«

Bastians Augen funkelten energisch. »Es ist klar, worauf das nach unserem Auftrag von uns beiden hinausläuft, oder?«, fragte er.

»Phönix«, sagte ich mit einer grimmigen Gewissheit und reckte entschlossen das Kinn.

Bastian sprang auf und grinste mich und Kaja an. »Er wird die volle Breitseite unseres Clans zu spüren bekommen.«

Seine Worte entlockten mir ein hinterhältiges Lächeln.

Zero wird bald einige Probleme hinzubekommen.

Joshua räusperte sich. »Könnt ihr mich bitte einweihen, was Phönix sein soll?«, fragte er. »Wenn ich bald zum Clan gehöre, sollte ich so was wissen, oder?«

Mein Hochgefühl verschwand bei Joshuas Worten sofort, entgeistert sah ich ihn an. Bevor ich etwas sagen konnte, schnitt Bastian mir das Wort ab, da er zu ahnen schien, was meine Gedanken und Gefühle dazu waren.

»Es war keine Bedingung, dass du ein Mitglied wirst. Die Belluccis verlangen das nicht als Voraussetzung. Mach dir also keine Sorgen.«

Joshua sah irritiert zwischen Bastian und mir hin und her. »Laut Bellucci erhöht es meine Sicherheit, weil es andere mehr abschreckt.«

Er liefert damit das einzige Argument, das dafür sprechen würde und Giovanni ihm ins Ohr gesetzt hat.

»Du bist bei uns und das ist Sicherheit genug«, sagte Kaja ruhig und gefasst, aber Joshua schien zu ahnen, dass wir ihn nicht aufnehmen wollten.

Ich will *das nicht.*

»Was ist das wirkliche Problem?«, fragte er mich gezielt.

In diesem Moment wurde mir bewusst, wie nah er mir war. Dass sein Duft mir fast den Verstand raubte, aber dennoch antwortete ich kontrolliert: »Wie kommst du darauf, dass wir dich aufnehmen können? Wir sind Kriminelle und würden in jedem Land der Welt sofort für unsere Taten festgenommen und weggesperrt werden.« Ich beobachtete seine Reaktion genau. »Jeder von uns hat Menschenleben auf dem Gewissen und wird, ohne zu zögern wieder töten«, fügte ich an, um ihm bewusst zu machen, dass wir nicht irgendwelche Kleinganoven waren.

Meine Worte stimmten ihn zwar nachdenklich, aber ich bemerkte das entschlossene Funkeln in seinen Augen. Er runzelte zwar die Stirn bei meinen Worten, aber schwieg. Für den Moment schien das Thema vom Tisch zu sein, aber irgendwann würde es garantiert wieder hochkommen. »Okay«, fügte Joshua sich und verschränkte die Arme, aber an seinem Tonfall konnte ich deutlich hören, dass nichts *okay* war.

Bitte versteh, dass ich für dich das Beste will. Mitglied in meinem Clan ist keine gute Option. Aus einem Clan gibt es nur einen Weg raus ... Hoffentlich versteht er es irgendwann ...

Schnell wandte ich mich ab, bevor er meinen Gesichtsausdruck sehen konnte. Es tat mir weh, ihn abzulehnen, aber es geschah zu seiner eigenen Sicherheit.

Mir entging nicht, dass Kaja und Bastian sich vielsagende Blicke zuwarfen und als sie merkten, dass ich es gesehen hatte, mir verlegen auswichen.

»Nun gut«, sagte Kaja nach einigen Momenten und erhob sich langsam. Sie strich sich ihre Haare zurecht und sah uns auffordernd an. »In diesem Fall sind vorerst alle Punkte geklärt, oder?«

Unser Plan startet und Joshua wird mit Kaja die Stadt verlassen.

Der bevorstehende Abschied verursachte mir Bauchschmerzen und ließ mein Herz schmerzhaft schlagen.

Gerade jetzt nach seiner Entführung, will ich ihn nicht ziehen lassen. Dennoch ist es notwendig, damit Bastian und ich in Ruhe Silas beseitigen können. Bei Kaja ist er sicher.

»Ja«, sagte ich leise und widerwillig.

»Gut, Joshua.« Auffordernd sah sie ihn an. »Wir holen deine Sachen aus Mays Auto und verlassen die Stadt.«

Das Bett federte leicht, als er zu meiner Rechten aufstand.

»Ich werde unterwegs Ian anrufen und ihn informieren«, fuhr sie fort und ging in Richtung Tür. Unaufgefordert gab sie mir meinen Autoschlüssel, als wir das Gästezimmer verließen.

Die Wege trennen sich ...

Auf dem Flur konnte man die sanften Töne des Klaviers hören und das Stimmengewirr der anderen Gäste aus dem Garten.

Schweigend gingen wir die Treppe hinab und im Foyer angekommen, meinte Kaja:

»Ich werde mich schnell von Luca verabschieden, treffen wir uns vor dem Eingang?«

Mein Nicken reichte ihr.

»Bastian, kommst du?« Sie hakte sich bei ihm ein und zog ihn, ohne auf eine Antwort zu warten, in Richtung der Feier.

Kaja hat ein sehr gutes Gefühl dafür, wann sie jemanden allein lassen sollte.

Joshua und ich gingen langsam auf den Ausgang zu und die Tür wurde uns von einem der lächelnden Angestellten geöffnet. Als die Tür wieder hinter uns geschlossen wurde, sagte Joshua das erste Mal etwas nach unserem kleinen Streit: »So trennen sich unsere Wege also …« Es war keine Frage, sondern eine Feststellung seinerseits.

»Du kannst nicht in der Stadt bleiben«, meinte ich leise und sah zu Boden, als wir die Auffahrt hinabgingen.

Basti und ich müssen bleiben, damit wir Silas beseitigen können … Bellucci hat eindeutig nach mir gefordert.

Einzelne Kieselsteine knirschten unter meinen Sandalen und in der Ferne hörte man das Geräusch einer Eule, die in die dunkle Nacht rief.

»Deine Sicherheit ist das Wichtigste für mich«, gestand ich nach ein paar Schritten und sah ihn an.

Er musterte mich, aber schwieg und ich spürte, dass er mit dieser Entscheidung unzufrieden war. »Mir wäre es lieber, wenn du bei mir wärst«, sagte er leise und wich meinem Blick aus.

Mein Herz schlug bei seinen Worten schneller.

Er spürt diese Spannung auch zwischen uns, oder?

Ich schluckte und biss mir auf die Unterlippe.

Was ist, wenn ich mir das einbilde?

»Sobald mit Silas alles geklärt ist, komme ich sofort zu dir«, versprach ich und rang innerlich mit mir.

Warum musste ich Gefühle für ihn entwickeln ...? Meine ursprüngliche Aufgabe war konträr zu allem, was nun ist.

Wir blieben an meinem Audi stehen. »Versprich mir, dass du nicht stirbst.« Ruckartig drehte er sich zu mir um und Entschlossenheit brannte in seinen Augen. »Ich weiß nicht, wie das ohne dich sonst weiter gehen soll.«

Kurz zögerte ich, bevor ich einen Schritt auf ihn zumachte und ihn umarmte. Sofort erwiderte er die Umarmung und zog mich an sich. Sein warmer Atem kitzelte mich am Ohr, aber für diesen Moment genoss ich seine Nähe.

»Kaja und Ian sind im Worst Case da«, flüsterte ich leise an seinem Hals. »Jeder aus meinem Clan wird dich so beschützen, wie ich es tun würde.« Darüber musste ich nicht nachdenken, ich wusste, dass es so war.

Für einige Sekunden drückte er mich fester. »Bitte versuche alles, damit der Fall nicht eintritt, okay?«

Ich nickte als Bestätigung.

So was kann ich nie versprechen.

Für endlose Sekunden standen wir da und genossen die Nähe des anderen, bis ich mich sanft von ihm löste. Bevor ich den Kofferraum meines Autos öffnete, verlor ich mich für einige Momente in seinen Augen und musste mir auf die Zunge beißen, um einen klaren Kopf zu bewahren.

»Bastian und Kaja warten sicher schon …«, sagte ich und wich ihm aus.

Warum kann er mich so einfach aus dem Konzept bringen? Nur mit einem Blick und völlig ohne Worte?

Joshua nahm seinen gepackten Rucksack aus dem Kofferraum und schloss den Deckel. Zögerlich griff er nach meiner Hand und ich nahm sie, bevor wir langsam zum Haus zurückschlenderten. Keiner von uns beiden hatte es eilig und ich wollte die letzte gemeinsame Zeit so lange wie möglich hinauszögern.

»Wohin genau werden Kaja und ich gehen?«, fragte Joshua, als wir in Sichtweite zum Eingang waren und wie erwartet meine beiden Freunde davorstanden. Mit einem Blick auf Kaja ließ er meine Hand wieder los. Ihre kurze Ansage nach seiner Befreiung von den Duskvein hatte ihn mehr eingeschüchtert, als er zugeben wollte.

»Das weiß ich nicht«, gab ich zu und schüttelte leicht den Kopf. »Es ist sicherer, wenn nur du und Kaja wissen, wo der Weg euch hinführt. Sobald hier in London alles geklärt ist, werde ich mich mit Kaja in Verbindung setzen.«

Es war nicht die Antwort, die er sich von mir erhofft hatte, aber er nahm es so hin. Mit jedem Schritt, den wir taten, wurde mir bewusst, dass unsere Zeit dem Ende entgegenging. Die letzten Meter gingen wir schweigend und kamen bei Bastian und Kaja an.

»Also dann«, sagte Bastian verlegen und umarmte Kaja zum Abschied.

»Tretet Silas schön in den Arsch«, knurrte sie kampflustig und löste sich ein paar Sekunden später aus seiner Umarmung.

»Das werden wir.« Bastian lachte und verabschiedete sich mit einem Handschlag von Joshua.

Kaja umarmte mich fest und flüsterte mir leise ins Ohr. »Ich pass auf ihn auf, versprochen.«

»Danke«, hauchte ich fast tonlos zurück. Dann stand ich Joshua gegenüber und mir fehlten die Worte, um auszudrücken, was ich gerne sagen würde. Wortlos zog er mich in eine Umarmung, die mehr aussagte als alles, was ich jemals in Worte fassen konnte. Er betonte damit jedes Gefühl, was in den letzten zwei Wochen zwischen uns aufgetaucht war.

»Ich warte auf dich«, sagte er so leise, dass es die anderen nicht hören konnten und ließ mich widerwillig frei.

»Ich beeile mich«, formte ich meinen Satz lautlos und lächelte. Mein Herz schmerzte, als ich ihn ansah und wusste, dass ich jetzt einige Tage ohne seine Anwesenheit sein würde.

»Können wir?«, fragte Kaja nach ein paar Sekunden und ich schlug verlegen die Augen nieder.

Joshua nickte und schulterte seinen Rucksack. Beide drehten sich um und gingen langsam die Auffahrt zurück zum Parkplatz.

Ein sehnsüchtiges Ziehen machte sich in meiner Brust breit, als ich Joshua hinterher blickte und wusste, dass ich die Verantwortung für seine Sicherheit für einige Tage nicht selbst tragen konnte.

Bastian trat an meine Seite.

»Weißt du, er ist wirklich in Ordnung«, meinte er und sah den beiden ebenfalls nach. »Und du willst ihn nicht ernsthaft so gehen lassen, oder?«

Ich runzelte meine Stirn und machte den Mund auf, um etwas zu entgegnen.

Bastian weiß selbst, dass Joshua aus der Stadt muss.

»Nein, sei ruhig und hör mir zu«, fuhr er mir unwirsch über den Mund und schnitt mir zum zweiten Mal an diesem Abend das Wort ab. »Er ist nicht Paul und ich sehe dir ganz genau an, dass du dich in ihn verknallt hast.«

Mit einem Anflug von Verstimmtheit drehte ich mich zu ihm um und durchbohrte ihn mit herausfordernden Blicken. Gleichzeitig schoss mir das Blut ins Gesicht und ich wusste, dass meine Wangen knallrot anliefen.

Natürlich ist er nicht Paul.

Bastian lachte mich aus. »Du bist so ein aufmerksamer Mensch und dir ist wirklich entgangen, dass er dich mit dem gleichen Ausdruck ansieht wie du ihn?«

Meine Wut verpuffte so jäh wie eine Seifenblase und mein Herzschlag beschleunigte sich.

Meint er das ernst?

»Was willst du mir damit sagen, Bastian?«, fragte ich, aber meine Stimme war nicht mehr als ein Flüstern.

»Ganz einfach.« Er legte den Arm um meine Schulter. »Ich bin quasi dein Bruder und will das Beste für dich. Ich verstehe nicht, warum du so sehr gegen deine Gefühle ankämpfst?«

Mit einem Anflug von Verzweiflung sah ich ihn an. »Du weißt was mit Paul …«, begann ich, aber wieder unterbrach er mich.

»Er ist *nicht* Paul«, betonte Bastian mit fester Stimme und gab mir einen leichten Schubs. »Und denk daran, dass jeder, der dir nahesteht, als Abschreckung dienen kann, obwohl er kein Mitglied in unserem Clan ist.« Er zwinkerte und ich ging die ersten Schritte erst zögerlich, aber dann immer fester.

Mein Herz schlug mir bis zum Hals und ich strich mir eine lose Haarsträhne hinter das Ohr.

Was ist, wenn ich einen Fehler mache und damit alles zwischen uns zerstöre?

»Joshi?«, rief ich den beiden hinterher.

Beide drehten sich kurz um und Joshua blieb stehen, während Kaja kurz wissend grinste und weiter zu ihrem Auto ging.

Fragend traf mein Blick auf seinen und als ich näherkam, zog mich die Spannung zwischen uns förmlich magnetisch zu ihm.

Seine Lippen waren leicht geöffnet und dann merkte ich, was Bastian erwähnt hatte. Er sah mich auf eine Art an, wie niemand anderen.

Es fühlte sich an wie der Moment nach der Bar, bloß, dass er jetzt die Wahrheit über mich wusste. Dass er mehr wusste als jeder andere Mensch außerhalb meines Clans.

Welch Ironie, dass genau wir beide Gefühle füreinander entwickeln mussten.

Er schien meine Intention zu spüren, denn er ließ seinen Rucksack ungeachtet in den Staub fallen und ging mir langsam entgegen, bis wir direkt voreinander standen.

»Wenn deine Frage von letzter Woche immer noch besteht « Ich unterbrach mich selbst und wusste, dass ich auf unser Gespräch nach der Bar anspielte. »Dann … würde ich sie immer noch gerne mit *Ja* beantworten.«

Er lächelte und legte sanft seine Hand an meine Wange und ich schlang meinen Arm um seine Taille. In meinem Bauch kribbelte es und für einen kurzen Moment dachte ich an die möglichen Konsequenzen, aber schob die Gedanken zur Seite.

Der Moment raubte mir fast den Verstand, aber alles war vergessen, als wir die letzten Zentimeter überwunden und uns endlich küssten.

Mein Magen schlug einen Salto und mein Herzschlag donnerte mir in den Ohren, als unsere Lippen sich berührten. In diesem Moment schien die Welt stillzustehen, jede Anspannung, jedes unausgesprochene Wort zwischen uns war wie weggefegt. Es zählte nur noch dieser eine Augenblick und seine Lippen. Warm, weich und voller Verlangen begegneten sie meinen mit einer Intensität, die mich überwältigte. Alle Geräusche um uns herum verstummten, als würden nur noch wir existieren. Sein Geruch war wie ein Rauschmittel für mich und ich sog ihn gierig ein. Meine Finger krallten sich unbewusst in sein Hemd, als könnte ich ihn so noch näher an mich ziehen, als wäre diese Nähe zwischen uns nicht genug, um das aufsteigende Verlangen in mir zu stillen.

Sein Kuss wurde fordernder, als hätte er ihn genauso viel gebraucht wie ich. Viel zu schnell lösten sich unsere Lippen wieder voneinander und ich öffnete die Augen. Unfähig, auch nur ein Wort zu sagen, sah ich ihn an.

Er erwiderte meinen Blick mit roten Wangen und zog mich in seine Arme. »Du kannst mich nicht küssen und dann wegschicken«, murmelte er leise neben meinem Ohr.

Er hat recht. Jetzt will ich ihn erst recht nicht gehen lassen.

»Ich weiß«, antwortete ich an seinem Hals. »Es ist nicht so, dass ich will, dass du gehst, aber es ist leider nötig.«

Er nickte. »Bitte pass auf dich auf.«

Er macht sich Sorgen.

Der Gedanke berührte mich und sanft lösten wir die Umarmung voneinander. »Bastian und ich werden den Auftrag so schnell wie möglich hinter uns bringen und ich komme dann direkt zu dir«, versprach ich ihm sanft und drückte seine Hand fest zu meinem Versprechen. Ohne etwas zu sagen, sahen wir uns an, bis ein dumpfes Motorgrollen uns unterbrach.

»Kaja scheint ungeduldig zu werden.« Verlegen fuhr er sich durch die Haare.

»Gut möglich ... In spätestens einer Woche sehen wir uns.« Nur widerstrebend ließ ich seine Hand los.

Er lächelte hoffnungsvoll und hob seinen Rucksack einige Schritte von mir entfernt auf. »Dann bis in einer Woche, *Dickkopf.*« Er zwinkerte mir schelmisch zu.

»Bis bald«, verabschiedete ich mich von ihm.

Als Joshua an Kajas Auto angekommen war und einstieg, drehte ich mich langsam um und ging zurück zu Bastian.

Er grinste mich entschlossen und triumphierend zugleich an. »Morgen treten wir Silas in den Hintern«, sagte er. »Ich bin stolz auf dich, May.« Er legte seinen Arm um meine Schulter, als ich neben ihm stand.

»Danke.« Ich lehnte mich an ihn.

Es fühlt sich merkwürdig an, wieder für jemanden diese Gefühle zuzulassen.

Mit gemischten Gefühlen sah ich dem Mercedes hinterher, wie er die Auffahrt hinauffuhr und seine leuchtenden Rücklichter nach dem Abbiegen verschwanden.

Epilog

Das schummrige Licht in dem Raum beleuchtete den hellblonden Mann am Schreibtisch kaum. Seine dunklen Augenbrauen waren zu einer nachdenklichen Linie zusammengezogen und er starrte konzentriert auf den Bildschirm seines Computers.

Auf dem Monitor war eine Frau ebenfalls mit hellblonden Haaren zu sehen, die ihre Hand an den Nacken eines großen, dunkelhaarigen Mannes vergraben hatte und ihn küsste. Es war dunkel um die beiden und schien spät abends zu sein, als das Foto aufgenommen wurde. Der Winkel ließ auf eine Überwachungskamera schließen, was die geringe Qualität der Auflösung begründen würde.

Gedankenverloren strich der Mann sich über sein glattes Kinn und legte den Kopf schräg, als er das Paar betrachtete.

Interessant ...

Nach weiteren Sekunden stand er auf und nahm sein Telefon in die Hand. Ohne zu zögern, wählte er eine Nummer, die ihm zusammen mit dem Bild zugespielt wurde. Nach kurzer Zeit wurde das Gespräch angenommen und der blonde Mann sprach: »Hier ist Paul Elkund. Du hast mir eine Mail mit einem Bild zugesendet. Ich bin interessiert. Wie viel willst du für weitere Informationen?«

Die Person am anderen Ende zögerte kurz und nannte einen Preis. Zufrieden grinste Paul und drehte sich zu seinem Bildschirm.

»Sehr gut«, stellte er mit kalter Stimme fest. »Ich denke, wir werden uns einig.«

Er wartete nicht ab, sondern legte auf, setzte sich an den Tisch und sah auf das Bild. »Es wird langsam Zeit für ein Wiedersehen, meine liebe Mayren«, flüsterte er leise und strich sanft mit dem Daumen über die abgebildete Frau. »Keine Sorge, ich finde dich.«

Gierig leckte er sich über die Lippen und ein hinterhältiges Funkeln blitzte in seinen eisblauen Augen auf.

»Dieses Mal werden wir nicht so auseinandergehen wie beim letzten Mal«, hauchte er in den leeren Raum. »Diesmal … werde ich dich nicht nur halb tot zurücklassen.«

Danksagung

Um ein Buch zu schreiben, braucht es ein ganzes Dorf … So oder besser gesagt etwas anders geht das bekannte Sprichwort ;) Und ich muss sagen: Ja, das stimmt. Als ich mit dem Schreiben begonnen habe, hätte ich niemals gedacht, dass es sich irgendwann zu einem »richtigen« Buch entwickeln könnte, aber dann war es so weit …

Danke an alle, die mich (Mayren, Joshua, Bastian, Kaja und Ian) auf diesem Weg begleitet haben:

Anja – Danke an dich mit deinem ausführlichen Feedback und den vielen Hinweisen, die mein Buch deutlich gekürzt und verbessert haben! Danke für die vielen Post-its und Markierungen, die mir so viele Leichtsinnsfehler erspart haben.

Franzi – Du meine beste Freundin, die mir immer mit Rat und Tat zur Seite steht. Meine Inspiration zu Kaja, da ich durch dich weiß, wie bedingungslose Freundschaft aussieht. Danke, dass du es sogar akzeptierst, dass ich in unserem gemeinsamen Urlaub den Laptop mitnehme und am Pool am Lektorat arbeite, während du den Druck zum zweiten Band bereits in der Hand hältst und Probe liest.

Denni – Danke dafür, dass du meine teilweise schreiberische Obsession und Verzweiflung akzeptierst, mit der ich an meinen Büchern arbeite und mich dabei immer mit Tee, Kaffee und Keksen versorgst.

Danke, dass du meine Bücher immer als erster liest und mir deine Kommentare hinterlässt. Ich liebe dich!

Sony – Ein großes Danke geht natürlich auch an meine Schwiegermama, die ebenfalls meine Bücher zur Probe verschlingt und mir fleißig Feedback gibt. Danke, dass es dich gibt!

Kevin – Du hast mich gerettet, was das Thema Buchsatz angeht. Ein fettes Dankeschön für den Crashkurs in dem entsprechenden Programm und der 24/7-FaceTime Support.

Antje – Danke an dich, dass du mein Buch in das passende Kleid gesteckt hast, was es verdient! Ohne dein wunderschönes Cover wäre es nur halb so schön!

Lissy – Mein letzter Dank in diesen Zeilen geht an dich! Danke, dass du mir jedes Wort im Mund rumgedreht hast und dir keine Fehler durchgegangen sind ☺ Ohne dich hätte mein Buch nicht die Qualität, die es jetzt erreicht hat. Ich freue mich sehr auf unsere weitere Zusammenarbeit!